개의 힘 1
The Power of the Dog

THE POWER OF THE DOG

by Don Winslow

Copyright © Don Winslow 2005
All rights reserved.

Korean Translation Copyright © Minumin 2012, 2022

Korean translation edition is published by arrangement with
Alfred A. Knopf, an imprint of The Knopf Doubleday Group, a division of Penguin Random House, LLC. through KCC.

이 책의 한국어판 저작권은 KCC를 통해
The Knopf Doubleday Group과 독점 계약한 ㈜민음인에 있습니다.
저작권법에 의해 한국 내에서 보호를 받는 저작물이므로 무단 전재와 무단 복제를 금합니다.

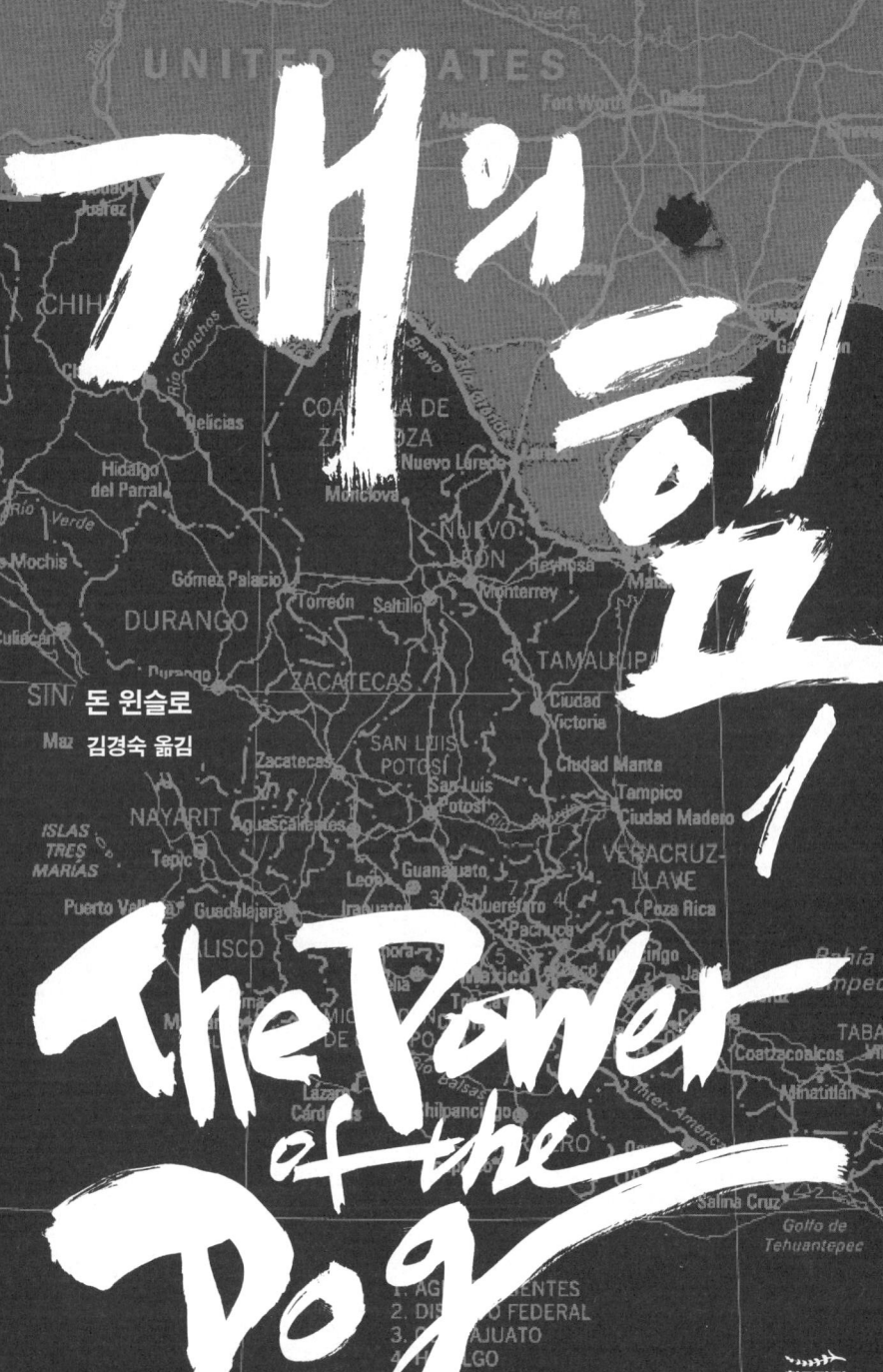

1권 목차

프롤로그 —— 11

1부 원죄 —— 17

1장 시날로아 출신의 사람들 —— 19
2장 야만적인 아일랜드인 —— 107
3장 캘리포니아 소녀들 —— 162

2부 케르베로스 —— 191

4장 멕시코 트램펄린 —— 193
5장 나르코산토스 —— 284
6장 낮디낮은 밑바닥이 뒤흔들리다 —— 344
7장 크리스마스 시즌 —— 396

2권 목차

3부 나프타 NAFTA —— 7

8장 무고한 어린이들의 순교 추도일 —— 9
9장 죽은 자의 날 —— 127

4부 엔세나다로 가는 길 —— 267

10장 골든웨스트 —— 269
11장 잠자는 공주 —— 308
12장 어둠 속으로 미끄러지며 —— 388

5부 성호 —— 461

13장 유령들의 삶 —— 463
14장 전원의 삶 —— 514
15장 건널목 —— 541

에필로그 —— 564

언제나 진실을 알고 싶어 했던 수 루빈스키를 추억하며

내 영혼을 칼에서 건지시며 내 유일한 것을 개의 힘에서 구하소서.

―시편 22장 20절

프롤로그

1997년
멕시코 바하 칼리포르니아 주(州)
엘사우살

아기가 어머니 품에 안겨 죽어 있었다. 아트 켈러는 어머니가 아기를 감싸고 있는 모습에서 어머니가 마지막 순간까지 아기를 보호하려 했다는 사실을 짐작했다.
'인간의 연약한 몸은 총알을 막지 못해. 자동 소총 탓도 사정거리 탓도 아니야.'
아기를 보호하기 위해 어머니가 막아서는 것은 본능적으로 일어나는 행동이었다. 아마 총알이 발사되는 순간 몸을 돌리고 틀어 아들을 안고 고꾸라졌을 것이다.

정말 자신이 아이를 구할 수 있을 거라고 생각했을까? 아닐 것이다. 어쩌면 총구에서 터져 나오는 죽음의 불꽃을 아기가 보지 않길 바랐는지도 모른다. 어쩌면 아기가 이 세상에서 마지막으로 느끼는 것이 엄마의 젖가슴이기를 바랐는지도 모른다. 사랑의 품에 안긴 채로 말이다.

아트는 가톨릭 신자였다. 47세가 되기까지 수많은 성모 마리아상을 보았다. 하지만 어느 성모 마리아상도 이렇지 않았다.

"쿠에르노스 데 치보."

누군가의 목소리가 들렸다. 마치 교회에서 소곤거리듯이 나직하게 속삭이는 목소리였다.

쿠에르노스 데 치보.

염소의 뿔. 즉 AK-47을 뜻했다.

아트는 이미 알고 있었다. 구경 7.62밀리 탄피 수백 개가 테라스의 콘크리트 바닥에 깔려 있고, 12게이지 산탄총 탄피들과 5.56밀리 탄피들도 간간이 보였다. 아트는 AR-15로도 쏘았으리라 짐작했다. 하지만 대부분의 탄피는 멕시코 마약 밀매자들에게 인기 있는 쿠에르노스 데 치보로 쏜 것이었다.

시신 열아홉 구.

'마약 전쟁에서 열아홉 명의 사상자가 더 발생했군.'

시신이라면 아단 바레라와 겨룬 14년간의 전쟁에서 줄곧 봐왔다. 참 많이도 봐왔다. 하지만 열아홉 구까지는 아니었다. 여자의 시신도, 아이의 시신도, 아기의 시신도 본 적이 없었다. 이런 건 처음이었다.

남자 열 명, 여자 세 명, 아이 여섯 명.

테라스의 벽을 향해 나란히 줄을 세워놓고 쏜 모양이다.

'폭파시켰다는 말이 더 어울리겠군.'

총알을 난사하여 산산조각을 냈다. 흘러나온 피의 양이 믿을 수 없을 정도였다. 커다란 자동차 넓이에 2센티미터 깊이쯤 되는 검은 피 웅덩이는 지금은 말라 있었다. 벽과 잔디밭도 온통 피투성이였다. 잘 손질해 둔 잔디밭의 풀잎 끄트머리에서 검붉은 피가 반짝였다. 풀잎사귀가 피 묻은 작은 칼처럼 보였다.

그들은 사태를 짐작하고서 있는 힘을 다해 싸웠을 터였다. 한밤중에 침대에서 테라스로 끌려나와 벽 앞에 나란히 정렬되었지만, 무거운 쇠로 만든 테라스 기구들이 여기저기 뒤집혀 있고, 콘크리트 바닥에 유리가 산산조각 나 있는 것으로 보아 투쟁에 나선 사람도 분명 있었으리라.

아트는 아래쪽을 살펴보다가 뭔가를 발견했다……. 맙소사, 인형이었다. 갈색 유리 눈으로 아트를 말똥말똥 쳐다보고 있는 피로 얼룩진 인형. 인형 하나, 조그만 동물 장난감 하나, 솜씨 좋게 만들어진 플라스틱 얼룩말 하나가 사형 집행 담벼락 옆에 피범벅이 되어 나뒹굴고 있었다.

'자다가 끌려나온 아이들이 인형을 놓지 않으려고 안간힘을 썼구나.'

바로 그 순간에도. 총이 굉음을 울리는 특별한 그 순간에도.

아트는 터무니없게도 옛기억이 떠올랐다. 코끼리 봉제인형. 아트가 어렸을 때 늘 안고 자던 인형. 단추를 달아 만든 눈이 하나만 남아 있고, 토사물, 오줌, 온갖 물질로 얼룩덜룩하고 온통 악취가 배어 나오던 그 인형. 아트의 어머니는 아트가 잠들었을 때 그

인형을 몰래 치우고 눈이 둘 달리고 신선한 향이 나는 새 코끼리 인형을 품에 안겨 주었다. 아트는 일어나서 어머니에게 새 코끼리 인형을 사줘서 고맙다고 말한 뒤 쓰레기통을 뒤져서 낡은 코끼리 인형을 되찾아왔다.

아트 켈러는 가슴이 찢어지는 듯했다.

아트는 응시하던 곳에서 시선을 거둬 성인 희생자 쪽을 바라보았다.

잠옷(값비싼 실크 잠옷과 실내복)을 입고 있는 사람들도 있고 티셔츠를 입은 사람들도 있었다. 여자 하나와 남자 하나는 벌거벗은 상태였다. 마치 부부관계를 끝낸 뒤 서로 껴안고 자다가 끌려나온 것처럼.

'한때는 사랑이었던 것이 이제는 적나라한 외설이 되었군.'

시신 하나는 반대편 벽 옆에 혼자 쓰러져 있었다. 그 집의 가장인 듯한 노인이었다. 마지막으로 쏜 듯했다. 가족들을 죽이는 장면을 보여준 뒤 처형했으리라. 그건 자비로움일까? 아트는 궁금해졌다. 그런 게 그 넌더리나는 자비심의 일종일까? 그때 그 노인의 손으로 눈길이 갔다. 손톱이 다 뒤집혀 있고 손가락도 상처투성이였다. 입 모양은 비명을 지르는 모습 그대로 벌어져 있고 삐죽이 내민 혀에 손가락이 달라붙어 있었다.

그 말은 살인자들이 가족 중 누군가를 '손가락', 즉 밀고자로 여긴다는 뜻이었다.

상황을 그렇게 이끈 사람은 바로 아트였다.

신이여 용서하소서.

아트는 원하던 것을 찾을 때까지 시신들을 두루 수색했다.

그러다가 젊은 남자의 얼굴을 보고 그만 메스꺼워져서 위액이 목구멍까지 치밀어 오르는 것을 간신히 되삼켰다. 그 남자는 얼굴 피부가 바나나 껍질처럼 벗겨져 있었다. 벗겨진 살점이 끔찍하게 목 언저리에 매달려 있었다. 아트는 부디 그들이 이 남자를 쏜 '후에' 이런 짓을 했기를 바랐다. 하지만 분명 그렇지 않을 터였다.
그 남자는 두개골 뒤쪽 절반도 날아가고 없었다.
그들이 그의 입에다 총을 넣고 쏘았다는 뜻이다.
배신자는 뒤통수를 쏘고, 밀고자는 입 속을 쏘았다.
그들은 그를 밀고자라고 생각했다.
'모두 내가 바랐던 일이잖아.'
대담하게 맞서라. 계획대로 잘 되었을 뿐이다. 하지만 이런 걸 기대했던 건 아니다. 그들이 이렇게까지 할 줄은 상상도 못 했다.
아트가 입을 열었다.
"고용인들이 있었던 것 같은데. 일꾼들 말이오."
경찰은 벌써 일꾼들의 처소를 확인했다. 경찰 한 명이 말했다.
"다 떠나고 없습니다."
떠나고 없다. 사라졌다.
아트는 다시 힘겹게 시신을 바라보았다.
'내 잘못이야.'
'내가 이 사람들을 이렇게 만들었어.'
'미안합니다. 정말, 정말 미안합니다.'
아트는 어머니와 아기 시신 위로 몸을 구부려 성호를 그리며 읊조렸다.
"성부와 성자와 성령의 이름으로."

"엘 포데르 델 페로."
멕시코 인 경찰 한 명이 웅얼거렸다.
'개의 힘.'

1부

원죄

1장
시날로아 출신의 사람들

그대, 저기 버려진 불모의 황량한 광야를 보라
황폐한 대지, 빛의 공백이
무시무시하고 창백하게 가물거리는
저 검푸른 불꽃을 수호하고 있는 것이 보이는가?
——존 밀턴, 『실낙원』

1975년
멕시코 시날로아 주
바디라과토 지역

양귀비꽃들이 불타올랐다.
빨갛게 피어오른 꽃들, 벌겋게 타오르는 불꽃들.
아트 켈러는 생각했다.
'양귀비는 지옥에서만 화염을 터트리는 법이지.'
아트는 산마루에 앉아 시뻘겋게 타들어 가는 언덕 아래를 내려다보고 있었다. 마치 김이 피어오르는 국그릇을 바라보는 듯했다. 연기 때문에 선명하게 보이지는 않지만 그건 분명 지옥의 광경이라 일컬을 만했다.

히에로니무스 보슈(15세기 네덜란드 화가. 그의 그림은 잔인한 살인 등을 묘사했다 — 옮긴이)가 「마약을 뿌리 뽑는 전쟁」이라는 제목의 그림을 그려놓은 것 같다고나 할까.

멕시코의 소작농들이 불타는 양귀비밭을 지나 마을 쪽으로 총총거리며 가고 있고 그 뒤를 횃불을 밝힌 병사들이 따라가고 있었다. 소작농들은 음식이 든 자루, 꽤 비싼 값을 치른 가족사진, 담요 몇 점, 옷 몇 벌 따위를 꽉 움켜쥔 채 앞서 가고 있는 아이들의 걸음을 재촉하고 있었다. 땀으로 누렇게 얼룩진 밀짚모자와 하얀 셔츠 때문에 그들은 연막 속의 유령처럼 보였다.

'옷만 아니면 베트남이라고 해도 믿겠군.'

아트는 문득 자신의 셔츠 소매가 초록색 군복이 아니라 파란 데님 셔츠인 것을 알고 흠칫 놀랐다. 그랬다. 이건 '피닉스 작전'(베트남전에서 치러진 유명한 미군 작전 — 옮긴이)이 아니라 '콘도르 작전'이고 여기는 1군단의 빽빽한 대나무 산악지대가 아니라 멕시코 시날로아 주의 양귀비가 쫙 깔린 골짜기였다.

그리고 수확물은 쌀이 아니고 아편이었다.

아트는 '두 두 두' 하는 낮고 둔탁한 헬리콥터 소리를 듣고 하늘을 쳐다보았다. 베트남에 있던 수많은 장병들처럼 아트는 그 소리로 연상되는 것을 찾아보았다. 그래. 하지만 무슨 연상? 아트는 이내 어떤 기억은 그대로 묻어두는 게 더 낫다고 결론지어 버렸다.

헬리콥터들과 비행기들이 독수리처럼 상공을 맴돌았다. 비행기는 실질적인 살포를 담당하고, 헬리콥터는 비행기를 호위하는 임무를 맡고 있었다. 아직도 한바탕 싸움을 일으키고 싶어 하는 아편 재배자들이 남아 있다가 돌격소총 AK-47로 일제 사격을 해

댈지도 모르기 때문이었다. 아트는 정확히 겨냥한 AK 한 발이면 헬리콥터 한 대는 그냥 추락해 버린다는 사실을 너무도 잘 알고 있었다. 꼬리 회전날개를 겨냥해서 쏘면 까짓 헬리콥터쯤이야 아이들이 생일 파티에서 부러뜨린 장난감처럼 소용돌이를 그리며 떨어져 내릴 것이다. 조종사를 겨냥해서 쏘면, 글쎄……. 운이 좋아 지금까지는 격추된 헬리콥터가 없었다. 아편 재배자들의 사격 실력이 형편없거나 헬리콥터를 저격하는 게 서툰 탓이리라.

모든 항공기는 멕시코 산(産)이었다. 표면적으로 그랬다. 콘도르 기종은 육군 제9군단과 시날로아 주 정부가 합작하여 멕시코에서 출품한 기종이었다. 하지만 법무부 마약 단속국(DEA)이 그 기종을 사들였고 자신들이 계약한 사람들만 조종사로 쓰고 있었다. 그 조종사들은 대부분 동남아시아 출신의 나이 많은 전직 중앙정보부(CIA) 요원들이었다.

'세상은 참 요지경 속이군. 한때 태국 장군들을 위해 마약을 실어 나르던 녀석들이 지금은 멕시코 아편에 고엽제를 뿌리고 있다니.'

마약 단속국에서는 고엽제로 '에이전트 오렌지(미국이 베트남전쟁 때 썼던 다이옥신계열 제초제. 암이나 신경 마비 등의 증상을 일으켜 1971년 살포중지 되었다 — 옮긴이)'를 쓰고자 했다. 하지만 멕시코 인들이 가만히 있지 않았다. 그래서 그 대신 새로 개발된 고엽제인 '24-D'를 쓰고 있었다. 대부분의 멕시코 인들은 24-D에 대해서 만족스러워했다. 아트는 키득키득 웃음이 났다. 24-D는 아편 재배자들이 양귀비밭 주위의 잡초를 죽이려고 예전부터 써오던 약품이기 때문이다.

덕분에 이미 비축해 둔 게 꽤 있었다.

'그래, 이건 멕시코의 작전이니까. 우리 미국인들은 여기 조언자로 왔을 뿐이야.'

베트남에서처럼.

단지 임무가 달라졌을 뿐이다.

마약에 대한 미국의 전쟁 선포는 멕시코에서 시작되었다. 그리고 지금 수만 명으로 구성된 멕시코 군대가 연방 경찰(federales, 연방 정부군으로도 불린다. 군인들이 소속되어 있다. ─ 옮긴이)로 더 잘 알려진 도시 자치 연방 경찰 대대와 아트 같은 마약 단속국 요원 10여 명을 도와서 이 골짜기를 뚫고 바디라과토 시내 근처로 나아가고 있었다. 병사들 대부분은 구보로 행군했고, 일부 소를 모는 카우보이들처럼 말을 타고 가는 병사들이 그 대열의 앞을 차지하고 있었다. 명령은 간단했다. 양귀비밭에 고엽제를 뿌리고 잔존물을 태우고 허리케인이 마른 잎들을 휩쓸 듯 아편 재배자들을 쫓아버려라. 한 마디로 마약의 원천인 이곳 멕시코 서부 시날로아 산간 지방을 초토화하라는 명령이었다.

옥시덴틀 산맥은 해발, 강우량, 토지 산성도 면에서 서부 지역 중에서 양귀비를 재배하기에 가장 이상적인 곳이었다. 여기서 재배된 양귀비는 아편의 원료가 되며 나아가 값싸고도 강력한 갈색 마약인 멕시코 아편이 되어 미국 도시의 거리로 쏟아져 들어가고 있었다.

'콘도르 작전이라.'

지난 60여 년간 멕시코 하늘에서는 진짜 콘도르가 눈에 띈 적이 없다. 미국에서는 더 오래되었다. 그러나 모든 작전에는 이름이 붙으며 이름이 없는 작전은 진짜 작전으로 여겨지지 않았다. '콘도르 작전'은 진짜 작전인 셈이다.

아트는 콘도르에 대한 책을 읽은 적이 있었다. 콘도르는 맹금류 중에서 가장 큰 새다. 직접 사냥하기보다 버려진 썩은 고기를 찾아다니기를 더 좋아한다고 알려졌지만 거기에는 약간의 오해가 있다. 아트가 읽은 바로는, 커다란 콘도르는 작은 사슴 한 마리쯤 거뜬히 낚아챌 능력이 되지만, 다른 동물의 공격을 받고 죽은 사슴을 내리 덮쳐 홱 가로채는 것을 더 좋아할 뿐이었다.

죽은 자를 먹이로 삼는 작전.

콘도르 작전.

또 베트남전쟁이 연상됐다.

공중 기습 공격.

그렇게 여기까지 왔는데, 또다시 춥고 습기 찬 산에서 벌벌 떨고 있고, 또다시 잡목 수풀 속에 웅크린 채 잠복하고 있다니.

또다시.

다만 이번 목표물은 마을로 귀가하는 베트콩 장교들이 아니라 엘 파트론(보스), 즉 시날로아의 늙은 마약왕 돈 페드로 아빌레스였다. 지난 50년 동안 돈 페드로는 당시의 쟁쟁한 갱이었던 벅시 시걸(20세기 초중반 미국의 유명한 마피아 — 옮긴이)이나 버지니아 힐(벅시 시걸의 여자친구 — 옮긴이)이 이곳에 발을 대기도 전에 이 산악지대의 아편을 쓸어갔다. 서부 지역 마피아에게 공급할 마약의 안정적 공급원을 확보하기 위해서였다.

벅시 시걸은 젊은 돈 페드로와 거래를 맺었고, 그 결과 돈 페드로는 '파트론' 자리에 올라 오늘날까지 유지해 오고 있었다. 하지만 최근 장래가 유망한 젊은이들의 권력 도전으로 이 늙은 파트론의 힘이 조금씩 쇠락하고 있었다.

'자연의 법칙이지.'

아트는 결국엔 젊은 사자와 대결하게 되는 늙은 사자의 모습을 떠올렸다.

아트는 쿨리아칸 호텔 밖 거리에서 들려오는 기관총 소리 때문에 며칠째 뜬 눈으로 밤을 지새우고 있었다. 최근에는 그 정도는 아주 흔한 일이 되어 이 도시에 '리틀 시카고'라는 별명이 붙었다.

허나, 오늘이 지나면 싸울 일도 없을 터였다.

늙은 돈 페드로를 체포하면 막이 내릴 것이다.

'그리고 스타가 되는 거야.'

아트는 다소 죄책감을 느꼈다.

아트는 마약 전쟁의 열렬한 신봉자였다. 샌디에이고의 바리오 로건('바리오'는 미국의 스페인어 통용지역을 일컬음 — 옮긴이)에서 자라면서 아트는 이웃사람들에게, 특히 가난한 사람들에게 헤로인이 무슨 짓을 하는지 직접 봐왔다. 그래서 이번 일의 목적은 거리에서 마약을 뿌리 뽑는 일이지 출세가 아니라고 자신을 일깨웠다.

하지만 늙은 돈 페드로를 추락시키면 출세가 보장될 거라는 사실은 누구도 부인할 수 없다.

솔직히 그 점이 원동력이었다.

마약 단속국은 겨우 3년 된 새내기 기관이었다. 리처드 닉슨 대통령이 마약 전쟁을 선포하고 나자 전쟁에서 싸울 병사들이 필요해졌다. 대부분의 신병은 '마약 및 위험약품 관리국'에서 왔고, 전국 방방곡곡 경찰서의 다양한 부서에서도 많은 사람들이 차출

되어 왔다. 하지만 일찌감치 마약 단속국 요원으로 선발된 사람은 상당수가 중앙정보부 출신이었다.

아트도 CIA 카우보이들 중 하나였다.

카우보이. 경찰 쪽 사람들이 CIA 출신의 신출내기를 부르는 별명이었다. 법률 집행의 특징 때문에 은근히 품고 있는 적의와 불신이 많이 담긴 별명이기도 했다.

'그래선 안 돼.'

마약 단속국에서 아트는 근본적으로 CIA에서와 같은 일을 했다. 즉 정보 수집 담당이었다. 정보를 제공할 사람을 발굴하여 그들과 친분을 쌓으면서 정보를 추적하여 그 정보를 바탕으로 행동을 결정했다. 아트가 새로 맡은 일이 예전에 하던 일과 크게 다른 점이 있다면 목표 대상을 체포해야 한다는 점이었다. 예전 일은 그냥 목표 대상을 죽이면 되었다.

피닉스 작전. 베트콩 하부조직의 계획적 암살.

아트는 실제석인 '암살' 수행에는 그다지 참여하지 않았다. 당시 베트남에서 아트가 했던 일은 가공 전 데이터를 수집하여 분석하는 일이었다. 다른 사람들은 CIA에 파견된 특수 부대 요원들이 대부분이었고 아트의 정보에 따라 출격하거나 실행했다.

그들은 대개 밤에 출격했던 것으로 아트는 회상했다. 그들은 때때로 며칠 동안 돌아오지 않다가 자정이 지난 심야에 각성제에 찌든 상태로 기지에 나타났다. 그리고 숙소로 돌아가서 한꺼번에 며칠 동안 잠을 잤다. 그런 뒤 다시 나와서 같은 일을 반복했다.

아트가 그들과 함께 출격한 적은 기껏해야 몇 번뿐이었다. 정보 제공자가 그 지역에 집결한 대단위 간부들에 대한 정보를 제공하면, 밤에 잠복하기 위해 특수 부대 대원들과 동행했다.

아트는 그 일을 썩 좋아하지는 않았다. 대개는 몹시 놀랐지만, 그래도 할 일은 했다. 방아쇠를 당겼고, 동료들의 뒤를 따라 살아서 나왔다. 두 팔다리도 멀쩡하고 정신도 건강한 상태로 말이다. 아트는 잊을 수 있다면 잊어버리고 싶은 무수한 장면들을 보았다.

아트가 적어 내린 명단이 해당자들에게 사형 집행 영장이 되었다는 사실이야 그저 마음에 간직한 채 살면 되는 문제일 뿐이었다. 정작 문제 되는 것은 점잖지 못한 세상에서 점잖게 살아갈 방법을 찾는 것이었다.

이 망할 놈의 전쟁.

빌어먹을 개망나니 같은 전쟁.

아트도 다른 사람들과 마찬가지로 마지막 헬리콥터들이 사이공 옥상에서 이륙하는 모습을 텔레비전 중계로 보았다. 다른 수많은 퇴역군인처럼 아트는 그날 밤 곤드레만드레 되도록 기분 좋게 술을 마셨다. 그리고 새 부서인 마약 단속국으로 전출 제안을 받았을 때 기꺼이 승낙했다.

아트는 그 사실을 아내 앨시아에게 맨 처음 알렸다.

"아마 싸울 가치가 있는 전쟁일 거야. 어쩌면 우리가 진정으로 이길 수 있는 전쟁인지도 모르고."

그리고 지금, 아트는 돈 페드로가 나타나기를 기다리며, 때가 가까워졌는지도 모른다고 생각했다.

아트는 다리가 아프지만 꼼짝하지 않고 앉아 있었다. 베트남 복무에서 배운 것이었다. 아트를 둘러싼 잡목 수풀에 배치된 요원 20명은 위장 전투복을 입고 우지 기관단총으로 무장한 연방 안전 이사회(DFS)의 멕시코 특수요원들이며, 이들 역시 잘 훈련받은 사람들이었다.

티오 바레라는 정장을 입고 있었다.

티오는 시날로아 주지사의 특별 보좌관으로 이곳 키 큰 잡목 수풀에서조차 자신을 상징하는 검은색 정장, 하얀색 와이셔츠, 폭 좁은 검은색 넥타이 차림을 하고 있었다. 티오는 편안하고 평온해 보였다. 라틴아메리카 남자의 위풍당당한 모습을 잘 보여주고 있었다.

티오를 보면 누구든 1940년대 영화에 나오는 미남 배우를 떠올릴 거라고 아트는 생각했다. 뒤로 매끈하게 빗어 넘긴 까만 머리, 끝이 뾰족한 콧수염, 호리호리한 체격, 화강암에서 깎아낸 듯한 광대뼈와 잘생긴 얼굴.

달빛 없는 밤처럼 새까만 눈동자.

티오, 즉 미겔 앙헬 바레라는 공식적으로 경찰이었다. 시날로아 수립 경잘로, 주지사인 마누엘 세로의 경호를 담당하고 있었다. 비공식적으로는 주지사의 교섭 창구이자 마약 밀매인이었다. 그리고 콘도르가 법적으로 시날로아의 작전이 되는 데에 지장이 없는지 살피면서 실제로 그 작전을 움직이는 사람이었다.

'그리고 나도 그렇지. 솔직히 인정하면, 티오 바레라가 나를 움직이는 셈이지.'

마약 단속국의 12주 훈련은 그리 힘들지 않았다. 신체훈련은 산들바람처럼 가뿐했다. 아트는 4.8킬로미터 달리기와 농구경기를 식은 죽 먹듯 해냈고, 호신술도 랭글리(CIA 본부가 있는 곳 — 옮간이)에서 배운 것에 비해 복잡하지 않았으며, 교관은 훈련생들에게 레슬링이나 복싱 정도만 시켰다. 아트는 어렸을 때 샌디에이고 골든 글러브 대회에서 3등에 입상한 적이 있는 수준급 선수였다.

솜씨는 좋지만, 손이 느린 평범한 미들급 선수였던 아트는 스피드란 배울 수 있는 기술이 아니라는 냉엄한 현실을 깨달았다. 순위를 올릴 만큼 충분한 기술이 있었지만 올라가면 정말 맞기만 할 수도 있는 상황이었다. 하지만 아트는 할 수 있다는 것을 보여주었다. 그리고 그 일은 아트가 혼혈아로서 바리오에 살 수 있는 탑승권이 되어 주었다. 멕시코 복싱선수 팬들은 선수의 배당률보다 선수가 획득하게 되는 것에 더 관심이 많았다.

아트는 그 자격을 획득할 수 있었다.

복싱을 시작한 뒤로는 멕시코 아이들이 아트를 혼자 내버려 두는 일이 많아졌다. 폭력배들조차 아트를 보고 뒷걸음질 쳤다.

하지만 아트는 마약 단속국 훈련 기간에는 링에서 상대편을 관대하게 대하는 일에 무게를 두었다. 과시욕으로 주먹을 휘둘렀다가 누군가를 적으로 만들어 버리는 건 무의미한 일이었다.

법률 집행을 다루는 소송법 수업은 꽤나 힘들었지만 그래도 무사히 통과했다. 마약 훈련은 아주 쉬웠다. 마리화나를 식별할 수 있는가? 헤로인을 식별할 수 있는가? 이런 질문들이었다. 아트는 언제든 정확히 구별할 수 있다고 대답하고 싶었지만 그 충동을 억눌렀다.

아트가 또 억눌러야 했던 유혹은 1등 훈련수료였다. 아트는 그만한 능력이 되었고 스스로 그 사실을 알고 있었다. 하지만 레이더에 탐지되지 않기로 결심했다. 이미 경찰 쪽 사람들은 CIA 쪽 사람들이 자신들의 영역을 침범하고 있다고 생각했다. 그러니 조용히 지나가는 편이 더 나았다.

그래서 아트는 신체훈련 시간에도 무리하지 않았다. 강의실에서도 얌전하게 있었고 고의로 시험문제 몇 개를 틀리게 적기도 했다. 적당히 잘하여 합격하는 수준, 낙제하지 않을 정도의 수준으로만 했다. 현장 훈련에서 적당히 하기는 다소 어려웠다. 망보기 연습? 소싯적에 뗐다. 카메라, 마이크, 도청기 숨기기? 자면서도 설치할 수 있다. 비밀접선, 비밀연락 장소, 정보 제공자 구하기, 용의자 심문, 정보 수집, 데이터 분석? 아트는 그 수업을 가르칠 정도의 수준이었다.

아트는 계속 입을 꾹 다문 채 지냈고, 무사히 졸업했다. 그리고 마약 단속국의 특수요원으로 배속되었다. 마약 단속국은 아트에게 2주간의 휴가를 준 뒤 곧장 멕시코로 보냈다.

멕시코 쿨리아칸.

서반구 지대 마약 거래의 수도.

아편 시장.

야수의 복부.

아트의 새 상관, 쿨리아칸 주재 수사팀장 팀 테일러가 아트를 친절히 맞아주었다. 테일러는 이미 아트의 위장전술을 눈치챘으며 그 속을 훤히 들여다보고 있었다. 테일러는 서류에 시선을 고정한 채 책상 건너편에 앉아 있는 아트에게 물었다.

"베트남?"

"넵."

"'가속 평정 프로그램'······"

"넵."

가속 평정 프로그램, 일명 피닉스 작전. 빠른 속도로 많은 사람들에게 평화를 제공한다는 한물간 우스갯소리.

"CIA."

이번에는 질문이 아니라 주장이었다.

질문이든 주장이든, 아트는 그 말에 대답하지 않았다. 아트는 테일러에 대한 정보를 알고 있었다. 테일러는 저예산 시절, 힘든 시절에 마약 및 위험약품 관리국을 거쳐 온 노장이었다. 마약이 최고의 우위를 차지하고 있기 때문에 테일러는 힘들게 얻은 결실을 신출내기 무리에게 내줄 생각이 없었다.

"너희 CIA 카우보이들의 어떤 점을 내가 싫어하는지 아나?"

"아뇨. 어떤 점이죠?"

"너희는 경찰이 아냐. 킬러지."

'당신도 재수 없긴 마찬가지야.'

아트는 그렇게 말하고 싶었지만 입을 꾹 다문 채 테일러가 늘어놓는 설교를 들었다. 아트가 카우보이 짓을 하는 모습은 티끌만큼도 보고 싶지 않으며, 그들은 여기서 '한 팀'이니까 아트가 '팀원'이 되어 '여기 규정대로 행동하는' 게 나을 거라는 내용이었다.

팀원이 되는 일은 기쁜 일일 것이다. 그들이 아트를 팀에 붙여 준다면 말이다. 뭐 그렇다고 아트가 대단한 기대에 차 있다는 뜻은 아니었다. 백인 아버지와 멕시코 인 어머니의 아들로 바리오에서 자란 사람은 애당초 어느 팀에도 붙지 못했다.

샌디에이고 사업가였던 아트의 아버지는 멕시코 마사틀란에 휴가를 왔다가 멕시코 소녀에게 매혹되었다. (아트는 종종 자신이

잉태된 곳이 시날로아라는 우연성이 우습다고 생각했다. 비록 태어난 곳은 아니지만 말이다.) 아트의 아버지는 의무를 다하기로 결심하고 그 소녀와 결혼했다. 그 소녀가 절세미인이었기에 그다지 괴로운 선택은 아니었다. 덕분에 아트도 잘 생긴 외모로 태어났다. 아트의 아버지는 소녀를 미국으로 데려왔다. 하지만 그 소녀도 아버지가 멕시코 여행에서 사온 많은 물건들과 마찬가지였을 뿐이다. 달빛이 비치는 마사틀란의 해변에서는 그토록 아름다웠던 소녀가 미국의 차가운 일상의 불빛 아래에서는 다소 평범해 보였다.

결국 아버지는 아트가 첫돌을 맞았을 무렵 소녀를 내쳐 버리고 말았다. 아트의 어머니는 아들의 삶에 유리하게 작용할 미국 시민권을 포기하고 싶지 않아서 바리오 로건으로 거주지를 옮기고 아트의 아버지와 왕래 없이 지냈다. 아트는 아버지가 누구인지 알고 있었다. 때때로 크로스비 거리에 있는 작은 공원에 앉아서 유리창이 반짝이는 높은 빌딩들이 늘어선 도심지를 쳐다보면서 아버지를 만나러 어느 건물로 들어가는 상상을 하기도 했다.

하지만 실제로 들어가지는 않았다.

아버지는 수표를 보내왔다. 처음에는 꾸준히, 나중에는 드문드문. 그리고 가끔 아버지로서 압박감이나 죄책감이 휘몰아치면 아트 앞에 나타나서 아트를 저녁 식사나 야구경기에 데려갔다. 하지만 아버지와 아들로 보내는 시간은 어색하고 부자연스러웠다. 그리고 아트가 중학생이 되자 그나마 뜸하던 발길도 완전히 끊겼다.

생활비도 끊겼다.

열일곱이 되자 아트는 마침내 도심으로 걸음을 뗐다. 쉽지 않은 결정이었다. 아트는 높은 유리 빌딩으로 행진하여 아버지의 사무실에 성큼성큼 걸어 들어갔다. 그리고 책상 위에 경이로운 SAT 성적표와 UCLA 합격통지서를 올려놓으며 말했다.

"흥분하지 마세요. 내가 받고 싶은 건 수표뿐이니까요."

아트는 수표를 받았다.

4년 동안 일 년에 한 번씩.

그리고 교훈도 얻었다. 홀로서기.

혼자 힘으로 서야 했다.

배워둘 만한 좋은 교훈이었다. 때마침 마약 단속국이 아트를 쿨리아칸으로 내던졌기 때문이다. 사실상 아트 혼자 말이다.

"그냥 그쪽 땅의 지형만 알아 오게."

테일러가 아트에게 판에 박은 문구들을 늘어놓기 시작할 때 한 말이었다. 물론 '한번 해 봐', '서두를 거 없어' 등의 말도 포함되어 있으며, 거짓말 하나도 안 보태서 '준비에서 실패하는 건 실패를 준비하는 격이야.'라는 말까지 했다.

이 말도 포함되었어야 했다. '가서 뒈져 버려.' 왜냐하면 요점은 그거니까. 테일러와 경찰 쪽 사람들은 아트를 완전히 고립시켰다. 정보도 주지 않았고, 접선할 사람들에게 소개도 시켜주지 않으려 했고, 멕시코 경찰들과 모임자리를 만들었을 때도 푸대접을 했으며, 아침식사로 커피와 도넛을 돌릴 때나 해가 지고 맥주잔을 부딪치며 진짜 정보를 주고받는 시간에도 아트만 쏙 빼서 따돌렸다.

아트는 처음부터 부당한 대우를 받았다.

지역 멕시코 사람들은 백인이라는 이유로 아트에게 말을 걸지 않으려 했다. 쿨리아칸에 있는 백인은 마약 밀매상이나 마약 수사관 중 하나이기 때문이다. 아트는 아무것도 사들일 계획이 없으니 마약 밀매상이 아니었다(테일러는 자신들이 이미 진행 중인 일에 아트가 재를 뿌리는 상황을 바라지 않을 테니 그에게 어떤 돈도 풀지 않을 것이다.). 그러니 아트는 마약 수사관일 수밖에 없었다.

쿨리아칸 경찰은 아트에게 볼일이 없을 것이다. 아트는 집에 머물면서 자신의 일을 신경 써야 하는 백인 마약 수사관이니까. 게다가 어쨌거나 그 경찰들 대부분이 돈 페드로 아빌레스의 급료 지급 명부에 올라 있으니까. 같은 이유로 시날로아 주립 경찰들도 아트와 협상하지 않을 것이다. 거기다 근본적인 원인도 추가된다. 소속된 마약 단속국마저 아트를 상대해 주지 않는데 무슨 이유로 그들이 아트를 상대하려 들겠는가?

아트를 따돌리는 이유가 다른 팀원들이 훨씬 훌륭하게 일을 해내고 있기 때문은 아니었다.

마약 단속국은 2년 동안 멕시코 정부를 문책해 오면서 아편 재배자에게 불리한 활동을 해왔다. 단지 멕시코 연방 경찰에게 '즉시 출격' 약속을 받아낼 목적으로 사진, 테이프 등의 증거와 증인을 제시했다. 하지만 출격은 이루어지지 않은 채 이런 말만 들려왔다.

"여기는 멕시코입니다, 세뇨르(영어의 Mr.에 해당하는 말 — 옮긴이). 이 일들은 시간이 걸립니다."

증거는 김이 빠지고 증인들은 겁을 먹고 해당 멕시코 연방 경찰은 인사 이동이 되어 다른 곳으로 가버렸다. 근거 있는 증거와 증인을 제시하라는 다른 연방 경찰과 처음부터 다시 시작해야 했다. 그래서 증거와 증인을 다시 제시하면, 완벽하게 생색을 내는 태도의 답변이 돌아왔다.

"세뇨르, 여기는 멕시코입니다. 이 일들은 시간이 걸립니다."

봄에 땅이 녹으면서 진흙이 흘러내리는 것처럼 언덕에서 쿨리아칸으로 헤로인이 흘러내려 오는 동안, 젊은 아편 재배자들은 밤 시간을 틈타 돈 페드로의 힘을 빌려서 끝까지 맹렬하게 밀고 나갔다. 아트가 베트남 다낭이나 사이공에서 들었던 포격 소리가 그 도시에서 들릴 때까지, 아니 그때보다 훨씬 더 많은 포화가 일어날 때까지 말이다.

밤마다 호텔 방 침대에서 싸구려 스카치위스키를 벗하며 텔레비전으로 축구경기나 복싱경기를 보고 있자니, 아트는 화가 치밀어 오르기도 했고 자신이 가련하게 여겨지기도 했다.

그리고 앨시아가 그리웠다.

아트가 앨시아를 얼마나 그리워했던지.

아트는 졸업반 때 UCLA의 브루인 워크에서 앨시아 패터슨과 처음으로 인사를 나누었다. 아트는 서툰 문장으로 인사를 건넸다.

"우리, 같은 정치학과 아닌가요?"

키 크고 늘씬한 금발머리 여학생. 앨시아는 동글동글 하다기보다는 좀 각이 진 얼굴이었다. 길쭉한 코는 버선코 같았고 입은 좀 많이 컸으며 초록빛 눈동자는 고전적인 미인의 눈보다 다소 깊숙이 자리 잡고 있었다. 하지만 앨시아는 아름다웠다.

그리고 '똑똑했다'. 두 사람은 실제로 같은 정치학과 학생이었고, 아트는 강의시간마다 앨시아의 발표를 들어 왔다. 앨시아는 자신의 견해(무정부주의자 에마 골드만의 급진주의를 다소 닮은)를 맹렬하게 주장했고, 아트는 그런 모습에도 끌렸다.

그래서 두 사람은 피자를 먹으러 갔고, 피자를 먹은 뒤 웨스트

우드에 있는 앨시아의 아파트로 갔다. 앨시아가 만든 에스프레소를 마시며 이야기를 나누다가 아트는 그녀가 샌터바버라 출신의 부잣집 딸이고 가족은 유서 깊은 캘리포니아 부자이며 아버지는 미국 민주당의 대단한 거물이라는 사실을 알게 되었다.

앨시아에게 아트는 미치도록 잘생긴 사람이었다. 이마로 흘러내린 엉클어진 검은 머리카락, 예쁜 남자에서 벗어나게 해 준 울퉁불퉁 고르지 못한 코, 바리오의 한 소년을 UCLA까지 데려온 차분한 총명함. 더 있었다. 고독함, 공격받기 쉬운 처지, 마음의 상처, 노여움의 칼날. 그런 것들이 앨시아의 애간장을 녹였다.

결국 두 사람은 침대로 향했고, 어둠 속에서 아트가 물었다.

"이제 네 자유주의 리스트에서 지우는 거야?"

"뭘?"

"스픽(spic, 스페인계 미국인을 가리키는 모욕적인 말 — 옮긴이)과 잠자기."

앨시아는 잠시 그 말을 곱씹어 보더니 대답했다.

"있지. 난 지금껏 스픽이 푸에르토리코 사람을 가리키는 말인 줄 알았어. 내가 지울 항목은 '비너(beaner, 멕시코 인을 가리키는 모욕적인 말 — 옮긴이)'와 잠자기야."

"난 절반만 비너인걸."

"그렇다면……. 어휴, 아트. 넌 그냥 '너'야. 따져서 뭘 해?"

앨시아는 아트의 홀로서기 주의에서 예외인 존재였다. 앨시아를 처음 만났을 때만 해도 아트는 자급자족주의에 뿌리 깊게 배어 있었는데, 그걸 뚫고 앨시아가 남모르게 침입해 들어왔다. 과묵함은 이미 아트가 어렸을 때 조심스럽게 자기 둘레에 친 방어

벽이자 습관이었다. 앨시아와 사랑에 빠지면서 아트는 심리 구획화 과목에서 전문적인 이론을 발표할 수 있게 되어 추가 점수를 받았다.

CIA의 우수 인력 발굴 담당자들은 2학년이었던 아트를 눈여겨보았고, 낮게 드리운 나무에서 열매를 따듯 당연하게 아트를 선발했다.

쿠바 망명자였던 국제관계학과 오스나 교수가 아트를 커피점으로 데려가더니 들어야 할 수업과 공부해야 할 언어에 대해 조언을 해 주기 시작했다. 오스나 교수는 아트를 집으로 초대해 포크 사용법과 음식에 맞는 포도주 선택법도 가르쳐 주었고, 어떤 여자들과 데이트해야 하는지도 가르쳐 주었다. (오스나 교수는 앨시아를 무척 좋아했다. "앨시아는 자네한테 완벽한 상대야. 자네에게 지적인 교양을 전해 주는 사람이지.")

그것은 인력 발굴이라기보다는 유혹이었다.

아트는 유혹에 강한 사람이 아니었다.

'그들은 나 같은 사람들을 용케 찾아내.'

아트는 나중에 그런 생각이 들었다. 방황하는 사람. 외로운 사람. 두 문화 속에서 자라 양쪽 세계에 발을 담그고 있지만, 어느 쪽과도 어울리지 못하는 부적응자. 게다가 아트는 그들에게 완벽한 조건을 갖추었다. 똑똑하고, 거리에서 막 자랐고, 야망이 있는 사람이었다. 백인으로 보이지만 라틴계 갈색인과 싸웠다. 그런 사람에게 필요한 것은 오로지 광택을 내는 일뿐이었다. 그리고 그들이 그렇게 만들어 주었다.

그런 다음 작은 심부름이 왔다.

"아트, 볼리비아에서 교수님이 방문했다네. 도시 안내를 좀 해 줄 수 있겠나?"

비슷한 일이 몇 번 더 있고 나면 다른 일로 이어졌다.

"아트, 에체베리아 박사는 한가한 시간에 뭘 하고 싶어 하지? 술? 소녀? 아니야? 그럼, 혹시 소년?"

"아트, 멘데스 교수가 마리화나를 구하고 싶어 했다면 자네가 대신 얻어줄 수 있었을까?"

"아트, 전화통화로 다른 사람을 감동시킬 만한 뛰어난 시인 친구 누구 있을까?"

"아트, 이건 도청장치야. 그 친구 방에 이걸 슬쩍 설치할 수 있다면……."

아트는 눈 하나 깜짝하지 않고 그 일을 모두 해냈다. 그것도 잘 해냈다.

그들은 사실상 아트에게 졸업증서와 랭글리행 티켓을 동시에 긴네주었다. 이 사실을 앨시아에게 설명하는 일은 흥미로운 과제였다.

"네게 말할 수 있을 법도 한데, 정말이지 못하겠어."

그게 아트가 할 수 있는 최선의 말이었다. 앨시아는 바보가 아니었기에 무슨 말인지 알아들었다. 그리고 아트에게 이렇게 말했다.

"복싱. 널 상징하는 완벽한 단어는 복싱이야."

"무슨 뜻이야?"

"못 들어오게 막는 기술. 넌 그 능력이 뛰어나. 아무도 너를 건드리지 못해."

그 말을 듣고 아트는 생각했다.

'아니. 건드린 사람 있어. 너.'

두 사람은 결혼했다. 그리고 몇 주 뒤 아트는 베트남으로 전출되었다. 아트는 앨시아에게 길고 열정적인 편지를 썼다. 자신이 하는 일에 대한 말은 한마디도 없었다. 아트가 베트남에서 돌아왔을 때, 앨시아는 아트가 변했다고 생각했다. 물론 아트는 변했다. 왜 안 그렇겠는가? 하지만 고립적 성향은 원래 존재했던 것이고 그게 더 강해졌을 뿐이었다. 아트는 갑자기 두 사람 사이에 바다만큼 먼 감정의 거리를 두면서도 그런 게 아니라고 주장할 줄도 알게 되었다. 가끔은 앨시아가 사랑했던, 달콤하고 열정적으로 애정이 깊은 사람으로 되돌아가기도 했다.

아트가 담당 업무를 바꿀 생각이라고 말했을 때, 앨시아는 마음이 놓였다. 아트는 새로운 부서인 마약 단속국에 열광했다. 거기서 정말 뭔가 좋은 일을 할 수 있으리라 생각했기 때문이다. 앨시아도 그 부서에 지원하라고 아트를 부추겼다. 비록 마약 단속국으로 발령이 나면 이번에도 아트가 석 달 동안 집을 떠나 있어야 했지만 말이다. 석 달 뒤, 아트는 집에 돌아와 앨시아를 임신시킬 정도의 기간만 머물다 다시 떠났다. 이번에는 멕시코였다.

아트는 멕시코에서 길고 열정적인 편지를 썼다. 이번에도 자신이 어떤 일을 하는지에 대한 글은 한마디도 없었다. 하는 일이 하나도 없기 때문이라고 했다.

자신에게 미안한 감정을 느끼는 일 외에는 어떤 빌어먹을 일도 없다고 했다.

그래서 앨시아는 벌떡 일어나서 뭔가를 하라고 답장했다.

'아니면 그만두고 집으로 돌아와. 아빠한테 말하면 분명 상원 의원 사무국 직원 자리를 구할 수 있을 거야. 말만 해.'

아트는 그 제의에 동의하지 않았다.

대신 벌떡 일어나서 성자를 만나러 갔다.

시날로아의 모든 사람은 성자 헤수스 말베르데의 전설을 알고 있다. 그는 반디토, 즉 대담 무쌍한 도둑으로서 가난한 사람들에게 돈을 되돌려주는 시날로아의 로빈 후드였다. 그의 운이 1909년에 바닥나 버리자 멕시코 연방 경찰은 그를 거리 교수대에 매달았다. 지금은 그곳이 성지가 되었다.

그곳이 성지가 된 것은 자연현상이었다. 처음에는 꽃 몇 송이가 놓였고, 그다음엔 사진 한 장이 놓이더니, 가난한 사람들이 밤을 이용해 대충 뚝딱뚝딱 지은 조그만 판잣집이 들어섰다. 경찰조차 감히 그 건물을 헐 수 없었다. 헤수스 말베르데의 영혼이 성지에 살아 있다는 전설이 생겨났기 때문이다. 이곳에 와서 기도하고 촛불을 켜고 맹세의 기도를 올리면 헤수스 말베르데가 소원을 들어준다는 전설이었다.

농사에 풍년이 들게 해 주고, 적의 침입을 막아주고, 질병을 치료해 줬다.

헤수스 말베르데가 소원을 들어주었다는 깨알 같은 글씨의 감사 쪽지들이 벽에 수두룩하게 붙어 있었다. 아픈 아이가 낫고, 밀린 월세 낼 돈이 마법처럼 어디선가 들어오고, 구속을 모면하고, 유죄판결이 뒤집히고, 밀입국 멕시코 인들이 엘 노르테로부터 안전하게 돌아오고, 살인을 미리 막고, 살인을 앙갚음해 주었다는 쪽지들이었다.

아트는 그 성지로 결정했다. 출발지로 삼기 좋은 장소라는 생각이 들었다. 호텔에서 걸어 내려가 줄을 서서 다른 순례자들과 참을성 있게 기다렸다. 그리고 마침내 안으로 들어갔다.

아트는 성자들에게 익숙했다. 어머니가 바리오 로건에 있는 '과달루페의 성모' 성당에 아트를 열심히 데리고 다닌 덕분에 교리문답, 영적교감, 견진성사도 경험한 바 있었다. 아트는 기도를 한 뒤 성자들의 조각상 앞에 촛불을 켜고 아이처럼 앉아 성자들의 그림을 쳐다보았다.

대학 시절만 해도 아트는 정말이지 아주 독실한 가톨릭 신자였다. 베트남에서도 처음에는 정기적으로 신앙 생활을 했다. 그러나 점차 신앙심이 약해졌고 결국엔 고해성사하러 가는 일도 그만두게 되었다. 고해는 이런 식이었다. 신부님, 용서해 주세요. 저는 죄를 지었습니다. 저를 용서해 주세요. 저는 죄를 지었습니다. 용서해 주세요, 신부님. 젠장, 그래 봐야 무슨 소용인가요? 저는 매일같이 죽일 사람들을 지목하고, 2주마다 내 손으로 그들을 죽이러 갑니다. 그 일이 미사처럼 규칙적인 시간표를 갖추게 되면, 제가 다시는 그런 일을 하지 않겠다고 신부님께 말씀드리러 올 일은 없을 겁니다.

특전사였던 살 스카키는 사람을 죽이러 나가지 않는 일요일마다 미사를 드리러 갔다. 아트는 위선인 줄 알면서도 전혀 갈등하지 않는 그가 놀라웠다. 어느 만취한 밤, 아트가 뉴욕 출신이지만 영락없는 이탈리아 남자인 그에게 그 얘기를 꺼낸 적이 있다. 스카키는 이렇게 대답했다.

"난 괴롭지 않아. 너도 괴로워할 거 없어. 어차피 베트콩은 신을 믿지 않거든. 그러니 그냥 다 혼내줘 버리는 거야."

 그날 밤 두 사람은 맹렬하게 논쟁했다. 스카키가 베트콩 암살을 '하느님의 일'로 여기는 모습을 보고 아트는 오싹해졌다. 공산주의는 교회를 파괴하고 싶어 하는 무신론이라고 스카키는 되풀이했다. 그래서 우리가 하는 일은 교회를 지키는 일이라 죄가 되지 않으며, 오히려 의무라고 해명했다.

 스카키는 목걸이에 달아둔 성 안토니우스의 메달을 셔츠 밖으로 꺼내 보여주었다.

 "성자가 내 안전을 지켜주지. 너도 하나 구해."

 아트는 구하지 않았다.

 지금 쿨리아칸에서, 아트는 일어서서 성자 헤수스 말베르데의 흑요석 눈동자를 노려보았다. 새하얀 석고 피부, 칠흑 같은 콧수염, 다른 모든 훌륭한 성자들에게서 볼 수 있는, 순교자라는 사실을 순례자들에게 일깨워주는 목둘레에 색칠된 화려한 붉은 원.

 성자 헤수스 말베르데는 우리의 죄를 대신 짊어지고 죽었다.

 아트는 그 조각상에게 말했다.

 "당신이 하는 일은 어떤 일이든 도움이 되는 일이고, 내가 하는 일은 그렇지 않습니다. 그래서……."

 아트는 맹세의 기도를 올렸다. 무릎을 꿇고 촛불을 켜고 20달러 지폐 한 장을 넣었다.

 "제가 당신의 뒤를 잇게 도와주십시오. 엄청난 양의 비슷한 일이 미래에 발생할 수도 있습니다. 저는 가난한 사람에게 돈을 줄 것입니다."

 그날 성지에서 호텔로 돌아오는 길에 아트와 아단 바레라의 숙명적인 만남이 이루어졌다.

아트는 그 체육관 앞을 수십 번도 더 지나다녔다. 안을 확인하고 싶은 충동이 여러 번 들었지만 실제로 확인해 본 적은 없었다. 그러나 그날 저녁은 별스럽게 많은 사람이 북적이기에 아트도 들어가서 사람들 틈에 섰다.

아단 바레라는 그 당시 스무 살쯤이었다. 자그마하다고 할 만한 작은 키에 다소 마른 몸집이었다. 뒤로 가지런히 빗어 넘긴 길고 까만 머리, 고급 청바지, 나이키 운동화, 그리고 보라색 폴로셔츠. 여기 바리오에서 입기에는 값비싼 옷차림이었다. 그가 멋진 옷차림의 멋진 청년이라는 사실을 아트는 즉시 알 수 있었다. 아단 바레라는 언제 무슨 일이 일어날지 다 알고 있다는 듯한 표정을 짓고 있었다.

아트는 아단이 165나 167센티미터쯤 되겠다고 여겼다. 그와 달리 그 옆에 서 있는 사람은 190센티미터는 족히 되어 보였다. 그리고 체격도 좋았다. 떡 벌어진 가슴과 비스듬한 어깨에 매끈하게 잘빠진 몸이었다. 얼굴을 보지 않고서는 두 사람이 형제라는 사실을 짐작조차 못하리라. 얼굴은 똑같고 몸은 달랐다. 깊은 갈색 눈, 밝은 커피색 피부, 인도 쪽보다는 스페인 계에 가까워 보였다.

두 사람은 의식을 잃고 쓰러진 복싱선수를 링 가장자리에서 내려다보고 있었다. 또 한 명의 선수는 링 안에 서 있었다. 어디로 봐도 딱 10대로 보이는 아이였다. 하지만 살아 있는 돌 조각상 같은 체격을 갖추고 있었다. 그리고 눈빛이(아트는 예전에 링 안에서 그런 눈빛을 본 적이 있었다.) 타고난 킬러의 눈빛이었다. 다만 지금은 다소 죄책감을 느끼며 당황스러워하는 표정을 짓고 있을 뿐이었다.

아트는 즉시 알아챘다. 그 선수는 방금 스파링 상대를 쓰러뜨렸으며 이제 더 이상 상대할 선수가 없는 상황이었다. 멕시코 바리오에서는 흔하디흔하게 볼 수 있는 광경이었다. 바리오 출신의 가난한 아이들에게는 현실에서 탈출할 수 있는 두 가지 길이 있었다. 마약. 그리고 복싱. 관중들의 말에 따르면 그 선수는 장래가 유망한 선수였고, 아까 그 중산층의 크고 작은 형제가 그 선수의 매니저였다.

이제 키 작은 매니저, 즉 아단이 관중을 둘러보며 링에 올라와 몇 라운드 상대해 줄 사람이 있는지 찾고 있었다. 관중들은 호기심을 갖고 까치발로 두리번거렸다.

아트는 그냥 가만히 서 있었다.

그때 아트와 아단의 눈이 마주쳤다.

"댁은 누구요?"

아단이 묻자 키 큰 매니저, 즉 아단의 동생이 아트를 흘깃 보더니 중얼거렸다.

"양키 마약 수사관이로군."

그러고는 관중 너머로 아트를 똑바로 보며 스페인어로 말했다.

"여기서 꺼져, 재수 없는 놈아."

아트는 즉시 스페인어로 대답했다.

"너나 엿 먹어라, 개자식아."

지극히 백인으로 보이는 사람의 입에서 그런 말이 튀어나온다는 건 놀랄 만한 사건이었다. 아단의 동생이 관중을 헤치며 아트

쪽으로 걸어오려 했다. 하지만 아단이 잡아 세우고 귀에다 속삭였다. 그러자 동생이 웃었다. 아단이 아트에게 영어로 말을 걸어왔다.

"당신, 체급이 대략 맞겠는데. 저 선수와 몇 라운드 뛰어 보지 않겠어?"

"쟨 애야."

아트의 대답에 아단이 말했다.

"자기 몸은 돌볼 수 있지. 사실은 당신 몸까지도 돌볼 수 있어."

아트가 웃었다. 아단이 재촉했다.

"당신, 복싱선수?"

"예전에 잠깐 했지."

"그럼 올라오지, 양키. 당신한테 맞는 글러브를 찾아볼 테니."

아트가 그 도전을 받아들인 건 남자의 과시욕 때문이 아니었다. 그냥 웃어넘길 수도 있는 상황이었다. 하지만 멕시코에서는 복싱을 신성하게 여겼다. 그리고 이 사람들과 몇 달 동안 가까이 지내다 보면 그들이 아트를 교회로 초대할 테고, 아트는 그 초대에 응하면 된다.

"그래서, 내가 싸울 상대가 어떤 녀석인가요?"

관중 하나가 아트의 손에 붕대를 감고 글러브를 끼워주자 아트가 그에게 물었다.

그 남자는 자랑스럽게 말했다.

"'쿨리아칸의 어린 사자'지요. 언젠가 세계 챔피언이 될 거요."

아트는 링 중앙으로 걸어가며 말했다.

"좀 봐주렴. 난 늙은이야."

두 선수가 글러브를 마주쳤다. 아트는 자신을 일깨웠다.

'이기려고 하지 마. 아이를 살살 다뤄. 넌 여기 친구를 사귀러 온 거야.'

10초 후, 아트는 자신의 자만심을 비웃었다. 쏟아지는 펀치들 틈바구니에 서 있었다는 게 정확한 표현일 것이다.

'전깃줄로 묶여 있어도 이렇게 맥을 못 추지는 않겠군. 이거, 이길까 봐 걱정할 때가 아니잖아.'

10초 뒤, 아트는 살아남을 걱정부터 해야겠다고 생각했다. 상대 선수의 펀치 속도가 경이로웠기 때문이다. 펀치를 막거나 반격하기는커녕 펀치가 날아오는 것마저 보이지 않는 상황이었다.

하지만 노력해야 했다.

그건 존중에 관한 문제였다.

그래서 아트는 레프트 잽이 들어오자 곧장 스트레이트를 찔렀다가 다루기 힘든 삼 연타 콤비네이션을 맞았다. 퍽, 퍽, 퍽.

'빌어먹을 팀파니 드럼 안에 갇혀 있는 기분이군.'

아트는 후퇴했다.

잘못된 판단이었다.

상대 선수가 쏜살같이 달려와 번개 같은 잽을 두 방 날렸다. 그리고 얼굴에 스트레이트를 날렸다. 아트의 코가 부러지지 않았다면, 그건 가짜 코이리라. 아트는 흘러내리는 코피를 들이 삼켜 내색하지 않으면서 잇달아 날아오는 펀치들을 글러브로 막았다. 그러자 상대 선수가 아래쪽 공격으로 작전을 바꾸어 아트의 갈비뼈에 레프트 라이트를 숱하게 꽂았다.

벨이 울려 의자로 돌아오기까지가 아트에게는 한 시간쯤 되는 것 같았다.
　의자 옆에 아단의 동생이 서 있었다.
　"실컷 맞았냐, 재수 없는 놈아?"
　이번 '재수 없는 놈'에는 그다지 적의감이 담겨 있지 않았다.
　아트는 친근한 목소리로 대답했다.
　"이제 슬슬 몸이 풀리고 있어, 개자식아."
　아트는 2라운드에 들어간 지 약 5초 만에 녹아웃될 위기에 처했다. 옆구리를 파고든 매운 레프트 훅에 아트는 힘없이 한쪽 무릎을 꿇었다. 그리고 고개를 숙였다. 피와 땀이 코끝에서 떨어져 내렸다. 아트는 숨을 가쁘게 몰아쉬며 찢어진 눈언저리 너머로 관중들이 돈을 교환하는 모습을 보았다. 그리고 아단이 게임은 이미 끝났다는 음조로 열을 세는 소리를 들었다.
　'빌어먹을 놈들.'
　아트는 일어섰다.
　관중 속에서 욕지거리를 내뱉는 소리와 환호하는 소리가 들렸다.
　'자, 아트, 그냥 흠씬 두들겨 맞기만 해서는 어디서도 초대받을 수 없어. 싸우는 모습을 조금이라도 펼쳐 보여야 해. 이 녀석의 펀치 속도를 제압해. 이렇게 쉽게 펀치를 쏘도록 허락하지 마.'
　아트는 앞으로 돌격했다.
　매서운 펀치 세 방을 맞고 비틀거렸지만, 앞으로 계속 나아갔다. 그리고 상대 선수를 링 모서리로 몰았다. 발가락이 닿을 정도의 거리를 유지하며 서로 짧은 펀치들을 주고받았다. 정말 다칠 정도로 센 펀치가 아니라 상대 선수가 글러브로 충분히 막을 정도의 펀치였다. 그런 다음 아트는 자세를 낮춰 상대방의 옆구리에 잽을 두 번 지르고 앞으로 몸을 기울여 녀석이 꼼짝 못 하게 했다.

'조금만 더 버티자. 작은 거 한 방 맞아주고.'

아트는 녀석에게 기대어 다소 지치게 만들었다. 하지만 클린치 상태를 풀어주러 아단이 채 다가오기도 전에 녀석은 아트의 팔 아래로 손을 빼서 휙 하고 두 방을 아트의 옆통수에 날렸다.

아트는 계속 전진했다.

흥미진진한 펀치들이 내내 오갔지만, 공격자는 아트였고, 그 점이 핵심이었다. 상대 선수도 몸을 이리저리 흔들며 자유자재로 펀치를 날리긴 했지만, 그래도 후진을 해야 했다. 그리고 손이 아래로 처지자 아트는 강한 레프트 잽으로 상대의 가슴을 강타하여 뒤로 주춤거리게 했다. 상대 선수가 놀라는 듯했다. 그래서 아트는 다시 한 방을 먹였다.

쉬는 시간 동안 아단 형제는 아트에게 본때를 보여주라고 그 선수를 다그치느라 눈코 뜰 새 없었다. 아트는 상쾌한 기분으로 쉬는 시간을 보냈다.

'한 라운드만 더. 그냥 한 라운드만 더 견뎌 보는 거야.'

벨이 울렸다.

아트가 의자에서 일어나자 여기저기서 지폐들이 오갔다.

아트는 마지막 라운드를 위해 글러브를 부딪치며 상대방의 눈을 들여다보았다. 그리고 그 아이가 자존심에 상처를 입었다는 사실을 단박에 알아챘다.

'젠장. 그럴 생각이 아니었는데. 자아를 억제해, 바보야. 이 경기에서 이기면 안 돼.'

하지만 그건 기우였다.

쉬는 시간 동안 두 매니저가 쏟아낸 말에 상관없이, 그 아이는 경기에 집중했다. 손을 계속 높이 유지하고 자신의 잽 방향인 왼쪽으로 계속 움직이며 자유자재로 펀치를 날리고 뒤로 물러났다.

아트는 앞으로 나아가며 허공에 펀치를 날렸다.

그리고 멈추어 섰다.

아트는 링의 중앙에 서서 고개를 흔들고 웃으며 상대방에게 들어오라는 신호를 보냈다.

관중들이 열광했다.

상대 선수도 좋아했다.

그리고 중앙으로 천천히 치고 들어와서 아트에게 펀치를 퍼부었다. 아트는 글러브로 곧잘 막아내며 간간이 잽을 넣거나 반격 펀치를 날렸다. 녀석은 반격 펀치 너머로 펀치를 날리며 다시 아트를 꼼짝 못 하게 했다.

이제는 아트를 녹아웃 시킬 펀치를 날리려 하지 않았다. 더 이상 아트를 향한 노여움이 없었다. 정말로 연습경기 하듯 스파링을 하며 언제든 원할 때 아트를 칠 수 있다는 것을 보여주고 있었다. 관중들을 겨냥한 경기, 관중들을 위한 구경거리를 보여주고 있었다. 결국 아트는 글러브를 머리에, 팔꿈치를 옆구리에 단단히 붙인 채 한쪽 무릎을 꿇었고, 펀치 대부분을 글러브와 팔로 막아냈다.

마지막 벨이 울렸다.

상대 선수가 아트를 일으켜 세웠고 두 사람은 부둥켜안았다.

"넌 언젠가 챔피언이 될 거야."

"잘하셨어요. 경기 감사합니다."

아단이 글러브를 벗겨주는 동안 아트가 말을 건넸다.

"좋은 선수를 두었군."

"우리는 끝까지 갈 거야."

아단이 손을 내밀었다.

"난 아단, 저 애는 내 동생 라울."

라울은 아트를 내려다보며 인사했다.

"포기하지 않더군, 양키. 난 당신이 포기하리라 생각했는데."

이번에는 '재수 없는 놈'이 아니었다.

"내게 뇌가 있었다면 포기했을 테지."

"당신 멕시코 인처럼 싸우던걸."

라울의 말은 최고의 찬사였다.

'사실은 절반만 멕시코 인인 사람처럼 싸우지.'라고 아트는 생각했지만 그 말을 입 밖으로 꺼내지는 않았다. 라울이 한 말의 뜻은 알고 있었다. 바리오 로건에서 이미 배운 것이었다. 받은 만큼 주기란 어렵다는 것 말이다.

'그래도, 난 오늘 밤 얻은 게 엄청나게 많아. 지금은 호텔로 돌아가 따뜻한 물로 샤워를 실컷 하고 밤새 얼음찜질을 하고 싶은 마음뿐이야.'

"우리 맥주 한잔하러 갈 건데, 같이 가겠어?"

아단의 말에 아트는 기꺼이 동참했다.

그래서 아트는 그날 밤을 아단과 맥주를 마시며 보냈다.

수년 뒤, 아트는 세상에 어떤 대가라도 치르겠다고 다짐했다. 아단 바레라를 당장에 죽일 수만 있다면.

이튿날 아침 팀 테일러가 아트를 사무실로 불렀다.

아트는 형편없는 몰골을 하고 있었다. 아트의 내부 상태를 한 치의 오차도 없이 외부에 반영하고 있는 모습이었다. 아트는 숙취로 머리가 지끈거렸다. 아단을 따라 간 영업 후 클럽에서 어쩌다가 마리화나를 피우게 된 탓이기도 했다. 눈가에 시커먼 멍이 들었고 다크서클도 생긴 데다 코 밑에 말라붙은 핏자국도 있었다. 샤워는 했지만, 면도는 못했다. 첫째, 시간이 없었기 때문에. 둘째, 부어오른 턱 위를 뭔가로 긁을 엄두가 나지 않았기 때문에. 아트는 의자에 앉았다. 천천히 앉는데도 멍든 옆구리가 욱신거렸다.

테일러가 혐오스러운 표정으로 쳐다보았다.

"굉장한 밤을 보냈나 보군."

아트는 소심하게 웃었다. 웃는 것도 아팠다.

"알고 계시잖아요."

"내가 무슨 소리를 들었는지 아나? 오늘 아침에 미겔 앙헬 바레라를 만났어. 그가 누군지 알아? 시날로아 주립 경찰이야. 주지사를 특별히 보좌하는, 이 지역에서 알아주는 인사야. 우린 그와 일하려고 2년 동안이나 애쓰고 있다고. 근데 내 요원 하나가 지역 주민과 싸움을 벌였다는 말을 내가 그 작자에게서 들어야겠나?"

"그건 스파링 경기였습니다."

"뭐가 됐든! 이봐, 그 사람들은 동료나 술친구가 아니야. 우리의 표적이라고. 그리고……"

"그게 문제겠지요."

아트는 자신의 입이 말하는 소리를 들었다. 유체이탈이라도 된 듯 목소리를 조절할 수가 없었다. 입을 다물고 있으려 했지만, 자제심을 유지하기엔 너무 정신이 엉망이었다.
"뭐가 '문제'란 건가?"
'젠장, 엎질러진 물이군.' 이라고 생각하며 아트는 대답했다.
"우리가 '그 사람들'을 '표적'으로 보는 게 문제란 말입니다."
어쨌거나 그 비유가 아트의 심기를 불편하게 한 건 맞았다.
'사람이 표적이라고? 나도 산전수전 공중전까지 다 겪어봤어. 게다가 난 여기서 일이 어떻게 벌어지고 있는지에 대해 지난 석 달 동안 배운 것보다 훨씬 더 많은 걸 어젯밤 배웠다고.'
"이봐, 자넨 이곳 첩보활동 규칙을 안 지키고 있어. 지방 경찰들과 일하도록 해."
"그럴 수 없습니다. 이미 절 이상한 사람으로 만들어 놓으셨잖아요."
"난 자네를 쫓아내고 말 거야. 내 팀에서 빼버리고 싶어."
"그렇게 하시죠."
아트도 이런 내우는 신물이 났다.
"걱정하지 마, 할 거니까. 서류가 처리되는 동안, 좀 프로처럼 처신하도록 해, 엉?"
아트는 고개를 끄덕인 뒤 의자에서 일어났다.
천천히.

관료적 다모클레스의 검(왕의 행복을 칭송하는 다모클레스를 왕좌에 앉히고, 그 머리 위에 머리카락 한 올로 칼을 매달아 왕의 신변의 위험을 가르친 고사에서 유래 — 옮긴이)이 매달려 있는 동안, 아트는 계속 팀원으로 있는 게 더 낫지 않을까 하는 생각이 들었다.
그 속담이 뭐였더라? 죽일 수는 있어도 먹을 수는 없다? 그들은 죽일 수도 있고 먹을 수도 있으니 그 말은 옳지 않지만 그렇다고 서두르지 않아도 된다는 뜻은 아니다. 아트는 상원의원 사무직으로 일하는 자신의 모습을 떠올려 보고 엄청나게 우울해졌다. 앨시아의 아버지가 그 일자리를 확실히 마련해 준다는 보장도 없었다. 그리고 아트는 아버지라는 존재를 다소 용납하지 못하는 사고방식도 지니고 있었다.

낙오자의 사고방식이었다.

상대방이 나를 녹아웃 시키게 내버려 두는 것이 아니라, 그들이 나를 녹아웃 시키게 '만들고' 있는 방식. 그들에게 주먹을 날릴 계기를 만들어 주며, 항상 전투 중이라는 사실을 일깨워주고, 거울을 볼 때마다 떠올릴 일들을 제공해 줬다.

아트는 곧장 체육관으로 발을 옮겼다. 그리고 아단에게 말했다.

"어제 너무 과했는지 머리가 깨질 것 같아."

"하지만 즐거웠어."

아트는 생각했다. '즐거운 시간을 보내긴 했지. 그런데 머리가 쪼개질 듯 아프다고.'

"그 어린 사자는 좀 어때?"

"세사르? 너보다 낫지. 나보다도 낫고."

"라울은 어딨지?"

"어디 낮잠 자러 갔을 테지. 맥주 한잔하겠어?"

"당연하지."

빌어먹을, 목구멍으로 넘어가는 맥주 맛이 끝내줬다. 아트는 멋지게 쭉 들이켜고 얼음처럼 차가운 맥주병을 부어오른 볼에 댔다.

"꼴이 엉망진창이군."

"그 정도야?"

"거의."

아단은 웨이터에게 신호를 보내 냉수육 한 접시를 주문했다. 두 사람은 야외 테이블에 앉아 세상이 지나가는 모습을 쳐다보았다.

"그래서 넌 마약 수사관이로군."

"바로 그렇지."

"우리 삼촌은 경찰인데."

"넌 가업을 따르지 않아?"

"난 밀수업자지."

아트는 의외라는 듯 눈썹을 추켜올렸다. 얼굴이 욱신거렸다.

아단이 웃으며 말했다.

"청바지 사업. 동생과 난 샌디에이고로 올라가서 청바지를 산 뒤 몰래 국경을 건너오지. 그리고 트럭에 싣고 다니며 면세품으로 싸게 팔아. 그게 얼마나 돈이 되는지 들으면 놀랄걸."

"난 네가 대학생인 줄 알았어. 그 뭐더라? 회계학과?"

"계산할 만한 물건을 갖고 있어야 말이지."

"네 삼촌은 네가 술값을 벌려고 무슨 일을 하고 다니는지 알아?"

"티오는 모르는 일이 없어. 근데 내 일을 경박하다고 생각해. 내가 '진지한' 일을 하길 바라지. 하지만 청바지 사업은 짭짤해. 복싱 일이 시작될 때까지 현금을 벌 수 있거든. 세사르는 챔피언이 될 거야. 우린 수백만 달러를 벌게 될 거고."

"직접 복싱을 해본 적은 없어?"

아트가 묻자 아단이 고개를 저었다.

"난 키가 작긴 하지만 보기와 달리 날렵하지 않아. 라울은 가족 속에서 싸움꾼이고."

"아, 난 내 마지막 경기를 치렀다고 생각해."

"잘 생각했어."

두 사람은 웃었다.

우정이 어떻게 싹트는지 생각해 보면 참 우습다.

아트는 수년 뒤, 가끔씩 그때 일을 생각했다. 스파링 경기, 만취했던 밤, 노천카페에서 보낸 오후. 함께 식사하고 술 마시고 시간을 보내며 야망을 나눈 대화들. 던지고 받던 쓸데없는 얘기들. 웃음을 터뜨리던 순간들.

아트는 아단 바레라를 만나기 전까지 진정한 친구를 사귄 적이 없었다.

물론 아트에게는 앨시아가 있었지만 그건 다른 문제였다.

진정으로 아내를 자신의 가장 절친한 친구라고 말할 수도 있겠지만, 그런 문제가 아니다. 아내와 진정한 친구는 다르다. '의형제를 맺었다'거나 '함께 어울려 다닐 친구' 같은, 남자들의 문제다.

단짝, 우정, 거의 의형제였다.

그런 우정이 어떻게 생기는지는 알기 힘들었다.

아단이 아트에게서 발견한 것은 자신의 동생에게서 보지 못했던 것이리라. 총명함, 진지함. 원숙함. 아단 자신이 갖추지 못했지만 갖추고 싶어 하는 사항들이다. 아트가 아단에게서 발견한 것은…… 젠장, 아트는 후에 수년 동안 그 문제를 풀어보려고 했다.

그 시절을 돌이켜 보면 그저 아단 바레라가 '좋은 녀석'이었다는 사실뿐이다. 아단은 정말 좋은 녀석이었다. 적어도 그렇게 보였다. 그 속에 무엇이 잠재되어 있었든…….

어쩌면 그건 우리 모두에게 잠재되어 있는지도 모른다고, 세월이 흐른 뒤 아트는 가끔 생각했다.

확실히 아트의 내면에도 잠재되어 있었다.

개의 힘.

아트를 티오에게 소개해 준 사람은 당연히 아단이었다.

6주 뒤, 아트는 호텔 방 침대에 누워 똥 밟은 기분으로 텔레비전 축구 중계를 보고 있었다. 테일러 팀장이 아트의 전출 발령 승인서를 받았기 때문이다. 아마 아이오와로 보내서, 처방이 필요한 기침약에 관한 규정을 약국들이 잘 따르고 있는지 따위를 확인하는 업무를 맡길 거라고 아트는 생각했다.

줄세는 물 건너갔다.

그때 누군가가 문을 조용히 두드렸다.

아트가 문을 열자 검정 양복, 와이셔츠에, 폭 좁은 검정 넥타이를 맨 남자 한 명이 서 있었다. 구식 스타일로 빗어 넘긴 머리, 끝이 뾰족한 콧수염, 밤하늘처럼 까만 눈동자.

40세쯤 되어 보이는 그는 구시대의 엄숙함을 지니고 있었다.

"세뇨르 켈러, 이런 시간에 찾아와 방해해서 미안하네. 내 이름은 미겔 앙헬 바레라, 시날로아 주립 경찰일세. 잠시 이야기 좀 나눌 수 있겠나?"

'어떤 수작에도 안 넘어가.'라고 생각하면서 아트는 그를 들여오게 했다. 운 좋게도 숱한 외로운 밤을 보내느라 마련한 스카치 위스키가 남아 있어서 그럭저럭 손님 대접은 할 수 있었다. 술잔을 받아든 미겔 앙헬 바레라는 답례로 아트에게 가느다란 검은색 쿠바산 시가를 주었다. 아트는 사양했다.

"끊었습니다."

"그럼 피우는 게 실례가 되겠나?"

"제가 대리만족으로 여기겠습니다."

아트는 온 방 안을 뒤져 재떨이를 찾아 창문 옆 작은 테이블에 놓고 앉았다. 미겔 앙헬 바레라는 잠시 아트를 바라보며 뭔가를 고려하는 듯하더니 말을 꺼냈다.

"내 조카가 부탁하더군. 잠시 자네에게 들러 봐 달라고 말야."

"조카요?"

"아단 바레라."

"아, 네."

아트는 '우리 삼촌은 경찰인데.'라던 아단의 말을 떠올렸다. 이 사람이 '티오'로군.

"아단이 저를 꾀어서 세상에서 최고로 훌륭한 선수와 복싱 경기를 시켰어요."

"아단은 자신을 훌륭한 매니저라고 자부하지. 라울은 자신을 트레이너라고 생각하고."

"잘하더군요. 세사르는 오랫동안 두 사람의 도움을 받을 거예요."

"세사르는 내 선수라네. 내가 좀 무른 삼촌이라 조카들이 참여하게 내버려 뒀지. 하지만 곧 세사르를 위한 진짜 매니저와 진짜 트레이너를 고용해야 할 테지. 그 정도 대접은 받을 만하니까. 세사르는 챔피언이 될 걸세."

"아단이 실망하겠군요."

"좌절을 이겨내는 법을 배우는 일도 남자가 되는 과정이지."

허, 그런 거군.

"아단 말로는 자네가 직업적 난관에 부딪혔다고 하던데?"

이제, 뭐라고 대답해야 하지? 아트는 고민이 되었다. 테일러라면 의심의 여지 없이 '남부끄러운 집안일을 남들에게 말하지 말 것' 같은 판에 박힌 표현을 썼을 터이다. 그리고 그건 옳았다. 만약 미겔 앙헬 바레라가 여기 와 있고 몸을 낮춰 하급 직원과 이야기하고 있다는 사실을 테일러가 안다면 어쨌거나 신경을 곤두세울 게 분명했다.

"제가 상사와 늘 견해가 일치하지는 않아서요."

미겔 앙헬 바레라가 고개를 끄덕였다.

"세뇨르 테일러의 비전이 다소 좁을 수 있지. 그가 볼 수 있는 거라고는 돈 페드로 아빌레스뿐이니. 마약 단속국이 지닌 문제점은, 미안한 말이지만, 대단히 미국적이라는 점일세. 자네 동료들은 우리 문화를 이해하려 들지 않아. 일이 어떻게 돌아가는지, 어떻게 '돌아가야' 하는지를 이해하지 못해."

아트는 틀린 말이 아니라는 생각이 들었다. 이곳 요원들의 접근 태도는 줄잡아 말해도 어색하고 서툴렀다. '우리는 일을 어떻게 해치울지 알고 있다.', '우리 앞에서 비켜나고 우리가 하는 대로 내버려 둬라.' 따위의 엉망인 미국적 태도를 말하는 것이리라. 하지만 그렇게 행동하지 않을 이유가 있겠는가? 베트남에서 그렇게 효과가 좋았으니 말이다.

아트는 스페인어로 대답했다.

"우리는 예민함의 부족을 예민함의 부족으로 만회합니다."

"자네 멕시코 인인가? 세뇨르 켈러?"

"절반만요. 어머니 쪽이죠. 사실 어머니는 시날로아 마사틀란 출신입니다."

왜냐하면, 난 그 카드로 게임 따위는 하지 않으니까.

"하지만 자넨 바리오에서 자랐지. 샌디에이고던가?"

이건 대화가 아니라 숫제 신입사원 채용면접인걸.

"샌디에이고를 아세요? 30번가에 살았죠."

"하지만 폭력단에 가담하지는 않았지?"

"복싱을 했어요."

미겔 앙헬 바레라는 고개를 끄덕였다. 그리고 스페인어로 말하기 시작했다.

"자네들은 아편 재배자를 무너뜨리고 싶어 해. 우리도 그렇고."

"맞습니다."

"하지만 복싱 선수로서, 상대를 곧바로 녹아웃 시키는 공격은 할 수 없다는 사실을 자네도 알 걸세. 상대가 녹아웃될 준비가 되었을 때, 몸쪽 펀치로 다리를 휘청거리게 해서 경기를 끝내야 해. 때가 오기 전에는 녹아웃을 시키려고 덤벼서는 안 되지."

글쎄, 녹아웃 경험이 많지 않아서 말이지.

하지만 이론적으로는 옳다. 우리 양키들은 앞뒤 가리지 않고 녹아웃을 향한 펀치를 휘두르는데, 이 사람은 아직 준비가 되지 않았다고 내게 말하고 있다.

좋다.

"말씀하시는 내용이 아주 잘 이해됩니다. 현명한 처세군요. 하지만 미국인에게는 인내심이 미덕이 아니라서요. 제 생각엔, 만약 제 상사들이 진척상황이나 경과를 볼 수 있다면……"

"자네 상사들은 함께 일하기 어려운 사람들이지. 그들은……"

미겔 앙헬 바레라가 적절한 말을 찾고 있는 사이 아트가 대신 마무리를 지었다.

"무례하죠."

미겔 앙헬 바레라가 동의했다.

"무례함. 정확해. 반면에 만약 우리가 다소 친절하고 마음 맞는, 자네 같은 사람과 일할 수 있다면……"

'그러니까, 아단이 삼촌에게 날 구해주라고 부탁했고, 미겔 앙헬 바레라는 지금 그럴 가치가 있다고 결정한 거로군. 참 무른 삼촌이며, 조카들의 행동을 내버려 두고 있지만, 마음에 명확한 목표를 품은 진지한 사람인 것 같군. 그 목표를 달성하는 일에 난 쓸모 있는 사람일지도 모르겠어.'

다시금, 좋다. 하지만 지금 아트 앞에 놓인 것은 미끄러운 비탈길이다. 조직 외부에서 맺어진 보고되지 않은 관계? 엄격히 금지되는 일이다. 시날로아에서 가장 중요한 인물과 파트너십을 맺고 그 비밀을 내 주머니 속에 간직한다? 시한폭탄이다. 마약 단속국에서 완전히 해고될 수도 있다.

그럼 다시, 내가 포기해야 할 것은 무엇인가?

아트는 술잔을 채우며 말했다.

"당신과 일하고 싶지만, 문제가 있어요."

미겔 앙헬 바레라는 의아한 듯 어깨를 으쓱했다.
"그게 뭔가?"
"저는 더 이상 여기 없습니다. 다른 곳으로 발령이 날 거예요."
그 술이 싸구려라는 사실을 두 사람 다 알고 있는데도, 미겔 앙헬 바레라는 마치 좋은 위스키인 듯 예의 바르게 즐기는 시늉을 하며 조금씩 마셨다. 그리고 아트에게 물었다.
"미국과 멕시코의 진짜 차이점이 뭔지 아는가?"
아트는 고개를 저었다.
"미국에서는 모든 것이 시스템과 관련 있지. 멕시코에서는 모든 것이 개인 관계와 관련 있다네."
그리고 당신은 내게 그 개인 관계를 제의하고 있는 거로군. 공생의 성질을 띤 개인 관계.
"세뇨르 바레라……"
"내 이름은 미겔 앙헬이네. 하지만 내 친구들은 나를 '티오'라고 부르지."
티오, 삼촌이라는 뜻의 스페인어.
글자 그대로를 번역한 말이지만 멕시코식 스페인어에서는 더 많은 뜻을 내포한다. '티오'는 부모의 형제도 될 수 있지만 한 아이의 삶에 많은 관심이 있는 먼 친척일 수도 있다. 그 이상이다. 맏형이나 아버지 노릇을 하며 아이를 보살펴주는 사람이면 누구든 '티오'가 될 수 있다.
대부와 비슷한 존재다.
"티오:……"
아트가 말을 꺼냈다. 미겔 바레라는 웃으며 고개를 아주 살짝 끄덕이는 것으로 그 호칭을 받아들였다. 그리고 입을 열었다.
"아트, 나의 조카……."
'자네는 어디에도 가지 않을 걸세.'

오직 올라가기만 할 뿐.
이튿날 오후 아트의 전출 발령이 취소되었다. 아트는 테일러의 사무실로 다시 불려 갔다.
"자네 대체 누구와 아는 사이야?"
아트는 모르겠다는 듯 어깨를 으쓱해 보였다.
"워싱턴에서 직접 내 고삐를 잡아당겼어. CIA에 있는 녀석이야? 자네, 아직도 그쪽 명부에 올라 있나? 누구를 위해서 일하는 거야, 아트. CIA야, 우리야?"
'나를 위해서지. 나는 나 자신을 위해서 일해.'
아트는 쓸모없는 말은 꿀꺽 삼키고 이렇게 대답했다.
"팀장님을 위해서 일하죠. 명령만 내리세요, 엉덩이에 마약 단속국 문신이라도 해올 테니까요. 원하시면 가슴팍에 팀장님 이름을 문신해 올 수도 있습니다."
테일러는 책상 너머로 아트를 뚫어지게 바라보았다. 아트가 지금 자기를 갖고 노는 것인지 아닌지 헷갈렸고, 어떤 반응을 보여야 할지 확신이 서지 않았다. 테일러는 관료적인 중립의 어조로 입을 열었다.
"자네가 하는 일에 간섭하지 말고 내버려 두라는 지시를 받았어. 내가 어떤 각도로 이 일을 보는지 아나, 아트?"
"제게 목매달 줄을 던져주는 일로서요?"

"정확해."

내가 어떻게 알았지?

"제가 팀장님을 위해 실적을 올리겠어요. 우리 팀을 위해서요."

아트는 일어서서 사무실을 나섰다.

노래가 입에서 저절로 흘러나왔다. 거의 들리지 않게 불렀지만 말이다.

"나는 리오그란데 강에서 온 늙은 카우보이. 하지만 나는 소를 몰아넣을 수 없어. 방법을 모르기 때문이지……"

지옥산(産) 파트너십.

아트가 후에 이 일을 두고 묘사하고 싶은 표현이다.

아트 켈러와 티오 바레라.

두 사람은 드문드문 비밀리에 만났다. 티오는 표적을 조심스럽게 골랐다. 티오가 아트와 마약 단속국을 이용하여 돈 페드로 아빌레스 조직의 벽돌을 하나하나 제거하는 동안, 아트는 그 형성 과정을, 아니 더 정확히 말해, 해체 과정을 볼 수 있었다. 금전적 가치가 있는 양귀비밭, 그다음엔 취사장, 그다음엔 조제실, 그다음엔 젊은 아편 재배자 두 명, 부정직한 주립 경찰 세 명, 돈 페드로 아빌레스에게서 뇌물을 받은 멕시코 연방 경찰 한 명.

티오는 그 모든 것에서 멀리 떨어져 있었다. 결코 직접적으로 개입하지 않았고 최소한의 공적도 차지하지 않았다. 단지 돈 페드로 아빌레스 조직의 내부를 파괴하기 위한 검을 든 손으로 아트를 사용하기만 했다. 그렇다고 아트가 이 모든 일의 꼭두각시 노릇만 한 것은 아니었다. 아트는 티오가 준 정보를, 다른 정보를 분석하고 정보의 영향력을 확인하고 새로운 정보 제공자를 찾는 데에 썼다. 하나의 정보가 두 개의 정보를 가져다주었고, 두 개의 정보가 다섯 개를, 다섯 개가…….

하지만 좋은 일들만 있는 건 아니어서 경찰을 닮은 일부 마약 단속국의 사람들로부터 끝없이 기분 나쁜 대우를 받기도 했다. 테일러 팀장은 대여섯 번쯤 아트를 불러서 추궁했다.

"정보는 어디서 얻는 거야, 아트? 정보 제공자가 누구야? 어디 밀고자라도 사귀어 놨나? 우린 팀이야, 아트. '팀'에 '나'는 없는 거라고."

맞아. 하지만 '승리'에는 있지. 그게 우리가 최종적으로 해야 할 일이야. '이기는 일'. 영향력을 확립하고, 아편 재배자를 다른 아편 재배자와 경쟁시키고, 아편 재배 권력자들의 전성기가 정말 끝나가고 있다고 시날로아 소작농들에게 보여주면서 말이다. 그래서 아트는 테일러에게 아무 말도 하지 않았다.

아트는 사실 테일러와 그의 팀을 골탕먹이고 싶은 마음이 다소 있었다.

기술적 고수인 선수가 링에서 하는 것처럼 티오 바레라는 계략을 써서 행동했다. 언제나 전방으로 압박해 가지만 늘 방어 자세를 취했다. 펀치를 내뻗었지만 자신에게 닥칠 위험이 최소한인 경우에만 날렸다. 바람을 가르며 펀치를 날려 돈 페드로의 다리를 휘청거리게 만들면서 경기를 중단시켰다. 그다음에는……

녹아웃 펀치였다.

콘도르 작전.

군 병력의 대규모 소탕, 항공기 지원, 폭탄과 고엽제 투입이 있었지만, 어디를 칠지 지휘할 수 있는 사람은 여전히 아트 켈러였다. 마치 아트가 영역 내의 모든 양귀비밭, 취사실, 조제실이 낱낱이 표시된 지도를 가지고 있는 듯했다. 사실상 거의 정확한 위치였다.

아트는 지금 큰 포상을 기대하며 잡목 수풀 속에 웅크리고 앉아 있었다.

콘도르 작전의 성공에도 불구하고 마약 단속국은 여전히 한 가지 목표에 집중하고 있었다. 돈 페드로 아빌레스를 잡아라. 아트가 들은 말은 온통 그 얘기뿐이었다. 돈 페드로는 어디 있지? 돈 페드로를 잡아. 우린 엘 파트론을 잡아야 해.

마치 사냥 전리품으로 돈 페드로의 머리를 벽에 걸어두기라도 해야 하는 모양이었다. 그렇지 못하면 전체 작전이 실패로 여겨지는 듯했다. 수천수만 에이커의 양귀비밭을 태워버리고 시날로아 아편 재배자들의 기반을 깡그리 파괴했지만, 성공의 상징이 되어 줄 한 늙은 남자가 아직도 필요했다.

그들은 싸움터에 있었다. 미치광이처럼 뛰어 돌아다니고 온갖 루머와 토막정보를 뒤쫓았지만 늘 한 걸음씩 뒤졌다. 테일러식 표현으로, 간발의 차이로 놓쳤다. 아트는 테일러가 뭘 원하는지 더 이상 판단할 수가 없었다. 돈 페드로를 잡는 것인지, 아트가 돈 페드로를 잡지 못하게 하는 것인지.

지프에서 내린 아트가 까맣게 폐허가 되어버린 주요 헤로인 조제실을 면밀히 살펴보고 있을 때, 티오 바레라의 자동차가 소규모의 연방 안전 이사회 호위대와 함께 연기를 뚫고 나왔다.

연방 안전 이사회라니? 아트는 의아했다. 연방 안전 이사회는

FBI와 CIA를 합친 것과 비슷하고 훨씬 더 강력하다. 연방 안전 이사회 사람들은 사실상 멕시코에서 무슨 일이든 할 수 있는 자유 재량권을 갖고 있다. 지금 티오는 할리스코 주립 경찰이다. 지금 연방 안전 이사회의 정예 부대를 데려와 대체 무엇을 하자는 건가? 게다가 직접 지휘하는 거나 다름없지 않은가? 티오는 지붕 없는 지프 밖으로 몸을 내밀고 한숨을 쉬며 이렇게 말했다.
"우리가 가서 늙은 돈 페드로를 데려오는 게 더 낫겠군."
아트가 마약 전쟁에서 가장 큰 포상을 건네받고 있는 찰나였다. 마치 식료품이 든 봉지를 받듯이. 아트가 물었다.
"돈 페드로가 어디 있는지 아세요?"
"어디 있는지 알다 뿐인가. 어디로 갈지도 알고 있지."

그래서 아트는 지금 잡목 수풀에 쭈그리고 앉아 돈 페드로가 잠복 장소로 걸어 들어오기를 기다리고 있었다. 아트는 자신을 바라보는 티오의 눈길을 느꼈다. 아트가 티오를 건너다보자 티오는 손목시계를 날카롭게 들여다보았다.
아트는 그 메시지를 알아차렸다.
'이제 곧 온다.'

돈 페드로 아빌레스는 벤츠 컨버터블 앞자리에 앉아 흙길을 덜거덕거리며 넘어오고 있었다. 그들은 불타고 있는 언덕에서 빠져나와 산등성이로 올라왔다. 만약 갈림길에서 이쪽이 아닌 다른 쪽 길을 선택한다면 무사히 돌아갈 것이다.
돈 페드로는 운전석에 있는 젊은이 게로에게 말했다.

"조심해, 구덩이를 잘 피해서 운전해. 비싼 자동차야."
"여기서 빠져나가야 합니다, 파트론."
"알아! 하지만 꼭 이 길을 선택해야 했나? 차가 다 망가지겠어."
"이 길엔 병사들이 없을 겁니다. 멕시코 연방 경찰도, 주립 경찰도 없을 거고요."
"확실해?"
돈 페드로가 재차 물었다.
"바레라 측으로부터 직접 들은 정보입니다. 이쪽 길을 말끔히 치워놨다고 했어요."
"그래야겠지. 내가 그쪽에 지급하는 돈이 얼만데."
세로 주지사에게 주는 돈, 에르난데스 장군에게 주는 돈. 바레라 측은 여자의 생리주기만큼이나 규칙적으로 수금하러 왔다. 언제나 정치가들과 장군들에게 주는 돈이었다. 돈 페드로가 어릴 때 아버지에게 사업을 배울 때부터 항상 그런 식으로 해왔다.
그리고 늘 이런 주기적인 소탕이 있었다. 양키들의 지령에 의해 멕시코시티로부터 내려오는 의식적인 행사로서의 청소 말이다. 이번에는 오르고 있는 유가 쪽으로 갈아타기 위해서였다. 세로 주지사는 바레라 편으로 돈 페드로에게 전갈을 보내왔다.
'석유에 투자하시오, 돈 페드로. 아편은 처분하고 그 돈을 석유에 넣으시오. 곧 오를 것이오. 그리고 아편은……'
그래서 돈 페드로는 젊은 멍청이들이 양귀비밭을 사들이도록 놔두고 결제대금을 받아 석유에 투자했다. 그리고 세로는 양키들이 양귀비밭을 불태우도록 허락해 주었다. 그건 태양이 할 일을 대신 해 주는 거나 다를 바 없었다.

'콘도르 작전은 수년간의 가뭄이 시작되기 직전으로 때를 맞췄다.'라는 어마어마한 농담의 근거가 거기 있었다. 돈 페드로는 지난 2년 동안 하늘, 나무, 풀, 새들에게서 그 징조를 보았다. 가뭄이 오고 있었다. 비가 다시 내리기까지 5년간 흉년이 들 가뭄이었다.

"양키들이 양귀비밭을 불태우지 않았더라도, 어차피 내 손으로 불태웠을 거야. 흙을 재생시키기 위해서."

그러니 이 콘도르 작전은 웃기는 짓이며 다 꾸며낸 광대극이었다.

하지만 시날로아에서 빠져나가야 하는 상황은 변함이 없었다.

돈 페드로는 73년을 살아오는 동안 부주의했던 적이 단 한 번도 없었다. 그래서 게로에게 운전을 시켰고 가장 믿음직한 다섯 명의 무장 경호원을 뒤따르는 자동차에 배치했다. 그 경호원들의 가족은 모두 쿨리아칸에 있는 돈 페드로 소유의 주택지역에서 살고 있었다. 만약 돈 페드로에게 무슨 일이 생기면 그들은 모두 죽음을 맞을 것이다.

그리고 돈 페드로와 도제 관계이며 그의 보좌를 맡고 있는 운전사 게로는 돈 페드로가 시날로아의 모든 아편 재배자들의 수호성자인 헤수스 말베르데에게 기도하러 가다가 쿨리아칸 거리에서 거둔 고아였다. 매춘가에서 자란 게로에게 돈 페드로는 모든 것을 가르쳤다. 이제 어엿한 젊은이로 돈 페드로의 오른 팔 노릇을 하는 게로는 고양이처럼 똑똑하고 엄청난 숫자를 순식간에 암산할 수도 있는 데다 벤츠를 몰고 이 험한 길을 아주 빨리 달릴 수도 있었다. 게로라는 이름은 '금발'이라는 뜻으로 밝은 머리카락색 때문에 붙게 되었다.

"속도를 늦춰."

돈 페드로가 명령하자 게로가 큭큭거렸다. 이 늙은 남자는 억만장자이면서도 자동차 수리 비용 때문에 늙은 암탉처럼 꼬꼬댁거렸다. 벤츠 따위는 내다 버려도 미련 없다고 큰소리치면서도 고작 세차 비용 몇 푼 때문에 불평을 해댈 사람이었다.

게로는 걱정하지 않았다. 이미 익숙해졌기 때문이다.

게로는 속도를 늦추었다.

"쿨리아칸에 도착하면 헤수스 말베르데를 찾아가 기도를 드려야겠어."

"쿨리아칸에는 머물 수 없습니다, 파트론. 거긴 미국인들이 있을 거예요."

"미국놈들 따위 상관없어."

"바레라 측에서 과달라하라로 가라고 충고했습니다."

"과달라하라는 싫어."

"잠시 동안만 머무르시면 됩니다."

벤츠가 갈림길에 이르자 게로는 좌회전하려고 했다.

"우회전."

"좌회전해야 합니다, 파트론."

돈 페드로가 웃으며 말했다.

"네 아버지의 아버지가 네 할머니의 팬티를 끌어내리고 있었을 때부터 난 이 언덕에서 아편을 갖고 나갔어. 우회전 해."

게로는 어깨를 으쓱하더니 차를 오른쪽으로 돌렸다.

길이 좁아지고 흙이 부드럽고 깊어졌다.

"계속 가, 천천히. 천천히 가되, 계속 전진해."

그들은 빽빽한 잡목 수풀을 지나 오른쪽으로 급하게 꺾인 길에 이르렀다. 게로는 가속 페달에서 발을 뗐다. 돈 페드로가 물었다.

"대체 뭐 하자는 거야?"

잡목 수풀에서 총부리가 삐죽이 나와 있었다.

여덟, 아홉, 열 개였다.

그 뒤로 열 개가 더 있었다.

그때 검은 정장을 입은 티오 바레라가 보였다. 돈 페드로는 모든 것이 괜찮다는 사실을 알았다. '체포'는 미국인들에게 보여줄 쇼일 것이다. 당장은 감옥으로 가더라도 하루 만에 나올 것이니까.

돈 페드로는 천천히 일어서서 팔을 올렸다.

부하들에게도 똑같이 하라고 명령했다.

하지만 게로 멘데스는 자동차 바닥으로 천천히 몸을 낮추었다.

아트가 자리에서 일어섰다.

그리고 돈 페드로를 보았다. 두 손을 위로 든 채 추위에 떨며 지붕이 열린 자동차에 서 있었다.

'아주 허약해 보이는 노인네로군. 강풍 한 줄기면 훅 날려가겠어.'

면도를 하지 않아 하얀 수염이 송송 돋아 있었고, 움푹 들어간 눈이 눈에 띄게 피로해 보였다. 그저 인생의 종착역에 다다른 연약한 노인네 같았다.

그를 체포하는 일이 잔인해 보일 정도였다. 하지만······.

티오가 고개를 끄덕이자, 티오의 병사들이 사격을 시작했다.

총탄들이 돈 페드로를 앙상한 나무처럼 뒤흔들었다. 아트가 소리를 질렀다.

"뭐 하는 겁니까? 그는 항복하려고 하……."
아트의 목소리는 포성 속에 파묻혔다.

게로 멘데스는 자동차 바닥 깊숙한 곳에 웅크리고 있었다. 고막을 뚫을 듯한 소리 때문에 손으로 귀를 가리고 있었다. 돈 페드로의 피가 부슬비처럼 게로의 손등과 옆얼굴과 등짝에 튀었다. 게로는 엄청난 포성 속에서도 돈 페드로의 비명소리를 들을 수 있었다.
어느 할머니가 개를 닭장 밖으로 내쫓으며 내는 소리 같았다.
게로가 아주 어렸을 때 들어본 소리였다.
마침내 끝이 났다.
게로는 긴 침묵의 순간을 열 번쯤 보낸 다음에야 일어설 용기를 냈다.
빽빽한 초록 잡목 수풀에서 몸을 드러내는 경찰들이 보였다. 뒤로는 돈 페드로의 다섯 경호원이 쓰러져 죽어 있고, 자동차 문에 난 총알구멍으로 낙수 홈통에서 물이 흘러내리듯 피가 쏟아지고 있었다.
그리고 게로의 바로 옆에는 돈 페드로가 있었다.
입을 벌린 채 한쪽 눈을 뜨고 있었다.
다른 쪽 눈은 사라지고 없었다.
돈 페드로의 몸은 작은 공들을 여러 개의 구멍으로 굴려 넣는 싸구려 게임판 같아 보였다. 구멍이 훨씬 더 많다는 점만 빼고. 그리고 자동차 앞 유리에서 떨어진 깨진 유리조각이 온몸을 뒤덮고 있었다. 값비싼 웨딩 케이크 위에서 빙빙 도는 설탕 입힌 신랑

인형처럼.

바보같이, 게로는 돈 페드로가 지금의 벤츠 꼬락서니를 보면 얼마나 화를 낼까 하는 생각이 들었다.

자동차는 완전히 박살 나 있었다.

아트가 자동차 문을 열자 돈 페드로의 시신이 밖으로 미끄러져 내렸다.

그 노인네가 아직도 괴롭게 숨을 쉬고 있는 것을 보고 아트는 몹시 놀랐다.

'구급 헬기를 부를 수 있다면 아직 기회가……'

그때 티오가 걸어와 시신을 내려다보며 말했다.

"멈춰. 안 그러면 쏜다."

티오는 권총집에서 45구경 총을 꺼내 이 늙은 마약상의 뒤통수를 겨냥해 방아쇠를 당겼다.

돈 페드로의 목이 땅에서 획 떠올랐다가 툭 떨어졌다.

티오는 아트를 보며 말했다.

"이 작자가 총을 잡으려고 손을 뻗었어."

아트는 대답하지 않았다. 티오가 반복해서 말했다.

"총을 잡으려고 손을 뻗었어. 늘 있는 일이지."

아트는 땅바닥에 널려 있는 시신들을 둘러보았다. 연방 안전이사회 대원들이 죽은 사람들의 무기를 집어 들어 허공에 대고 쏘았다. 총신에서 붉은 불꽃이 터져 나왔다. 아트는 생각했다. '이건 체포가 아니야. 사형집행이야.'

깡마른 금발머리 운전사가 차에서 기어 나와 피로 흥건한 땅에 무릎을 꿇고 두 팔을 들어 올렸다. 그는 떨고 있었다. 그것이 두려움 때문인지, 추위 때문인지, 둘 다 때문인지는 아트도 알 수가 없었다.

'나라도 떨릴 거야. 사형이 집행될 것을 안다면.'

이 정도면 살인은 지긋지긋할 정도로 충분했다.

아트는 티오와 무릎 꿇은 청년 사이로 걸어갔다. 아트가 티오를 불렀다.

"티오……."

티오가 게로에게 말했다.

"일어나, 게로."

게로가 비틀거리며 두 발로 일어서며 말했다.

"신의 가호가 있기를 빕니다, 파트론."

'파트론'. 보스라니?

그제야 아트는 이해했다.

이것은 체포도 사형집행도 아니었다.

암살이었다.

아트가 티오를 바라보았다. 티오는 총을 총집에 넣고 가느다란 검은 시가에 불을 붙였다. 티오는 고개를 들어 아트를 보았다. 그리고 돈 페드로의 시신을 턱으로 가리키며 말했다.

"네가 원하던 것을 얻었구나."

"티오도요."

"글쎄."

티오는 어깨를 슬쩍 으쓱했다.

"전리품을 챙기도록 해."

아트는 지프에서 비옷을 가져와 돈 페드로의 시신을 조심스럽게 싸서 어깨에 둘러멨다. 무게가 거의 느껴지지 않았다.
아트는 시신을 지프 뒷좌석에 실었다.
그리고 전리품을 베이스캠프로 이송하기 위해 출발했다.
콘도르와 피닉스, 뭐가 다르단 말인가?
이름이 뭐가 되었든 지옥이기는 마찬가지였다.

아단 바레라는 악몽에 놀라 잠을 깼다.
주기적으로 윙윙대는 낮은 소리.
아단이 오두막집에서 달려나와 고개를 들자 하늘에 왕 잠자리들이 맴돌고 있었다. 아단이 눈을 깜박이자 왕 잠자리들이 헬리콥터로 바뀌었다.
헬리콥터들이 독수리처럼 내리 덮치고 있었다.
그때 고함소리와 트럭 소리, 말발굽 소리가 들렸다. 군인들은 달리고 있고 총은 불을 뿜었다. 아단은 소작농 한 명을 붙잡고 명령했다.
"나를 숨겨줘!"
그 남자는 아단을 한 오두막집으로 데려가 침대 밑에 숨겼다. 그러나 초가지붕에 불이 붙자 아단은 별수 없이 밖으로 나와 군인들의 총검과 마주하게 되었다.
대재앙이다. 도대체 무슨 일이 일어나고 있단 말인가?
그리고 삼촌. 삼촌이 펄펄 뛰며 화를 내리라. 삼촌은 그들에게 이번 주에는 여기서 떠나 티후아나 혹은 샌디에이고에 가 있으라고 했었다. 여기가 아닌 어느 곳으로든 가라고 말이다. 하지만 동생 라울은 요즘 애타게 쫓아다니는 바디라과토 소녀를 만나야 했고, 파티에도 참석할 예정이었다. 그리고 아단은 라울과 함께여야 했다.

'라울은 어디 있는지도 모르겠고 내 가슴엔 총검이 겨눠져 있구나.'

삼촌 티오는 아버지를 잃은 두 소년을 맡아 키워왔다. 아단이 네 살 때부터였다. 티오 바레라는 그때만 해도 가장 노릇을 할 준비가 되어 있지 않았다. 하지만 가장으로서의 책임감을 떠맡게 되자 돈을 벌어다 주고, 아버지처럼 소년들에게 말하고, 아이들이 옳은 일을 하는지 살펴보게 되었다.

가족의 삶은 티오의 세력이 커감에 따라 풍족해졌다. 아단이 10대 청년이 되었을 때에는 탄탄한 중산층의 삶을 누리고 있었다. 시골 아편 재배자들과는 달리 바레라 형제는 도시의 아이들이었다. 쿨리아칸에 살며 학교에 다녔고, 도심의 수영장 파티나 마사틀란의 해변 파티에 갔다. 뜨거운 여름에는 티오 소유의 바디라과토 대농장에서 소작농의 아이들과 놀며 시원하게 지냈다.

바디라과토에서 보낸 소년시절은 아름다웠다. 산중 호수로 자전거를 타러 가고, 얼굴을 새긴 바위에서 화강암 채석장의 에메랄드빛 깊은 물 속으로 다이빙도 하고, 여남은 명의 아주머니들이 호들갑을 떨며 토르티야, 알본디가스, 그리고 아단이 가장 좋아하는, 캐러멜을 두껍게 입힌 푸딩을 만들어주는 동안 넓은 테라스에서 빈둥거리며 지내기도 했다.

아단은 그 소작농들을 무척 좋아하게 되었고, 그들 역시 아단에게 사랑스러운 대가족이 되어 주었다. 아단은 아버지가 죽은 뒤로 어머니와 떨어져 지내야 했다. 더군다나 삼촌은 온갖 사업과 심각한 일들에 파묻혀 있었다. 하지만 소작농들은 달랐다. 그들은 모두 여름 햇볕의 따스함을 지닌 사람들이었다.

아단의 어린 시절 신부님이었던, 후안 신부님이 끊임없이 설교했던 말 그대로였다.

"예수님은 가난한 사람들과 함께하신다."

그 어린 시절의 아단은, 그들이 농장에서, 부엌에서, 세탁실에서 피곤에 지치도록 열심히 일함에도 불구하고, 일터에서 돌아오면 아이들을 자기 무릎에 앉히고 게임을 하거나 농담을 하는 것을 보았다.

아단은 여름 저녁을 그 어느 때보다 좋아했다. 가족이 모두 모이면 주부들은 요리하고 아이들은 미친 듯 깔깔대며 떼 지어 뛰어다니고 남자들은 시원한 맥주를 마시며 농담을 나누거나 농작물, 날씨, 가축들에 대해 이야기했다. 그리고 커다란 참나무 아래의 큰 탁자에 모두 둘러앉아서 함께 식사를 했다. 일단 먹기 시작하면 조용해졌다. 그리고 배고픔이 사라지면 다시 농담, 허물없는 놀림, 웃음으로 떠들썩해졌다. 식사를 마치고 긴긴 여름 해가 서서히 밤에게 자리를 내주면서 공기가 시원해지면, 아단은 아저씨들이 기타를 들고 와서 앉는 의자에 바짝 붙어 앉았다. 그리고 아저씨들이 아편 재배자들과 반디토들과 혁명가들에 대한 노래를 부를 때면 넋을 잃고 들었다. 그 시날로아 영웅들은 아단이 어렸을 때 들은 전설을 보완해 주었다.

그러다가 피곤이 몰려올 때쯤 아저씨들은 내일도 해가 얼마나 일찍 뜰지 이야기하며 아단과 라울을 집 안으로 들여보냈다. 그리고 아저씨들이 방충망이 쳐진 발코니의 야영침대에서 잠을 청하면, 아주머니들이 홑이불 위에 시원한 물을 흩뿌려주었다.

그리고 거의 밤마다 아주머니들, 할머니들은 아이들에게 마녀 이야기나 올빼미, 매, 독수리, 뱀, 도마뱀, 여우, 늑대로 둔갑한 귀신 이야기를 해 주었다. 미치도록 사랑에 빠진 순진한 청년이 아름다운 아가씨에 대한 사랑만으로 퓨마, 늑대, 거인, 유령과 싸우지만, 그 아가씨가 사실은 흉측한 노파, 올빼미, 여우라는 사실을 뒤늦게 알아낸다는 이야기였다.

아단은 이야기를 들으며 잠이 들었고 죽은 듯 잠을 잤다. 그리고 아침 햇살에 눈을 비비고 일어나 갓 구운 토르티야, 마차카, 초리조, 탐스럽고 즙 많은 오렌지 냄새를 맡으며 아름답고 기나긴 하루를 다시 시작했다.

그런데 오늘은 재와 유독 물질 냄새로 아침을 맞이하고 있다.

군인들의 마을 습격으로 초가지붕은 불타오르고, 벽돌집은 총의 개머리판에 맞아 무너져 내렸다.

거기에 있던 멕시코 연방 경찰의 나바레스 대위는 기분이 아주 언짢은 상태였다. 미국 마약 단속국 요원들이 지금까지의 진행 상황을 달가워하지 않았기 때문이다. 마약 단속국 요원들은 '잔챙이들'을 공격하는 일에 이제 신물이 나서 그 위쪽 단계로 올라가고 싶은데, 나바레스 대위가 '거물들'이 어디 있는지 알면서도 일부러 피해 가고 있다고 의심했다. 그래서 나바레스 대위를 은근히 몰아세운 것이다.

그들은 송사리는 많이 잡았지만 대어는 잡지 못했다. 지금까지 그물망을 빠져나간 가르시아 아브레고, 엘 베르데라는 별명의 찰리노 구스만, 하이메 에레라, 라파엘 카로를 이젠 잡아야 할 때라고 생각했다.

그리고 무엇보다도 돈 페드로를 원했다.

'엘 파트론' 말이다.

"우리가 맡은 임무가 술래잡기는 아닌데 말이오, 안 그렇소?"

파란 야구 모자를 쓴 마약 단속국 요원 한 사람이 비꼬아 물었더랬다. 그 질문에 나바레스 대위는 화가 울컥 치밀어 올랐다. 멕시코 경찰이 모두 뇌물을 받았다느니, 돈을 요구했다느니 하는 양키들의 끝없는 중상모략들.

그래서 나바레스 대위는 화가 나고 자존심이 상해 있었다. 그런 말들이 훌륭한 사람을 단숨에 위험한 사람으로 만들어 버리기 때문이다.

그때 나바레스 대위의 눈에 아단이 들어왔다.

고급 청바지와 나이키 운동화만 봐도 말쑥한 옷차림에 도시풍 머리모양을 하고 있는 키 작은 이 젊은이는 소작농이 아니다. 그는 어디로 보나 쿨리아칸에서 온 중류층 풋내기 아편 재배자로 보였다.

나바레스 대위가 성큼성큼 걸어와서 아단을 내려다보았다.

"난 도시 자치 연방 경찰의 나바레스 대위다. 돈 페드로 아빌레스는 어디 있나?"

"전 그런 거 몰라요. 저는 대학생이에요."

아단은 떨리는 목소리를 애써 감추며 대답했다. 나바레스 대위가 비웃었다.

"전공이 뭐지?"

"회계…… 학이오."
"회계학. 무슨 계산을 하지? 킬로그램?"
"아닙니다."
"여긴 그냥 우연히 왔다 이거지."
"동생과 함께 여기 파티에 왔어요. 보세요, 이건 완전히 잘못된 거예요. 우리 삼촌에게 물어보시면 삼촌이……."
나바레스 대위는 권총을 뽑아들고 손등으로 아단의 얼굴을 후려쳤다. 멕시코 연방 경찰은 의식을 잃은 아단과 아단을 숨겨준 소작농을 트럭 뒤에 싣고 출발했다.

이번에는 어둠 속에서 정신이 들었다.
아단은 밤이 되어 어두운 게 아니라 검은 두건이 씌워 있어서 깜깜해 보인다는 사실을 깨달았다. 숨이 가빠지고 공포감이 밀려들기 시작했다. 두 손은 등 뒤로 꽉 묶여 있었다. 그리고 소리는 들렸다. 모터 돌아가는 소리, 헬리콥터 회전날개 소리.
'기지 같은 곳에 온 걸까?'
그때 더욱 기분 나쁜 소리가 들렸다. 남자의 신음소리, 살과 뼈에 고무제품이 강하게 부딪치는 소리, 날카로운 금속 소리. 그 남자의 오줌 냄새, 똥 냄새, 피 냄새가 풍겨왔다. 아단 자신의 공포감에서 배어 나오는 메스꺼운 냄새도 느껴졌다.
나바레스 대위의 침착하고 거만한 목소리가 들렸다.
"돈 페드로가 어디 있는지 말해."
나바레스 대위는 땀과 피로 범벅이 되어 텐트 바닥에 웅크린 채 벌벌 떨고 있는 시골뜨기 노동자를 내려다보았다. 쓰러져 있는 노동자의 양 옆에는 키 큰 멕시코 연방 경찰 두 명이 서 있었다. 한 명은 길고 묵직한 고무호스를, 다른 한 명은 짧은 쇠몽둥이를 쥐고 있었다. 그 뒤쪽으로 마약 단속국 요원들이 정보를 기다리며 앉아 있었다. 그들은 필요한 정보만 원할 뿐, 정보가 나오는 과정은 관심 없었다.

나바레스 대위는 생각했다.

'미국인들은 소시지 만드는 과정을 알고 싶어 하지 않지.'

나바레스 대위는 멕시코 연방 경찰 한 명에게 고개를 끄덕여 보였다.

아단의 귀에 쉭 하는 고무호스의 파공음이 들리더니 이어서 비명소리가 들렸다.

"그 사람을 때리지 마요!"

아단이 소리치자 나바레스 대위의 목소리가 들렸다.

"아, 너도 있었지."

나바레스 대위가 아단에게 몸을 숙이자 숨결이 느껴졌다. 민트향 비슷한 냄새가 났다.

"그럼 '네'가 말해 봐. 돈 페드로는 어디 있지?"

"말하지 마!"

소작농이 소리를 질렀다. 그러자 나바레스 대위가 명령했다.

"다리를 부러뜨려."

연방 경찰이 소작농의 정강이에 몽둥이를 휘두르자 소름 끼치는 소리가 났다.

도끼로 나무 패는 소리처럼.

그리고 비명소리.

신음소리, 컥컥거리며 토하는 소리, 애원하고 있지만 아무 소리도 안 나오는 그런 소리가 들렸다.
"이쯤 되니 믿겠어. 이놈은 정말로 아는 게 없어."
아단은 나바레스 대위가 가까이 오고 있는 것을 느꼈다. 나바레스 대위의 숨결에서 커피 냄새와 담배 냄새가 났다.
"하지만 분명 너는 알고 있어."
아단의 머리에서 두건이 휙 벗겨졌다. 그러나 눈에 뭔가가 보이기도 전에 눈가리개로 다시 가려졌다. 그리고 앉아 있던 의자가 뒤로 기울어지더니 곧 거꾸로 매달린 기분이 들었다.
"돈 페드로는 어디 있지?"
"몰라요."
아단은 정말 몰랐다. 그게 문제였다. 돈 페드로가 어디 있는지 간절히 알고 싶지만 모르는 것을 어쩌랴. 그 순간 아단은 잔인한 진실에 직면하고 만다. 만약 알고 있다면 아단은 말할 것이다.
'난 저 소작농만큼 강인하지 않아. 저 정도로 용감하지도 않고 충성스럽지도 않아. 나라면 이 작자들이 다리를 부러뜨리기 전에, 내 뼈에서 끔찍한 소리를 듣게 되기 전에, 감히 상상도 못 할 엄청난 고통을 느끼기 전에, 어떤 것이든 말해 버릴 거야.'
하지만 아단은 몰랐다.
"정말이에요. 저는 전혀 몰라요······. 저는 아편 재배자가 아니에요."
"흠······."
나바레스에게서 나온 말은 불신의 '흠'이었다.
그리고 아단은 무슨 냄새가 나는 것을 느꼈다.

휘발유 냄새.

그들은 아단의 입에 재갈을 물렸다.

아단은 발버둥쳤지만 커다란 손들이 그를 꽉 붙잡고 콧구멍에 휘발유를 부었다. 그러자 마치 익사한 듯한 기분이 들었다. 사실 그렇기도 했고. 아단은 기침을 하고 싶고 토해내고도 싶었지만, 입에 물린 재갈 때문에 그럴 수 없었다. 목구멍까지 토사물이 올라온 걸 느끼며, 이제 토사물과 휘발유의 혼합물에 질식하겠구나, 라고 생각했다. 아단을 꽉 붙잡고 있던 손들이 떨어져 나가자 아단은 머리를 격렬하게 뒤흔들었다. 그때 그들이 아단의 입에서 재갈을 빼내고 의자를 바로 세웠다.

아단의 구토가 끝나자 나바레스 대위가 다시 물었다.

"돈 페드로는 어디 있지?"

"몰라요."

아단은 숨을 가쁘게 쉬었다. 목구멍에서 공포가 일었다. 그 공포심이 아단에게 바보 같은 소리를 하게 만들었다.

"제 주머니에 돈이 있어요."

다시 의자가 기울어지고 재갈이 물려졌다. 휘발유가 아단의 코로 들어가 비강을 채웠다. 아단은 마치 뇌까지 휘발유가 쏟아져 들어간 기분이 들었다. 차라리 그러기를 바랐다. 그렇게 죽어버리기를 바랐다. 이건 참을 수가 없으니까. 아단이 막 의식을 잃는 듯했을 때 그들이 의자를 바로 세우고 재갈을 빼냈다. 아단은 자기 몸에다 토했다.

나바레스 대위가 소리를 질렀다.

"내가 뭐로 보이지? 과속차량 단속하는 교통경찰로 보이나! 나한테 팁을 주겠다?"

"죄송합니다." 아단이 숨을 헐떡거렸다. "저를 풀어주세요. 꼭 연락드릴게요. 당신이 원하는 대로 드리겠어요. 금액만 말하세요."

의자가 다시 기울어졌다. 재갈. 휘발유. 독기가 비강, 뇌, 폐에 침투하는 끔찍하고 소름 끼치는 느낌. 아단은 머리가 마구 흔들리고 몸통과 발이 걷잡을 수 없게 뒤틀리고 버둥거리는 것을 느꼈다. 그리고 마침내 그 몸부림이 멈추자 나바레스 대위는 손으로 아단의 턱을 들어 올렸다.

"이런 쓰레기 같은 홍정꾼을 봤나. 넌 모든 사람을 판매용 물건으로 생각해, 그렇지? 한 가지 말해줘야겠군. 넌 나를 살 수 없어, 이 새끼야. 난 판매용 물건이 아니야. 여긴 판매 따위는 없어. 거래도 없지. 그냥 넌 내가 원하는 것을 줘야 해."

그때 아단은 자기도 모르게 아주 어처구니없는 말을 뱉어내고 말았다.

"똥이나 먹어라."

나바레스 대위는 이성을 잃고 괴성을 질렀다.

"뭐? 똥이나 먹어라? 똥이나 먹으라고? 이리 데려와."

그들은 아단의 발을 잡고 질질 끌어 텐트 밖에 있는 변소로 데려갔다. 오래된 변기가 더러운 구덩이 위에 가로놓여 있고, 구덩이 속은 똥, 휴짓조각, 오줌, 파리가 넘칠 정도로 가득 차 있었다.

그들은 비틀거리는 아단을 들어 올려 머리가 구덩이 위쪽에 자리 잡게 했다.

"나더러 똥을 먹으라고? 똥은 네가 먹어야지!"

나바레스 대위가 날카롭게 소리를 질렀다. 그들은 아단의 머리를 낮추어 오물 속에 완전히 담갔다.
아단은 숨을 참으려고 애썼다. 몸을 비틀고 꿈틀거리고 발버둥치며 숨을 참으려고 하지만 결국 오물 속에서 숨을 쉬어야 했다. 그들은 아단을 끌어올렸다.
아단은 기침을 하며 입에서 똥을 토해냈다.
그들이 다시 아단의 머리를 변기 속에 들이밀자 아단은 공기를 급히 들이 삼켰다.
이번에는 눈과 입을 앙다물고 다시 똥을 삼키기 전에 죽어버리겠다고 맹세했다. 하지만 곧 몸이 뒤틀리고, 폐가 공기를 갈구하고, 뇌가 곧 파열될 것 같아 아단은 다시 입을 열고 말았다. 그가 오물에 익사하기 직전까지 가서야 그들은 아단을 들어 올려 땅바닥에 내동댕이쳤다.
"자, 똥은 누가 먹지?"
"제, 제가 먹어요."
"몸을 씻겨."
물줄기가 찌르는 듯 아프게 쏟아대지만 아단은 반갑기만 했다. 구역질하고 토하며 두 팔을 짚고 엎드려 있어도 물 맞는 일만큼은 정말 좋았다.
자존심이 회복된 나바레스 대위는 아버지 같은 태도로 아단에게 몸을 기울였다.
"자…… 돈 페드로는 어디 있지?"
"몰…… 라…… 요."
아단은 울고 말았다. 그러자 나바레스 대위는 고개를 저으며 명령했다.

"딴 놈을 데려와."

잠시 후, 텐트에서 그 소작농이 멕시코 연방 경찰에게 끌려 나왔다. 그의 하얀 바지는 찢기고 피범벅이 되어 있었다. 질질 끌려오는 왼쪽 다리는 발목이 이상하게 부러져 뼛조각이 살을 뚫고 삐죽 튀어나와 있었다.

그것을 본 아단은 그 자리에서 토했다.

그들이 그 소작농을 헬리콥터 쪽으로 끌고 가기 시작하자 아단은 울화가 치밀어 오를 지경이었다.

아트는 스카프를 코 위로 단단히 묶었다.

연기와 재가 날아와 눈이 따끔거리고 코와 입이 매캐했다. 어떤 유독 물질을 들이마시고 있는지는 하느님만 아시리라.

아트는 길모퉁이에 자리 잡은 작은 마을로 갔다. 군인들이 오두막집 초가지붕에 불을 지르려고 준비하는 것을 소작농들이 길 한 편에 서서 바라보고 있었다. 불타는 집에서 소지품을 꺼내오려고 시도하는 소작농들을 젊은 군인들이 신경질적으로 막아내고 있었다.

그때 미치광이 한 명이 아트의 눈에 띄었다.

키 크고 뚱뚱한 백발의 남자. 얼굴에는 하얀 수염이 송송 나 있고, 테니스화, 청바지, 데님 셔츠를 입은 그 남자는 B급 뱀파이어 영화의 악역 배우처럼 나무 십자가를 앞에 들고, 군인들 앞을 지나 잡목 수풀과 소작농들을 헤치고 쭉쭉 나아갔다.

군인들도 그 남자가 미쳤다고 생각되는지 뒤로 물러서며 길을 내주었다. 그는 성큼성큼 길을 가로질러 건너서 횃불을 든 군인들과 오두막집 사이로 갔다.

그 남자가 큰소리로 말했다.

"하느님과 주 예수 그리스도의 이름으로 이 일을 용납하지 않겠소!"

꼭 누군가의 모자란 삼촌 같았다. 항상 집 안에서 지내며 혼돈 속에 빠져 있다가 이제 메시아 콤플렉스의 속박을 풀고 여기저기 돌아다니는 삼촌 말이다. 군인 둘은 어쩔 줄 몰라 가만히 서 있을 뿐이었다.

하사관이 부하들 쪽으로 걸어가서 바보같이 쳐다보고 있지 말고 얼른 불이나 붙이라고 고함을 질렀다. 군인들이 그 미치광이를 피해서 집 쪽으로 가려고 하자 그가 재빨리 막아섰다.

뚱뚱한 사람치고는 발이 빨랐다.

하사관이 소총을 들어 올려 그 미치광이를 겨냥했다. 비키지 않으면 머리통을 날려버릴 기세였다.

그러나 미치광이는 미동도 하지 않았다. 그 자리에 서서 하느님의 이름을 불러댈 뿐이었다.

아트는 한숨을 쉬며 지프에서 내렸다.

참견할 이유가 없는 건 알지만, 한 미친 사람의 머리통이 날아가는 걸 구경만 하고 있을 수는 없었다. 아트는 그 하사관에게 걸어가서 자신이 처리하겠다고 말한 뒤 미치광이의 팔을 잡아당겼다.

"진정하시죠. 당신이 길 건너는 모습을 예수님이 보고 싶다고 하시더군요."

"그래? 나한테는 너나 꺼져버리라고 전해달라고 하시더군."

미치광이가 놀라울 정도로 노련한 눈으로 아트를 쳐다보았다. 그 눈을 보자 아트는 이 사람이 허튼일을 하고 있는 게 아니라, 굉장히 중요한 일을 하고 있다는 사실을 깨달았다. 눈을 보면 알 때가 있다. 지금 허튼소리를 하고 있는 게 아니라는 걸, 그냥 알게 된다.

이 눈은 세상을 알고 있었다.

그리고 위축되거나 피하지 않았다.

그 남자가 이제 아트의 모자에 박힌 DEA(마약 단속국)라는 글자를 보았다.

"자신의 일에 긍지를 가지는가?"

"전 그저 제 일을 할 뿐입니다."

"나도 내 일을 할 뿐이네."

그 남자는 군인들을 향해 당장 중지하라고 다시 한 번 요구했다. 그러자 아트가 말했다.

"이보세요. 전 당신이 다치는 걸 보고 싶지 않아요."

"그러면 눈을 감게나." 그 남자는 아트의 걱정스러운 표정을 보더니 덧붙였다. "걱정 말게. 저들이 날 건드리지는 못할 거야. 난 신부일세. 주교지, 현재로는."

아트는 기가 막혔다.

'신부? 조금 전에 '너나 꺼져버리라고 전해달라고 하시더군.'이라고 하지 않았나? 도대체 뭔 놈의 신부가(죄송합니다, '주교'님) 그따위 말을······.'

그때 총소리가 아트의 생각을 방해했다.

아트는 '탕 탕 탕' 하고 AK-47이 발사되는 둔탁한 소리를 듣고 땅바닥으로 몸을 던져 최대한 몸을 납작하게 낮췄다. 고개를 들어보니 그 신부는 대초원 위에 홀로 서 있는 한 그루의 나무처럼 아직도 그 자리에 우뚝 서 있었다. 다른 사람들은 모두 바닥에 엎드리고 있음에도 말이다. 신부는 여전히 십자가를 들고 언덕을 향해 사격을 중지하라고 소리치고 있었다.

아트는 지금껏 이렇게 용감무쌍한 사람을 본 적이 없었다. 바보스러움이거나 그저 미친 행동인지도 모르지만 말이다.

'젠장.'

아트는 무릎으로 서서 신부의 다리를 잡아 쓰러뜨리고 바닥에 내리눌렀다.

"총알은 당신이 신부라는 사실을 몰라요."

"내가 갈 때가 되면 하느님이 내게 알려주실 것이네."

아트는 땅바닥에 누우며 생각했다. '쳇, 손을 뻗어 전화기를 집어 들듯이 쉽게 하느님과 연락이 되나 보군.'

아트는 사격이 멎기를 기다렸다가 또 한 번 위험을 무릅쓰고 고개를 들어 군인들을 둘러보았다. 군인들은 마을을 벗어나 포화가 일어났던 방향으로 가고 있었다.

"혹시 담배 가진 거 있나?"

주교가 아트에게 물었다.

"담배 안 피웁니다."

"청교도인이로군."

"담배는 목숨을 앗아갈 겁니다."

"내가 좋아하는 모든 것들이 나를 죽일 걸세. 담배도 피우고 술도 마시고 밥도 너무 많이 먹거든. 성적 충동의 승화라고나 할까. 나는 후안 파라다 주교라네. 사람들은 후안 신부라고 부르지."

"당신은 미쳤어요, 후안 신부님."

"예수님은 미친 사람들을 필요로 하시지." 후안 신부는 일어나서 옷에 묻은 먼지를 털곤 주위를 둘러보며 웃었다. "마을은 무사하군. 안 그런가?"

아트는 생각했다. '네, 소작농들이 총을 쐈기 때문이죠.'

"이름이 뭔가?"

"아트 켈러입니다."

아트가 손을 내밀자 후안 신부가 악수하며 물었다.

"왜 여기 와서 우리 마을을 불태우고 있지, 아트 켈러?"

"말씀드렸듯이, 그게……"

"그래, 그게 자네 일이지. 진절머리나는 일, 아르투로(Arthur의 라틴식 발음인 아르투루스를 가리키는 스페인어, Art는 Arthur의 애칭이기도 하다. ― 옮긴이)."

후안 신부는 아트가 '아르투로'라는 말에 반응하는 것을 알아챘다.

"자네는 멕시코계로군, 그렇지? 혼혈인가?"

"어머니 쪽이 멕시코 인입니다."

"나는 미국계라네. 텍사스에서 태어났지. 우리 부모님은 떠돌이 노동자였어. 두 분은 내가 아기였을 때 멕시코로 돌아왔지만, 그래도 내게 미국 시민권이 주어졌지. 텍사스 시민권씩이나 말일세."

한 여자가 달려와서 후안 신부에게 뭐라 이야기했다. 울고 있는 데다 말도 아주 빨라서 아트는 알아듣기가 어려웠다. 그래도 몇 마디를 주워들었다. 후안 어쩌고 멕시코 연방 경찰 어쩌고 고문 어쩌고.

후안 신부가 아트를 바라보았다.

"여기서 멀지 않은 캠프에서 사람들이 고문받고 있다는군. 자네가 중지시켜줄 수 있겠나?"

아마 안 될 거라고 아트는 생각했다. 그것이 콘도르 작전 관리 운용 절차였으니까. 조정은 멕시코 연방 경찰이 하고, 자신들은 통보만 받았다.

"신부님, 저는 내부 문제에 간섭할 권한이 없습니……"

"날 바보 취급하지 말게." 후안 신부의 목소리에는 권위가 담겨 있었다. 아트조차 명령을 따르게 만드는. "가세." 후안 신부는 걸어가서 아트의 지프에 올랐다. "이리 와서 운전하게."

아트는 차에 올라 시동을 걸었다. 그리고 기어를 넣었다.

베이스캠프에 가까워지자, 두 손을 뒤로 묶인 채 열린 헬리콥터 뒷좌석에 앉아 있는 아단이 아트의 눈에 띄었다. 섬뜩한 골절상을 입은 소작농 한 명도 아단 옆에 누워 있었다.

헬리콥터가 막 이륙하려 하고 있었다. 회전날개가 돌아가고 있고 흙먼지와 자갈돌이 아트의 얼굴에 튀었다. 아트는 지프에서 뛰어내려 회전날개 밑으로 머리를 숙이고 다가가 조종석으로 뛰어올라갔다. 조종사는 필 한센이었다.

"한센, 대체 무슨 일이야?"

아트가 소리치자 한센이 싱긋 웃었다.

"새가 두 마리야!"

아트는 그 말의 뜻을 알아차렸다. 두 마리의 새가 있다. 한 마리는 날고, 한 마리는 노래했다(공중에서 한 사람을 떨어뜨리면 나머지 한 사람이 겁을 먹고 모든 걸 실토하게 된다는 의미이다 — 옮긴이).

"안 돼!" 아트는 엄지손가락을 쥐어 아단을 가리켰다. "저 사람은 내 사람이야!"

"미친 소리 마, 아트!"

그래, 미친 소리지, 하고 아트는 생각했다. 아트는 헬리콥터 뒤쪽을 보았다. 이미 후안 신부가 소작농의 부러진 다리를 살펴보고 있었다. 그리고 의문과 요구를 둘 다 담은 표정을 지어 보였다.

아트는 고개를 저었다. 그리고 총집에서 45구경을 꺼내 공이치기를 당긴 뒤 한센의 얼굴에 갖다 댔다.

"한센, 이륙할 거 아니지."

멕시코 연방 경찰들이 소총을 들어 올려 탄환을 장전하는 소리가 들렸다. 마약 단속국 요원들도 뒤죽박죽된 텐트에서 밖으로 달려 나왔다. 테일러의 외침이 들렸다.

"아트, 도대체 무슨 짓을 하고 있나?"

"지금 우리가 할 일이 이건가요, 팀장님? 사람들을 헬리콥터 밖으로 던지는 일이요?"

"자네는 동정녀 마리아가 아니야, 아트. 자네도 숱하게 저질러 온 일이야."

아트는 그 사실에 대해서는 어떤 변명도 할 수 없다고 생각했다. 사실이기 때문이다.

"이제 그만 됐어, 아트. 자네는 끝이야. 빌어먹을 자네 일은 내가 맡고, 자네는 감옥에 처넣을 거야."
테일러는 기쁜 듯이 말했다.
아트는 한센의 얼굴에 계속 권총을 겨누고 있었다.
나바레스 대위의 목소리가 들렸다.
"이건 멕시코 일이야. 물러서. 여긴 자네 나라가 아니야."
그때 후안 신부가 외쳤다.
"내 나라야! 나는 너희 놈들을 지금 당장 추방할 거……"
"무슨 그런 말씀을요, 신부님."
나바레스 대위가 신부의 말을 가로막았다.
"더 심한 소리가 듣고 싶은가?"
"우린 돈 페드로 아빌레스를 찾고 있어."
나바레스 대위가 아트에게 설명을 시작했다. 그러면서 아단을 가리켰다.
"저 애송이 녀석이 돈 페드로가 어디 있는지 알고 있으니 우리에게 말해줄 거야."
"돈 페드로를 원해요?"
아트는 지프로 가서 비옷을 펼쳤다. 돈 페드로의 시신이 땅바닥으로 미끄러져 내리며 흙먼지를 일으켰다.
"여기 있습니다."
테일러는 탄환 구멍투성이인 시신을 내려다보았다.
"대체 무슨 일이 있었나, 아트?"
"돈 페드로와 그의 부하 다섯을 체포하는 과정에서 저항이 심해 이렇게 됐습니다. 전원 사망입니다."

"전원?"
테일러가 아트를 쳐다보며 물었다.
"네."
"부상자도 없고?"
"없습니다."
테일러가 쓴웃음을 지었다. 화가 난다는 의미였다. 아트도 그 사실을 알았다. 아트가 '대단한 전리품'을 획득해 왔으니 이제 테일러가 아트에게 할 수 있는 일은 아무것도 없었다. 눈에 불을 켜고 찾는다 해도 말이다. 그래도 화해의 선물은 주어야 했다. 아트는 아단과 부상당한 소작농을 턱짓으로 가리키며 부드럽게 말했다.
"우리 '둘 다' 침묵을 지켜야 할 일이 있는 듯하군요, 팀장님."
"그렇군."
아트는 헬리콥터 뒷자리로 올라가 아단을 풀어주었다.
"미안해, 아단."
"내가 더 미안하지."
아단은 후안 신부에게 고개를 돌렸다.
"그 사람 다리는 어때요, 후안 신부님?"
"서로 아는 사이야?"
아트가 묻자 후안 신부가 대신 대답했다.
"내가 아단의 세례를 해 주었네. 첫영성체도 주었고. 이 사람은 괜찮을 거야."
하지만 후안 신부의 표정은 지금 급한 건 그런 게 아니라고 말하고 있었다.

아트는 앞 좌석을 향해 소리쳤다.
"이제 이륙해도 돼, 한셴! 쿨리아칸 병원으로 가줘. 서둘러 줘!"
헬리콥터가 이륙하자 후안 신부가 아트를 불렀다.
"아르투로."
"네?"
신부는 아트를 보고 웃었다.
"축하하네. 자네는 미치광이야."
아트는 발아래를 내려다보았다. 황폐한 벌판, 불에 탄 마을, 흙길에 줄지어 나와 있는 난민들.
아트의 눈에 까마득하게 보이는 먼 풍경까지 새카맣게 타들어가 있었다.
검은 꽃이 핀 벌판.
'그래, 나는 미치광이야.'

한 시간 반이 지난 후, 아단은 쿨리아칸 최고의 병원에서 하얗고 깨끗한 시트를 덮고 누워 있었다. 나바레스 대위의 총부리로 맞은 얼굴 상처는 소독한 뒤 약을 발랐고, 항생제 주사도 맞았다. 하지만 처방된 진통제는 먹지 않았다.
아단은 고통을 느끼고 싶었다.
침대에서 일어난 아단은 복도로 나가 집요하게 병실을 찾아다녔다. 그리고 소작농 마누엘 산체스가 누워 있는 병실을 찾아냈다.
산체스가 눈을 뜨고 아단을 보았다.
"내 다리……."
"아직 붙어 있어요."

"제발 못하게 좀⋯⋯."
"그럴게요. 눈 좀 붙여요."
아단은 나와서 의사를 찾아갔다.
"다리를 절단하지 않고 치료할 수 있습니까?"
"그럴 것 같군요. 하지만 비용이 많이 들 겁니다."
"내가 누군지 알아요?"
"알고 있어요."
아단은 의사의 표정과 억양에서 자신을 무시하는 뉘앙스를 느꼈다. 너 말고 네 '삼촌'이 누군지 알아.
"다리를 절단하지 않으면 이 병원의 새 부속건물의 원장이 되게 해 주겠어요. 다리를 절단하면 남은 생애를 티후아나 매음굴에서 낙태나 하면서 보내게 될 거예요. 환자가 목숨을 잃으면, 당신이 먼저 무덤 속에 들어갈 거예요. 삼촌이 아니라 내가 할 거예요. 무슨 말인지 이해하겠어요?"
의사는 이해했다.
그리고 아단은 자신의 삶이 변했다는 사실을 알아차렸다.
어린 시절은 오늘로써 끝났다.
이제부터의 삶은 장난이 아니리라.

티오 바레라는 방 안에 떠돌아다니는 연기 고리를 바라보며 천천히 쿠바산 시가를 빨아들이고 있었다.
콘도르 작전은 더없이 잘 되었다. 미국인들은 시날로아 들판을 불태우고 유독 물질로 땅을 물들이고 아편 재배자들을 내쫓고 돈 페드로 아빌레스를 땅속에 묻으면서 자신들이 악의 근원을 모두 파괴했다고 믿고 있으며, 멕시코에 관한 한 돌아가서 두 다리를 쭉 뻗고 쉴 것이다.

미국인들의 자기만족 덕분에 티오는 조직을 탄생시킬 시간과 자유를 얻을 것이다. 그들이 다시 일어날 때쯤이면 티오를 건드리려 아무리 애써도 소용없을 것이다.

'연합'.

가볍게 문을 두드리는 소리가 들렸다.

검정 양복 차림의 연방 안전 이사회 요원이 어깨에 우지 기관단총을 메고 들어왔다.

"뵙겠다는 분이 있습니다. 조카분이라고 합니다."

"들여보내."

아단이 출입문에 서 있었다.

티오 바레라는 조카에게 무슨 일이 있었는지 이미 다 알고 있었다. 구타, 고문, 의사 협박, 후안 신부를 방문하여 상담한 일까지. 하루 만에, 소년은 남자가 되었다.

그리고 남자, 아단은 곧장 본론으로 들어갔다.

"급습에 대해 알고 계셨죠?"

"사실은 그 계획을 도왔어."

사실상 적과 경쟁자와 새로운 세상을 이해하지 못하는 늙은 공룡들을 제거하기 위해 조심스럽게 표적을 선택했다. 어쨌든 그들은 살아남지 못하고 방해만 되었을 것이다.

이제 방해물은 없어졌다.

"잔인하셨어요."

"필요한 일이었어. 어차피 일어날 일이었지. 그러니 우리가 이익을 얻는 편이 나아. 그게 사업이란다, 아단."
"저……."
'이제 소년이 어떠한 남자가 되었는지 보겠군.'
티오는 아단의 말을 기다렸다. 아단이 입을 뗐다.
"저도 사업에 참여하고 싶어요."

티오 바레라가 테이블 머리에서 일어섰다.
레스토랑은 그날 밤 개인적인 행사로 문을 닫았다. 아단은 생각했다.
'모임 장소는 우지 기관단총으로 무장한 연방 안전 이사회 사람들이 확실히 에워싸고 있고, 모든 손님은 무기를 소지했는지 일일이 검열받고 들어오는군.'
손님 명단은 틀림없이 양키들이 바라는 명단일 것이다. 콘도르 작전에서 살아남도록 티오가 선별한 주요 아편 재배자들이 모두 여기 모여 있었다. 아단은 라울 옆에 앉아서 탁자에 둘러앉아 있는 얼굴들을 훑어보았다.
가르시아 아브레고. 50세. 이 바닥에서 잔뼈가 굵은 사람. 은색 머리와 수염. 총명한 늙은 고양이처럼 보였고 실제로도 그랬다. 그는 앉아서 무표정하게 티오 바레라를 보고 있었다. 아단은 그의 얼굴에서 생각을 읽을 수 없었다. 티오는 그에 대해 아단에게 이렇게 귀띔해 주었더랬다.
"그런 능력이 아브레고를 50세가 넘도록 이 바닥에 있게 해 주었지. 그를 거울로 삼도록 해."
아브레고 옆에 앉아 있는 남자는 찰리노 구스만이다. '초록'이란 뜻의 엘 베르데는 그가 늘 신고 다니는 초록색 타조 가죽 부츠 때문에 붙은 별명이다. 그 별스러운 부츠 외에도 데님 셔츠와 청바지, 그리고 밀짚모자 때문에 구스만은 농사꾼처럼 보였다.

찰리노 구스만 옆에 앉아 있는 사람은 게로 멘데스였다.

게로 멘데스는 도시풍의 이 레스토랑에서조차 시날로아 카우보이 복장을 하고 있었다. 진주색 똑딱단추를 단 검은 셔츠, 커다란 터키옥과 은으로 장식된 벨트를 맨 꽉 조이는 검은 청바지, 발가락 부분이 뾰족한 부츠, 실내에서도 쓰고 있는 커다랗고 하얀 카우보이모자.

게로 멘데스는 돈 페드로를 죽인 멕시코 연방 경찰의 잠복 공격에서 기적적으로 살아난 사실에 대해 쉴 새 없이 주절거리고 있었다.

"성자 헤수스 말베르데가 그 총알 세례에서 나를 보호해 준 거죠. 그건 정말 빗속을 헤치고 걸어간 거나 다름없는 상황이었어요. 그 뒤로 몇 시간 동안이나 내가 살아 있는 게 믿기지 않더라고요. 유령이 된 기분이었다니까요."

그는 정말 끊임없이 지껄여댔다. 멕시코 연방 경찰에게 맞서 총을 쏘았고, 차에서 뛰어내려 '총알 세례 속을' 뚫고 잡목 수풀로 도망 나와 도시로 돌아왔다고 하면서 테이블에 앉은 사람들을 계속 '형제들'이라고 불렀다.

아단은 나머지 손님들에게로 눈길을 돌려 찬찬히 살펴보았다. 하이메 에레라, 라파엘 카로, 차포 몬타나. 모두 시날로아 아편 재배자들이고, 모두 지명 수배된 사람들이고, 모두 도망 중인 사람들이었다. 항로를 잃고 바람에 휩쓸린 그 배들을 티오가 안전한

항구로 불러들였다.
이 모임은 티오가 소집했다. 소집의 실행에서 티오의 우월함이 입증되었다. 칠리 새우가 담긴 커다란 그릇들, 얇게 썬 쇠고기 접시들, 시날로아 사람들이 포도주보다 더 좋아하는 얼음처럼 차가운 맥주를 담아둔 통들이 탁자 위에 놓여 있고, 티오는 그 둘레에 그들 모두를 앉혔다.
옆방에서는 젊은 시날로아 음악가들이 유명한 트라피칸테 조직의 업적을 찬양하는 노래를 부르려고 준비 중이었다. 그리고 안쪽 좀 더 깊숙한 곳에 있는 밀실에는 샌디에이고에 있는 헤일리 색슨의 고급 매춘 업소에서 부른 값비싼 콜걸들이 여남은 명 모여 있었다.
티오가 입을 열었다.
"핏자국은 말랐소. 지금은 모든 원한을 떨쳐버리고 입에서 복수의 쓴맛을 헹궈내 버릴 때요. 그 일들은 흘러갔소. 어제의 강물처럼."
티오는 맥주를 들이켜서 입을 헹군 뒤 바닥에 뱉고는 혹시라도 반대하는 사람이 있는지 잠시 살펴보았다.
아무도 없었다.
"우리가 이끌던 삶도 사라졌소. 유독 물질과 불꽃 속으로 사라졌소. 지금까지의 삶은 일장춘몽 같소. 한 줄기 연기가 바람 속에 사라지듯 우리에게서 사라지고 있소. 우리는 그 꿈을 다시 꾸기 위해 달콤한 잠에 빠지고 싶을지도 모르오. 하지만 그건 삶이 아니오. 그건 꿈이오.
미국인들은 우리 시날로아 사람들을 흩어놓고 싶어 했소. 땅을 불태우고 사람들을 흩어버리려 했소. 하지만 타오르는 불꽃은 새로운 생장을 위한 길을 만들기도 하오. 부서진 바람은 새 땅에 씨앗을 퍼트리기도 하오. 그들이 우리를 흩어놓고 싶어 한다면, 그대로 놔두라고 말하겠소. 좋소. 우리는 어떤 흙에서도 자라고 번식하는 철쭉나무 씨앗처럼 흩어질 것이오. 우리는 손에서 뻗어 나간 손가락들처럼 퍼져 나갈 것이오. 만약 시날로아를 차지하려는 우리의 거사에 그들이 거치적거린다면, 우리는 국가 전체를 차지해 버릴 것이오.

이 비밀 항로를 수행할 결정적인 세 구역이 있소. 텍사스와 애리조나의 접경지역인 소노라. 텍사스, 루이지애나, 플로리다의 바로 건너편인 걸프. 샌디에이고, 로스앤젤레스, 미 서부의 바로 밑인 바하. 난 가르시아 아브레고에게 걸프를 맡아달라고 요청하겠소. 휴스턴, 뉴올리언스, 탬파, 마이애미를 시장으로 삼게 될 것이오. 엘 베르데 찰리노는 소노라를 맡기 바라오. 후아레스를 본거지로 뉴멕시코, 애리조나, 그리고 나머지 텍사스를 시장으로 삼게 될 것이오."

아단은 그들의 반응을 읽으려 애썼지만 성공하지 못했다. 걸프는 잠재적 고수익 시장이지만 미국 경찰이 멕시코 쪽보다 카리브해 동부에 집중되어 있기 때문에 여러 어려움이 따른다. 하지만 판매물품의 공급자를 찾을 수만 있다면 가르시아 아브레고는 수백만 달러를, 아니 수억 달러를 벌 것이다.

아단은 엘 베르데를 쳐다보았다. 엘 베르데의 소작농 같은 얼굴은 무슨 생각을 하는지 짐작할 길이 없었다. 소노라는 유리한 곳일 터이다. 엘 베르데는 수 톤의 마약을 피닉스, 엘 파소, 댈러스로 운송해야 했다. 그 도시들로부터 시카고, 미니애폴리스로 가는 노선이며, 특히 디트로이트로 가는 북쪽 노선은 말할 것도 없었다.

하지만 모두가 나머지 한 곳이 발표 나기를 기다리고 있었다. 티오가 자신을 위한 노른자위를 남겼다고 생각하는 눈빛이 아단의 눈에 보였다.

바로 바하 지역이다.

티후아나는 샌디에이고, 로스앤젤레스, 샌프란시스코. 산호세의 어마어마한 시장으로 접근하게 해 주는 곳이다. 그리고 미국 북동부 지역의 더 큰 시장인 필라델피아, 보스턴, 그리고 보석 중의 보석 뉴욕까지 뻗어가며 상품을 운송해 주는 수송수단에도 접근할 수 있었다.

걸프도 시장이고 소노라도 시장이지만 바하는 큰 시장인 셈이었다.

큰 시장, 라 플라사.

그래서 지금까지의 발표에 정말 감격하는 사람도 없고 정말 놀라는 사람도 없었다. 그때 티오 바레라가 입을 열었다.

"나 자신은…… 나는 과달라하라로 옮기겠소."

이제는 그들도 놀랬다.

아단이 가장 놀랐을 것이다. 믿을 수 없었다. 티오가 서구 사회 최고의 잠재적 노른자 시장을 포기하다니. 바하가 티오의 조직으로 가지 않는다면, 그럼 누구에게…….

"게로 멘데스가 바하를 맡아주길 바라오."

아단은 게로 멘데스의 얼굴에 웃음꽃이 피어오르는 모습을 보았다. 아단은 그제야 이해했다. 돈 페드로를 죽인 잠복공격에서 게로 멘데스가 살아남은 기적이 모두 설명되었다. 바하라는 거대 시장은 깜짝 선물이 아니라 약속 실행이었다.

하지만 왜? 아단은 의아했다. 티오는 어쩔 생각인가?

그리고 내 자리는 어디인가?

아단은 입을 열어 물어볼 만큼 어리석진 않았다. 때가 되면 티오가 은밀히 말해주리라.

아브레고가 몸을 탁자 쪽으로 기대며 웃었다. 그의 입은 콧수염 아래에 조그맣게 자리 잡고 있다. 고양이 입 같다고 아단은 생각했다.

"세상을 세 조각으로 나누어 놓고선 본인의 몫은 챙기지 않다니 의아하기 짝이 없구려."

아브레고가 이렇게 말하자 티오 바레라가 물었다.

"아브레고, 과달라하라에 어떤 농작물이 자라오? 할리스코는 어디와 국경을 접하고 있소? 접하고 있는 곳이 없소. 거긴 천혜의 장소요. 그게 이유의 전부요. 우리의 '연합'에 이바지할 안전한 장소요."

아단은 티오가 그 말을 꺼낸 건 처음이라고 생각했다. 연합. 티오는 자신을 연합의 우두머리로 앉힌 것이다. 직함으로서가 아니라 지위로서 말이다.

"만약 이 협정을 받아들인다면 내 것을 나누겠소. 내 친구는 당신들 친구가 되고. 내 보호 시스템은 당신들 보호 시스템이 되고."

"보호에 대한 대가는 얼마나 지불해야 하는 거요?"

"적당한 금액이오. 보호는 비싸니까."
"얼마나 비싸다는 거요?"
"15퍼센트."
아브레고가 입을 열었다.
"바레라, 당신은 국토를 시장들로 나누었소. 모든 시장이 아주 좋고 훌륭하오. 나 아브레고는 걸프를 받아들일 거요. 하지만 당신은 뭔가를 잊었소. 당신은 열매의 한 조각을 떼어가겠다고 말하고 있지만, 열매가 있어야 떼어가든가 말든가 할 게 아니오. 남은 건 아무것도 없소. 우리 땅은 불탔고 유독 물질에 중독됐소. 산들은 경찰들과 양키들로 넘쳐나오. 그래서 당신이 우리에게 시장을 준다 해도 우리는 새 시장에 판매할 아편이 없소."
"아편은 잊어버리시오."
티오 바레라의 충격적인 말에 게로 멘데스가 입을 열었다.
"그리고 마리화나도……"
"마리화나도 잊어. 그건 푼돈이야."
티오 바레라가 딱 자르자 아브레고가 두 팔을 내뻗으며 말했다.
"미겔 앙헬 바레라, 당신은 지금 우리에게 아편과 마리화나를 잊으라고 말하고 있소이다. 그럼 우리더러 뭘 재배하라는 말이오?"
"농사꾼 같은 사고방식은 버리시오."
"난 농사꾼이오."
"우리는 미국 접경지역에 3000여 킬로미터의 땅을 가지고 있소. 해변 쪽에 1500여 킬로미터 더 있고. 그게 우리에게 필요한 유일한 농작물이오."

"무슨 소리를 하는 거요?"
"연합에 참여하겠소?"
"물론이오. 이 연합을 무조건 받아들이겠소. 내게 선택의 여지가 있겠소?"
없지, 하고 아단은 생각했다. 티오는 할리스코 주립 경찰을 손아귀에 쥐고 있고 연방 안전 이사회와 협력하고 있다. 그는 콘도르 작전을 통해 하룻밤 사이의 혁명을 꾀했고 우두머리의 자리에 올랐다. 하지만 아브레고의 말처럼 무슨 조직의 우두머리란 말인가?
티오 바레라가 엘 베르데와 게로 멘데스를 불렀다.
"엘 베르데?"
"네."
"게로 멘데스?"
"네, 미겔 바레라."
"그럼, 형제들이여, 내가 당신들에게 미래를 보여주게 해 주시오."
그들은 옆 선물인 티오가 소유한 호텔로 장소를 옮겨서 경비가 삼엄한 비밀 방으로 들어갔다.

라몬 메테 바야스테로스가 그들을 기다리고 있었다.
아단이 알기로 라몬 메테는 온두라스 사람이며 주로 메데인 지역의 콜롬비아 인들과 마약 거래를 했다. 그리고 콜롬비아 인들은 멕시코를 거치는 사업은 거의 하지 않았다. 아단은 그가 중탄산소다와 물을 섞은 비커에 코카인 가루를 넣어 녹이는 것을 보았다.
라몬 메테는 그 비커를 버너 위에 고정하고 불을 세게 올렸다.

시날로아 출신의 사람들

"코카인이군. 그게 어떻단 거요?"

아브레고가 묻자 티오 바레라가 대꾸했다.

"보시오."

용액이 끓기 시작하면서 코카인이 탁—탁—하며 우스운 소리를 냈다. 그리고 가루가 달라붙어 고체가 되기 시작했다. 라몬 메테는 그 고체를 조심스럽게 떼어내서 말렸다. 다 마르자 작은 돌멩이처럼 공 모양을 이루었다.

바레라가 말했다.

"신사 여러분, 미래를 소개하겠소."

아트는 성자 헤수스 말베르데 앞에 서 있었다.

"저는 맹세의 기도를 올렸습니다. 당신은 그 맹세에서 당신의 할 일을 해 주었습니다. 나도 내 할 일을 하겠습니다."

아트는 성지를 나와 택시를 타고 도시의 변두리로 향했다.

어느새 판자촌이 보이기 시작했다.

바디라과토에서 온 난민들은 종이 상자를 깔고 나무상자와 담요로 둘러싸서 새 집을 지었다. 운 좋은 사람들과 일찍 온 사람들은 물결모양의 양철판자를 발견했다. 낡은 영화 광고 간판을 지붕으로 얹은 모습까지 보였다. '진정한 용기(True Grit)'의 주인공 존 웨인의 빛바랜 모습이 낡은 판자, 이가 빠진 합판 조각, 숯처럼 까맣게 탄 깨진 벽돌로 벽을 세우고 있는 가족들을 내려다보고 있었다.

후안 신부는 어디선가 낡은 텐트 몇 개를 구해 왔다. 아트는 후안 신부가 군인들을 협박한 건 아닌지 궁금했다. 후안 신부는 취사장과 임시 진료소를 세웠다. 톱질 모탕(톱질할 때 받치는 나무토막 — 옮긴이) 위에 있던 널빤지들로 음식 탁자를 만들고 프로판 가스통에서 가스를 뽑아 얇은 양철 판자를 달구었고, 신부와 몇몇 수녀들이 거기다가 수프를 데우고 있었다. 몇몇 여자들은 좀 떨어진 곳에서 장작불 그릴에 토르티야를 굽고 있었다.

아트가 진료 텐트 안으로 들어가 보니 간호사들은 아이들을 씻긴 뒤 파상풍 주사를 놓으려고 탈지면으로 팔을 닦고 있고, 의사는 크고 작은 상처들을 치료하고 있었다. 커다란 텐트 속 저쪽 편에서 아이들의 비명소리가 났다. 아트는 가까이 다가가 보았다. 팔에 화상을 입은 조그만 여자아이에게 후안 신부가 조용히 소곤거리고 있었다. 소녀는 두려움과 아픔으로 눈을 크게 뜨고 있었다.

후안 신부가 아트에게 말했다.

"서구 세계에서 가장 이상적인 아편 경작지역에 살면서 아이의 고통을 완화하는 데에 쓸 아편은 하나도 없다니."

"할 수 있다면 제가 그 꼬마의 아픔을 대신하고 싶군요."

후안 신부는 아트를 한참 동안 쳐다보았다.

"그 말 믿겠네. 그럴 수 없어서 애석하군."

후안 신부는 소녀의 볼에 뽀뽀를 해 주었다.

"예수님은 너를 사랑하신단다."

후안 신부가 고통받는 작은 소녀에게 해 줄 수 있는 말은 그것뿐이었다. 더 심한 상처를 입은 사람들도 있었다. 부상이 너무 심해 의사가 팔을 절단해야 하는 사람들도 있었다. 모두가 마약에 대한 욕망을 조절하지 못하는 미국인들 때문이었다. 그들은 양귀비에 불을 지르러 왔고 아이들에게 화상을 입혔다. '예수님, 이 말씀은 드려야겠습니다. 우리는 예수님이 지금 당장 필요합니다.'

아트는 후안 신부를 따라 텐트를 나왔다. 후안 신부가 중얼거렸다.

"'예수님은 너를 사랑하신단다'라니. 이런 밤이면, 그 말이 그냥 허튼소리인 건 아닐까 하는 생각이 드네. 여긴 어쩐 일인가? 죄책감이라도 들어서 왔나?"

"비슷합니다."

아트는 주머니에서 돈을 꺼내 후안 신부에게 건넸다. 지난달 봉급이었다.

"약 사는 데 보태세요."

"주님의 은총이 있을 것이네."

"저는 신의 존재를 믿지 않습니다."

"상관없어. 신은 자네를 믿거든."

아트는 생각했다.

'그렇다면 신은 어리석군요.'

2장
야만적인 아일랜드 인

어디로 가든 우리는 찬미한다.
우리를 피신하게 만든 땅을.
텅 빈 헌금 접시를 든 신부님의 불안으로부터
죄의식으로 울고 있는 형상으로부터.

—셰인 맥고완의 노래, 「Thousands Are Sailing」 중에서

1977년

뉴욕

헬스 키친(Hell's Kitchen) 거리

칼란은 잔혹한 전설들을 들으며 자랐다.

쿠컬린, 에드워드 피츠제럴드, 울프 톤, 로디 맥컬리, 패드릭 피어스, 제임스 코널리, 숀 사우스, 숀 배리, 존 케네디, 바비 케네디, 블러디 선데이, 지저스 크라이스트(모두 아일랜드와 관련된 주요 인물들이다. — 옮긴이).

아일랜드 민족주의와 가톨릭주의, 또는 아일랜드 가톨릭 민족주의, 또는 아일랜드 민족적 가톨릭주의의 걸쭉한 붉은 스튜다. 뭐라 부르든 상관없다. 웨스트사이드의 작은 건물 벽들과 성 브리

짓 초등학교의 벽들은 말하자면 순교를 나타내는 고약한 그림들로 장식되어 있다. 북아일랜드에 있는 툼 대교에 매달린 맥컬리, 영국인들이 총으로 일행을 쏘아버리는 것을 자신의 의자에 묶여 바라보고 있는 코널리, 온 몸에 화살이 박힌 성 티머시, 자신의 목을 면도날로 긋지만, 실수로 경정맥이 아니라 기도를 자른 불행하고 절망적인 울프 톤(어쨌든 울프 톤은 그들이 억지로 목을 매달기 전에 용케 죽게 된다.), 천국에서 내려다보고 있는 불쌍한 존 케네디와 바비 케네디, 십자가에 못 박힌 예수.

물론 성 브리짓 초등학교 안에도 '십자가의 길' 그림 열두 점이 있다. 채찍으로 맞는 예수, 가시관, 십자가를 지고 예루살렘 거리를 비틀거리며 걷는 예수. 예수의 신성한 손과 발에 박힌 못(아주 어린 시절 칼란은 수녀님에게 예수님이 아일랜드 사람이냐고 물었다. 수녀님은 한숨을 쉬며 이렇게 말했다. '아니야. 하지만 예수님이 아일랜드 사람이었다면 더 나았을 거야.').

17세 칼란은 47-20번가에 있는 리피 주점에서 친구 오밥과 맥주를 들이켜고 있었다.

바텐더 빌리 실즈 외에 주점에 있는 사람은 리틀 미키 해거티뿐이었다. 리틀 미키는 주점의 안쪽 끄트머리에 앉아 심각하게 술을 마시고 있었는데, 판사와 만날 날이 다가오고 있고, 이제 다시 술을 마시려면 8~12개월이 지나야 하기 때문이다. 리틀 미키는 25센트짜리 지폐 뭉치를 들고 들어왔는데 전부 주크박스에 넣고 같은 버튼을 누르는 데에 썼다. E-5번. 그래서 앤디 윌리엄스의 「문 리버(Moon River)」가 몇 시간 동안이나 흘러나오고 있었다. 하지만 칼란과 오밥은 아무 말도 하지 않았다. 리틀 미키의 쇠고기 절도에 대해 모두 알기 때문이었다.

뉴욕의 강렬한 8월 오후였다. '뜨거운 오후'가 아니라 '무더운 오후'에 해당하는 날이며 셔츠가 등에 쩍쩍 달라붙고 누가 찍소리만 해도 신경이 곤두설 날씨였다.

오밥과 칼란은 주점에 앉아 맥주를 마시며 그런 얘기를 하고 있었다.

그리고 어김없이 마이클 머피가 화제에 올랐다.

"칼란, 그들이 마이클 머피에게 한 일은 잘못된 일이야. 잘못된 일이라고."

칼란이 맞장구를 쳤다.

"맞아."

마이클 머피는 자신의 가장 친한 친구 케니 메이어를 총으로 쏘아 죽였다. 그런 녀석들 사이에 늘 벌어지는 일이었다. 그 당시 마을에는 멕시코 아편이 유행했고 두 사람은 마약에 중독되어 맥을 못 추었다. 그런 녀석들은 늘 그러고 다녔다. 그 두 마약중독자는 사소한 일로 티격태격하게 되었는데 그만 싸움이 과도해지고 말았다. 결국 케니가 마이클에게 주먹을 날렸고, 화가 난 마이클은 씩씩대며 밖으로 나가 어디서 구했는지 25구경 권총을 구해서 숨어 있다가 집으로 가는 케니를 따라가 머리통에 대고 방아쇠를 당겨버렸다.

정신을 차린 마이클은 가장 친한 친구를 죽인 사실을 후회하면서 망할 놈의 49번가 길 한복판에 주저앉아 훌쩍이고 있었다. 마침 오밥이 그곳을 지나가다가 그런 마이클을 발견했고, 경찰이 오기 전에 마이클을 피신시켰다. 헬스 키친 거리는 시치미를 뚝

떼고 있었고, 경찰은 단서를 찾아내지 못했다.

그 동네에서 케니 메이어를 누가 죽였는지 모르는 사람은 경찰뿐이었다. 그 밖의 사람들은 모두 은밀히 지시를 받았다. 빅 매트 시한을 위해 수금을 하러 다니는 에디 '푸주한(정육점 주인이라는 뜻 — 옮긴이)' 프리엘도 마찬가지였다. 그리고 그 소식은 마이클 머피에게 그리 좋은 소식이 아니었다.

빅 매트는 마을 사람들을 포함하여 웨스트사이드 하역인부 조합과 지방 트럭운전자들을 관리했다. 그뿐 아니다. 도박판, 고리대금업, 사창가 등등 뭐든 말만 하라. 하지만 빅 매트는 마을 사람들에게는 어떤 마약도 허용하지 않았다.

그 점이 빅 매트와 함께 일하는 사람들이 지니는 자긍심의 핵심이었으며, 빅 매트가 헬스 키친의 오랜 거주자들에게 인기 있는 이유였다. 마을 사람들은 그에 대해 이렇게 말할 것이다.

"빅 매트에 대해 어디 지껄이기만 해봐. 내가 가만 안 두겠어. 빅 매트는 우리 애들이 마약에 손도 대지 못하게 해 준 은인이라고."

마이클 머피와 케니 메이어 등 몇몇 소수가 예외로 행동하긴 했지만 빅 매트 시한의 명성에 영향을 끼칠 정도는 아니었다. 그러나 에디 푸주한은 빅 매트의 명성에 큰 영향을 미치는 사람이었다. 마을 주민 전체가 에디 푸주한을 죽도록 무서워했기 때문이다. 에디 푸주한이 수금하러 오면 누구든 군소리 없이 지불을 해야 했다. 그리고 지불은 돈으로 하는 편이 나았다. 그렇지 않으면, 흘러내리는 피와 부러진 뼈로 지불하게 되며, 그러고도 빚은 그대로 남기 때문이다.

어느 때이든 헬스 키친 주민의 절반 정도는 빅 매트 시한에게 빚이 있는 상태였다.

그 점이 주민 모두가 빅 매트를 좋아하는 척해야 하는 또 다른 이유였다.

에디 푸주한이 마약중독자 마이클 머피를 처리해야 한다고 이러쿵저러쿵 말하고 다닌다는 소식에, 오밥은 마이클을 찾아가 잠시 마을을 떠나 있는 게 좋겠다고 말했다. 칼란도 같은 생각이었다. 칼란이 마이클에게 그런 말을 하는 이유는 에디 푸주한의 악명 때문이 아니라 그 뒤에 빅 매트가 있기 때문이었다. 빅 매트는 마약중독자끼리 서로를 죽이는 일은 마을에도 해롭고 자신의 명성에도 악영향을 끼친다는 말을 공공연히 해왔다.

그래서 오밥과 칼란은 마이클에게 급히 떠나야 한다고 조언한 것이다. 하지만 마이클은 그 말을 무시하며 떠나지 않았다. 오밥과 칼란은 마이클이 케니를 죽인 일로 자살을 생각하고 있다고 추측했다. 몇 주 뒤, 어느 날 갑자기 마이클이 돌아다니는 모습이 더 이상 보이지 않았다. 오밥과 칼란은 마이클이 정신을 차리고 마을을 떠났다고 생각했지만 에디 푸주한이 샴록 카페에 나타난 어느 날 아침, 그 생각은 무너져 내리고 말았다. 에디는 함박웃음을 지으며 우유 양동이를 들고 들어왔다.

에디는 그 양동이 속에 들어 있는 것을 보여주러 돌아다니는 듯했다. 숙취 때문에 그냥 조용히 커피를 마시고 싶어 하는 칼린과 오밥의 곁으로 다가오더니 양동이를 기울였다.

"어이, 이걸 좀 봐."

양동이 안을 들여다본 오밥은 곧바로 탁자 위에 토사물을 쏟아냈다. 에디는 그 모습을 우스꽝스러워하며 오밥을 겁쟁이라고 놀리곤 웃으며 자리를 떴다. 그리고 몇 주 동안 마을에 소문이 퍼졌다. 마이클의 아파트로 찾아간 에디와 그의 호모 친구 래리 모레티가 마이클을 욕실로 끌고 가서 칼로 147번쯤 찌른 뒤 토막을 냈다는 소문이었다.

소문은 에디 푸주한이 마이클 머피의 시체를 난도질한 뒤 돼지고기 덩이처럼 잘라 쓰레기봉투 몇 개에 담아서 도시 여기저기에 나눠서 버렸다는 내용이었다.

그리고 에디는 마이클의 음경만 버리지 않고 우유 양동이에 담아서 이웃사람들에게 보여주러 돌아다녔다. 에디의 친구를 화나게 하면 어떻게 되는지 알려주려고 말이다.

아무도 그 일에 간섭할 수 없었다. 에디는 빅 매트 시한과 단단히 연결되어 있고 빅 매트 시한은 치미노 조직과 협정을 맺고 있기 때문에 그들에게 덤벼들 생각은 꿈에라도 하지 않는 것이 나았다.

6개월이 지난 오늘, 오밥은 아직도 그 일을 골똘히 생각하고 있었다.

그리고 그들이 마이클 머피에게 한 일은 아무리 생각해도 잘못되었다는 얘기를 꺼내는 중이었다.

"좋아, 어쩌면 그들이 마이클을 죽여야 했는지도 몰라. 어쩌면. 하지만 꼭 그런 방법으로 해야 했나? 게다가 마이클 몸의 일부분을 보여주고 다닌다? 아니야. 그건 잘못됐어. 그건 아주 잘못됐어."

바텐더인 빌리 실즈는 탁자를 닦으면서(그건 처음 있는 일인 듯하다.) 오밥이 에디 푸주한을 비방하는 소리를 무척 걱정스럽게 듣고 있었다. 빌리는 잠시 후에 벌어진 일 때문에 그 탁자 위에서 외과수술이라도 하려는 것처럼 닦고, 닦고 또 닦아대야 했다.

오밥은 바텐더가 자신을 주시하고 있는 것을 알면서도 얘기를 멈추지 않았다. 오밥과 칼란은 온종일 그 얘기에 빠져 있었다. 리피 주점에 오기 전에는 마리화나 담배를 피우며 허드슨 강을 따라 걷다가 갈색 종이봉투에서 맥주를 꺼내 마시면서 얘기를 나누었다. 술에 취한 상태는 아니었지만 맨정신도 아니었다. 그래서 오밥은 여전히 그 얘기를 입에 올렸다.

사실 그에게 오밥이란 이름을 지어준 사람은 케니 메이어였다. 그들이 함께 길거리 하키를 하면서 공원에서 놀다가 잠시 쉬는 동안 케니가 스티브 오리어리에게 불쑥 이렇게 말했다.

"너를 '밥'이라 불러야겠어."

스티브는 별로 기분 나쁘지 않았다. 스티브는 열다섯 살이었고 동네 형들이 별명을 붙여주는 건 멋진 일이었다. 그래서 웃으며 말했다.

"밥? 왜 밥이야?"

"네가 걸어 다니는 모습 때문이야. 통통 뛰어다니니까. 비밥(bop) 춤을 추듯이."

"밥. 난 마음에 들어."

칼란이 마음에 들어 했다. 그러자 케니가 말했다.

"네가 마음에 들거나 말거나 상관 안 하거든?"

그때 마이클 머피가 끼어들었다.

"'밥'같은 소리 하고 앉아 있네. 아일랜드 인에게 '밥'이라고? 저 지긋지긋한 빨간 머리를 봐. 재를 모퉁이에 세워둬 봐. 신호로 착각하고 자동차들이 멈춰 선다고. 저 빌어먹을 하얀 피부와 주근깨는 또 어떻고? 근데 뭐? 밥? 흑인 이름 같잖아. 쟤는 내가 살아오면서 본 사람 중에 가장 하얀 사람이야."

케니가 그 말을 곰곰이 생각해 보았다.

"아일랜드 사람다운 이름이어야 하는 거야?"

"지랄, 당연하지."

"좋아. 그럼 오밥은 어때?"

케니는 '오'에 강세를 주며 말했다. 그래서 그날부터 스티브의 별명은 오─밥이 되었다. ('오(O)'는 아일랜드 사람들이 성 앞에 붙여 쓰며 'son of'의 뜻이다 ─ 옮긴이)

그리고 이젠 이름이나 다름 없었다.

어쨌든 오밥은 에디 푸주한에 대한 얘기를 계속했다.

"내 말은, 그놈을 저주한다 이거야. 에디가 빅 매트와 손잡고 있으면 하고 싶은 대로 할 수 있다는 거야 뭐야? 빅 매트가 대체 뭔데? 존 에프 케네디 때문에 아직도 술독에 빠져 울고 있는 중산계급의 늙은 술주정뱅이 아일랜드 인? 내가 그놈을 존경해야 하냐? 젠장. 둘 다 나가 뒈지라고 해."

"진정해."

칼란이 흥분하는 오밥을 말렸다.

"진정은 무슨. 그들이 마이클에게 한 짓은 잘못됐어."

오밥은 바에 몸을 기대고 맥주 마셨다.

음울했다. 오후 날씨처럼.

10분쯤 지났을 때였다. 에디 푸주한이 주점으로 들어섰다.

지독히 덩치가 큰 에디는 오밥을 보더니 큰소리로 말을 걸었다.

"야, 이 거시기 털아."

오밥은 몸을 일으키지도 돌아보지도 않았다. 에디가 소리를 질렀다.

"야! 너한테 말하고 있잖아. 네 머리에 난 털, 그거 거시기 털 아니냐? 온통 굽실거리고 뻘건 게. 응?"

칼란은 오밥이 몸을 돌리는 것을 보았다.

"원하는 게 뭐예요?"

오밥은 거칠게 소리 내려 애썼지만 칼란은 그의 겁먹은 목소리를 느낄 수 있었다.

왜 아니겠는가? 칼란도 이렇게 겁이 나는데.

"나 때문에 골치가 아프다면서?"

"아뇨, 그런 거 없어요."

칼란은 오밥이 대답을 잘 했다고 생각했다. 하지만 에디는 여전히 불만스러웠다.

"네가 나 때문에 골치가 아프면, 나 여기 있다고."

"아뇨, 그런 거 없어요."

"그게 아니라던데? 네가 동네방네 주둥아리를 놀리며 다닌다던데? 내가 한 일 때문에 네가 골치가 아프다고 말이야."

"아니에요."

만약 그날이 뉴욕의 살인적인 8월 오후가 아니었다면 아마 그 일은 거기서 마무리되었을 것이다. 젠장, 리피 주점에 에어컨만 틀어놨어도, 그 일은 그쯤에서 마무리되었을 것이다. 하지만 에어컨은커녕 천장에 달린 선풍기 두 대마저도 회전목마 돌듯 천천히 돌고 있었다. 아무튼, 덕분에 그 일은 끝났어야 할 그 시점에 끝나지 못했다.

에디의 주먹질에 오밥이 완전히 뒤로 나가떨어졌다. 그 정도면 더 밀고 나갈 거 없이 끝내도 될 법한 상황이었지만, 변태 동성애자 에디의 생각은 달랐다.

"귀여운 호모가 누워 있군."

주점의 끝에 있던 리틀 미키 해거티가 마침내 술잔에서 고개를 들고 흘끗 쳐다보며 말을 꺼냈다.

"에디, 방금 오밥이 너 때문에 골치 아픈 거 없다고 말했잖아."

"누가 당신한테 물었어, 미키?"

"걘 애야."

"그럼 어른처럼 주둥아리를 놀리지 말았어야지. 마을 사람들을 지배할 권리가 있네 마네 하는 소리 따위는 떠들고 다니지 말았어야지."

오밥이 흐느꼈다. 목소리가 떨리고 있었다.

"죄송합니다."

"그래, 죄송하겠지. 넌 죄송한 애새끼야. 이 녀석 보게. 계집애처럼 울고 있잖아. 그런데 권리를 가졌네 마네 떠들고 돌아다니는 어른이기도 해."

"저, 제가 죄송하다고 했잖아요."

오밥이 훌쩍였다.

"그래, 네가 내 앞에서는 뭐라고 하는지 잘 들려. 하지만 내 등 뒤에서는 뭐라고 할 거지? 응?"

"아무 말도 안 할게요."

"아무 말도?"

에디가 셔츠 아래에서 38구경 권총을 꺼냈다.
"무릎 꿇어."
"네?"
"네?" 에디가 낄낄댔다. "네 빌어먹을 무릎을 꿇으라고, 이 새끼야."
오밥은 원래 핏기가 없었다. 그런데 지금은 새하얀 페인트처럼 보일 정도였다. 칼란의 눈에 오밥은 벌써 죽은 사람이나 진배없어 보였다. 그도 그럴 것이, 에디가 그 자리에서 오밥을 처형이라도 시킬 기세였기 때문이다.
오밥은 벌벌 떨면서 먼저 손으로 바닥을 짚어 중심을 잡은 뒤 무릎을 꿇었다. 오밥은 울고 있었다. 닭똥 같은 눈물을 뚝뚝 흘리면서.
에디는 비열한 웃음을 지었다.
"저기요."
칼란이 에디를 부르자 그가 고개를 돌렸다.
"너도 끼고 싶으냐, 애송이? 그렇다면 저 녀석 편을 들 건지 아니면 내 쪽에 설 건지 결정해."
에디는 칼란을 빤히 쳐다보았다.
"오밥 편."
칼란은 이렇게 말하고 셔츠 아래에서 22구경 총을 꺼내 에디 푸주한의 이마에 두 방을 갈겼다.
에디는 방금 일어난 일을 결코 믿을 수 없는 듯했다. 그저 '이런 젠장'이란 표정으로 칼란을 바라보다가 주저앉았다. 그리고 더러운 바닥으로 무너졌다. 오밥이 에디의 손에서 38구경 총을 빼내어 에디의 입에 쑤셔 넣고 방아쇠를 당기기 시작했다.
오밥은 울면서 비명을 질렀다.
빌리 실즈가 두 손을 올리면서 말했다.
"난 아니야."
리틀 미키가 술잔에서 고개를 들며 칼란에게 말했다.
"너희는 어서 여길 뜰 생각이나 해."
"총은 두고 가야 할까요?"
"아니, 허드슨 강에 던져."
리틀 미키는 38번가와 57번가 사이의 허드슨 강 바닥에는 진주만보다 더 많은 무기가 가라앉아 있다는 걸 알고 있었다. 그리고 경찰이 에디 푸주한을 죽인 총을 찾으려고 강바닥을 쓸고 다닐 일은 없을 것이다. 맨해튼 남부의 반응은 이럴 것이다. '누군가가 에디 프리엘을 처치했다고? 그렇군. 오, 누구 이 시럽 묻은 마지막 초콜릿 원하는 사람?
아니다. 지금 이 아이들에게 문제되는 일은 법이 아니다. 빅 매트 시한이었다. 리틀 미키는 빅 매트에게 달려가서 누가 에디를 쏘았는지 말할 리가 없다. 빅 매트가 서툰 접근으로 판사에게 리틀 미키의 죄를 다소 가볍게 해달라고 할 가능성도 있겠지만 그는 별로 상관하지 않을 가능성이 더 많다. 그러니 리틀 미키가 굳이 빅 매트에게 충성심을 나타낼 의무는 없다.
하지만 바텐더 빌리 실즈는 달랐다. 그는 빅 매트와 이곳저곳을 쑤시고 다니며 두 사람을 찾을 게 분명했다. 그러니 칼란과 오밥은 차라리 스스로 고기 갈고리에 매달려 빅 매트의 화를 돋우지 않는 편이 나을지도 몰랐다. 이젠 먼저 빅 매트를 죽이지 못한다면 빅 매트의 화를 잠재우기는 사실 불가능했다. 두 사람은 죽은 거나 다름없었다. 그렇다고 손 놓고 죽음을 기다리고 있을 수는 없었다.

리틀 미키가 두 사람에게 말했다.

"지금 떠나라. 마을을 떠나."

칼란은 22구경 총을 셔츠 아래에 꽂고 에디 푸주한의 시신 옆에 웅크리고 앉아 있는 오밥의 팔을 당겼다.

"일어나."

"잠깐만."

오밥은 에디의 주머니에 손을 넣어 꾸깃꾸깃한 지폐 뭉치를 꺼냈다. 그리고 에디를 옆으로 눕혀서 뒷주머니에서도 뭔가를 꺼냈다.

까만 수첩이었다.

"됐어."

오밥이 일어서자, 두 사람은 문밖으로 나갔다.

10분쯤 뒤, 경찰들이 들어왔다.

강력계 형사가 에디의 머리 옆의 빨간 웅덩이를 넘어서 걸어왔다. 그리고 리틀 미키 해거티를 쳐다보았다. 강력계 형사는 미키를 알고 있었다. 형사는 미키를 보며 '어떻게 된 일이야?'라고 묻는 듯이 어깨를 으쓱했다. 그러자 미키가 이렇게 대답했다.

"샤워하다 미끄러지더군."

오밥과 칼란은 아직 마을 밖으로 나가지 않았다.

리피 주점에서 나온 뒤 미키가 충고한 대로 총을 강에 던졌다.

오밥이 에디에게서 뺏어온 돈을 세어 보곤 말했다.

"387달러야."

실망스러운 액수다.

387달러로는 그리 멀리 가지 못한다.

그리고 어차피 어디로 가야 할지도 몰랐다.

다른 곳은 아예 가본 적도 없었으니 그들은 그야말로 우물 안 개구리일 뿐이었다. 뭘 해야 할지도, 뭘 하지 말아야 할지도, 어떻게 행동해야 할지도, 어떻게 돌아가는지도 몰랐다. 어딘가로 버스를 타고 가야겠지만 어디로 간단 말인가?

그들은 길모퉁이 가게로 들어가서 맥주 두 병을 사 들고 웨스트사이드 고속도로 교각 아래로 가서 어떻게 할지 곰곰이 생각해 보았다. 오밥이 입을 열었다.

"저지?"

오밥의 지리학적 한계다. 칼란이 물었다.

"저지에 아는 사람 있어?"

"아니. 너는?"

"없어."

아는 사람이 있는 곳은 헬스 키친뿐이었다. 그래서 그들은 결국 맥주 몇 병을 더 비우며 어두워지기를 기다렸다. 그리고 동네로 몰래 숨어들어서는 버려진 창고에서 잠을 청했다. 아침 일찍 그들은 50번가에 있는 바비 레밍튼의 누나네 아파트로 갔다.

마침 바비도 거기에 있었다. 아버지와 또 다투고 집을 나온 모양이었다.

현관문을 열어준 바비는 칼란과 오밥을 보자 안으로 데리고 들어왔다.

"맙소사. 너희들 대체 뭔 짓을 한 거야?"

"에디가 오밥을 쏘려고 했다고."

칼란의 해명에 바비는 고개를 저었다.

"소문은 그렇지 않던데? 에디는 오밥을 쏘려 하지 않았고, 그저 오밥 입에 총구를 넣어보려던 거뿐이었다고 하던데."

칼란이 무슨 상관이냐는 듯 어깨를 으쓱했다.

"아무튼."

"우리를 찾고 있어?"

오밥이 물었지만 바비는 대답하지 않았다. 블라인드를 내리느라 너무 바빴기 때문이다.

"바비, 커피 있어?"

칼란이 물었다.

"그래. 타줄게."

바비의 누나 베스가 침실에서 나왔다. 허벅지까지 내려오는 텍사스 레인저스팀 셔츠를 입고 있었다. 빨간 머리는 온통 헝클어져 어깨에 흘러내려 와 있었다. 베스는 칼란을 보곤 놀라 말했다.

"어머."

"안녕, 베스 누나."

"얘들이 여기 있으면 어떡해."

"그냥 커피만 좀 타주려고."

"야, 바비." 베스는 부엌 싱크대에서 담뱃갑을 꺼내 한 개비 물고 불을 켰다. "바비, 널 내 소파에 재우는 일만으로도 보통 일이 아니야. 근데 얘들까지 있으면 난 어쩌라고. 기분 나쁘게 듣진 마."

"바비, 우린 무기가 필요해."

오밥이었다. 베스가 칼란 옆에 털썩 앉으며 물었다.
"맙소사. 대체 왜 여기로 왔어?"
"갈 곳이 없었어요."
"영광인데?"
베스와 칼란은 몇 번 함께 술 마시고 마약을 했을 뿐인데, 칼란은 충분히 여기에 올 수 있는 사이라고 여기는 모양이었다. 그것도 쫓기는 처지로 말이다.
"바비, 얘들 토스트 같은 거라도 만들어 줘."
"고마워요, 누나."
"여기 묵을 수는 없어."
"누나, 좀 숨겨주면 안 돼요?"
"들킬 거야. 내가 곤란해져."
"누나는 버크 형에게 가 있어도 되잖아요. 누나의 신변을 위해서라고 하면."
오밥의 말에 베스가 물었다.
"왜 아직도 이 동네에서 얼쩡거리고 있는 거야? 지금쯤 버펄로 정도는 갔어야지."
"버펄로요? 버펄로에 뭐가 있는데요?"
오밥이 웃으며 말하자 베스가 잘 모르겠다는 듯 어깨를 으쓱거렸다.
"나이아가라 폭포였나? 모르겠네."
그들은 커피를 마시고 토스트를 먹었다. 바비가 말했다.
"내가 버크 형을 만나볼게."
"그러든지. 그럼 빅 매트 시한의 귀에 바로 들어갈걸?"

"빌어먹을 시한."

바비가 욕설을 내뱉었다.

"그래, 버크한테 가서 그렇게 전해." 베스는 이렇게 말하곤 칼란을 돌아보았다. "지금 너희한테 필요한 건 총이 아니야. 버스표라고. 내가 돈이 좀 있으니까……."

베스는 42번가에 있는 로우스 극장에서 출납원으로 근무하고 있었는데, 종종 자신의 몫으로 나온 극장표를 팔아 이문을 남기기도 했다. 그래서 꼬불쳐둔 돈이 조금 있었다.

"우리도 돈 있어요." 칼란이 말했다.

"그럼 지금 떠나."

칼란과 오밥은 그 집에서 나왔다. 그러곤 곧장 어퍼웨스트사이드로 가서 리버사이드 공원을 어슬렁거리다가 그랜트 장군 묘까지 갔다. 그러다가 다시 마을로 돌아갔다. 베스가 그들을 로우스 극장에 들여보내 줬다. 두 사람은 2층 특별석 뒷자리에 앉아서 하루 종일 '스타워즈'를 보았.

망할놈의 데스스타 폭파 장면을 여섯 번째로 보고 있을 때쯤 바비가 나타났다. 바비는 들고 온 종이 봉지를 칼란의 발 옆에 놓았다.

"좋은 영화야, 그지?"

그러곤 들어올 때만큼 재빨리 자리를 떴다.

칼란은 종이봉지 쪽으로 발목을 천천히 갖다 대 보았다. 금속이 느껴졌다.

두 사람이 남자 화장실로 들어가 봉지를 열어보니, 오래된 25구경과 역시 골동품 급인 경찰용 38구경 총이 들어 있었다. 오밥이 물었다.

"뭐야? 플린트락(도화선 대신, 공이치기에 나사로 고정한 부싯돌이 끼워진 형태로 옛날 총기 방식 — 옮긴이)은 없는 거야?"

"언어 쓰는 주제에 고르긴 뭘 골라."

칼란은 작은 무기를 허리에 차자 기분이 많이 좋아졌다. 우습게도 총이 그 자리에 없어서 얼마나 섭섭했던지. 꼭 공중에 떠 있는 듯이 가벼워진 기분이었다. 그 금속 덕분에 지구에 붙어 있을 수 있기라도 한 것처럼 말이다.

그들은 극장 문이 닫힐 때까지 영화를 보았다. 그리고 문이 닫히자 조심스럽게 창고로 발길을 옮겼다.

그곳에서 폴란드 소시지가 두 사람의 목숨을 구해주게 된다.

팀 힐리는 그 지긋지긋한 밤의 절반이나 뜬 눈으로 보내고 있었다. 잠복한 채 그 두 녀석을 기다리는 일보다 배고픔이 더 힘들었다. 그래서 지미 보일런에게 폴란드 소시지를 사 오라고 했다.

"소스는 뭐로 할까?"

"사워크라우트, 핫 머스터드, 전부 넣어 와."

보일런이 나갔다가 돌아오자 팀은 폴란드 소시지를 게걸스럽게 먹어댔다. 마치 제2차 세계대전 당시 일본군 수용소에서 굶주린 포로처럼. 그리고 고형의 소시지가 창자 속에서 가스로 바뀔 때쯤, 그들이 기다리던 두 사람이 창고로 들어섰다. 칼란과 오밥은 닫힌 철문 반대편 계단통으로 오다가 팀 힐리가 떠들어대는 소리를 들었다.

그 순간 두 사람은 몸이 얼어붙었다. 보일런의 목소리가 들렸다.

"맙소사. 다친 사람은 없었어?"

칼란이 오밥을 보자, 그가 속삭였다.

"바비가 우리를 꼰지른 걸까?"

칼란이 시큰둥하게 어깨를 으쓱했다. 보일런의 목소리가 또 들렸다.

"문 좀 열어야겠어. 환기 좀 시키게. 젠장, 팀."

"미안."

보일런이 문을 열자 거기에 오도카니 서 있는 칼란과 오밥이 보였다.

"빌어먹을!"

보일런이 소리치며 엽총을 들어 갈겼지만, 죄다 표적에서 빗나갔다. 총소리만 요란하게 계단통에 울렸다.

팀 힐리가 접이식 나무의자에서 일어서며 총으로 손을 뻗자 무릎에 있던 알루미늄 포일이 흘러내렸다. 툭 하는 소리에 놀란 보일런이 뒤를 놀아보는 순간, 그의 등으로 총알이 빗발쳤다. 그 모습을 본 팀은 겁에 질려 45구경 총을 바닥에 떨어뜨리고 두 팔을 머리 위로 올렸다.

"처치해!"

오밥의 외침에 팀이 절규했다.

"안 돼, 안 돼, 안 돼, 안 돼!"

칼란과 오밥은 어렸을 때부터 뚱보 팀 힐리를 알고 있었다. 팀은 가끔 그들에게 만화책 살 돈 25센트를 주곤 했다. 한번은 거리 하키를 하다가 칼란의 백스윙이 팀 힐리의 자동차 오른쪽 헤드라이트를 깼는데 리피 주점에서 나온 팀이 그냥 웃으며 괜찮다고 한 적도 있었다.

"네가 레인저스 팀에 들어가 경기하게 되면 내게 티켓 보내주기다?"

그게 팀이 한 얘기의 전부였다.

칼란은 오밥이 팀을 쏘지 못하게 고함을 질렀다.

"그냥 총만 빼앗아!"

칼란은 귀가 윙윙대는 탓에 크게 소리 질렀다. 자신의 목소리가 터널 반대편 끝에서 들려오는 듯하고 머리가 멍해졌다.

팀의 턱에 머스터드소스가 묻어 있었다.

이런 일을 하기엔 너무 늦었다.

과연 이런 엿 같은 일이 딱 들어맞는 나이가 있기는 할까? 하고 칼란은 생각했다.

그들은 팀의 45구경 총과 보일런의 12게이지 총을 접수해 거리로 나갔다.

다급히 달리면서.

빅 매트 시한은 에디 푸주한의 일을 듣고 울화가 치밀어 올랐다. 특히 그 일을 저지른 녀석들이 아직 기저귀도 안 뗀 놈들이라는 소문을 듣자 더더욱 화가 났다. 세상이 어떻게 되려는지 의아할 정도였다. 권위를 존경하지 않는 세대가 오고 있으니 말이다. 빅 매트가 염려하는 또 한 가지 일은 얼마나 많은 사람들이 그 두 녀석에게 자비를 베풀어달라고 사정하러 올까 하는 점이었다.

"그 녀석들은 처벌받아야 해."

빅 매트는 그렇게 말할 테지만, 그래도 질문받을 때마다 어떤 결정을 내릴지 심란해질 것이다. 그들은 이렇게 대꾸하리라.
"물론, 처벌받아야지요. 아마 다리나 손목을 부러뜨려서 동네 밖으로 내쫓아야겠지요. 하지만 죽여 버릴 정도는 아니에요."
빅 매트는 이런 식으로 대답을 추궁받는 일에 익숙하지 않았다. 그런 건 질색이었다. 명령체계가 원활하게 돌아가지 않고 있는 상황도 싫었다. 몇 시간 만에 잡아들였어야 할 이 두 짐승 새끼들을 벌써 며칠째 쫓고 있는가 말이다. 아직도 동네 안에 있다는 소문이 파다한데도 두 사람이 어디 있는지 정확히 아는 사람은 없어 보였다.
이제는 알아야 할 사람들조차 몰랐다.
빅 매트는 어떤 처벌을 내릴지 고민했다. 방아쇠를 당긴 손을 절단하는 건 어떨까. 곰곰이 생각하면 할수록 그 처벌이 마음에 들었다. 권위 앞에 적절한 존경을 보이지 않으면 어떤 일이 일어나는지 이 두 녀석이 뼈저리게 느끼면서 무거운 발걸음으로 헬스 키친 주변을 걸어 다니게 하자.
그래서 두 녀석의 손목을 잘라 헬스 키친에 보란 듯이 전시하는 거다.
빅 매트 시한이 얼마나 관대한지 보여주는 거다.
그때 빅 매트는 손목 자르는 일에 더 이상 에디 푸주한을 쓸 수 없다는 사실을 기억해 냈다.
이튿날, 지미 보일런과 뚱보 팀 힐리도 쓸 수 없게 되었다. 지미 보일런은 죽었고 팀 힐리는 실종되었다. 그리고 케빈 켈리는 올버니에서 일하는 게 더 낫겠다며 떠났고, 마티 스톤은 이모가 아프다며 파록어웨이에 가버렸다. 그리고 토미 듀건은 고주망태가 되어 있었다.

빅 매트는 그 모든 일들 때문에 사업에 타격(엄청난 대변혁으로)을 입지는 않을까 걱정스러웠다.

그래서 빅 매트는 또 다른 집이 있는 플로리다행 항공편을 예약했다.

이건 칼란과 오밥에게 아주 좋은 뉴스였다. 하지만 빅 매트가 비행기에 오르며 치미노 조직의 새로운 보스 빅 파울리에게 이 일을 맡긴 뒤부터는 사정이 달라졌다.

칼란이 오밥에게 물었다.

"그가 빅 파울리에게 뭘 줬을까?"

"자비츠 센터 일부?"

빅 매트는 웨스트사이드에서 계획되는 거대한 컨벤션 센터의 트럭운전사 조합과 건설조합을 관리하고 있었다. 이탈리아 갱들은 그 사업의 일부를 얻기 위해 1년 이상 비굴하게 빅 매트에게 아첨을 해왔다. 시멘트 웃더껑이를 걷어내는 계약만으로도 수백만 달러의 가치가 있었다. 이제 빅 매트는 그들의 청탁을 거절할 만한 처지가 아니었지만, 아무리 그래도 작은 호의 정도는 그 대가로 기대할 만했다.

동업자 간의 예의로서 말이다.

칼란과 오밥은 10번가와 11번가 사이 49번가의 아파트 2층에 몸을 숨기고 있었다.

두 사람은 잠을 푹 잘 수 없었기에 누워서 하늘을 쳐다보았다. 뉴욕의 옥상에서 그밖에 무얼 볼 수 있을까?

"우린 두 명을 죽였어, 칼란."

"그래."
"정당방위였어. 내 말은, 우리도 어쩔 수 없었던 거잖아. 안 그래?"
"맞아."
잠시 뒤 오밥이 또 입을 열었다.
"리틀 미키 해거티가 우리를 이용한 건 아닌가 하는 생각이 들어."
"그렇게 생각해?"
"리틀 미키는 절도혐의로 8~12개월을 구형받을 예정이잖아. 감형을 조건으로 우리를 팔아먹었을 수 있지."
"아냐. 리틀 미키는 보수적이야."
"보수적이라고 할 수도 있겠지. 하지만 감옥 가는 일에 넌더리가 났을 수도 있어. 이번이 두 번째라고."
칼란은 리틀 미키가 복역기간이 끝난 뒤 마을로 돌아왔을 때 고개를 들고 당당하게 살고 싶어 하리라 여겼다. 리틀 미키가 경찰과 내통하면 헬스 키친에 있는 어떤 주점에서도 땅콩 한 접시조차 얻어먹을 수 없을 것이다.
리틀 미키 해거티에 대해서는 걱정하지 않아도 되리라.

칼란은 그런 생각을 하면서 창밖을 내다보았다. 링컨 콘티넨털 한 대가 길 건너편에 주차되어 있었다.
"그런 생각은 그만두는 게 낫겠어, 오밥."
오밥은 머리를 식히려고 헝클어진 빨간 머리를 싱크대 수도꼭지 아래에 들이밀었다. 효과가 좀 있었다. 섭씨 40도를 넘어가는 날씨인 데다 이곳은 장난감배의 프로펠러만 한 선풍기밖에 없는 방 두 칸짜리 5층 건물이었으니 말이다. 동네 꼬마 녀석들이 소화전을 죄다 틀어버렸기 때문에 수압은 제로에 가까웠다. 그걸로도 모자라 치미노 조직의 패거리들이 집 밖에서 두 사람을 노리고 있었다.

그리고 어둠이 관대함의 커튼을 쳐주는 시간이 되면 즉시 두 사람을 처치하러 올 것이다.

"뭘 하고 싶어, 칼란? 빵 터뜨리러 나갈까? 「OK 목장의 결투」처럼?"

"이 위에서 햇볕에 구워지느니 그게 낫겠어."

"아니, 그렇지 않을 거야. 이 위가 확실히 불쾌하긴 하지만 저 아래로 가면 우린 개죽음을 당할 거야."

"언젠가는 내려가야 해."

"아니, 안 내려가." 오밥은 머리를 수도꼭지 밑에서 꺼내어 물기를 털어내며 말을 이었다. "저들이 아직도 피자를 배달시켜 먹으며 죽치고 있는 한."

오밥은 창가로 와서 도로 건너편에 주차된 기다란 검은색 링컨 콘티넨털을 바라보았다.

"망할 이탈리아 놈들은 변하는 법이 없어. 벤츠, BMW, 젠장할 볼보 같은 자동차들과는 어울릴지 몰라도 빌어먹을 링컨 콘티넨털이나 캐딜락은 아니야. 그게 일종의 이탈리아계 놈들의 법칙이라고."

"차 안에 누가 있지, 오밥?"

자동차 안에 넷이 타고 있었다. 그리고 밖에 셋이 더 있었다.

그들의 모습은 일상적이었다. 시가를 피우고, 커피를 마시고, 말 같지 않은 소리를 지껄였다. 동네 사람들에게 우린 마피아입네 하고 선언하는 꼴이었다. 그리고 누구든 나서면 두드려 패줄 거니까 다른 데로 꺼지는 게 나을 거라고 말하는 듯했다.

오밥은 초점을 다시 맞췄다.

"조니 보이 카조 패거리 밑에 있는 피콘의 졸개들이야. 치미노 조직의 데몬테 파."

"어떻게 알아?"

"조수석에 앉은 사람이 복숭아 통조림을 먹고 있어. 지미 피콘이야. 별명이 지미 빅 피치잖아. 복숭아 통조림을 위해 이 일을 맡았다니까."

오밥은 마피아 계보에 정통했다. 야구광들이 야구사를 달달 외는 것처럼 오밥도 마피아에 관심이 많아 머릿속에 다섯 조직 전체의 조직도를 넣어두고 있었다.

그래서 오밥은 작년에 카를로 치미노가 죽은 뒤 그 조직이 변화를 맞고 있다는 사실을 훤히 꿰고 있었다. 대부분의 강경파는 치미노가 네이 데몬테를 후계자로 삼을 거라고 확신했지만, 그는 처남인 파울리에 칼라브레이지를 선택했다.

그 선택은 좋지 못한 평가를 받았다. 특히 보수파들 사이에서 더 그랬다. 그들이 보기엔 파울리에 칼라브레이지는 너무 화이트칼라 기질이 강했고, 나약한 데다, 합법적인 사업에 너무 많은 돈을 몰아갔다. 냉정한 사람(고리대금업자들, 강탈 사기꾼들, 철저한 약탈자들)이라면 그런 점이 마음에 들 리가 없다.

지미 '빅 피치' 피콘도 그들 중 한 사람이었다. 사실 빅 피치는 링컨 콘티넨털에 앉아 그에 대해 열변을 토하고 있는 중이었다.

"우리는 '치미노 범죄 조직'이야." 듣는 이는 빅 피치의 동생인 '리틀 피치'였다. 조이 '리틀 피치' 피콘은 실제로는 형인 '빅 피치'보다 훨씬 덩치가 컸지만 아무도 그 사실을 입에 올릴 생각이 없기에 그 별명들은 그대로 사용되었다. "빌어먹을《뉴욕타임스》조차 우리를 '치미노 범죄 조직'이라고 부르잖아. 우리는 범죄를 저지르는 조직이라고. 만약 내가 사업가가 되고 싶었다면, 그 뭐냐, IBM 같은 델 들어갔겠지."

빅 피치는 네이 데몬테가 보스 자리를 놓친 일이 마음에 들지 않았다.

"데몬테는 노인네야. 겨우 몇 년이나마 사람들 주목받게 놔두는 일이 무슨 해가 돼? 그 정도 대우는 받을 만하잖아. 치미노 보스는 네이 데몬테로 정하고 부보스는 조니 보이로 정했어야 했어. 그랬으면 우린 '우리의 조직', 코자노스트라(미국 마피아 식 비밀범죄조직 — 옮긴이)를 갖게 되었을 텐데."

26세라는 젊은 나이에 비해 빅 피치는 구시대적이고 보수적인 사람이며, 나비넥타이를 안 맨 마피아의 '조지 윌'(워싱턴 포스트의 보수주의 칼럼니스트 — 옮긴이)이었다. 그리고 옛날 방식과 오래된 전통을 좋아했다.

"옛날 같았으면 말이야." 빅 피치는 마치 옛날에 살아보기라도 한 것 마냥 말했다. "우리가 자비츠 센터의 일부를 그냥 접수할 수 있었을 거야. 빅 매트 시한 같은 늙은 아일랜드 인에게 아첨하지 않아도 됐을 테고. 어차피 새로 보스가 된 파울리에는 우리에게 떡고물을 나눠주진 않을 거야. 그는 우리가 배를 곯든 말든 상관도 안 하니까."

"형."

리틀 피치가 불렀다.

"뭐."

"형, 파울리에가 이 일을 네이 데몬테에게 줬고, 네이 데몬테가 다시 조니 보이에게 넘겼고, 조니 보이가 우리에게 지시했잖아. 내가 관심 있는 건 조니 보이가 우리에게 일을 주는 거, 우리가 그 일을 하는 거, 그뿐이야."

"그 빌어먹을 일은 처리할 거야."

빅 피치는 일이 어떻게 돌아가는지에 대해 동생에게 훈계를 들을 필요가 없었다. 빅 피치도 일이 어떻게 돌아가는지 잘 알고 있고, 그 방법이 아주 마음에 들었다. 특히 조직의 데몬테 파에서는 그랬다. 그곳은 일처리 방식이 옛날식이었다.

또 하나, 빅 피치는 조니 보이를 지독히 숭배했다.

조니 보이는 머리부터 발끝까지 마피아였다.

빅 피치는 다시 현실로 돌아와야겠다고 생각했다.

"곧 날이 어두워지면 올라가서 저 녀석들의 지옥행 차표를 끊어줄 거야."

칼란은 에디에게서 가져온 까만 수첩을 앉은 채 획획 넘겨 보았다.

"오밥, 여기 네 아버지 이름도 있어."

"내 그럴 줄 알았어. 얼마야?"

"큰 거 두 장."

"애쿼덕트 경마장 버드와이저 클라이즈데일에게 걸었겠지. 야, 피자 온다. 어, 이게 뭔 짓거리야? 저 녀석들이 우리 피자를 가로챘어!"

오밥은 정말 화가 치밀어 올랐다. 저들이 자신들을 죽이러 온 데 대해서는 그다지 화나지 않았다. 그건 예상했던 일이고 또 그들의 업무일 뿐이니까. 하지만 피자를 가로채는 일은 전혀 다르다. 그건 모욕을 주는 행위였다. 오밥은 울부짖었다.

"저러면 안 되잖아! 정말 나쁜 짓이라고!"

오밥의 저런 반응이 모든 일의 시작이었다고 칼란은 회상했다. 칼란이 까만 수첩에서 눈을 들어 슬쩍 밖을 보니 그 뚱뚱한 이탈리아계 녀석이 얼굴에 함박웃음을 머금고는 보란 듯이 피자 조각 하나를 집어 들었다.

오밥이 그에게 외쳤다.

"야!"

빅 피치가 받아쳤다.

"맛있네!"

오밥이 칼란을 보며 하소연했다.

"저 녀석들이 우리 피자를 가로챘어."

"유난 떨 일 아니잖아."

오밥이 다시 울부짖었다.

"난 배고프다고!"

"그럼 내려가서 뺏든가."

"정말 간다?"

"총 가져가."

"젠장!"

거리에 있는 남자들의 비웃음 소리가 들렸다. 상관할 일은 아니었다. 그러한 도발이 오밥을 화나게 할 순 있어도 칼란에게는 통하지 않았다. 오밥은 놀림 받는 것을 싫어해서 늘 즉각적인 대응을 하곤 했지만 칼란의 경우는, 뭐 그냥 대수롭지 않게 지나쳤다.

"오밥?"

"뭐."

"저 밑에 있는 녀석의 이름이 뭐랬지?"

"어느 녀석?"

"우리를 처치하라고 그들이 보낸 녀석."

"지미 피치."

"여기 있어."

"뭐라고?"

오밥이 창에서 시선을 돌려 칼란을 보았다.

"얼마로?"

"10만."

두 사람은 서로 쳐다보며 웃었다.

"칼란, 경기가 새로운 국면으로 접어드는데?"

빅 피치가 빅 매트에게 10만 달러를 빚졌다니. 그것도 원금만 말이다. 고리대금 이자는 쓰레기 악취 풍기는 것보다 더 빨리 쌓여야 한다는 게 원칙이니 빅 피치는 지금 보통 심각한 곤란에 처해 있는 게 아닐 것이다. 그는 빅 매트에게 깊이 발을 담그고 있다. 그러니 골치 아픈 문제가 생기면 빅 매트를 처치할 필요가 생기게 된다. 그런데 그 고리대금 수첩을 지금 칼란과 오밥이 갖고 있다.

그 일이 두 사람에게 사악한 계략을 떠올리게 했다.

만약 그 계략을 실행할 때까지 살아 있을 수만 있다면…….

빠르게 날이 어두워졌다.

"좋은 생각 있어, 칼란?"

"응, 있어."

그것은 목숨을 건 포스앤롱 플레이(fourth-and-long play)였다. 하지만 젠장, 포스앤롱이라니. (미식축구에서 마지막 공격인 네 번째 공격을 할 때 상대편에게 공격권을 넘겨주는 지점을 자신의 골대에서 멀어지게 하려고 전진하지 않고 일부로 반대 방향으로 공을 차는 일. 즉, 힘든 상황 때문에 본래 의도와는 다르게 절박한 심정으로 일을 처리하는 경우를 말한다 — 옮긴이)

오밥은 손에 병을 들고 비상계단으로 걸어나가 고함을 질렀다.

"야, 이 이탈리아 멍청이들아!"

그들이 링컨 콘티넨털에서 오밥을 올려다보았다.

바로 그때 오밥이 병에 쑤셔 박은 헝겊에 불을 붙이곤, 그들에게 던졌다.

"이거나 먹어라!"

병이 완만한 포물선을 그리며 링컨 콘티넨털을 향해 천천히 날아갔다.

"이런 젠장……"

빅 피치의 목소리였다. 그는 자동차 창문을 내리려고 버튼을 눌렀다. 그리고 이 괴물 같은 횃불이 하늘에서 그에게로 곧장 내려오는 모습을 보더니 안 되겠다 싶은지 문을 급하게 열고 자동차에서 빠져나왔다. 오밥이 정확하게 겨냥했기에 빅 피치는 가까스로 불을 피했다. 병이 자동차 지붕에 부딪혀 깨지자 불꽃이 지붕 위에서 확 번졌다.

빅 비치가 비상계단을 향해 소리쳤다.

"이거 새로 뽑은 차란 말이다!"

빅 피치는 화가 머리끝까지 치밀어 올랐다. 불을 보고 사람들이 몰려든 덕분에 총 한 발 쏠 기회도 없었기 때문이다. 게다가 사이렌 소리까지 들려오더니 불과 몇 분 뒤엔 온 동네가 아일랜드 인 경찰과 아일랜드 인 소방관들로 북적였다. 소방관은 링컨 콘티넨털의 잔재에 물을 뿌리기 시작했다.

아일랜드 인 경찰과 소방관, 그리고 나인스 대로를 누비던 1만 5000여 명의 남자 동성애자들이 고함과 비명을 지르고 춤을 추며 빅 피치 주위에 몰려들었다. 빅 피치는 새 차량을 보내달라고 전화하라며 부하를 길모퉁이에 있는 공중전화로 보냈다. 그런데 왼쪽 옆구리에 금속이 지그시 눌리는 느낌을 받았다. 누군가가 속삭였다.

"피콘 씨, 천천히 뒤로 돌아주시죠."

그래도 정중한 태도라서 빅 피치는 고맙게 생각했다.

빅 피치가 뒤를 돌아보니 그 아일랜드 애송이가 서 있었다. 병을 들고 있던 빨간 수세미 머리의 녀석이 아니라 검은 머리의 키 큰 녀석이었다. 한 손은 갈색 종이 봉지에 총을 감춘 채 빅 피치의 옆구리에 대고 있고, 다른 손은 뭔가를 들고 있었다.

'그게 대체 뭐야?' 빅 피치는 의아했다.

하지만 곧 눈치를 챘다.

빅 매트 시한의 까만 수첩이었다.
"얘기 좀 하시죠, 피콘 씨."
"그래야겠군."

그들은 12번가에서 굉장히 멀리 떨어진 패디 호일의 프로마인 저택 지하실에 있었다. 그곳은 멕시코 인 격리장소였다. 멕시코 인 하고는 전혀 관계가 없지만 말이다.
알고 있는 사실은 이탈리아계 아일랜드 인이 모여 있다는 것, 보이는 사실은 칼란과 오밥이 한쪽 끝에서 말 그대로 벽에 등을 대고 서 있다는 것, 양손에 총을 든 칼란은 괴상한 무법자로 보인다는 것, 오밥은 허리 높이에 엽총을 들고 있다는 것이다. 그리고 문 옆에 빅 피치 형제가 서 있었다. 그 이탈리아 인 둘은 총도 뽑지 않은 채, 그냥 아주 멋지고 강인해 보이는 고급 옷을 입고 거기 서 있었다.
오밥은 이런 상황에 불만이 없었다. 또한 확실히 파악하고 있었다. 저들은 이미 낭패를 겪었고(링컨 콘티넨털을 잃은 것과 전혀 상관없이) 두 풋내기가 그들에게 과감히 총을 겨누고 있는 일을 우습게 봤다간 더한 낭패를 당할지도 모르니 허튼짓을 할 리가 없었다. 그게 마피아 식이다. 오밥은 그 사실을 알고 있으며, 사실 그런 점을 좋아했다.
칼란은 생쥐 똥구멍만큼의 주의만 기울이면 될 것이다.
만약 일이 엇나가기 시작하면, 칼란은 일단 방아쇠를 당기고 그 뒤에 어떻게 상황이 돌아가는지 보리라.
빅 피치가 물었다.

"그런데 너희들 몇 살이지?"

"스무 살."

오밥이 거짓말을 하자 칼란도 거들었다.

"스물하나."

"정말 거친 혹덩이들이야, 정말. 아무튼 그 에디 얘기를 해보자고."

온다, 하고 칼란은 생각했다. 칼란은 반사 신경이 좀 둔했다.

"난 그 메스껍고 뒤틀린 놈을 싫어했어. 입에다 총알 세례를 퍼부었지? 어찌 된 일이야? 그래 몇 발이나 쏜 거야? 여덟 발쯤? 제대로 끝내고 싶었던 거로군?"

빅 피치가 웃었다. 리틀 피치도 따라 웃었다.

그러자 오밥도 웃었다.

하지만 칼란은 아니었다. 칼란은 그저 기다리고만 있을 뿐이었다.

오밥이 빅 피치에게 사과했.

"자동차는 미안하게 됐어."

"그래, 다음번에 할 말 있을 때는 전화로 해. 알았어?"

칼란을 제외한 모든 사람들이 웃었다.

"조니 보이에게 그렇게 말할 거야. 네놈들 때문에 내가 줄루 족, 푸에르토리코 인, 야만적인 아일랜드 인들이 득실대는 여기 웨스트사이드로 오게 됐고, 그 바람에 이 지경이 되었다고 말이야. 젠장, 아니면 내가 뭐라고 하겠어? 빌어먹을 불꽃이 하늘에서 떨어져 내려서 새 자동차를 사야 한다고? 야만적인 아일랜드 인들 같으니라고. 근데, 너네 그 수첩 들여다봤어?"

"어땠을 거 같아?"

"봤겠지. 분명히 봤을 거야. 뭐가 적혀 있었지?"

"상황에 따라 다르겠지."

"무슨 상황?"

"여기서 일어날 일."

"여기서 무슨 일이 일어나야 하는데?"

오밥이 침 삼키는 소리가 들렸다. 오밥은 죽을 만큼 겁이 났지만, 사생결단으로 덤비라는 사실을 칼란은 알고 있었다. 덤벼, 오밥. 게임을 시작하는 거야.

칼란이 얘기를 시작했다.

"먼저, 그 수첩은 우리한테 없어."

"야, 수세미. 우린 너랑 협력할 생각이야. 넌 수첩이 어디 있는지 말해줄 거고. 네가 들고 있는 카드는 에이스가 아니야. 그 방아쇠에 대고 있는 손가락, 거 긴장 좀 풀어. 우리는 아직 얘기 중이잖아."

그리고 빅 피치는 조용히 서 있는 칼란을 쳐다보았다.

오밥이 말을 이었다.

"우린 빅 매트 시한의 돈이 어디 어디 깔렸는지 한 푼도 빠짐없이 알아."

"장난치지 마. 빅 매트는 그 수첩을 되찾으려고 진땀 빼고 있어."

"빅 매트는 수첩을 되찾지 못해. 당신은 그에게 돈을 갚을 의무가 없어."

"정말?"

"우리 생각엔 그래. 그리고 에디 프리엘도 딴소리는 못 할 거야."
오밥은 빅 피치가 안도하는 표정을 보고 굳히기에 들어갔다.
"수첩에 경찰들도 있어. 조합원들, 시의원들도 있고. 거리에서 수금할 돈만 해도 수백만 달러더군."
"빅 매트 시한은 부자야."
"왜 그래야 하는데? 왜 우리는 그러면 안 돼? 그리고 당신은?"
빅 피치는 생각에 잠겼다. 오밥과 칼란은 빅 피치가 위험과 보상을 저울질하는 상황을 지켜보았다. 잠시 뒤 빅 피치가 입을 열었다.
"빅 매트 시한은 내 상사에게 은혜를 베풀고 있어."
"우리가 당신한테 그 수첩을 주면 당신도 그렇게 할 수 있어."
칼란은 오밥이 실수한 것을 알아차리고 총을 내뻗었다. 팔이 피로해져서 흔들렸다. 총을 내리고 싶지만 다른 사람이 눈치채게 하고 싶지 않았다. 빅 피치가 엇나갈까 봐 두려웠다. 팔이 너무 떨려서 똑바로 쏠 수 없을 것이다. 이렇게 가까운 거리에서도 말이다.
마침내 빅 피치가 물었다.
"수첩에 내 이름 있는 거 딴 사람에게 말했어?"
오밥은 재빨리 아니라고 말했고, 칼란은 그게 아주 중요한 질문이라는 사실을 알아차렸다. 빅 피치가 왜 돈을 빌렸고 어디에 썼는지 궁금해졌다.
"야만적인 아일랜드 놈들." 빅 피치는 혼자 중얼거렸다. 그리고 두 사람에게 말했다. "계속 숨어 지내도록 해. 하루 이틀 정도 아무도 죽이지 않으려고 해봐. 알았지? 내가 다시 연락할 테니."
그리고 빅 피치는 돌아서서 계단을 걸어 올라갔다. 리틀 피치도 뒤따랐다.

"어휴."

칼란이 바닥에 주저앉으며 숨을 토해냈다.

두 손이 미친 듯이 떨리기 시작했다.

빅 피치가 빅 매트의 집 초인종을 눌렀다.

덩치 큰 아일랜드 인 하나가 문을 열었다. 안에서 빅 매트의 소리가 들렸다.

"누구야?"

빅 매트의 목소리는 겁을 집어먹은 듯했다.

"지미 피치입니다."

그 아일랜드 인 집사는 빅 매트에게 대답하며 빅 피치를 안으로 들여보냈다.

"서재에 계십니다."

"고맙네."

빅 피치는 복도를 따라 걷다가 왼쪽으로 꺾어 서재로 들어갔다.

서재 벽지는 초록색이었다. 사방에 아일랜드의 상징인 토끼풀이 있었다. 존 케네디의 큰 사진. 바비 케네디의 사진. 로마 교황의 사진. 그 방에는 아일랜드 민화에 나오는 남자 요정 레프리콘 빼고는 모든 것이 있었다.

빅 매트는 양키스의 야구 경기 중계를 시청하고 있었다.

하지만 빅 피치가 들어오자 의자에서 일어나 아일랜드 정치가의 함박웃음을 지었다. 빅 피치는 존중받은 기분이 들어 기분이 좋아졌다. 빅 매트가 말했다.

"지미, 어서 와. 내가 없는 사이에 생긴 작은 문제가 좀 해결이 되었나?"

"네."

"짐승 두 마리를 찾았더군."

"네."

"그리고?"

빅 피치는 품에 지닌 칼을 꺼내, 빅 매트가 '이런, 맙소사.'라고 말하기도 전에 빅 매트의 왼쪽 가슴 아래에 칼날을 쑤셔 박고 위로 밀어 올렸다. 병원에서 존엄사 같은 윤리적 의사 결정을 내리는 문제가 없도록 칼날을 조금 비틀었다.

빅 매트의 갈비뼈에 빌어먹을 칼이 박혀서 꼼짝하지 않자 빅 피치는 어쩔 수 없이 그의 넓은 가슴에 발을 대고 칼을 뽑아냈다. 빅 매트가 바닥으로 쿵 하고 아주 세게 쓰러지자 벽에 걸린 사진들이 흔들렸다.

빅 피치를 들여보낸 덩치 큰 집사가 복도에 서 있었다.

그가 뭔가를 하고 싶어 하는 건 아닌 듯했다.

빅 피치가 물었다.

"당신은 얼마 빌렸나?"

"7만 5000달러."

"그가 사라지면 빚이 없어지지."

두 사람은 빅 매트를 토막 내서 워즈아일랜드로 가져가 하수처리장에 던졌다.

돌아오는 길에 빅 피치는 노래를 흥얼거렸다.

"내 오랜 친구 매트를 본 적이 있는 사람······

그가 어디 갔는지 가르쳐 주겠소?"

헬스 키친이 '문리버가 뜨는 곳'으로 아일랜드 인들에게 알려진 지 한 달 뒤, 칼란의 삶은 조금 바뀌었다. 칼란이 아직 그곳에 드나든다는 사실만으로도 놀라운데 이건 한술 더 떠서 마을의 영웅이 되어 버렸다.

비록 빅 매트 시한을 하수처리장에 던진 건 빅 피치였지만, 말 그대로 조그맣고 까만 장부를 검은 매직으로 그어서 빚을 청산하는 일은 칼란과 오밥이 했다. 엄청난 시간이 걸렸다. 몇몇 사람들의 기록은 제거하고 어떤 사람들을 삭감하고, 가장 많은 이득을 줄 것으로 보이는 사람들은 유지했다.

헬스 키친의 전성기였다.

칼란과 오밥은 주인인 양 리피 주점에 자리 잡았다. 그 까만 장부를 가만히 들여다보면 틀린 말도 아니었다. 사람들이 두 사람의 반지에 입을 맞출 정도였다. 그들은 빅 매트의 올가미에서 벗어나서 정말 기쁘기도 했고, 한편으로는 이 소년들의 손 안을 벗어나지 못하고 있는 사실이 무척 두렵기도 했다. 이들이 에디 프리엘, 지미 보일런, 빅 매트 시한까지 무너뜨렸으니 말이다.

한 사람 더 있었다.

래리 모레티.

그 일은 유일하게 칼란이 찜찜해 하는 일이었다. 에디 푸주한의 경우는 불가피했다. 지미 보일런도 마찬가지였다. 빅 매트 시한은 특히 더 그랬다. 하지만 에디가 마이클 머피를 토막 내는 것을 도운 래리 모레티의 경우는 보복이었다.

"우리가 해야 할 일이었어. 그건 존중받을 일이야."
오밥의 말이었다.
래리 모레티는 예측하고 있었다. 그래서 브로드웨이에서 떠나 104번가에 있는 집에 몸을 숨긴 채 계속 술에 절어 지냈다. 몇 주 동안 모임에 나오지 않고 그냥 취해서 지내다 보니 칼란과 오밥이 들이닥쳤을 때 쉬운 과녁이 되어주었다.
래리 모레티는 술병 하나를 들고 바닥에 드러누워 있었다. 머리 양쪽에 놓인 오디오 스피커에서 요란뻑적지근한 디스코 음악과 멀리서 들려오는 대포 소리 같은 저음이 쿵쿵댔다. 래리 모레티는 눈을 떠서 자신에게 총을 겨누고 서 있는 칼란과 오밥을 보고는 이내 눈을 감았다. 오밥이 소리쳤다.
"이건 마이클을 위해서야!"
그리고 총격이 시작되었다. 칼란은 기분이 께름했지만, 함께 쏘았다. 이미 쓰러져 있는 사람을 쏘는 일, 참 묘한 기분이었다.
두 사람은 오밥이 준비해 온 두꺼운 비닐 위로 시신을 굴렸다. 칼란은 이제야 에디 프리엘이 고기를 썰 때 왜 그렇게 힘을 주었는지 이해가 갔다. 정말 지독하게 힘든 일이었다. 칼란은 토하기 위해 몇 번이나 욕실로 달려 가야만 했다. 하지만 결국은 래리 모레티를 토막 내는 데 성공하여 쓰레기봉투 여러 개에 담아 워즈 아일랜드로 가져갔다. 오밥이 래리 모레티의 그 부분을 우유 통에 담아 동네를 한 바퀴 돌아야 한다고 했지만 칼란이 싫다고 했다.
그런 허튼 짓은 할 필요가 없었다. 소문이 퍼지면서 많은 사람들이 리피 주점에 감사를 표하러 왔다.
오지 않은 사람이 한 명 있었다. 바비 레밍튼이었다. 칼란은 바비가 두려워한다는 사실을 알고 있었다. 칼란과 오밥을 빅 매트에게 넘겼다고 생각할까 봐서다. 칼란은 바비가 그러지 않았다는 사실을 알고 있었다.

그들을 넘긴 사람은 베스였다.

베스가 칼란의 새 아파트에 나타났을 때 칼란이 말했다.

"누나는 동생을 보호하려고 그랬던 거뿐이잖아요. 이해해요."

베스는 고개를 숙이고 있었다. 곱게 빗어내려 윤기가 흐르는 긴 머리카락 아래에 원피스를 예쁘게 입고 있었다. 까만 드레스 앞부분이 하얀 가슴의 봉긋한 부분을 거의 다 드러낼 정도로 깊게 파여 있었다.

칼란은 눈치챘다. 베스는 자신과 동생의 목숨을 지키기 위해 자신의 몸을 바칠 준비를 하고 왔다는 것.

"오밥도 이해하니?"

"제가 이해시킬게요."

"바비가 벌벌 떨고 있어."

"그럴 거 없어요. 바비는 괜찮아요."

"바비는 일자리가 필요한데, 조합카드를 못 구해서……"

칼란은 이런 말을 듣고 있자니 이상한 기분이 들었다. 이건 사람들이 빅 매트 시한에게 해오던 부탁이었다.

"네. 할 수 있어요."

칼란은 트럭운전자 조합, 건설 조합 등등의 간부들에게서 받은 서류를 들고 있었다.

"바비에게 한번 들르라고 하세요. 우린 친구잖아요."

"나는? 나도 친구야?"

칼란은 베스를 덮치고 싶었다. 젠장, 너무도 덮치고 싶었다. 하지만 그건 다를 것이다. 그건 권력의 힘이기 때문이다. 이제 칼란은 힘이 있고 베스는 힘이 없기 때문이다.

그래서 칼란은 말했다.

"맞아요, 우리도 '친구'예요."

베스가 괜찮고 멋지다는 사실을 알려주기 위해 칼란을 받아들이게 할 필요는 없었다.

"그게 다야?"

"네, 누나. 그게 다예요."

칼란은 베스가 원피스를 차려입고 화장을 하고 온 모든 일들 때문에 마음이 불편했다. 하지만 베스와 침대로 가고 싶은 마음은 더 이상 들지 않았다.

다소 유감스럽지만 말이다.

아무튼, 바비가 찾아왔고, 칼란은 바비에게 일자리를 줬다. 바비의 새로운 상사는 바비가 나타나지 않으리라 여겼지만 바비는 칼란을 실망시키지 않았다. 그리고 약 한 달 동안 칼란과 오밥은 리피 주점의 칸막이 안에서 다른 사람들의 이자 지불이나 청탁을 처리하면서 젊은 대부 행세를 했다.

진짜 대부의 연락이 오기 전까지만 말이다.

빅 파울리에 칼라브레이지는 칼란과 오밥에게 손을 뻗어와 직접 퀸즈로 와서 설명하라고 요구했다. a) 왜 칼란과 오밥은 죽지 않았는지, b) 왜 그의 친구이자 동료인 빅 매트 시한이 죽었는지.

"빅 매트 시한을 무너뜨린 사람이 너희라고 내가 말했어."

빅 피치의 설명이었다. 그들은 랜드마크 태번의 부스에 앉아 있고 빅 피치는 갈색 고기 소스가 뿌려진 양고기와 감자를 먹으려는 중이었다. 퀸즈로 가서 빅 파울리에를 만날 때는 이런 음식 말고 적어도 남부럽잖은 음식은 먹을 터였다.

마지막 식사가 될지도 모르지만 말이다.

"왜 그랬지?"

칼란이 물었다. 그러자 오밥이 끼어들었다.

"이유가 있겠지."

"좋아. 그 이유가 뭐지?"

빅 피치가 조심스럽게 설명했다.

"만약 내가 그랬다고 했으면 날 죽였을 거야. 두말하면 잔소리지."

칼란이 오밥을 쳐다보았다.

"정말 멋진 이유인데?" 그리고 다시 빅 피치에게 고개를 돌렸다. "그럼 이제 빅 파울리에가 오밥과 나를 없애러 오겠군."

"꼭 그런 건 아니야."

"꼭 그런 건 아니다?"

"아니지. 너희는 조직에 속해 있지 않아. 조직원이 아니잖아. 같은 규율의 영향을 받지 않는다고. 봐, 내가 빅 매트 시한을 죽이려면 나는 빅 파울리에의 허락을 받아야 해. 하지만 결코 허락하지 않았겠지. 그러니 내가 허락도 안 받고 빅 매트를 죽인 게 되면 난 엄청난 곤경에 빠진다고."

"오, 정말 좋은 소식이군."

"하지만 너희는 허락이 필요 없어. 충분한 이유만 있으면 돼. 옳은 태도하고."

"무슨 옳은 태도?"

"미래를 향한 마음가짐이지. 우정과 협력에 대한 태도."

오밥은 눈이 반짝거렸다. 꿈이 이루어지는 기분이리라.

"빅 파울리에가 우리를 받아줄까?"

오밥은 엉덩이가 들썩들썩했다.

"내가 조직에 들어가고 싶어 했던가? 난 잘 모르겠는걸?"

"칼란, 이건 대박이야. 치미노 패밀리라고! 치미노 패밀리가 우리와 일하고 싶어 한단 말이야!"

그때 빅 피치가 둘 사이의 대화에 끼어들었다.

"또 하나."

"그렇지. 안 그래도 그게 전부가 아니라고 생각했어."

"장부."

"장부가 뭐?"

"내 기재사항 말이야. 10만? 빅 파울리에는 모르는 일이야. 알면, 난 죽어."

"왜?" 칼란이 물었다.

"빅 파울리에의 돈이거든. 빅 매트 시한이 빅 파울리에에게 갈 20만 달러를 따로 떼놨는데 그걸 내가 빌린 거야."

"그럼 당신은 빅 파울리에를 속이고 있군."

칼란의 말에 빅 피치가 그의 말을 바로잡았다.

"내가 아니라 우리지."

"맙소사."

이제는 오밥조차 시큰둥해졌다.

"난 모르겠어, 피치."

"무슨 소리야? 왜 몰라? 난 너희를 없애야 했어. 그게 내 임무였는데 따르지 않았다고. 그것만으로도 그들은 나를 죽일 수 있어. 나는 너희의 빌어먹을 목숨을 구해 줬단 말이야. 두 번이나. 처음엔 너희를 죽이지 않았고, 그다음엔 너희를 위해 빅 매트 시한을 없앴어. 그런데 모른다고?"

칼란이 빅 피치를 뚫어질 듯 바라보곤 입을 열었다.

"그럼 이 모임이 우리를 부자로 만들어 주든지 아니면 죽여 버리든지 한다는 건가?"

"잘 알아들었군."

"젠장."

부냐 죽음이냐.

더 나쁜 가능성도 있다.

그 만남은 브루클린의 벤손허스트에 있는 레스토랑의 내실에 준비되었다.

"이탈리아계 미국인들의 본부로군."

칼란이 말했다. 아주 편리할 터이다. 빅 파울리에 칼라브레이지가 칼란과 오밥을 죽일 마음이면 그냥 방에서 나와 문을 닫으면 그만이니까. 그는 정문으로 나가고 두 사람의 시신은 쓰레기 통로로 나갈 것이다.

또는 비상 출입구, 기타 등등.

칼란은 거울을 보고 넥타이와 씨름하면서 그런 생각에 잠겨 있었다.

"칼란, 넥타이 처음 매 보냐?"

긴장했는지 오밥의 목소리가 높아졌다.

"물론 매 봤지. 첫 성찬식 때."

"어휴."

오밥이 다가와서 넥타이를 매주었다.

"돌아서 봐. 나도 반대로는 맬 줄 몰라."

"손이 떨리네, 오밥."

"젠장, 그래. 떨려."

칼란과 오밥은 그 자리에 무장해제 상태로 참석해야 했다. 어떤 종류의 무기도 허용되지 않았다. 측근 외에는 아무도 보스 앞에 총을 들고 갈 수 없기 때문이다. 두 사람을 더 쉽게 해치울 조건이 되는 셈이기도 했다.

칼란과 오밥이 동행 없이 간다는 뜻은 아니었다. 바비 레밍튼, 팻 팀 힐리, 옆 동네 친구 빌리 보헌을 레스토랑 밖의 자동차에 대기시켜 놓았다.

오밥의 지시는 아주 명확했다.

"누군가가 우리보다 먼저 정문으로 나오면 쏴 버려."

또 다른 대책으로 베스와 베스의 친구 모이라가 그 레스토랑의 일반 손님 자리에 점심을 먹으러 갈 것이다. 베스와 모이라는 일이 잘못되어 칼란과 오밥이 내실에서 빠져나올 기회를 노릴 때를 대비하여 22구경 총과 44구경 총을 각자의 핸드백에 넣어가기로 했다.

오밥의 말처럼 말이다.

"내가 지옥으로 가야 한다면, 혼자서는 못 가. 다 데리고 만원 버스 만들어서 갈 거야."

그들은 퀸즈행 지하철을 탔다. 행복하고 성공적인 만남을 위해 나가는 건데 자동차에 오르자마자 펑 하고 폭발할까 봐 오밥이 자동차는 싫다고 해서였다.
"이탈리아 사람들은 폭탄을 쓰지 않아. 그건 아일랜드 놈들 스타일이지."
빅 피치가 아는 척을 했다.
오밥은 자신이 아일랜드 사람임을 빅 피치에게 일깨워주곤 지하철을 탔다. 그러곤 벤손허스트에서 내려 레스토랑을 향해 걸었다. 모퉁이를 돌 때 오밥이 투덜댔다.
"아, 젠장할."
"뭐가, 아, 젠장할, 이야? 왜?"
마피아 똘마니 네댓 명이 레스토랑 밖에 서 있었다. 칼란은 그게 뭐 어때서 그러냐는 표정을 지었다. 마피아 레스토랑 앞에는 항상 그런 녀석들 네댓 명이 서 있기 때문이다. 원래 그렇다.
"저기 살 스카키다." 오밥이 말했다.
키 크고 뚱뚱한 40대 초반의 남자. 파란 눈에, 이탈리아식으로 짧게 깎은 은색 머리. 칼란은 살 스카키가 마피아 조직원 같기도 하고 그렇지 않은 것 같기도 하다고 생각했다. 그리고 살 스카키는 정말 구식의 검정 구두를 신고 있었다. 얼마나 닦았는지 구두가 검정 구슬처럼 반짝거렸다.
방심할 수 없는 사람 같다고 칼란은 생각했다. 칼란이 오밥에게 물었다.
"살 스카키가 누군데?"
"그린베레의 엿 같은 대령이야."

"농담 말고."

"농담 아냐. 베트남전으로 훈장을 엄청나게 받았어. 그리고 마피아 조직원이지. 만약 그들이 우리를 죽이는 카운트다운을 세기 시작하면 그 카운트다운을 초고속으로 세어 버릴 위인이 바로 살 스카키야."

그때 살 스카키가 두 사람의 모습을 보더니 일행들에게서 떨어져 오밥과 칼란을 향해 걸어왔다.

"두 신사분, 환영하네. 두 사람의 삶에서 처음이 될지 마지막이 될지 모르겠지만 말이야. 기분 상하게 할 뜻은 없지만, 몸에 무기를 지녔는지 확인 좀 해야겠어."

칼란이 고개를 끄덕이고 두 팔을 들었다. 살 스카키는 가볍게 두드리며 발목까지 곧장 훑어 내렸다. 그리고 오밥도 검사했다.

"좋아. 이제 점심을 먹으러 갈까?"

살 스카키는 두 사람을 레스토랑의 내실로 데려갔다. 그곳은 칼란이 예전에 마흔여덟 편쯤 광적으로 봤던 마피아 영화에서 본 곳과 비슷했다. 햇살이 비치는 시칠리아 섬의 행복한 광경을 그려놓은 벽화가 있고, 빨강과 하양의 체크 식탁보가 덮인 긴 탁자가 있고, 그 위에 포도주잔, 에스프레소 컵, 차가운 접시에 놓인 작은 버터 등이 놓여 있었다.

적포도주 병들, 백포도주 병들.

칼란과 오밥이 늦게 도착한 것도 아닌데 이미 사람들이 앉아 있었다. 빅 피치는 잔뜩 긴장한 채 조니 보이 카조, 네이 데몬테, 다른 몇몇에게 두 사람을 소개했다. 그리고 문이 열리면서 가슴 팍이 정육점 도마 같은 남자 둘이 들어오고, 그 뒤로 빅 파울리에 칼라브레이지가 들어왔다.

칼란은 조니 보이를 슬쩍 보았다. 조니 보이는 히죽거린다 싶을 정도의 웃음을 얼굴에 띠고 있다. 그들은 모두 시칠리아식 포옹과 키스를 나누었다. 그리고 빅 파울리에 칼라브레이지가 테이블 상석에 앉았다. 빅 피치가 그들을 소개했다.

칼란은 겁먹어 보이는 빅 피치의 모습이 어쩐지 마음에 들지 않았다.

빅 피치가 두 사람의 이름을 말하자 칼라브레이지가 한 손을 들어 올리며 말했다.

"사업 얘기도 좋지만 우선 식사부터 하지."

긴장한 칼란조차 이 음식들이 지상의 음식이 아님을 인정할 정도였다. 지금껏 이렇게 좋은 식사는 처음이었으니까. 이탈리아 훈제 치즈와 햄과 달콤한 고춧가루로 구성된 전채 요리로 시작했다. 얇게 말아놓은 햄과 방울토마토는 칼란이 한 번도 본 적이 없는 음식이었다.

웨이터들이 로마 교황을 기다리는 수녀들처럼 들락거렸다.

전채 요리를 끝내자 파스타 코스로 들어갔다. 화려한 것은 없었다. 그저 붉은 소스를 얹어 작은 접시에 담은 스파게티였다. 그리고 백포도주, 레몬, 닭고기 가슴살을 향신료에 재운 치킨 피카타와 생선구이가 이어졌다. 샐러드가 한 번 더 나오고, 아니스 술을 적신 달콤하고 하얀 케이크가 디저트로 나왔다.

모든 요리와 포도주가 들어왔다가 나가고 웨이터들이 에스프레소를 내려놓았을 때쯤 칼란은 거의 술에 취해 있었다. 칼란은 빅 파울리에 칼라브레이지가 에스프레소 커피를 길게 한 모금 마시는 모습을 보았다. 커피잔을 내리면서 빅 파울리에가 말을 꺼냈다.
"너희를 죽이지 말아야 할 이유를 대 봐."
웬 귀신 씨 나락 까먹는 논문식 질문?
칼란의 마음 한편에서는 이렇게 소리 지르고 싶었다. '우리를 죽여서는 안 돼요. 왜냐하면 빅 피치가 당신 돈 10만 달러를 빼돌렸고 우리가 그걸 증명할 수 있기 때문이죠!' 하지만 칼란은 입을 꾹 다물고 다른 대답을 생각해 보았다.
그때 빅 피치가 입을 열었다.
"괜찮은 녀석들이에요, 빅 파울리에."
빅 파울리에는 웃었다.
"하지만 넌 괜찮은 녀석이 아니야, 빅 피치. 네가 괜찮은 녀석이었다면 난 지금쯤 빅 매트 시한과 점심을 먹고 있었을 거야."
빅 파울리에는 오밥과 칼란을 바라보았다.
"아직 대답을 기다리고 있다."
칼란도 마찬가지였다. 칼란은 그냥 듣고 앉아 있을 것인지, 문을 지키고 있는 두 고깃덩어리 녀석을 쓰러뜨리고 나가 베스의 총을 가지고 되돌아와서 이곳을 강타해야 할 것인지 고민하고 있었다.
'나는 나갔다가 돌아올 수 있겠지만 오밥은 죽을 거야. 그래. 그래도 오밥이 외롭지 않게 같이 갈 승객이 가득한 만원 버스에 태워 보낼 수는 있지.'
칼란은 아무도 모르게 의자 모서리로 미끄러지려고 시도했다. 모서리 쪽으로 차츰차츰 움직이면서 의자를 넘어뜨릴 수 있도록 다리를 당겼다. 아마 곧장 빅 파울리에 칼라브레이지에게 덤벼들어 그의 목을 휘감고서 문으로 뒷걸음질 쳐서 갈 수 있을지도……

'그다음에는 어디로 가지? 빌어먹을 달나라? 치미노 조직이 우리를 발견할 수 없는 곳이 대체 어디야? 젠장. 칼란, 총을 가지러 가. 남자답게 나가.'

테이블 건너편에 앉은 샬 스카키가 고개를 저었다. 거의 눈에 보이지 않는 신호였지만 분명히 칼란에게 말하고 있었다. 계속 움직이면 죽게 되리라.

칼란은 움직임을 멈추었다.

이렇게 팽팽한 긴장감이 감도는 방 안에서는 그 순간이 마치 한 시간 정도 걸린 것 같지만, 사실은 단 몇 초밖에 걸리지 않았다. 그때 칼란은 까무러칠 정도로 놀랐다. 오밥이 가느다란 목소리로 입을 열었기 때문이다.

"우리를 죽이면 안 돼요. 왜냐하면……"

'왜냐하면…… 어어, 안 돼…….'

칼란이 얼른 말을 가로챘다.

"……왜냐하면 우리는 빅 매트 시한의 능력 이상으로 일할 수 있기 때문입니다. 우린 당신에게 자비츠 센터의 일부, 트럭운전사 지역조합, 건설 지역조합에서 수금한 돈을 가져다줄 수 있습니다. 당신은 단 한 덩이의 콘크리트도 소유할 필요가 없습니다. 그리고 우리가 거리에서 운용하는 고리대금업 전체 수익의 10퍼센트를 받게 될 겁니다. 관리는 우리가 하죠. 당신은 손가락 하나 까딱하거나 관여할 필요가 없습니다."

칼란은 빅 파울리에가 이 말을 곰곰이 생각하는 모습을 지켜보았다.

그리고 잠깐이나마 달콤한 시간을 즐겼다.

하지만 이내 지겨워지기 시작했다. 마치 빅 파울리에가 '집어쳐,'하고 말해서 이 허풍스러운 흥정을 끝내고 본격적으로 전쟁을 시작할 수 있기를 바라는 듯이 말이다.

하지만 기대와 달리 빅 파울리에는 이렇게 말했다.

"조건과 규칙이 좀 있다. 첫째, 우리는 장부의 30을 갖는다. 10이 아니야. 둘째, 우리는 어떤 돈이든 조합과 건설 활동에서 올린 돈의 50퍼센트와 다른 활동에서 흘러나온 돈의 30퍼센트를 갖는다. 그 대가로 너희에게 내 우정과 보호 시스템을 제공한다. 자넨 시칠리아 인이 아니라서 조직원은 될 수 없지만 준조직원은 될 수 있다. 빅 피치의 감독 하에 일하도록 해라. 너희의 활동에 대해서는 빅 피치에게 직접 책임을 물릴 거다. 필요한 게 있으면 빅 피치에게 가. 문제가 생겨도 빅 피치에게 가. 거친 서부의 무의미한 짓은 이제 끝내야 해. 우리 사업은 고요한 환경에서 가장 잘 돌아가. 알아듣겠나?"

"네, 미스터 칼라브레이지."

빅 파울리에 칼라브레이지는 고개를 끄덕였다.

"때때로 너희의 조력이 필요할지도 모르겠다. 빅 피치에게 지시를 내릴 테니까 그의 말을 듣도록 해라. 우정과 보호 제공의 대가로 내가 기대하는 건, 내가 너희에게 손을 뻗을 때 얼굴을 돌리지 말라는 거다. 너희의 적이 내 적이 되는 거라면 내 적들도 너희 적이 되는 셈이다."

"네, 미스터 칼라브레이지."

칼란은 지금 빅 파울리에의 반지에 입을 맞춰야 하는 건 아닌지 고민했다.

"마지막 하나. 너희 사업도 신경 써라. 돈을 벌고 성공하도록 해라. 필요한 일을 찾아서 해라. 단, 마약은 안 돼. 이것은 카를로 치미노에게 물려받은 규칙인데 아직도 유효해. 마약은 너무 위험해. 난 내 노후를 감옥에서 보내고 싶지 않거든. 그러니 그 규칙은 절대적이지. 마약 거래를 하면 너희는 죽는 거다."

빅 파울리에 칼라브레이지가 의자에서 일어서자 다른 사람들도 모두 일어섰다.

빅 파울리에가 간단히 작별인사를 하자 두 덩치가 문을 열었다. 그리고 칼란은 이 장면에서 뭔가 잘못됐다는 기분이 들었다. 뭘까?

"오밥, 빅 파울리에가 나가고 있어." 오밥은 '잘 됐어'라는 표정으로 칼란을 바라보았다. "오밥, 그가 문을 나가고 있다고."

모든 것이 정지했다. 빅 피치는 이 실수에 질겁하면서 되도록 상냥하게 말했다.

"보스가 늘 맨 먼저 나가는 거야."

살 스카키가 물었다.

"문제라도 있나?"

"문제가, 문제가 있어요."

칼란이 말했다. 오밥의 얼굴은 완전히 백지장이 되었다. 빅 피치는 턱을 앙다물었다. 기역자 공구라도 있어야 그 입을 벌릴 듯했다. 네이 데몬테는 내셔널 지오그래픽 스페셜이라도 보는 듯 그들을 바라보고 있었다. 조니 보이는 그냥 좀 웃긴 상황이라고 생각했다.

살 스카키는 아니었다. 그는 딱 잘라 말했다.

"문제가 뭐지?"

칼란이 침을 꿀꺽 삼킨 뒤 말했다.

"문제가 뭐냐면요, 거리에 사람들을 배치해 놨어요. 문에서 맨 처음으로 나오는 사람이 우리가 아니면 그를 쏘라고 했어요."

긴장이 흘렀다.

빅 파울리에 칼라브레이지의 경호원들이 총을 꺼내 들었다. 살 스카키도 마찬가지였다. 그의 45구경 군용 리볼버는 칼란의 머리를 겨냥했다.

빅 파울리에는 칼란과 오밥을 쳐다보며 고개를 저었다.

빅 피치는 '뉘우치는 행동'에 대한 정확한 표현을 기억해 내려 애쓰고 있었다.

그때 빅 파울리에 칼라브레이지가 웃었다.

어찌나 격렬하게 웃었는지 재킷 주머니의 하얀 손수건을 뽑아 눈을 문질러야 했다. 그리고 의자에 다시 앉아야 했다. 빅 파울리에는 한바탕 웃은 뒤 살 스카키를 보며 말했다.

"거기서 뭘 하고 서 있어. 저 녀석들을 쏴." 그리고 아주 재빨리 덧붙였다. "농담이야, 농담. 너희 둘은 내가 저 문을 나서면 3차 대전이라도 시작된다고 생각하고 있군. 으하하, 재밌어." 빅 파울리에는 문으로 손짓하며 두 사람을 보았다. "이번만."

칼란과 오밥이 방에서 나가 문을 닫았다. 등 뒤로 여전히 웃음소리가 들렸다. 두 사람은 베스와 모이라를 스쳐지나 거리로 나갔다.

바비 레밍튼과 팻 팀 힐리의 모습은 보이지 않았다.

여러 대의 검정 링컨 콘티넨털만 모퉁이마다 주차되어 있을 뿐이었다.

마피아 조직원들이 그 주변에 서 있었다.

오밥이 말했다.

"기가 막혀. 주차할 자리도 확보하지 못했나 봐."

나중에 바비가 이렇게 변명하리라. 자동차를 주차하려고 돌고 도는데 마피아 조직원들이 자동차를 몰고 와서 꺼지라고 했다고. 그래서 시키는 대로 했을 뿐이라고.

하지만 그건 나중 일이었다.

지금 오밥은 거리에 서서 파란하늘을 올려다보고 있었다. 그리고 칼란에게 말했다.

"이게 무슨 뜻인지 알지?"

"아니. 무슨 뜻인데?"

"이건……"

오밥이 칼란의 어깨에 팔을 둘렀다.

"……우리가 웨스트사이드의 왕이라는 뜻이야."

웨스트사이드의 왕.

좋은 소식이었다.

나쁜 소식도 있었다. 빅 피치는 10만 달러를 빼돌렸는데 이제 빅 매트 시한의 마지막 유언장으로부터 깨끗해지고 자유가 되었다. 하지만 빅 피치가 그 돈으로 산 건 마약이었다.

통상의 터키-시칠리아 커넥션에서 나오는 일반적인 헤로인이 아니었다. 마르세유 커넥션도, 산토 트라피칸테가 공급하는 새로운 라오시안 커넥션조차 아니었다. 그쪽은 안 된다. 만약 그런 공급원으로부터 입수하면 그 소식이 15초 안에 빅 파울리에 칼라 브레이지의 귀에 들어갈 것이다. 그리고 한 1주일쯤 지나면 서클 라인을 구경하던 관광객들이 둥둥 떠내려 온 빅 피치의 시체 때문에 비명을 지르게 되리라.

그쪽은 안 된다. 빅 피치는 새 공급원을 찾아야 했을 것이다.

멕시코 쪽으로.

3장
캘리포니아 소녀들

그들 모두가 캘리포니아 소녀라면 좋을 텐데.
―브라이언 윌슨의 노래 「California Girls」 중에서

1981년
캘리포니아
라호야

처음 아빠의 친구가 덮친 날, 노라 헤이든은 고작 열네 살이었다.
그는 자신의 꼬마 아들을 돌보아준 노라를 집까지 태워주다가 갑자기 노라의 손을 잡아 불룩해진 자신의 아랫도리에 갖다 댔다. 노라는 손을 빼내려 했지만, 그의 표정을 보고는 마법에 걸린 듯 꼼짝할 수가 없었다.
노라가 느낀 감정은,
강인함이었다.

그래서 노라는 손을 그대로 놔두었다. 손을 움직이거나 하지는 않았지만, 그것만으로도 그는 거친 숨소리를 냈다. 그의 눈이 긴장되고 우스워 보여서 노라는 웃고 싶어졌다. 하지만 마법을 깨고 싶지는 않았다.

그다음번 집에 가는 길에는 그가 자신의 아랫도리 위에 올려진 노라의 손 위에 자신의 손을 얹고 둥글게 원을 그렸다. 노라는 손바닥 아래로 그의 아랫도리가 커지는 것이 느껴졌다. 그가 경련을 일으키는 것을 느꼈다. 그의 얼굴이 우스꽝스러웠다.

그가 차를 세우고 그것을 꺼낼지 노라에게 물었다.

정말 싫은 사람이지 않은가?

노라는 완전히 충격을 받았지만, 그가 보이도록 내버려 두었다. 노라는 자신이 보스가 된 기분이었다. 그를 마음대로 조련할 수 있는 것처럼 말이다.

"그건 음경이 아니야. 가죽끈이야."

노라는 친구 엘리자베스에게 말하리라. 그러면 엘리자베스가 이럴 것이다.

"아냐. 그건 완전 강아지야. 쓰다듬고 어루만지고 키스하고 잠자도록 따뜻한 장소를 제공해 봐. 그러면 네게 매혹적인 물건이 될 거야."

그때 노라는 열네 살이었지만 열일곱 살쯤으로 보였다. 노라의 엄마가 이 사건을 안들 뭘 할 수 있겠는가? 노라는 시간을 나눠 엄마와 아빠 사이를 오가고 있었다. 그렇게 신랄하다는 공동 보호 기간은 겪은 적이 없었다. 왜냐하면 엄마가 노라를 아빠 집에 데려다줄 때마다 아빠가 마리화나 담배에 빠져 있었기 때문이다.

아빠는 레게머리도 종교적 신념도 없는 백인 래스터패리언(에티오피아의 옛 황제를 숭상하는 자메이카 종교 신자 — 옮긴이)같았다. 하지만 아빠는 에티오피아 지도에서 에티오피아를 못 찾는 사람이었다. 그냥 마리화나 담배만 좋아할 뿐이었다. 에티오피아의 마리화나 한 가지만은 확실하게 잘 알고 있었다.

엄마는 모든 것을 포기했고 두 사람은 이혼했다. 엄마는 복수심 때문에 히피족 상태를 벗어났다. 아빠는 슬리퍼가 발을 꽉 붙잡고 있기라도 한 듯 슬리퍼에 고착되어 있지만, 엄마는 계속 앞으로 나아가고 있었다.

사실 엄마는 애틀랜타에 정말 좋은 직장을 구했고 노라와 함께 가고 싶어 했다. 하지만 노라는 싫다는 대답으로 일관했다. 애틀랜타에 해변을 가져다 놓을 수 없다면 가지 않겠다고 말이다. 결국, 재판관이 노라에게 누구와 살고 싶은지 물었고, 노라는 '둘 다 싫어요.'라고 말할 뻔하다가, 실제로는 '아빠'라고 말했다. 노라는 이제 열다섯 살이 되면 주요 공휴일과 여름 한 달을 애틀랜타에서 보낼 예정이었다.

삶은 그냥 견딜 만했다. 노라가 충분한 마리화나만 구할 수 있다면.

학교의 아이들은 노라를 '노라 호라(whora 매춘부)'라고 불렀다. 하지만 노라는 개의치 않았다. 사실 그 아이들도 별로 신경 쓰지 않았다. 원래 말뜻처럼 그렇게 경멸적인 말은 아니다. 솔직히 부모와 상관없는 누군가가 포르쉐, 벤츠, 리무진을 타고 친구를 학교로 데리러 온다면 그 친구에 대해 뭐라고 말하겠는가?

노라는 어느 날 오후, 온몸이 굳어버렸다. 생활지도 카운슬러를 위한 바보 같은 설문지를 채우다가 '방과 후 활동'이라는 글 아래에 '블로잡(구강섹스)'이라고 썼기 때문이다. 노라는 그 글을 지우기 전에 친구 엘리자베스에게 보여주고 한바탕 같이 웃었다.

학교에서 노라를 태운 리무진은 맥도널드 드라이브 도로로 가지 않았다. 버거킹이나 타코벨, 잭인더박스도 가지 않았다. 노라의 얼굴과 몸은 라구나에 있는 여관, 엘 어도비와 라스 브리사스에를 호령할 수준이었다.

노라를 원한다면, 노라에게 좋은 음식, 좋은 포도주, 좋은 코카인을 제공하라.

얼간이 제리는 늘 좋은 코카인을 가지고 있었다.

그는 노라와 함께 카보에 가고 싶어 했다.

물론 그곳에 갔다. 그는 장래성보다 추억이 더 많은 44세 코카인 판매상이고 노라는 봄날 같은 몸을 지닌 16세 소녀였다. 그가 노라를 데리고 멕시코에서 부정한 주말을 보내고 싶어 하지 말아야 할 이유가 어디 있겠는가?

노라도 찬성했다.

노라는 열여섯이지만 달콤함이 없었다.

노라는 사내가 자신과 사랑에 빠진 것이 아니라는 사실을 알고 있었다. 노라 자신도 그와 사랑에 빠진 것이 아님을 뼛속 깊이 알고 있었다. 사실 노라는 검정 실크 재킷을 입고 성긴 머리에 까만 야구 모자를 쓴 그를 얼간이라 생각하고 있었다. 탈색한 청바지와 양말 없는 나이키 신발까지 말이다. 아니다. 노라는 알고 있었다. 사내는 나이 먹는 것을 겁내고 있을 뿐이었다.

'겁내지 마요, 아저씨. 안달할 거 없어요.'

'당신은 지금도 늙은걸요.'

얼간이 제리에게 풍족한 것은 두 가지뿐이었다.

하지만 그 두 가지는 더없이 좋은 것이었다.

돈과 코카인.

사실 둘은 같은 거였다. 노라가 아는 바대로 돈이 있으면 코카인도 있고, 코카인이 있으면 돈도 있으니까.

노라는 그에게 블로잡을 해 줬다.

코카인 때문에 시간이 오래 걸렸지만, 노라는 상관하지 않았다. 노라에게는 해야 할 더 좋은 일이 딱히 전혀 없는 데다 제리의 아이스캔디를 녹이는 일이 그와 얘기하는 것보다 더 나았기 때문이다. 제리의 얘기를 듣는 일은 정말 고역이었다. 노라는 제리의 전처와 아이들에 대해 더 이상 듣고 싶지 않았다. 젠장, 노라는 제리의 두 아이를 제리보다 더 잘 알고 있었다. 그들은 노라와 같은 학교에 다녔기 때문이다. 아울러 제리가 소프트볼 리그에서 역전 3루타를 친 얘기 역시 듣고 싶지 않았다.

노라가 블로잡을 끝내면 제리가 물었다.

"가고 싶어?"

"어디로요?"

"카보."

"좋아요."

"언제 갈까?"

"언제든요."

제리는 노라가 차에서 내리기 직전에 좋은 코카인이 가득 든 비닐봉지를 건네줬다.

"애야, 오늘 하루는 어땠어?"

노라가 집에 들어가자 아빠가 물었다. 아빠는 소파에 퍼지고 누워 「8이면 충분해」 재방송을 보고 있다.

"오늘 하루 잘 지냈니?"

"좋았어."

노라는 비닐봉지를 테이블에 던졌다.

"제리 아저씨가 아빠한테 주래."

"내게? 멋지구나."

얼마나 멋진지 아빠가 일어나 앉았다. 갑자기 아빠는 '미스터 솔선수범'으로 변신하기라도 한 듯 마리화나 담배를 꼼꼼하게 말았다.

노라는 방으로 가서 문을 닫았다.

마약을 구하기 위해 딸을 파는 아버지를 어떻게 생각해야 할까?

노라는 카보에서 삶이 바뀌었다.

헤일리를 만났기 때문이다.

노라는 수영장 가장자리에서 얼간이 제리 곁에 기대어 앉아 있었다. 그런데 수영장 건너편 의자에 앉아 있는 젊은 아가씨가 노라를 계속 바라봤다.

아주 멋진 숙녀 타입의 젊은 아가씨였다.

20대 후반, 짧게 자른 어두운 갈색 머리에 까만 챙 모자를 쓰고 있었다. 짧은 검정 투피스 아래에 운동으로 다듬은 작고 마른 몸매가 돋보였고, 비싼 금제품의 수수하고 멋진 보석들이 눈에 띄었다. 노라가 힐끔 쳐다볼 때마다 그 젊은 아가씨는 노라를 바라보고 있었다.

다 알고 있다는 듯한, 수줍게 히죽거리는 식의 웃음을 지으면서 말이다.

게다가 그녀는 가는 곳마다 있었다.

노라가 의자에서 고개를 들면, 그녀가 거기 있었다. 해변을 거닐면, 그녀가 거기 있었다. 호텔 식당에서 식사하면, 그녀가 거기 있었다. 노라는 눈을 마주치지 않으려고 조심했다. 먼저 눈을 돌리는 사람은 늘 노라였다. 마침내 노라는 더 이상 감당할 수 없을 지경에 이르렀다. 노라는 잠자리를 가진 뒤 제리가 낮잠이 들기를 기다렸다가 수영장으로 나갔다. 그리고 그 여자 옆자리에 앉아 말을 붙여보았다.

"계속 나를 보고 있던데요."
"그랬어."
"난 흥미 없어요."

그 여자가 웃었다.

"넌 흥미 없다는 말이 뭔지도 몰라."
"난 레즈비언이 아니에요."

노라가 남자들에게 관심이 없다고 해서 젊은 여자들에게 관심이 있는 것은 아니니까. 그러면 고양이와 개가 남는다. 하지만 노라는 고양이도 썩 좋아하지 않았다.

"나도 아니야."
"그런데요?"
"한 가지 물어보자. 너 돈 벌고 있니?"
"헤?"

"코카인 판매상의 어린 토끼 노릇을 하면서, 돈도 벌고 있느냐고."
"아뇨."
그 여자는 고개를 저었다.
"애야, 그 정도의 얼굴과 몸이면, 넌 돈을 벌 수 있어."
'돈을 벌 수 있다.' 왠지 듣기 좋은 말이었다.
"어떻게요?"
그 여자는 가방에서 명함을 꺼내 노라에게 건네주었다.
헤일리 색슨. 샌디에이고 전화번호가 적혀 있었다.
"무슨 일 하는 사람이에요? 매매?"
"말하자면."
"헤?"
"헤?"
헤일리가 흉내를 내며 놀렸다.
"얘, 내가 말하려는 게 그거야. 네가 돈 버는 사람이 되고 싶으면, 그런 '헤' 따위의 말은 쓰면 안 돼."
"글쎄요, 아마 내가 돈 버는 사람이 되기 싫은가 보죠."
"그렇다면 할 수 없지. 주말 잘 보내."
헤일리는 잡지를 들어 다시 읽기 시작했다. 하지만 노라는 어디에도 가지 않고 그냥 짜증 난 상태로 앉아 있었다. 5분쯤 지났을까, 노라는 드디어 말할 용기가 생겼다.
"좋아요, 어쩌면 난 돈을 벌고 싶은지도 몰라요."
"좋아."
"그래서 뭘 파는데요?"

"너. 난 너를 팔아."

노라는 '헤'라고 말하려다가 억누르고 이렇게 말했다.

"무슨 말이에요?"

헤일리는 살짝 웃은 뒤, 노라의 손에 자신의 손을 우아하게 얹으며 말했다.

"그 말 그대로야. 간단하지. 나는 여자를 남자에게 팔아. 돈을 받고."

노라는 이해가 빨랐다.

"섹스 얘기군요."

"얘야. 섹스 얘기가 아닌 건 없단다."

헤일리는 장황하게 이야기를 늘어놓았다. 하지만 본질적으로 이렇게 요약됐다. 온 세상이, 언제나, 일탈을 꿈꾼다.

헤일리는 꾀는 말을 슬쩍 돌려서 교묘하게 말했다.

"네가 거저 주거나 싸게 팔고 싶다면, 그건 네 일이야. 하지만 큰돈을 받고 팔고 싶다면, 그건 내 일이지. 근데 몇 살이니?"

"열여섯."

"맙소사."

헤일리가 고개를 흔들었다.

"왜요?"

헤일리는 짧게 한숨을 내쉬었다.

"가능성 있어."

우선 목소리부터 교정했다.

"만약 네가 하찮은 대가를 위해 계속 자동차 뒷좌석에서 블로

잡을 하고 싶다면 비치걸처럼 말해도 돼."

몇 주 뒤, 두 사람은 카보에서 만났다.

"만약 네가 세상에서 출세하고 싶다면······."

헤일리는 로열 셰익스피어 극단 출신의 알코올중독자에게 노라를 가르치게 했다. 노라의 목소리를 한 옥타브 정도 떨어뜨리기 위해서였다. (헤일리는 이렇게 말했다. "그건 중요해, 낮은 목소리가 아랫도리를 일어나게 하고 귀를 기울이게 하거든.") 알코올중독자 과외선생님은 노라의 모음을 원숙해지게 만들고, 자음에 활기를 불어넣었다. 노라에게 독백을 연습시켰다. 「베니스의 상인」의 포셔, 「뜻대로 하세요」의 로잘린드, 「십이야」의 바이올라, 「겨울 이야기」의 파울리나······.

"폭군이시여, 심사숙고하셨을 터인데, 저를 어떻게 고문하기로 결심하셨습니까?

수레바퀴에 매달리기로 하셨습니까? 팔다리를 잡아 늘이기로 하셨습니까? 불로 지지기로 하셨습니까? 아니면 가죽을 벗기기로 하셨습니까? 끓는 물에 처넣기로 하셨습니까?"

그래서 노라의 목소리는 점차 세련되어졌다. 더 깊어지고 풍부해지고 낮아졌다. 모두 패키지였다. 헤일리가 노라를 데리고 나가 사주는 옷들. 헤일리가 노라에게 읽으라고 주는 책들. 일간신문.

"얘야, 패션 페이지는 보지 마. 예술 기사도 마찬가지야. 고급 매춘부는 스포츠 섹션부터 읽어야 해. 그다음은 경제 페이지, 그 다음은 시사."

그때부터 노라는 조간신문을 들고 학교에 나타나기 시작했다. 예비종이 울릴 때, 노라의 친구들은 주차장 밖에 있었지만, 노라는 스포츠 승부와 주가지수와 신문 사설을 확인하고 있었다. 노라는 《내셔널리뷰》와 《월스트리트저널》과 별스러운 《크리스천사이언스모니터》를 읽었다.

그런 걸 볼 땐 그냥 예전처럼 자동차 뒷좌석에서 시간을 보내고 싶어졌다.

노라 호라는 카보에 다녀온 뒤로 노라 아이스퀸이 되었다.

"노라는 다시 처녀가 됐어."

어리둥절해 하는 친구들에게 엘리자베스는 이렇게 설명했다. 엘리자베스는 나쁜 뜻으로 하는 말이 아니었다. 그냥 사실이 그렇게 보일 뿐이니까.

"노라는 카보에 가서 처녀막 재생수술을 했어."

"그런 것도 돼?"

레이븐이 묻자 엘리자베스는 한숨을 쉬었다.

하지만 레이븐은 그 의사 이름을 알려달라고까지 부탁했다.

노라는 운동 중독자가 되었다. 몇 시간 동안 헬스사이클을 타고, 더 많은 시간을 러닝머신에서 뛰었다. 헤일리는 노라에게 개인 트레이너를 붙여주었다. 이 극단적인 건강 열광자 아가씨의 이름은 셰리였다. 노라는 셰리에게 '신체 테러리스트'라는 별명을 붙였다. 몸이 사냥개 그레이하운드 같은 셰리는 노라의 몸이 헤일리가 팔고 싶어 할 단단한 작은 패키지가 되도록 강행군을 시켰다. 팔굽혀펴기, 앉았다 일어서기, 윗몸일으키기를 시켰고 웨이트 트레이닝을 시작했다.

흥미로운 일은 거기에 노라가 파고들기 시작했다는 점이다.
그 모두가 신체적 정신적으로 혹독한 훈련이었다. 노라는, 그러니까, 완전히 빠져들었다. 하루는 노라가 아침에 일어나 (헤일리가 사 준 특수 세정제로) 세수를 하러 갔다가, 거울을 보고 깜짝 놀랐다.
"와, 이 여성이 누구지?"
노라는 수업시간에 시사 사건에 관해 토론하는 자신을 발견하고 또 놀랐다.
"와, 이 여성이 대체 누구지?"
그 여성이 누구든, 노라는 그녀가 좋았다.
노라의 아빠는 딸의 변화를 알아채지 못했다.
'무슨 수로 알겠어? 비닐봉지를 안 가지고 오는데.'
헤일리는 노라를 로스앤젤레스 유흥가에 있는 선셋 스트립에 데려가서 크랙(crack:싸구려 농축 코카인 ─ 옮긴이)에 찌든 매춘부들을 보여줬다. 크랙은 바이러스처럼 나라를 덮쳤고 그걸 매춘부들이 덥석 잡았다. 그리고 대유행이 되었다. 그 여자들은 골목길에서 무릎을 꿇고 뒷길이나 자동차에 드러누웠다. 젊은 여자도 있고 늙은 여자도 있었다. 노라는 그 여자들이 하나같이 늙어 보인다는 사실에 충격을 받았다. 그리고 엄청난 메스꺼움을 느꼈다.
"나는 절대 이 여자들처럼 되지 않을 거예요."
"아니, 될 수 있어. 네가 똑바로 살려고 하지 않는다면 말이야. 마약을 멀리 해. 네 정신이 이상해지게 하는 짓은 하지 마. 무엇보다도, 돈을 헤프게 쓰지 마. 10~12년 정도가 돈벌이의 절정이 될 거야. 네가 자기관리를 잘한다면 말이지. 정상에 오르면 그다음에는 온통 내리막이야. 그러니 주식이든 채권이든 뮤추얼펀드든 준비해 둬야 해. 부동산도 있고. 내 자산관리자를 소개해 줄게."
헤일리는 그렇게 말하면서 이런 생각을 했다.
'이 소녀는 분명 자산관리자가 필요할 거야.'
노라는 그 모든 것을 갖춘 패키지였다.
열여덟이 되자 노라는 화이트하우스에 갈 준비를 다 갖추게 되었다.

하얀 벽, 하얀 카펫, 하얀 가구. 청결함을 유지하려면 성가시겠지만 그럴 만한 가치가 있었다. 남자들이 화이트하우스에 들어서는 순간 조용해지기 때문이다(다들 엄마의 하얀 물건에 뭔가를 엎지른 소년처럼 오줌을 찔끔거릴 정도로 겁먹게 마련이다.). 그리고 헤일리는 손님을 맞이할 때 항상 하얀 옷을 입었다. 이 집은 나이며, 나는 곧 집이었다. 나는 쉽게 건드릴 수 없고, 내 집 역시 쉽게 건드릴 수 없었다.
헤일리의 여자들은 늘 까만 옷을 입었다.
그 외에 검은색인 것은 하나도 없었다.
헤일리는 자신의 애들이 눈에 띄기를 원했다.
그리고 애들은 늘 완전한 옷차림을 갖추고 있었다. 란제리나 나이트가운은 절대 없었다. 헤일리는 이곳을 네바다에 있는 싸구려 매음굴 머스탱랜치 같은 곳으로 운영할 생각은 추호도 없었다. 그래서 터틀넥, 정장, 기본적인 검은색 짧은 원피스나 드레스를 애들에게 입힌다고 알려져 왔다. 남자들은 옷 벗기는 상상을 하게 되고 그 순간을 기다리게 되리라.

남자들은 시키는 대로 해야 했다. 돈을 내고 즐기러 온 화이트하우스에서조차 말이다.

벽에는 여신들의 흑백 사진이 걸려 있었다. 아프로디테, 니케, 비너스, 헤디 라머, 샐리 랜드, 마릴린 먼로. 노라는 그 사진들이 흥미를 돋운다는 사실을 알아냈다. 특히 마릴린 먼로 사진 하나가 눈에 띄었다. 노라와 약간 비슷해 보였기 때문이다.

설마 그럴 리가, 하고 헤일리는 생각했다.

그녀는 노라를 체지방이 없는 젊은 먼로로 값을 매기고 있었다.

노라는 긴장했다. 지금 응접실을 비추고 있는 모니터를 들여다보고 있었다. 고객들 일행을 보았다. 그들 중 한 명이 노라의 첫 유료 고객이 되리라. 노라는 지난 일 년 반 동안 섹스를 멀리했다. 혹시 방법을 까먹었을지 모른다는 생각도 들고, 500달러의 가치가 있을지 걱정스럽기도 했다. 그래서 노라는 수줍어 하는 모습의 키 큰 까만머리 남자가 첫 상대가 되기를 바라고 있었다. 그리고 헤일리도 그쪽으로 이끌어 가는 듯했다.

"긴장돼?"

조이스가 노라에게 물었다. 조이스는 노라와 정반대였다. 1950년대 파리 패션을 입은 납작 가슴의 말괄량이로 화장과 옷으로 보정을 많이 했다. 라운드넥의 까만 블라우스와 까만 치마를 입고 있었다.

"응."

"모두가 처음인걸 뭐. 그다음에는 일과가 되겠지."

노라는 큰 소파에 어설프게 앉아 있는 네 남자를 보고 있었다. 젊어 보였다. 20대 중반이나 될까. 하지만 버르장머리 없는 부잣집 대학생처럼 보이지는 않았다. 노라는 의아해했다.
 '그들은 여기 올 돈을 어디서 구했을까? 도대체 어떻게 여기 왔을까?'

 칼란도 같은 일로 의아해하고 있었다.
 우리가 대체 여기서 뭘 하고 있는 거야?
 만약 콜롬비아에서 멕시코를 거쳐 미국 서부로 이어지는 경로를, 거대한 빨대처럼 코카인을 흡입하여 보급하는 이 경로를 빅 피치가 구축하고 있다는 사실을 빅 파울리에가 알면 피를 토할 터이다.
 빅 피치가 말했다.
 "긴장 풀어. 내가 너희를 위해 준비한 거야. 거, 좀 앉아서 먹지?"
 "'마약 거래를 하면, 넌 죽는 거야.' 빅 파울리에가 그랬어."
 칼란이 빅 피치를 일깨웠다.
 "그래, '너 거래하면 죽는다.' 하지만 거래를 안 하면, 우린 쫄쫄 굶어. 빌어먹을 빅 파울리에가 우리에게 조합의 맛을 보여주기라도 한대? 아냐. 뻥땅? 아냐. 트럭 조합? 건설 조합? 아냐. 개소리하지 말라고 해. 빅 파울리에가 우리에게 그 사업을 맛보여 주면 그때부터 나한테 마약 거래를 해라, 마라 할 수 있어. 그전에는, 그냥 몰래 거래하면 되는 거야."
 음식 시중드는 사람들이 나가고 출입문은 열려 있었다. 빅 피치는 이 매춘 클럽에 대한 소문을 들은 뒤로 꼭 와보고 싶었다고 했다.

칼란은 관심 없었다.

"여자와 자려고 5000킬로미터를 날아온 건가? 그런 건 집에서도 할 수 있어."

"이런 건 못 해. 여기에 세계 최고의 고양이가 있다잖아."

"자는 게 다 똑같지."

"네가 뭘 알아? 아일랜드 놈 주제에."

칼란은 마음이 끌리지 않았다. 그냥 사업상의 출장으로 여겼다. 그리고 사업 속에 끼어든 이 일도 그냥 사업으로 여겼다. 빅 피치와 리틀 피치 형제가 사업과 여자를 쫓아다니는 것을 막을 수는 없는 일이다.

칼란이 입을 열었다.

"난 사업상의 출장인 줄 알았어."

"제기랄. 긴장 좀 풀어. 너 죽으면 묘비명에 '아무 재미도 못 봤다'라고 적혀 있겠어. 우린 가서 여자랑 잘 거고, 사업도 할 거야. 괜찮으면 잠깐 식사 좀 하자고. 오늘은 해산물이 싱싱하다잖아?"

칼란은 생각했다. '그래. 이래서 빅 피치가 정말 똑똑하다는 거군.'

창 쪽으로 고개를 돌리니 바다만 보였다. 이 지방 사람은 생선 요리를 잘하겠다는 생각이 들었다.

"넌 재수 없는 바보새끼야, 알아?"

빅 피치가 덧붙였다.

'그래, 그 말대로 난 재수 없는 바보다. 내가 다섯 명이나 되는 사람의 치미노 행 차표를 개찰했는데 빅 피치는 내게 재수 없는 바보라고 하는군.'

"번호는 누가 알려줬지?"

칼란이 물었다. 칼란은 그런 게 싫었다. 빅 피치가 전화를 해서 '좋아, 건너 와'라고 말하면 그들은 어떤 창고에 갔다. 거기서 그들을 기다리고 있는 일은 온통 폭력적인 상황이었다.

"살 스카키가 줬어. 됐냐? 스카키 알지?"

"몰라."

만약 빅 파울리에가 이 마약 거래 관련자들을 친다면 그 일을 착수할 사람은 분명 스카키일 것이다.

"긴장 좀 풀어. 너 때문에 나도 긴장되려고 하잖아."

"잘 됐네."

"'잘 됐네.'라. 이 자식이 나를 긴장시키고 싶어 하네."

"당신이 살아 있게 되기를 바랄게."

"생각해 줘서 고마운데. 칼란, 나도 네가 그러길 바랄게."

빅 피치가 다가와 칼란의 뒤통수를 잡더니 볼에 입을 맞췄다.

"이런, 이제 넌 신부님에게 가서 기니 사람과 호모 짓을 했다고 고해해야 해. 사랑해, 이 아일랜드 바보야. 내 장담하는데, 오늘 밤은 사족을 못 쓸 정도로 즐거울 거야."

그래도 칼란은 소음기 달린 22구경 권총을 지니고 나갔다. 자동차가 화이트하우스에 멈춰 섰고, 잠시 후 그들은 얼빠진 모습으로 로비에 서 있었다.

칼란은 맥주나 한잔 마시고 뒤로 물러나 상황을 감시할 생각이었다. 만약 누군가 빅 피치를 제거할 음모를 꾸미고 있다면 빅 피치가 나가떨어질 때까지 기다렸다가 뒤통수를 날려버릴 게 분명했다. 그래서 칼란은 오밥을 붙들고 앉아 맥주를 마시며 경호에 임할 것이다. 물론 오밥은 집어치우라고, 자기는 여자와 자고 싶다고 말할 게 빤했다. 그렇게 되면 경호 임무는 거의 칼란 혼자만의 일이 되겠지만 말이다. 그래서 칼란은 맥주를 홀짝였다. 그때 헤일리가 고리 셋이 달린 검정 서류철을 유리 커피테이블 위에 놓았다.

"오늘 밤엔 애들이 아주 많답니다."

헤일리가 서류철을 넘기자 페이지마다 플라스틱 틀에 끼운 8× 10 크기의 유광 흑백 사진이 있었다. 왼쪽 페이지에는 작은 크기의 전신사진이 있었다. 헤일리는 가축 경매처럼 애들을 정렬시키려는 게 아니었다. 절대 그렇지 않았다. 이런 절차는 고급스럽고 기품 있으며 남자들의 상상력에 불을 질렀다.

"내가 아는 만큼 이 애들에 대해 알려 주고 싶어요. 그래서 꼭 맞는 한 쌍을 이루는 데에 도움이 된다면 정말 기쁠 거예요."

다른 남자들이 상대자 선택을 끝내자 헤일리는 칼란 옆에 앉았다. 그리고 칼란의 시선이 노라의 사진에 고정되어 있는 사실을 알고 귀에 대고 속삭였다.

"그 애의 눈이 당신을 끄나 봐요."

칼란이 온몸을 붉혔다.

"그 애를 만나고 싶어요?"

칼란은 간신히 고개를 끄덕였다.

만나고 싶다.

그리고 칼란은 곧바로 사랑에 빠졌다.

홀로 나온 노라가 사진 속에서 본 그 눈으로 칼란을 쳐다보았다. 칼란은 흥분했다. 심장에서 아랫도리로, 그리고 다시 심장으로. 살아오며 이런 기분은 처음이었다. 지금껏 이렇게 아름다운 것은 본 적이 없었다. 이토록 사랑스러운 뭔가가, 또는 누군가가 잠시나마 자신의 소유가 될 수 있다는 생각은 지금껏 해 보지 못했다. 그런데 지금 그 일이 눈앞에 닥쳤다.
칼란은 마른침을 삼켰다.
노라도 이 남자라서 안심이었다.
그는 못생기지 않았고 심술궂게 생기지도 않았다.
노라는 손을 내밀며 웃었다.
"노라예요."
"칼란이야."
"이름은 뭐죠, 칼란?"
"션."
"안녕, 션."
헤일리는 오지랖 넓은 여자처럼 두 사람을 보며 싱글싱글 웃었다. 노라의 첫 상대는 숫기 없는 사람이길 바랐다. 그래서 다른 남자들이 경험 많은 여자들을 선택하도록 교묘하게 조작했다. 이제 모두 헤일리가 원했던 커플로 짝을 이뤄서, 이야기하며 서 있거나 방으로 갈 준비들을 하고 있었다. 헤일리는 몰래 빠져나와 사무실로 가서 아단에게 전화했다. 그리고 고객들이 좋은 시간을 보내고 있다고 말했다.
"비용은 나한테 청구하도록."
아단이 헤일리에게 말했다.
그 정도 비용은 아무것도 아니었다. 빅 피치 형제가 아단에게 가져다줄 사업에 비하면 그건 팁 정도에 불과했으니까. 아단은 캘리포니아에 많은 코카인을 팔 수 있었고, 샌디에이고와 로스앤젤레스에도 많은 고객이 있었다. 하지만 뉴욕 시장은 그것과 비교가 안 될 정도로 어마어마할 것이다. 치미노 조직의 분포 네트워크를 통해 뉴욕의 거리에 상품을 내놓기 위해서라면…… 흠, 빅 피치가 원하는 모든 매춘부를 대령할 수도 있으리라. 그것도 집으로.

아단은 화이트하우스에 더 이상 가지 않았다. 어쨌든 고객으로서는 가지 않았다. 일류 콜걸조차 진지한 사업가로서의 인격과 맞지 않았다.

게다가 아단은 사랑에 빠져 있었다.

루시아 비방카는 중산층의 딸이었다. 미국에서 태어났고, 라울의 표현을 빌리자면 '2연승을 거둔' 여자였다. 그녀가 미국 시민권과 멕시코 시민권을 둘 다 갖고 있기 때문이다. 샌디에이고에 있는 평화의 성모 마리아 고등학교를 최근에 졸업한 루시아는 언니와 살면서 샌디에이고 주립대학에 다니고 있었다.

그리고 아름다웠다.

맵시 있고 자그마한 몸집, 천연 금발머리, 인상적인 까만 눈, 그리고 라울이 기회 있을 때마다 지겹도록 말하는 균형 잡힌 몸매. 라울은 이렇게 말했다.

"형, 저 가슴 좀 봐. 블라우스를 뚫고 나오겠어. 잘못하면 베이겠어. 찬바람만 쌩쌩 불지 않으면 딱인데."

아단은 루시아가 남자를 유혹하기는 하지만 결코 잠자리까지는 가지 않는 유형의 여자라고는 생각하지 않았다. 루시아는 요조숙녀였다. 좋은 가문에서 자랐고 교양도 있는 데다 수녀님이 가르치는 학교에 다녔었다. 하지만 아단은 인정해야 했다. 주차한 자동차 앞 좌석에서 여러 번, 또 드물게 루시아의 언니 아파트 소파에서 아주 잠깐 레슬링 경기를 시도하다가 실패하고 나면 좌절감이 밀려왔다.

루시아는 두 사람이 결혼할 때까지는 허락하지 않을 것이다.

그리고 아단은 아직 결혼할 돈도 없었다. 루시아 같은 숙녀와 결혼하기에는 말이다.

라울은 이렇게 주장했다.

"그녀의 부탁을 들어줘야 할 거야. 그러니 대신 매춘부를 찾아가서 풀라고. 그녀를 너무 몰아붙이지 마. 뭐, 루시아 덕에 화이트하우스에 한 번 가는 거지. 형의 도덕심은 이기적인 탐닉이야."

아단은 그 점에 대해서는 라울이 이기적이지 않다고 생각했다. 라울이 훨씬 더 관대했다. 라울은 식료품 저장실을 습격하여 요리의 재료가 될 식료품들을 모조리 쓸어 담는 레스토랑 요리사처럼 화이트하우스를 덮쳤다.

"내 타고난 천성이야. 어쩌겠어? 난 사교적인 사람이야."

"라울, 오늘 밤엔 네 타고난 천성을 바지 속에서 꺼내지 마. 오늘 밤은 사업에 열중해야 해."

아단은 화이트하우스에서 일이 잘 풀리기를 바랐다.

"한 잔 마시겠어?"

칼란이 노라에게 물었다.

"포도 주스 한 잔?"

"그게 다야?"

"술 안 마셔요."

칼란은 무슨 말을 하고 무슨 행동을 해야 하는지에 대해 아는 바가 없었다. 그래서 그냥 노라를 바라보며 가만히 서 있었다.

노라는 그런 칼란을 쳐다보곤 놀라고 말았다.

그 놀라움은 뭔가를 느껴서가 아니었다. 그게 느껴지지 않아서였다.

수치심.

노라는 그의 앞에서 일말의 수치심도 느껴지지 않았다.

"션?"

"응?"

"저기, 방으로 갈래요?"

칼란은 노라가 실없는 소리를 하지 않아도 되게 해 줘서, 소심한 겁쟁이가 된 기분으로 서 있지 않게 해 줘서 기뻤다.

'당연히 그렇지. 가고 싶어. 침대로 올라가 네 옷을 벗기고 네 몸 구석구석에 닿고 싶어. 그리고 네 안으로 들어가고 싶어. 그러고 나면 너를 집으로 데려가고 싶어. 헬스 키친에 데려가서 웨스트사이드의 퀸처럼 대접하고 싶고, 네가 아침에 눈을 뜨면 처음 보는 사람, 밤에 잠들 때 마지막으로 보는 사람이 되고 싶어.'

"그래. 그래, 가자."

노라는 웃으며 칼란의 손을 잡았다. 두 사람이 위층으로 가려고 몸을 돌리는 순간, 빅 피치의 목소리가 뒤에서 들렸다.

"야, 칼란!"

칼란이 돌아서자 까만 단발머리 여자와 서 있는 빅 피치가 보였다.

"뭐?"

"바꾸고 싶은데."

"뭘?"

칼란이 묻자 노라가 말했다.

"저는 안……"

"됐어, 넌 가만있어."

빅 피치가 노라의 말을 자르곤 칼란을 보았다.

"대답은?"

빅 피치는 화가 났다. 노라가 방에 들어왔을 때, 빅 피치는 그녀가 눈에 확 들어왔다. 그렇게 예쁜 엉덩이는 처음 봤다. 만약 노라를 맨 처음 봤으면 빅 피치는 노라를 선택했을 것이다.

"싫어."

칼란이 거절했다.

"이봐, 스포츠맨답게 굴어야지."

방에 있는 모든 것이 일시 정지되었다.

자신의 여자를 살펴보고 있던 오밥과 리틀 피치는 행동을 멈추고 사태 파악에 힘썼다.

'그건 위험한 행동이야.' 하고 오밥이 생각했다.

왜냐하면 빅 피치가 동생 정도의 미치광이는 분명 아니지만 (그 영광은 리틀 피치가 물려받았다.) 지금은 칼란에게 노여움을 드러내고 있었다. 갑작스러운 일이었다. 어디선가 들이닥친 그 노여움 때문에 빅 피치가 순간적인 충동으로 무슨 짓을 할지, 또는 상대에게 무슨 짓을 시킬지 아무도 몰랐다.

빅 피치는 지금 칼란에게 잔뜩 약이 올라 있었다. 칼란은 캘리포니아에 도착했을 때부터, 뭐랄까, 침울한 표정으로 입을 꾹 다물고 있었다. 그래서 칼란이 꼭 필요한 빅 피치는 자꾸만 긴장이 되었다. 그리고 지금은 빅 피치가 선택하고 싶은 여자를 칼란이 위층으로 데려가려 하고 있었다. 그것은 무조건 옳지 못했다. 여기서는 자신이 보스니까.

그런데 뭔가 다른 것이 이 주장을 위험하게 하고 있었다. 모두가 그 사실을 알고 있었다. 하지만 빅 피치 일행 중 아무도 그 사실을 입 밖으로 꺼내지 못했다. 빅 피치는 칼란을 두려워한다고 말이다.

노골적으로 말해, 그럴 수밖에 없었다. 빅 피치가 능력 있는 사람이라는 사실을 모두가 알고 있었다. 빅 피치는 거칠고 영리하고 심술궂었다.

빅 피치는 돌처럼 차가운 사람이기도 했다.

하지만 칼란은.

칼란은 최고다.

칼란은 전무후무한, 돌보다 냉정한 킬러였다.

그리고 빅 피치는 칼란이 필요했고, 칼란을 두려워했다. 다소 경박스러운 조합이었다. 열이나 충격에 폭발하는 나이트로글리세린을 울퉁불퉁한 길에 놔둔 격이랄까. 오밥은 이런 상황이 질색이었다. 꿈꿔 오던 치미노 조직에 들어오게 되었고, 이제 갈퀴로 돈을 긁어모을 일만 남았다. 그런데 지금 하룻밤을 지낼 여자 문제 때문에 재를 뿌리겠다고?

오밥이 입을 열었다.

"대체 왜들 그래."

"'뭘' 왜 그래?"

빅 피치가 물었다.

"난 싫다고 했어."

칼란이 아까 대답을 되풀이했다.

빅 피치는 칼란이 눈 깜짝할 사이에 22구경 권총을 뽑아들어 자신의 미간에 한 방을 날릴 수 있다는 사실을 알았다. 하지만 칼란이 빅 피치를 죽인다면 치미노 조직 전체와 적이 될 터이고, 아무리 칼란이라도 조직원 전체를 쏘아 쓰러뜨릴 수는 없는 노릇이었다.

빅 피치는 그걸 믿고 칼란에게 덤비는 것이리라.

칼란은 그 사실이 정말로 화가 났다.

기니 출신의 전투견에게 넌더리가 났다.

지옥에나 떨어져라, 빅 피치.

조니 보이, 살 스카키, 빅 파울리에 칼라브레이지도 함께 지옥으로 떨어져라. 칼란은 빅 피치에게서 눈을 떼지 않은 채 오밥에게 물었다.

"오밥, 거기 있어?"

"여기 있어."

올 것이 왔다.

고비가 닥쳤다.

이래서는 칼란도 다른 사람들도 해피엔딩을 맞을 것 같지 않았다. 결국 노라가 입을 열었다.

"제가 결정하면 어떨까요?"

빅 피치가 웃었다.

"그게 공평하군. 어때, 칼란?"

"공평해."

그건 공평하지 않다고 생각하면서도 칼란은 그렇게 대답했다. 숨 막힐 듯 아름다운 여자에게 다가갈 수 있었던 기회가 물 건너가려 했으니까. 여기서 뭔 놈의 공평을 찾는단 말인가?

"자, 선택해 보실까?"

칼란은 심장이 몸 밖에 나와 있는 기분이었다. 사정없이 쿵쾅대는 그 심장을 모두가 보고 있는 것만 같았다.

노라가 칼란을 쳐다보았다.

"조이스가 마음에 들 거예요. 예쁜 애예요."

칼란이 고개를 끄덕이자 노라가 속삭였다.

"미안해요."

노라도 마찬가지였다. 노라도 칼란과 올라가고 싶었다. 하지만 방 뒤편에서 서서 이 사태를 진정시키려고 최선을 다하고 있는 헤일리가 노라에게 눈빛으로 지시를 내렸다. 그리고 똑똑한 노라는 자신이 저 야만적인 남자를 선택해야 한다는 사실을 이해했다.

헤일리는 마음을 놓았다. 오늘 밤은 잘 넘어가야 했다. 아단이 아주 분명하게 당부했다. 오늘 밤은 헤일리의 사업이 아니라 아단의 사업이라고. 그리고 티오 바레라가 돈을 대주며 이 사업을 시작하게 해 주었던 걸 생각하면 헤일리는 바레라 가족의 사업을 내 사업처럼 다루어야 했다.

"미안해하지 마."

칼란이 노라에게 말했다.

칼란은 조이스와 올라가지 않았다.

"나쁜 뜻은 없어. 난 그냥 갈게."

칼란은 조이스에게 이렇게 말하고 자동차로 갔다. 자동차 옆에 기대서서 22구경 권총을 뽑아 바지 뒤에 꽂았다. 몇 분 후 자동차 한 대가 들어오더니 살 스카키가 내렸다. 살 스카키는 캘리포니아식 평상복을 입고 있었다. 하지만 반짝이는 군화는 여전했다. 칼란은 기니 사람들과 그들의 신발에 대해 생각해 보았다. 칼란은 스카키를 멈춰 세웠다.

"여, 저격수 청년이로군. 걱정 마. 나 때문에 빅 피치가 걱정할 일은 없으니까. 빅 파울리에는 모르고 있으니······."

스카키는 칼란의 턱을 주먹으로 살짝 친 다음 화이트하우스로 들어갔다. 스카키는 여기 오게 되어 매우 행복했다. 지난 몇 달을 군복을 입고 케르베로스라는 CIA 작전을 수행하며 보냈기 때문이다. 다른 군인들과 함께 지긋지긋한 콜롬비아 정글에 무전송신탑 3개를 세운 뒤 공산주의 게릴라들이 공격할까 봐 계속 망을 보아왔다.

이제 스카키는 빅 피치가 아단 바레라와 손을 잡은 사실을 확인해야 했다. 그 일이 스카키를 일깨워주는 것은······.

스카키가 뒤돌아서며 칼란을 불렀다.

"이봐, 꼬마! 멕시코 인 두 사람이 올 거야. 부디 그 사람들을 쏘지 말아줘."

스카키는 웃으며 화이트하우스로 들어갔다.

칼란은 고개를 들어 불 켜진 창문을 바라보았다.

빅 피치는 노라를 몹시 힘들게 했다.

노라는 헤일리가 가르쳐준 대로 속도를 늦춰 부드럽게 진행하려 했다. 천천히 달콤한 분위기로 들어가려 했지만 빅 피치는 그럴 마음이 없었다. 빅 피치는 아래층에서 거둔 승리로 이미 흥분되어 있었다. 노라를 침대에 던져 엎드리게 한 다음 치마를 걷어 자신을 밀어 넣었다.

"느낌이 오냐, 응?"

느낌이 왔다.

아프다.

아직 준비되지 않았는데 빅 피치가 사정없이 덤벼들었다. 그래서 확실히 느낌이 왔다. 빅 피치는 손을 뻗어 노라의 브래지어를 찢고 가슴을 꽉 움켜쥐었다. 처음에는 노라도 얘기를 건네 보려 했지만 치밀어 오르는 분노와 치욕으로 '나가 떨어져 버려라, 개자식아.' 하는 기분이 되었다. 그래서 고통을 비명 속에 담아 내보냈는데 빅 피치는 노라가 좋아서 그러는 줄로 착각했다. 그래서 더 세게 밀어 넣었다. 노라는 그가 들어왔다가 나가지 못하도록 꽉 죄었다.

"그딴 창녀들의 수법은 집어치워."

빅 피치는 노라의 몸을 뒤집고 그 위에 걸터앉았다. 그리고 노라의 입을 향해 물건을 내밀었다.

"자."

노라는 시키는 대로 했다.

빨리 끝내고 싶어서 정말 잘해 주었다. 빅 피치는 자신만의 포르노 영화를 찍고 있었다. 그래서 곧 끝냈고, 빅 피치는 노라의 얼굴에 정액을 쏟아냈다.

노라는 빅 피치가 뭘 원하는지 알고 있었다.

영화에서 봐 왔다.

그래서 손가락으로 정액을 찍어 빙빙 돌리다가 입에 넣었다. 그런 다음 빅 피치의 눈을 보며 신음했다.

"으으으음."

빅 피치가 웃었다.

빅 피치가 떠나자 노라는 욕실로 가서 잇몸에 피가 나도록 이를 닦고, 오래도록 구강청정제로 입을 헹구었다. 화상 입을 만큼 뜨거운 물로 오래오래 샤워를 한 뒤 목욕 가운을 걸치고 나와 창가에 서서 밖을 내다보았다.

자동차에 기대어 서 있는 숫기 없는 멋진 남자가 보였다. 노라는 그가 남자친구였으면 좋겠다고 생각했다.

2부

케르베로스

케르베로스
지옥을 지키는 개. 머리가 셋에 꼬리는 뱀 모양

4장
멕시코 트램펄린

보트를 가진 자는 누구인가? 계획이 있는 자는 누구인가?

―말콤 X

1984년
멕시코
과달라하라

아트 켈러는 DC-4(근거리, 중거리 비행에 많이 사용하는 항공기―옮긴이)가 착륙하는 모습을 지켜보았다.

아트와 어니 이달고는 과달라하라 공항이 훤히 내려다보이는 곳에 자동차를 대놓고 앉아 있었다. 아트는 멕시코 연방 경찰이 화물을 내리는 모습을 계속 주시했다.

어니가 말을 꺼냈다.

"저 사람들, 유니폼도 갈아입지 않은 차림인데 외부 시선이 신경도 안 쓰이나 봐요?"

"뭐 하러 신경 쓰겠어? 다들 일 하느라 정신없잖아. 안 그래?"

아트는 야간투시용 쌍안경의 초점을 주요 활주로 옆에 있는 화물 비행장에 맞췄다. 가설 활주로 근처에는 항공 화물 회사들의 사무소로 쓰는 조그만 판잣집 몇 채와 수많은 화물 격납고가 있었다. 격납고 바깥에는 트럭들이 주차되어 있었고 멕시코 연방 경찰이 지금 비행기에서 트럭으로 나무상자들을 옮기고 있었다.

아트가 어니에게 물었다.

"이거 보여?"

"하나, 둘, 셋, 치이이즈."

대답 대신 어니의 카메라 모터가 윙윙 돌았다. 텍사스 엘 파소에서 폭력단들 사이에서 자라온 어니는 마약이 바리오에 어떤 영향을 미쳤는지 알고 있었다. 마약을 퇴치할 수 있다면 뭐든 도움이 되는 일을 하고 싶었다. 그래서 아트가 과달라하라 일을 제의했을 때 흔쾌히 응했다.

어니가 아트에게 물었다.

"저 나무상자들 속에 뭐가 있을까요?"

"오레오 쿠키?"

"토끼 슬리퍼는 아니고요?"

"한 가지는 확실해. 분명 코카인은 아니야. 왜냐하면……."

두 사람이 동시에 말했다.

"…… 멕시코에는 코카인이 없으니까!"

아트와 어니는 마약 단속국 보스가 입버릇처럼 말하는 공식 문구의 냉소적인 표현을 똑같은 어조와 박자로 함께 흉내 내며 웃었다. 코카인을 가득 채운 항공기들이 유나이티드 항공사보다 더 정규적이고 빈번하게 운항하고 있다는 아트의 주장을 두고 워싱턴에 있는 마약 단속국 간부는 아트의 상상일 뿐이라고 일축했다.

그 근거는 콘도르 작전 때 멕시코 마약 거래가 소멸하였다고 믿는 데에 있었다. 공식적인 발표가 그렇게 났고, 마약 단속국도 그렇게 말했고, 주 정부도 그렇게 말했고, 검찰 총장도 그렇게 말했다. 그리고 앞서 언급된 어떤 기관도 멕시코 마약 '카르텔'에 대해 아트 켈러가 창조해 낸 공상에는 조금도 귀 기울일 필요가 없다고 생각하는 듯했다.

그들이 아트에 대해 뭐라고 수군거리는지 아트는 알고 있었다. 눈엣가시로 여기고 있으리라. 한 달에 한 번씩 보내오는 메모에, 9년 전 산악지대에서 쫓겨난 시날로아 산지 주민들의 모임에서 '연합'이 창설되려 한다고 주장하고 있으니 말이다. 소규모로 마리화나 또는 헤로인을 거래하는 프리토 반디토(프리토 콘칩 광고에 사용된 스페인계 강도 캐릭터 — 옮긴이) 무리들과 해당 관련 사람들을 모두 도청하면서 아트는 미국 거리 도처에 크랙 열풍이 거세게 일고 있다는 사실을 알게 되었다. 그리고 그 크랙은 콜롬비아에서 오는 것이지 빌어먹을 멕시코로부터 조달되는 것이 아니라는 사실도 알게 되었다.

그들은 멕시코시티에 있는 팀 테일러를 파견해 아트에게 입 닥치라는 말까지 하게 했다. 멕시코 주재 마약 단속국의 전체 책임자인 테일러는 아트, 어니 이달고, 셰그 왈레스 이렇게 셋을 과달라하라에 있는 마약 단속국 사무소의 아지트에 불러 세워 놓고 이렇게 말했다.

"도대체 사건이 어디 있다는 거야? 실제로 맞닥뜨린 일을 보고해야지 없는 일을 날조해서는 안……."

"날조 한 거 없습니다."

아트가 끼어들었다.

"증거가 어디 있지?"

"준비하고 있습니다."

"아냐. 자네들은 준비하고 있지 않아. 증거 따위는 애초에 없으니까. 미국 검찰총장이 의회에서……."

"저도 그 발표문 읽었습니다."

"……멕시코 마약 문제는 거의 끝났다고 했어. 자네는 검찰총장을 바보로 만들 셈인가?"

"그분은 제 도움 없이도 잘 헤쳐나가실 것 같은데요."

"자네 지금 한 말 그대로 전해 주지. 아트, 존재하지도 않는 마약을 쫓아서 멕시코를 헤매고 다녀서는 안 돼. 반복하지. 안 돼. 내 말 알아듣겠나?"

"물론이죠. 누군가 저에게 멕시코 코카인을 팔려고 한다면 저는 '안 돼'라고 말해야 합니다."

그때가 3개월 전이었다. 아트는 지금 존재하지 않는 멕시코 연방 경찰이 존재하지 않는 '연합'의, 존재하지 않는 회원들에게 배달할, 존재하지 않는 코카인을, 존재하지 않는 트럭으로 옮기는 장면을 지켜보는 중이었다.

'의도하지 않은 결과의 법칙'이로군, 하고 아트는 멕시코 연방 경찰을 보면서 생각했다. 콘도르 작전은 멕시코로부터 시날로아라는 악성 종양을 잘라낼 목적이었다. 그러나 의도하지 않게 그

암세포를 온몸에 번지게 한 격이 되었다. 게다가 시날로아 인들의 소규모 집단 이주는 순수한 정신에서 비롯되었다는 평가를 내려야 했다. 전 지역에 걸쳐 그들의 진짜 상품은 마약이 아니라 미국과 접하고 있는 3000여 킬로미터에 달하는 국경이며, 그 국경 너머로 밀수품을 운송하는 능력이라는 사실을 알아냈다. 땅을 불태우고 농작물을 독극물로 오염시키고 사람들을 강제로 이주시킬 수는 있었지만, 국경은 달랐다. 국경은 어디 가지 않는다. 자국 내에서는 운송 1인치(약 2.5센티미터)당 몇 푼의 운송비밖에 받지 못하는 상품을 국경 너머로 1인치 운반하는 데는 수천 달러를 받을 수 있다.

마약 단속국, 국무부, 멕시코 정부는 아니라고 우겨대지만, 그 상품은 코카인이었다.

연합은 메데인 카르텔, 칼리 카르텔(콜롬비아의 양대 마약 조직 — 옮긴이)과 아주 단순하고 유익한 거래를 만들었다. 콜롬비아 인은 멕시코 인이 미국 국경 안으로 코카인을 안전하게 운반해 주면 1킬로그램 당 1000달러를 지불했다. 말하자면 연합은 마약 재배 사업에서 빠져나와 운송 사업에 뛰어든 셈이었다. 멕시코 인들은 콜롬비아에서 코카인을 가져와 국경을 따라 부대 집합지로 운송하고, 국경을 넘어 미국에 있는 안전한 장소로 운반한 다음 콜롬비아로 다시 보내주면서 1킬로그램당 1000달러씩 받는 것이다. 콜롬비아 인들이 그 코카인을 조제실로 옮겨 크랙으로 가공하면, 그 쓰레기 같은 물건이 콜롬비아를 떠난 지 몇 주 만에, 때로는 며칠 만에 거리에 풀리게 된다.

플로리다(마약 단속국은 빌려 온 노새 다루듯 그 노선을 마구 때리고 있었다.)를 거쳐 갈 필요없이 그다지 주의를 기울이지 않는 멕시코의 '뒷문'을 거치는 노선이었다.

'연합이라.'

그 경우 연합이 밤새도록 절대적이고 실질적으로 거기 존재해야 했다.

'하지만 어떻게?'

아트는 의아했다. 자신의 이론에 오류가 있다는 사실을 다소 인정해야 했다. 어떻게 레이더에 잡히지 않고 비행기를 운항할 것인가? 콜롬비아에서 과달라하라까지, 그것도 마약 단속국뿐 아니라(니카라과에 공산주의자 산디니스타 반군의 통치가 존재함을 감사하며) CIA까지 빽빽하게 서서 지키고 있는 중앙아메리카 영역을 건너서 말이다. 스파이 위성, 공중조기경보 관제기도 이 비행기들을 잡아내지 못하고 있다는 말이었다.

연료도 문제일 터. 아트가 지금 바라보고 있는 DC-4도 한 번에 목적지까지 비행할 만큼의 연료 용량이 되지 않는 기종이었다. 때문에 비행기가 일시 착륙해서 연료를 주입해야만 했다. 하지만 어디서? 테일러가 신나게 아트를 지적해 보인 것처럼 그런 일은 불가능해 보였다.

'그래. 그건 불가능할지도 몰라.'

하지만 지금 비행기가 코카인을 가득 싣고 바로 저기에 착륙해 있지 않은가. 미국 빈민가에 엄청난 고통의 원인이 되고 있는 크랙 열풍만큼이나 현실적인 상황이었다. 아트는 비행기를 보면서 생각했다.

'비행기로 운반하고 있는 건 분명해. 다만 그 방법을 모를 뿐이

야.'

하지만 아트는 알아내고 말 것이다. 알아낸 뒤에 증명할 것이다.
"저건 뭐죠?"
어니가 물었다.
검정 벤츠 한 대가 사무소 판잣집으로 다가갔다. 멕시코 연방 경찰 몇 명이 총총걸음으로 다가가 뒷좌석의 문을 열었다. 검정 양복을 입은 키 크고 마른 남자가 내렸다. 그 남자가 멕시코 연방 경찰의 보초선을 지나 사무소로 갈 때, 아트의 눈에 시가 불빛이 보였다.
어니가 물었다.
"그 사람 아닐까 싶은데요?"
"누구?"
"가공인물 M-1 말이에요."
'M-1'은 존재하지 않는 연합의 존재하지 않는 우두머리의 멕시코 별명이다. 아트가 지난 몇 년 동안 끌어모은 정보로는 M-1의 연합은 카이사르의 갈리아처럼 세 부분으로 나뉘었다. 걸프, 소노라, 바하. 모두 미국과 국경을 접하고 있는 곳이었다. 이 세 영토는 각각 콘도르 작전에 의해 고향집에서 강제로 쫓겨난 시날로아 인이 관리했다. 그리고 아트는 용케도 그 세 사람의 이름을 모두 알아냈다.
걸프: 가르시아 아브레고.
소노라: 찰리노 구스만. 일명 '엘 베르데'.
바하: 게로 멘데스.
이 삼각형의 맨 꼭대기: 과달라하라에 근거지를 둔 M-1.

멕시코 트램펄린 **199**

하지만 M-1에는 이름이나 얼굴 대입이 불가능했다.

'하지만 넌 할 수 있잖아. 안 그래, 아트?'

아트는 스스로에게 물었다. 아트는 누가 연합의 보스인지 직감으로 알고 있었다. 그리고 그가 정권을 잡도록 도운 사람은 바로 아트 자신이었다.

아트는 야간투시용 쌍안경으로 작은 사무소를 자세히 들여다보며 그 남자에게 초점을 맞췄다. 그 남자가 책상 앞에 앉았다. 보수적인 검은색 정장과 하얀 와이셔츠를 입고 넥타이 없이 목 부분 단추를 푼 상태였다. 희끗희끗한 흰머리가 드문드문 비치는 검은 머리는 아래로 곧게 빗겨져 있었다. 여위고 가무잡잡한 얼굴에 끝이 뾰족한 수염이 나 있고 입술에 가느다란 갈색 시가가 물려 있었다.

"이거, 마치 로마교황이라도 방문한 듯한 반응인데요. 난 처음 보는 사람인데, 팀장님은 본 적 있어요?"

"아니."

아트가 쌍안경을 내리며 대답했다.

지난 9년 동안은 본 적이 없으니까.

하지만 그 사이 티오는 그다지 변한 게 없었다.

아트가 집에 도착했을 때 앨시아는 자고 있었다. 아트는 단독주택, 양품점, 최신식 레스토랑이 늘어선, 나무가 우거진 교외지역인 틀라케파케 구역에 세 들어 있었다.

앨시아가 잠들어 있는 게 당연했다. 새벽 3시니 말이다. 아트는 지난 두 시간 동안 M-1의 정체를 알아내기 위해 미행을 감행했고, 솜씨 좋게 해냈다. 검은색 벤츠가 출발해 과달라하라 시내로 돌아가는 고속도로에 오르자 아트와 어니는 적당한 거리를 두고 따라갔다. 벤츠는 대성당 주변에 있는 오래된 센트로 이스토리코 지역을 거쳐 아르마스 광장, 자유의 광장, 로톤다 광장, 타파티아 거리를 지나갔다. 그리고 현대식 상업구역으로 들어갔다가 교외 쪽으로 돌아 나와 마침내 어느 자동차 판매 대리점 앞에 섰다.

독일에서 수입하는 고급 자동차 대리점이었다.

아트와 어니는 한 블록 떨어진 곳에 자동차를 세우고 기다렸다. 티오가 사무소로 들어갔다가 몇 분 뒤 열쇠꾸러미를 가지고 나와 새 벤츠에 올랐다. 이번에는 운전기사도 경호원도 없었다. 아트와 어니는 티오를 따라갔다. 티오는 고급 주택지구에 있는 집에 도착하자 벤츠에서 내려 집으로 들어갔다.

그냥 보통의 사업가가 느지막이 업무를 마치고 밤늦게 집으로 돌아가는 모습일 뿐이었다.

'그럼, 새벽에 또 미행해야겠군.'

아트는 M-1의 정체를 파악하기 위한 자료에 자동차 판매 대리점과 집 주소를 기록했다.

미겔 앙헬 바레라.

티오.

아트는 부엌으로 가서 조니워커 블랙을 꺼냈다. 술잔을 채워 들고 나와 아이들 방을 들여다봤다. 다섯 살 캐시는 다행히도 엄마를 닮았다. 세 살 난 마이클은 아트의 듬직한 체격을 닮긴 했지만 역시 앨시아를 쏙 빼닮았다. 앨시아는 멕시코 인 가정부와 멕시코 인 유모 때문에 아이들이 2개 국어를 모국어처럼 쓸 수 있게 된 사실을 감격스러워했다. 마이클은 더 이상 빵을 '브레드'라고 하지 않고 스페인어로 '판'이라고 하며, 물은 '아구아'라고 했다.

아트는 아이들 방에 살금살금 들어가 아이들 볼에 살며시 키스했다. 그러곤 아이들 방에서 나와 부부 침실을 거쳐 욕실로 들어가서 오랫동안 샤워를 했다.

앨시아가 아트의 '홀로서기' 주의에 금이 가게 한 사람이었다면, 아이들은 수소폭탄이었다. 아트는 딸이 태어나 앨시아의 팔에 안겨 있는 것을 본 순간, 자신을 둘러싸고 있던 '혈혈단신'의 껍질이 산산조각이 나서 날아가 버리는 것을 느꼈다. 이어 아들을 낳았을 때는 기분이 좋지만은 않았다. 자신의 축소판을 내려다보는 일은 색다른 느낌이었다. 그리고 계시였다. 나쁜 아버지를 둔 사람이라는 족쇄에서 벗어날 수 있는 일은 좋은 아버지가 되는 일뿐이라는 계시였다.

그리고 아트는 좋은 아버지 노릇을 해왔다. 아이들에게는 따뜻하고 다정한 아버지였고 아내에게는 믿음직하고 따뜻한 남편이었다. 무수한 청년 시절의 분노와 쓰라림은 모두 사라지고 이 일만 남았다. 티오 바레라와 관련된 일만.

'티오가 나를 이용했기 때문이야. 콘도르 작전 시절에 티오는 라이벌을 제거하여 자신의 연합을 창설하기 위해 나를 이용했어. 나를 눈속임의 수단으로 썼어. 마약 조직망을 파괴하고 있다고 생각했는데, 정작 내가 한 일은 티오가 더 크고 나은 조직을 만들고 준비하는 일을 도와준 거였어.'

아트는 뜨거운 샤워 물줄기를 지친 어깨에 맞으며 생각했다.

'용감하게 맞서, 아트. 그렇게 여기까지 온 거잖아.'

그것은 괴이한 인사 배치 신청으로 보였다. 콘도르 작전의 영웅이 과달라하라 같은 침체된 곳을 지원했으니 말이다. 돈 페드로를 파멸시킨 일은 아트를 탄탄대로의 출셋길에 올려놓았다. 시날로아에서 워싱턴으로 발령이 났고, 그다음에는 마이애미로, 그 뒤에는 샌디에이고로 났다.

아트 켈러, 이 경이로운 젊은이는 서른셋의 나이에 이제 막 해당 기관의 최연소 주재 수사팀장이 되려던 참이었다. 아트는 눈 딱 감고 좋은 자리를 꿰찰 수도 있었다.

하지만 그 모든 자리를 마다하고 아트는 과달라하라를 골랐다. 사람들은 하나같이 깜짝 놀랐다.

스스로를 초고속 출세 선로에서 탈선시켜 버리다니.

동료들, 친구들, 야심만만한 라이벌들이 이유를 물었다.

아트는 말하지 않았다.

자기 자신에게조차 말하지 않았다. 정말로.

아직 끝내지 못한 일이 있다고.

'어쩌면 그저 그대로 내버려 둬야 할지도 몰라.'

아트는 샤워를 끝내고 수건으로 몸을 닦으며 생각했다.

뒷짐지고 한 발짝 물러선 채 회사 규칙을 따르는 일은 식은 죽 먹기일 것이다. 그저 멕시코 인들이 당신에게 넘기고 싶어 하는 명단, 즉, 소량의 마리화나를 밀매하는 상인들 명단을 받아 의무상의 보고서만 제출하면 됐다.

멕시코의 마약 반대 노력이 술술 진행되고 있다는(미국 출자 멕시코 고엽제 살포 비행기가 거의 물을 살포하고 있으며 사실상 마리화나와 양귀비 농작물에 물을 주고 있다는 식의 멋진 재담이 될 것이다.) 보고서 말이다. 그리고 그 일에서 손을 떼고 지역관광이나 하면 됐다.

M-1에 대한 수사도 없고 미겔 앙헬 바레라에 대한 폭로도 없이 말이다.

'그건 과거야. 과거에 남겨 둬.'

코브라에게 키스할 필요는 없었다.

아니다. 필요했다.

아트는 9년 동안이나 괴로워 해왔다. 콘도르 작전이 가져온 모든 파괴, 고통, 죽음. 모두가 티오가 자신이 우두머리가 되는 연합을 창설하는 원동력이 되었다. 의도하지 않은 결과의 법칙이다. 제기랄. 그건 정확히 티오가 의도하고 계획하고 착수한 일이었다.

티오는 나를 '이용'했어. 나를 개처럼 부추겨 자신의 적을 덮치게 했고, 난 그 일을 했어.

그리고 나는 그 일에 대해 계속 침묵해 왔어.

그러는 사이 사람들은 나를 영웅으로 떠받들고 등을 토닥여 주며 마침내 팀원으로 대우해 주었지. 난 형편없는 개자식이야, 안 그래? 결국 소속감을 얻으려고 그렇게 필사적이었던 거야.

그리고 그 대가로 난 영혼을 팔았어.

이제 그 영혼을 되살 수 있다고 생각하는 거야.

그냥 놔 둬. 난 돌봐야 할 가족이 있어.

아트는 침대로 미끄러져 들어갔다. 앨시아를 깨우지 않으려고 조심했지만 깨고 말았다.

"몇 시야?"

"4시가 다 되어 가."

"새벽?"

"더 자."

"몇 시에 일어날 거야?"

"7시."

"나도 깨워줘. 도서관에 가야 해."

앨시아는 과달라하라 대학의 열람권이 있으며 초빙 연구원 논문을 준비하고 있었다. 「혁명 전 멕시코의 농업 노동력 연구 — 통계학상의 모형」

그때 앨시아가 말했다.

"하고 싶어?"

"새벽 4시야."

"누가 시간 물었어? 하고 싶냐고 물었지. 이리 와."

앨시아가 아트에게 손을 뻗었다. 따뜻했다. 몇 초 뒤, 아트는 앨시아 안에 있었다. 이럴 땐 늘 집에 온 듯한 기분이었다. 앨시아는 절정에 오를 때면 아트의 엉덩이를 잡고 세게 당겼다.

"멋졌어, 여보. 이제 잔다."

앨시아가 말했다.

그리고 아트는 뜬 눈으로 밤을 보냈다.

이튿날 아침, 아트는 사진들을 훑어보았다. 비행기 사진, 멕시코 연방 경찰의 코카인 하역 작업 사진, 티오를 위해 자동차 문을 여는 사진, 사무소 책상에 앉아 있는 티오 사진.

그때 어니가 상황을 요약 보고했다. 물론 아트가 이미 다 알고 있는 사실이었다.

"EPIC에 접속했어요."

엘 파소 정보 센터(El Paso Intelligence Center). 마약 단속국을 조정하는 컴퓨터 데이터뱅크로 세관과 입국 관리 정보가 담겨 있었다.

"미겔 앙헬 바레라는 전직 시날로아 주립 경찰로, 주지사의 경호원이었습니다. 멕시코 연방 안전 이사회와 밀접한 관계를 맺고 있어요. 우리 팀을 자극한 것 같다는 생각이 들어요. 그는 1975년 콘도르 작전을 주도한 주립 경찰이었거든요. 어떤 EPIC 보고서에는 바레라가 옛 시날로아 헤로인 사업을 단독으로 소멸시켰다고 평가하고 있어요. 그 뒤로 경찰을 떠나 EPIC의 레이더가 미치지 않는 곳으로 사라졌어요."

"1975년 이후의 정보는 없어?"

"없어요. 여기 과달라하라에 정보가 조금 있어요. 그는 아주 성공한 사업가예요. 자동차 판매 대리점, 레스토랑 넷, 아파트 두 채, 그리고 적지 않은 부동산을 보유하고 있어요. 은행 두 곳의 위원회 회원이고 할리스코 주 정부와 멕시코시티에 강력한 연줄이 있어요."

셰그가 미심쩍다는 듯이 말했다.

"엄밀히 말해 마약 왕의 프로필은 아닌데."

셰그는 미국 애리조나 투손 출신의 노련하고 착한 직원이었다. 베트남에 참전했다가 군사정보부에서 마약 단속국으로 옮겨왔고, 어니만큼이나 융통성 없이 조용히 자신의 길을 가고 있었다. 셰그는 자신의 영리함을 가장하기 위해 '수줍음 많은' 카우보이 가면을 쓰고 있으며, 셰그 왈레스를 과소평가한 수많은 마약 밀매상은 지금 감옥에 있었다.
"그가 코카인을 수송하는 걸 목격하기 전까지만 그랬죠."
어니가 사진들을 가리키며 말하자, 셰그가 아트에게 물었다.
"그가 정말 M-1일까?"
"지금까지 알아낸 진척상황은 그것뿐이야."
아트는 잠시 생각에 잠겼다. '벼랑 끝으로 한 걸음 더 다가가야지.'
"바레라 코카인 커넥션에 대한 수사는 확실히 없는 건가?"
아트의 질문에 어니와 셰그는 조금 어리벙벙한 표정을 지었지만 둘 다 고개를 끄덕였다.
"자네들 일지에 적힌 건 아무것도 보고 싶지 않아. 어떤 종류의 서류도 필요 없어. 우리는 그냥 마리화나를 쫓을 거야. 그 커넥션을. 어니, 자넨 멕시코 공급원을 조사해. 바레라의 이름이 경보음을 울리는지 보도록 해. 셰그는 비행기에 관한 모든 사항을 조사해 주고."
"바레라에 대한 감시는 어쩔까요?"
어니의 질문에 아트가 고개를 저었다.
"우리가 준비되기 전에는 그를 자극하고 싶지 않아. 일단 그는 감시 대상에서 제외할 거야. 거리 조사와 비행기 조사에 힘을 기울여. 그를 향해서 범위를 좁혀가는 거야. 바레라 쪽으로 조사 결과가 모인다면 말이야."
아트는 생각했다.
'하지만 젠장, 그건 불을 보듯 훤한 일 아닌가.'

DC-4의 일련번호는 N-3423VX였다.

세그는 뒤엉킨 서류 추적에 골몰하고 있었다. 주식회사, 자산이나 사업 활동 없이 명의뿐인 회사, 영업 중인 회사. 그 흔적은 온두라스 테구시갈파에 있는 아파카테 공항에서 운영되고 있는 SETCO라는 이름의 항공 화물 회사에서 끝났다.

온두라스 밖으로 마약을 흘려보내는 사람은 양키 야구장에서 핫도그를 파는 사람만큼이나 경이롭다. 원래 '바나나 공화국'인 온두라스는 오래전부터 성공적인 마약 거래 역사로 유명했다. 20세기에 접어들던 시절, 바나나 수출이 스탠더드 프루트와 유나이티드 프루트에 의해 철저히 소유되던 때였다. 그 과일 회사들은 뉴올리언스에 기반을 두었고 도시의 과일 창고는 전적으로 항만 근로자 조합을 관리하는 뉴올리언스 마피아의 소유였다. 그래서 과일 회사들은 온두라스 바나나를 화물선에 선적할 때, 그 아래에 뭔가 다른 것을 실어 주어야 했다.

그런 바나나 화물선에 실려 워낙 많은 마약이 미국으로 들어오다 보니 마피아 은어로 헤로인을 '바나니아'라고 부를 지경이 되었다.

'온두라스 선박 등록은 의외의 결과가 아닐 거야. 그게 DC-4가 어디서 연료를 보급받는가 하는 질문에 대한 대답이지.'

SETCO의 소유권 역시 이러한 정황을 설명해 주고 있었다.

다비드 누네스와 라몬 메테 바야스테로스가 공동경영자였다.

누네스는 쿠바에서 이주하여 현재 마이애미에 살고 있었다. 특별한 이력은 없었다. 특별한 사항이 있다면 누네스가 40 작전과 관련 있었다는 점이다. 40 작전은 성공적인 카리브 해 피그스 만

침공 후 쿠바 추방자들을 정치적으로 관리하기 위해 교육을 시행한 CIA의 작전이었다. 하지만 피그스 만 침공은 뚜렷하게 성공하지 못했다. 40 작전에 참가한 대원 몇몇은 해변에서 죽음을 맞았고 일부는 총살형 집행부대로 끌려갔다. 행운아들은 마이애미로 돌아오는 데 성공했다.

누네스는 그 행운아 중 하나였다.

라몬 메테 바야스테로스에 대한 기록은 아트가 읽을 필요가 전혀 없었다. 그에 대해선 이미 다 알고 있으니까. 라몬 메테는 헤로인 전성기에 아편 재배자들을 위해 일한 화학자였다. 고향 온두라스에서 나왔다가 콘도르 작전이 시행되자 다시 고향으로 돌아갔다. 그리고 코카인 사업에 몸담았다. 떠도는 소문으로는 라몬 메테가 손수 쿠데타 자금을 조달하여 최근에 온두라스 대통령을 끌어내렸다고 한다.

'좋아. 두 인물은 실제로 회사를 운영하고 있어.'

한 명은 마이애미로 코카인을 실어 나를 수 있는 항공사를 소유하고 있었다. SETCO의 비행기 중 적어도 한 대는 과달라하라로 운항하고 있었고, 그것은 공식 노선을 따르지 않고 있는 셈이었다.

정상적인 다음 단계는 온두라스의 수도 테구시갈파에 있는 마약 단속국 사무소에 전화를 거는 일이리라. 하지만 그건 불가능했다. '사건 부족'을 이유로 작년에 그 사무소가 폐쇄되었기 때문이다. 온두라스와 엘살바도르 업무는 현재 과테말라에서 처리되고 있었다. 그래서 아트는 과테말라시티 수사팀장 워렌 파러에게 전화했다.

"SETCO 말인데."

"그게 왜?"

"넌 내게 말해 줄 거야. 그렇지, 워렌?"

침묵이 흘렀다. '의미심장한 침묵'이라고 표현하고 싶은 침묵이었다. 마침내 워렌 파러가 입을 열었다.

"이 일은 너와 노닥거릴 수 있는 얘기가 아니다, 아트."

아트는 의아했다.

'정말? 대체 왜 안 된다는 말이지? 우린 1년에 8000번쯤 협의를 하고 있고, 그냥 서로의 정보와 의견을 주고받잖아. 분명히. 정확히 이런 일들에 대해서 말이야.'

그래서 아트는 단도직입적으로 물었다.

"온두라스 사무소는 왜 폐쇄되었지?"

"대체 뭘 캐고 돌아다니는 거야, 아트?"

"몰라. 그래서 물어보는 거야."

대통령 쿠데타에 자금을 대준 라몬 메테에게 보답하는 의미로 새 정부가 마약 단속국을 쳐내 버린 건 아닌지 궁금하다고.

질문에 대한 대답으로 워렌 파러는 전화를 끊어버렸다.

'쳇, 눈물 나도록 고맙군, 워렌. 널 그렇게 긴장시키는 게 뭐지?'

다음으로, 아트는 국무부의 마약 지원사무국으로 전화했다. 부서 명칭이 무색하게도 그들은 아트를 울상으로 만들었다. 아트에게 공손한 관청 용어를 사용하며 부디 썩 꺼져달라고 했기 때문이다.

그다음으로 아트는 CIA 연락국에 전화해서 지원 신청을 했다. 그런데 그날 오후에 전화가 걸려왔다. 아트는 존 홉스의 회신을 받으리라고는 전혀 기대하지 않았다.

그것도 친히 말이다.

옛날로 거슬러 올라가면, 존 홉스는 당시 피닉스 작전의 지휘관이었다. 아트는 그에게 몇 번 짧은 보고를 한 적이 있었다. 존 홉스는 아트가 국내 업무를 몇 년 했을 때쯤 자기 부서로 오라고 제의한 적이 있었다. 그때 아트가 마약 단속국에 혹해서 이쪽으로 온 것이다.

존 홉스는 지금 CIA 중앙아메리카 지역 국장이었다.

'느낌이 오는군. 냉전주의자는 냉전이 있는 곳에 가는 법이지.'

두 사람은 사소한 얘기(앨시아와 아이들은 잘 있는지, 과달라하라가 마음에 드는 곳인지 등)를 잠시 주고받았다. 그러고 나서 존 홉스가 물었다.

"어떻게 지원하면 도움이 되겠나?"

"SETCO라는 이름의 항공운송회사를 다룰 수 있을까요? 그 회사 주인이 라몬 메테입니다."

"그래, 자네가 신청한 내용을 전해 들었네. 아무래도 부정적인 대답을 해야겠군."

"부정적인 대답이라."

"그래. '아니오'지."

아트는 생각했다.

'그렇지. 바나나가 없는 모양이군. 오늘은 바나나가 없어.'

홉스가 이어 말했다.

"우린 SETCO에 대해 갖고 있는 정보가 없어."

"네, 전화 주셔서 감사합니다."

그때 홉스가 물어왔다.

"아트, 그 아랫동네에서 무슨 일을 시작한 건가?"

"그냥 레이더 자료 좀 얻을까 했습니다. SETCO가 마리화나를 운송하는 건 아닌가 싶어서요."

아트는 거짓말을 했다.

"마리화나."

"네, 요즘 멕시코에서 관심 가질 게 마리화나뿐이거든요."

"그럼, 어디 한번 잘 진행해 보게. 도움이 못 되어서 미안하네."

"전화해 주셔서 감사합니다."

전화를 끊으며 아트는 왜 CIA 라틴아메리카 작전본부장이 산디니스타 반군(니카라과의 무장 혁명 조직 — 옮긴이) 정복에 힘쓰느라 바쁜 와중에 친히 아트에게 전화를 해서 거짓말을 할 마음을 먹었는지 궁금해졌다.

'아무도 SETCO에 대한 말을 입에 담으려 하지 않아. 마약 단속국에 있는 동료도, 국무부도, CIA 조차도.'

정보기관 전체가 넌 혼자다, 라고 말해주고 있다.

홀로서기.

어니의 보고도 거의 똑같은 상황을 반영했다.

평소처럼 관계 당국에 정보 제공을 요청했는데, 바레라라는 이름을 넣기만 하면 그들은 입을 꾹 다물어버렸다. 가장 수다스러운 밀고자들조차 꿀 먹은 벙어리가 되었다고 했다. 바레라는 이 도시에서 정말 두드러진 사업가에 해당했다. 하지만 바레라에 대한 얘기를 들은 사람은 아무도 없었다.

아트의 머릿속에서 승강이가 벌어졌다.
'그럼 그만둬 버려. 지금이 기회야.'
'그럴 수 없어.'
'왜?'
'그냥 그럴 수 없어.'
'좀 솔직해져 봐.'
'좋아. 아마 그가 이기게 놔둘 수 없기 때문일 거야. 어쩌면 내가 그에게 빚진 게 있어서겠지. 그래, 유감스럽게도 내가 한 방 맞았지. 그리고 그는 모습을 드러내지도 않고 있어. 한 방 먹이기는커녕 글러브도 못 보여주고 있어.'
사실이다. 그들은 티오 근처에 갈 수조차 없었다.
그때 그 저주스러운 일이 일어났다.
티오가 그들을 찾아온 것이다.

할리스코의 탁월한 멕시코 연방 경찰이자 아트와 협력 관계에 있는 베가 대령이 아트의 사무소에 찾아왔다. 베가 대령은 자리에 앉더니 언짢다는 투로 말했다.
"세뇨르 켈러, 단도직입적으로 말하겠네. 예의는 갖추겠지만, 자네한테 단호한 부탁을 하려고 왔네. 부디 돈 미겔 앙헬 바레라에 대한 고민을 접어주게."
베가 대령과 아트는 서로를 뚫어지게 쳐다보았다. 아트가 입을 열었다.
"대령님, 도와드리고 싶은 마음은 굴뚝같지만, 이 사무소는 세뇨르 바레라에 대해 조사하고 있지 않습니다. 아무튼, 제가 알기에는 그렇습니다."

아트는 주요 업무를 보는 사무실 쪽에 소리쳤다.

"세그, 세뇨르 바레라에 대해 조사하고 있나?"

"아니."

"어니는?"

"아뇨."

아트는 거봐라는 듯이 팔과 어깨를 으쓱했다.

"세뇨르 켈러."

베가 대령은 출입문에 서 있는 어니를 흘끗 쳐다보곤 아트에게 말했다.

"자네 동료가 돈 미겔의 이름을 아주 무책임한 투로 불쑥불쑥 던지고 있어. 세뇨르 바레라는 존경받는 사업가라네. 그리고 정부에 친구도 많지."

"그리고 표면적으로 도시 자치 연방 경찰이죠."

"자네 멕시코 인이지, 안 그런가?"

"전 미국인이에요."

그래서 무슨 얘기를 하고 싶으신 건지?

"하지만 스페인어는 할 줄 알지?"

아트는 고개를 끄덕였다.

"그럼 '인토카블레(intocable)'라는 단어에 익숙할 걸세."

베가 대령이 일어나 밖으로 나가며 말했다.

"세뇨르 켈러, 돈 미겔은 인토카블레야."

건드릴 수 없는 존재.

그 개념을 전해 주고 베가 대령은 떠났다.

어니와 셰그가 아트의 사무실로 들어왔다. 셰그가 말을 꺼내려 하자 아트가 입 다물라는 신호를 보내더니 밖으로 나가자고 손짓했다. 두 사람은 아트를 따라 나갔다. 한 블록 정도 걸어갔을 때 아트가 비로소 입을 열었다.

"우리가 바레라에 대한 작전을 펼치고 있는 사실을 베가 대령이 어떻게 알았을까?"

그러곤 그들은 다시 사무실로 돌아왔다. 그리고 단 몇 분 만에 아트의 책상 밑에서 작은 마이크를 발견했다. 어니가 마이크를 잡아 뜯으려고 하자 아트가 어니의 손목을 잡아서 저지했다.

"맥주가 당기는데? 어때 친구들?"

그들은 바로 시내 맥줏집으로 향했다.

"멋진데요. 미국에서는 경찰이 나쁜 녀석들을 도청하는데 여기서는 나쁜 녀석들이 경찰을 도청하네요."

어니의 말에 셰그가 고개를 절레절레 흔들었다.

"그럼 우리가 알고 있는 모든 걸 알고 있겠군."

아트는 생각했다.

'흠, 그럼 우리가 티오를 M-1으로 의심하는 사실을 알겠군. 우리가 누네스와 라몬 메테의 비행기를 추적했던 사실도 알 거야. 그 후 어떤 정보도 입수할 수 없었던 사실도. 그들을 긴장시키고 있는 건 대체 뭘까? 왜 베가 대령을 보내 진전도 없는 조사를 그만두라는 얘기를 전한 걸까?'

'그것도 왜 지금?'

"좋아. 그들에게 방송하는 거야. 우리를 물러서게 했다고 여기게 만드는 거지. 자네들은 잠시 물러나 있어."

"뭘 하려고요, 팀장님?"

'나? 난 건드릴 수 없는 존재를 건드릴 거야.'

사무소로 돌아온 아트는 바레라에 대한 조사를 그만둬야겠다고 어니와 셰그에게 서운한 듯 말했다. 그리고 공중전화 부스에 가서 앨시아에게 전화했다.

"오늘 저녁은 집에서 못 먹겠어."

"아쉽네."

"나도. 애들에게 나 대신 굿나잇 키스 좀 해 줘."

"알았어. 사랑해."

"사랑해."

모든 사람에게는 취약한 부분, 쓰러뜨릴 수 있는 비밀이 있다. 알아내야 했다.

'난 내 취약점을 알아. 당신의 취약점은 뭐지, 티오?'

아트는 그날 집에 들어가지 못했다. 이어지는 닷새간도 마찬가지였다.

'알코올중독자가 된 기분이야.'

아트는 알코올중독에서 벗어난 사람이 어떻게 주점으로 돌진하게 되는지 들은 적이 있다. 그들은 줄곧 다시는 주점에 가지 않겠다고 맹세하고, 그다음에는 술을 사지도 마시지도 않겠다고 맹세하면서 주점에 가고, 술을 사고, 또 술을 마셨다.

'술병에 이끌리는 알코올중독자처럼 나도 티오에게 중독된 게로군.'

그래서 밤에 집으로 돌아가는 대신 티오의 자동차 대리점에서 한 블록 반쯤 떨어진 드넓은 가로수 길에 자동차를 세워두고 대리점을 주시했다. 티오는 분명 자동차를 많이 팔고 있으리라. 저녁 8시나 8시 반까지 대리점에 머물다가 자동차를 타고 집으로 돌아가니 말이다. 아트가 자리 잡은 곳은 그 저택으로 출입하는 유일한 도로였다. 하지만 티오는 그 길로 나오지 않았다.

여섯째 날, 드디어 아트가 기회를 잡았다.

티오가 6시 30분에 대리점에서 나오더니 교외가 아니라 시내로 들어갔다. 아트는 퇴근길 교통 정체 속에 몸을 맡겼지만, 벤츠와 적당한 간격을 잘 유지했다. 벤츠는 센트로 이스토리코를 지나서 타파스 레스토랑 옆에 멈춰 섰다.

멕시코 연방 경찰 세 명, 할리스코 주립 경찰 두 명, 연방 안전이사회 요원으로 보이는 남자 두엇이 레스토랑 밖을 지키고 서 있었다. 그리고 레스토랑 문에는 영업종료라는 뜻의 'cerrado' 팻말이 걸려 있었다. 멕시코 연방 경찰 한 명이 티오를 위해 자동차 문을 열었다. 티오가 나오자 그 남자가 주차 도우미처럼 주차장으로 벤츠를 몰고 갔다. 할리스코 주립 경찰이 닫힌 레스토랑 문을 열자 티오가 들어갔다. 다른 할리스코 경찰이 아트 쪽을 향해 자동차를 계속 운전해 가라고 손짓했다.

아트는 자동차 창문을 내렸다.

"간단하게 식사하고 싶은데요."

"전체 예약됐습니다."

'그래, 그렇겠지.'

아트는 두 블록 떨어진 곳에 자동차를 세우고 70-300렌즈가 달린 니콘 카메라를 꺼냈다. 카메라를 코트 아래에 숨기고 길을 건너 반 블록 정도 걸어 올라갔다. 그리고 왼쪽으로 틀어 골목길로 들어가서, 길 건너편이 레스토랑 건물의 뒷부분이라고 여겨지는 곳까지 걸어갔다. 목적지에 이르자 아트는 껑충 뛰어올라 화재 비상 계단을 당겨 내렸다. 금속 사다리와 벽돌을 타고 세 층을 올라가서 지붕에 도착했다.

마약 단속국 주재 수사팀장이 이런 일을 하리라고는 꿈에도 모르리라. 그저 사무실에 죽치고 앉아서 멕시코 인 담당자들과 접촉하는 생명체로나 여길 것이다.

'하지만 내 담당자가 길 건너편에서 어떻게 내 목표물을 수호하고 있는지 보게 되니 접촉 따위는 통하지도 않았겠는걸.'

아트는 몸을 굽혀 지붕을 가로질렀다. 그리고 건물 정면 쪽의 옥상 끝 얕은 담장 뒤 더러운 바닥에 몸을 눕혔다.

'감시 작업 두 번 하다간 드라이클리닝 비용 때문에 파산하겠군.'

아트는 카메라를 담장 위에 올려놓고 레스토랑에 초점을 맞췄다.

'하지만 그깟 세탁비 때문에 그만둘 수는 없지.'

아트는 오래 기다릴 각오를 하고 있었는데 얼마 안 있어 탈라베라 소유의 타파스 레스토랑에 차량 행렬이 이어졌다. 아까처럼 할리스코 경찰이 호위하고 멕시코 연방 경찰이 자동차를 주차했다. 그리고 멕시코 마약 거래의 주요 인물이 자동차에서 내려 레스토랑으로 들어갔다.

마약 스타들을 위한 할리우드 오프닝 같았다.

걸프 연합 회장 가르시아 아브레고가 벤츠에서 내렸다. 그 노인은 은발머리, 잘 다듬은 수염, 갈색 정장이 특징이었다. 바하 연합 회장 게로 멘데스는 CIA 마약수사관처럼 보였다. 게로 블론디라는 별명에서 알 수 있듯이 금발머리가 하얀 카우보이모자 아래로 늘어져 있었다. 옷차림은 허리까지 단추를 열어둔 검정 실크 셔츠, 검정 실크 바지, 발가락 부분을 뾰족하게 은으로 장식한 검정 카우보이 부츠였다. 찰리노 구스만은 몸에 꼭 맞지도 않고 바지와 초록 부츠와도 어울리지 않는 오래된 양복 재킷 때문에 더욱 농사꾼 같아 보였다.

'맙소사, 누가 보면 애팔래치아 산맥에서 모이는 줄 알겠군.'

하지만 그들은 경찰의 방해를 그다지 걱정하지 않는 듯했다. FBI의 호위를 함께 받고 있는 치미노, 헤노베세, 콜롬보 조직의 대부들과 비슷하리라. 이들이 시칠리아 마피아였다면 아트가 이렇게까지 가까이 오지는 못했을 것이다. 그들과는 달리 이 남자들은 주변 경계에 무관심했다. 자신들이 안전하다고 생각한다는 의미였다.

그리고 아마 그들의 생각이 틀린 건 아닐 터였다.

그래도 아트가 궁금한 건 왜 '이' 레스토랑인가 하는 점이었다. 과달라하라에는 티오 소유의 레스토랑이 여섯 군데나 있었다. 그런데 이 레스토랑은 티오의 소유가 아니었다. 티오는 이 정상급 모임을 왜 자신의 공간에서 하지 않았을까?

'티오가 M-1이라는 의혹을 떨쳐버리겠다는 심보로군.'

정문 앞으로 이어지던 차량 행렬이 멈추었다. 아트는 그들을 지켜보며 오랫동안 기다렸다. 멕시코식 짧은 식사 따위는 없었다. 이 남자들은 아마 협의할 사항이 있어서 모인 것이리라.

'젠장, 저곳에 도청 장치를 설치할 수만 있다면 무슨 짓이라도 할 텐데.'

아트는 바지 주머니에서 킷켓 초콜릿바를 꺼내 껍질을 뜯어서 두 조각으로 나눈 뒤 한 조각은 다시 넣어두었다. 여기 얼마나 오래 잠복할지 모를 일이니까. 그리고 보온을 위해 두 팔을 가슴 위에 교차시키고 등을 대고 누워 잠깐 눈을 붙였다. 두어 시간 불편한 잠에 빠져 있다가 자동차 문 소리와 사람 목소리에 잠이 깼다.

때가 온 것이다.

아트는 몸을 일으켜 참석자들이 모두 인도로 나오고 있는 모습을 주시했다. 연합은 아니더라도 그들은 꽤나 비슷한 일을 하고 있으리라. 꽤 시끌벅적했다. 모두 인도에 나와 서서 웃고 악수하고 쿠바 시가를 피우며 멕시코 연방 경찰 주차 도우미가 자동차를 가져오기를 기다리고 있었다.

'젠장, 여기까지 담배 연기와 과도한 테스토스테론 냄새가 풍겨오는 것 같군.'

분위기가 갑자기 바뀌면서 한 소녀가 나왔다.

'절세미인인걸.'

젊은 시절의 엘리자베스 테일러 같았다. 하지만 피부는 올리브색이고 눈은 검었다. 그리고 긴 속눈썹은 모든 남자들을 사로잡을 만했다. 출입구에 서 있는 남자들이 그녀의 아버지뻘이긴 하지만 말이다. 그녀는 초조하게 웃으며 아편 재배자들에게 작별인사를 했다.

하지만 그들은 떠나지 않았다.

게로 멘데스는 그녀에게 홀딱 반해 있는 듯 보였다.

'카우보이모자까지 벗으셨군. 이 양반아, 최상의 수단을 동원하지는 못하더라도, 최소한 머리는 감았어야지.'

하지만 게로 멘데스는 머리를 숙이고(정말로 머리를 숙이고 있다.) 모자를 인도 쪽으로 쭉 뻗었다. 그러곤 그 소녀에게 웃어 보였다.

게로 멘데스의 은니가 가로등에 비쳐 번쩍거렸다.

'그래, 게로. 그걸로 그 소녀를 잡는 거지.'

티오가 그 소녀를 구했다. 다가와서 게로 멘데스의 어깨에 거의 아버지처럼 팔을 두르고 지금 막 주차장에서 빠져나온 그의 자동차로 부드럽게 데려갔다. 두 사람은 서로 껴안고 작별인사를 했다. 게로 멘데스는 티오의 어깨너머로 그 소녀를 바라본 뒤 자동차에 올랐다.

'진정한 사랑인가 보군. 아니면 적어도 진정한 욕망은 되어 보여.'

다음으로는 가르시아 아브레고가 포옹 대신 위엄 있는 악수를 나누고 떠났다. 티오가 그 소녀에게 걸어가선 허리를 구부려 그녀의 손에 키스했다.

라틴식 기사도인가? 아트는 의아스러웠다.

아니면······.

이런······.

다음날 아트는 탈라베라의 레스토랑에서 점심을 먹었다.

그 소녀의 이름은 필라르였고, 아니나 다를까 탈라베라의 딸이었다.

필라르는 안쪽 칸막이 안에 앉아 교과서를 공부하는 척하고 있었다. 드문드문 자세를 고쳐 앉으며 그 긴 속눈썹을 들어 누가 보고 있는 사람은 없는지 수줍게 주변을 둘러보기도 했다.
'여기 있는 모든 남자가 눈길을 주고 있어.'
필라르는 열다섯 살로 보이지 않았다. 남아 있는 젖살 흔적과 더할 나위 없는 청소년의 뿌루퉁함을 성숙한 입술 가득 담고 있는 점만 빼면 말이다. 그리고 어린이 성추행자 같은 기분이 들기는 하지만, 필라르의 외모가 분명 청소년기는 지나 보인다는 사실을 아트도 인정해야만 했다. 필라르가 열다섯 살이라고 말할 수 있는 유일한 사항은 필라르와 어머니 사이에 오가는 언쟁이라 할 것이다. 어머니는 칸막이 안에 앉아 필라르가 아직 열다섯 살밖에 되지 않았음을 큰소리로 여러 번 일깨워주고 있었다.
그리고 필라르의 아버지는 문이 열릴 때마다 근심스럽게 힐끗거렸다. 대체 무엇 때문에 그가 그렇게 긴장하고 있는 걸까? 아트는 의아했다.
잠시 뒤, 아트는 그 이유를 알아냈다.
티오가 문으로 걸어 들어온 것이다.
아트가 문을 등지고 앉아 있어서 티오가 그의 오른쪽을 지나쳐 갔다.
'오래전에 소식이 끊긴 조카는 안중에도 없군.'
티오는 그 소녀에게 굉장히 집중하고 있었다. 그의 손에는 꽃다발이 들려 있었는데, 솔직히 말하면 길고 여윈 손가락으로 꽃다발을 꽉 움켜쥐고 있다는 것이 옳았다. 그리고 또 솔직히 말하면 다른 쪽 팔로는 사탕 박스를 안고 있기도 했다.

티오는 구애하러 온 것이었다.

아트는 그제야 탈라베라가 그렇게 신경이 날카로웠던 이유를 알 수 있었다. 아트는 미겔 앙헬 바레라가 시골 지역 영주로서 가진 권리에 익숙하다는 사실을 알고 있었다. 필라르 또래와 더 어린 소녀들이 지배계급에게 당하는 일은 흔했으니 말이다.

그래서 그들은 염려했으리라. 이 세력 있는 기혼의 남자가 그들의 소중하고 아름답고 순결한 딸을 애인으로 삼으려 하니 말이다. 필라르를 이용한 뒤 관계를 끊어버리면, 필라르의 평판은 엉망이 되고 행복한 결혼을 할 가능성도 깡그리 없어져 버릴 것이다.

게다가 이런 현실에서 부모로서 그들이 할 수 있는 일은 아무것도 없었다.

티오가 필라르를 겁탈하지는 않을 것이다. 아트는 알고 있었다. 힘으로 필라르를 얻으려 하지는 않을 거라는 걸. 시날로아 언덕에서는 일어날 법한 일이지만 여기서는 일어나지 않을 일이었다. 하지만 만약 필라르가 티오를 받아들인다면, 만약 필라르가 기꺼이 티오를 따라간다면, 부모는 속수무책이리라. 그리고 어떤 열다섯 살 아이가 부자에다 권력도 가진 남자의 관심에 고개를 돌리지 않겠는가? 이 아이는 바보가 아니다. 지금은 꽃이고 사탕이지만 그것이 보석과 옷과 여행과 휴가가 될 수 있다는 사실을 알고 있었다. 필라르는 아치형 다리의 시작 부분에 서 있었다. 그 자리에서는 다리 건너편에 있는 내리막이 보이지 않았다. 언젠가는 보석과 옷이 슬그머니 꽃과 사탕으로 되돌아간다는 사실을, 그리고 그다음엔 아무것도 없는 상태가 된다는 사실을 지금은 알 수가 없었다.

티오는 아트에게 등을 보이고 있었다. 아트는 탁자에 잔돈을 남겨놓고 가능한 한 빨리 일어서서 카운터로 계산하러 갔다.
아트는 돈을 지불하며 생각했다.
'당신에게는 그녀가 미지의 젊은 여인으로 보일지도 모르겠군요, 티오.'
'내게는 트로이의 목마처럼 보이는데 말이죠.'

그날 밤 9시, 아트는 청바지와 스웨터를 입고 앨시아가 샤워하고 있는 욕실로 갔다.
"여보, 나 나가야겠어."
"지금?"
"응."
현명한 앨시아는 어디 가냐고 묻지 않았다. 앨시아는 경찰의 부인이며 남편은 지난 8년간 마약 단속국 안에 있었다. 앨시아는 올바른 방법을 알았다. 하지만 그 방법을 안다고 해서 걱정까지 멈출 수는 없었다. 앨시아는 유리문을 밀어 열고 아트에게 작별 키스를 했다.
"올 때까지 잠 안 자고 기다리면 안 되겠지?"
"맞았어."
아트는 교외에 있는 탈라베라 가족의 집으로 자동차를 몰고 가며 스스로에게 질문을 던졌다.
'내가 뭘 하려는 걸까?'
아무것도. 술을 마시지는 않을 것이다.
아트는 주소에 적힌 집을 찾아 길 반대편 반 블록 떨어진 곳에

차를 세웠다. 탄탄한 상위 중산층들이 사는 조용한 동네였다. 안전을 위해서는 충분히 밝은 가로등이지만 눈에 거슬릴 정도는 아니었다.

아트는 그늘 쪽에 앉아 기다렸다.

그날 밤, 그리고 이어진 사흘 밤.

아트는 매일 밤 탈라베라 가족이 레스토랑에서 집으로 돌아올 때마다 거기서 기다렸다. 위층 방에 전등불이 켜지고, 잠시 후 필라르가 잠자리에 들면서 꺼졌다. 아트는 30분 정도 더 기다렸다가 집으로 갔다.

'내가 잘못 생각했나 보군.'

아니다. 그렇지 않을 것이다. 티오는 원하는 것을 반드시 가질 테니까.

넷째 날, 아트가 막 집으로 돌아가려고 할 때 벤츠 한 대가 다가와 헤드라이트를 끄고 탈라베라의 집 앞에 멈춰 섰다.

'친절하기도 하지. 티오가 차와 운전기사를 보냈군. 하긴 미성년자에게 택시는 가당치도 않지.'

아트는 필라르가 현관문을 나와 자동차의 뒷좌석으로 총총 걸어 들어가는 모습을 보며 생각했다.

'소름끼치도록 감동적이군.'

아트는 괜찮은 출발이라고 평가를 내리며 자동차를 뒤따랐다.

벤츠는 서쪽 근교의 작은 언덕에 세워진 콘도 앞에 섰다. 고상하고 조용한 동네에 완전히 새로 지은 단독주택들이 도시의 트레이드마크인 자카란다 나무들 사이에 둥지를 틀고 있었다. 이 주소지는 아트에게 생소했다. 티오를 뒤쫓던 그 소유지들이 아니었기 때문이다.
'갓 태어난 사랑을 위한 정말 달콤하고 새로운 사랑의 둥지로군.'
티오의 자동차는 이미 거기 주차되어 있었다. 필라르를 태우고 온 운전기사가 나와 그녀를 위해 차 문을 열어주었다. 티오가 현관에서 필라르를 맞아 안으로 안내했다. 현관문이 채 닫히기도 전에 두 사람은 서로의 팔에 안겨 있었다.
'맙소사. 만약 내가 열다섯 살 소녀라면 적어도 커튼은 내릴 거야.'
'하지만 당신은 안전하다고 생각하는 거겠지, 티오?'
'그리고 지구상에서 가장 위험한 장소는……'
'당신이 안전하다고 여기는 곳이지.'

아트는 그날 오전 느지막이 '라 카사 델 아모르'(사랑의 집)라고 아트가 이름을 붙인 그 집으로 돌아왔다. 티오는 대리점에 있을 것이고 필라르는, 흠흠, 학교에 있을 것이다. 아트는 정원 손질할 때 입는 멜빵 작업복을 입고 왔고, 가위도 가져왔다. 실제로 아트는 웃자란 자카란다 나뭇가지 몇 개를 다듬으면서 집 주위를 살펴보았다. 외벽의 페인트와 회반죽 색깔, 창문, 수영장, 온천, 바깥채에 설치된 전화선들.
일주일 후, 철물점과 모형제품 가게에 들르고 샌디에이고에 있는 테크노 도매점에 메일 주문을 한 뒤, 아트는 같은 작업복을 입고 그곳에 가서 가지를 몇 개 더 자르다가 친절하게도 침실 바깥벽에 심어둔 관목들 뒤로 고개를 휙 숙이고 들어갔다. 아트는 그 위치가 마음에 들었다. 음란한 이유 때문이 아니라(사실 그 부분은 듣지 않는 편이 낫다.) 침실로 들어가는 전화선 때문이었다. 아트는 주머니에서 작은 일자 드라이버를 꺼내 외과 의사처럼 정교하게, 알루미늄 창틀에 조그만 구멍을 냈다. 그리고 초소형 FX-101 도청기를 밀어 넣은 뒤 틈을 메우는 재료를 주머니에서 꺼내 그 구멍을 다시 막았다. 그리고 원래 페인트 색깔과 거의 같은 작은 초록 페인트 병을 꺼내 모형 항공기 색칠할 때 쓰는 조그만 브러시로 그 위를 칠했다. 페인트가 마르도록 살살 불어준 후, 뒤로 물러나서 오늘의 작품이 잘 되었는지 확인했다.

이 도청기는 불법, 무허가 도청기이며 탐지기에도 나타나지 않았다.

FX-101은 10미터 이내에서 나는 어떤 소리도 잡을 수 있고 그 소리를 50미터 이상 전송할 수 있었다. 그래서 아트가 다루기가 좀 쉬웠다. 그는 그 저택 바깥의 하수구 통로로 갔다. 수신기와 음성이 나올 때만 자동으로 녹음되는 녹음기가 포함된 장치를 꺼내 하수구 통로 천장에 배관 테이프로 붙였다. 이제 지나가다 들러서 테이프를 꺼내고 새 테이프를 넣기만 하면 됐다.

이 조치가 뭔가를 얻든 얻지 못하든 운에 맡길 수밖에 없다는 걸 알았지만, 그래도 그저 몇 번만 와보면 되는 수월한 일이었다. 티오는 필라르와 비밀리에 만날 때면 거의 '라 카사 델 아모르'를 이용할 것이다. 하지만 전화를 사용하기도 할 것이다. 어쩌면 그 콘도에서 모임을 열지도 몰랐다. 정말 조심성 있는 범죄자조차 사생활에서 사업을 뗄 수 없다는 사실을 아트는 잘 알고 있었다.

'물론, 그건 당신도 마찬가지지, 티오.'

아트는 어니와 셰그에게 거짓말을 둘러댔다.

세 사람은 지금 다 함께 조깅을 하고 있었는데, 표면상으로는 팀원의 건강 유지를 위한 아트의 지시지만 사실은 사무실에서 할 수 없는 대화를 나누기 위한 위장술이었다. 움직이는 목표물의 얘기를, 특히 과달라하라 시내의 열린 광장에서 달리는 사람의 얘기를 도청하기는 어려우니 말이다. 그래서 세 사람은 매일 점심 먹기 전에 운동복으로 갈아입고 달리기를 하러 나갔다.

"나 CI가 생겼어."

아트가 두 사람에게 말했다. CI(Confidential Informant), 믿을 만한 정보 제공자.

아트는 거짓말을 하게 되어 마음이 불편했지만 두 사람을 보호하기 위해서였다. 만약 일이 잘못되거나 꼬일 대로 꼬여버리면 아트는 모든 책임을 혼자 떠맡고 싶었다. 두 사람이 불법 도청기에 대해 알고 있다면 상관에게 보고해야 한다는 규정을 따라야만 했다. 그렇지 않으면 '유죄 지식(Guilty Knowledge)'을 감추고 있는 상황이 되며 두 사람의 출셋길에 크나큰 지장을 줄 것이다. 그들이 결코 아트를 밀고하지 않을 거라는 사실을 알기에 가상의 CI를 만들어 낸 것이다.

'가상의 친구라.'

최소한 일관성은 있다. 존재하지 않는 마약에 대한 존재하지 않는 공급자 등등…….

"멋진데요, 팀장님. 누구……"

"미안. 얘기하긴 좀 일러. 그냥 데이트하는 정도라고나 할까."

그들은 아트의 말을 이해했다. 정보 제공자와의 관계는 이성

관계와 비슷했다. 슬쩍 접근해 보고, 끌어들이고, 유혹한다. 선물을 사주고, 그대가 꼭 필요하다고 말하고, 그대 없이는 못 산다고 말한다. 그리고 잠자리를 갖게 되더라도 남에게는 말하지 않는다. 탈의실을 함께 쓰는 친구들에게조차도.

적어도 변경할 수 없는 단계가 되기 전까지는 입을 꾹 다물고 있어야 했다. 그리고 마침내 누구나 아는 시기가 되면 대개 사건은 '상황 끝'의 상태가 됐다.

아트의 일과는 이랬다. 사무소에서 일하고, 집으로 돌아가고, 밤늦게 집을 나서서 테이프를 회수한 뒤, 집으로 돌아와 서재에서 녹음 내용을 들었다.

아무런 성과 없이 2주가 지났다.

녹음된 내용은 거의 티오가 어린 애인에게 구애하며 나누는 사랑의 대화, 잠자리 대화이며 필라르에게 잠자리의 미묘한 지식을 조금씩 가르치는 내용이었다. 아트는 이런 부분은 거의 빨리감기를 해버렸다.

티오가 흥미롭고 우아한 사랑의 음악을 도입하기 시작하면서 필라르 탈라베라는 빠르게 성숙하고 있었다. 글쎄, 그런 일에 관심이 많은 사람에게는 흥미롭게 들리겠지만, 확실히 아트는 그렇지가 못했다. 사실, 아트에게는 구역질이 날 정도였다.

"나쁜 소녀로 살아왔구나."

"제가요?"

"그래. 그래서 벌을 받아야 해."

보통 이런 얘기들이었다. 듣고 싶지 않은 쓰레기 같은 내용을 아주 많이 듣게 되었다.

드물게나마 거름더미에 핀 장미꽃 한 송이를 만날 때도 있었다. 어느 날 밤, 아트는 테이프를 회수해 왔는데, 스카치위스키 한 잔을 따라 홀짝이며 권태로움과 메스꺼움을 극복하던 중 티오가 샌디에이고와 티후아나 사이에 있는 출라 비스타 주소로 '웨딩드레스 300벌'을 배달했는지 확인하는 말을 듣게 된 것이다.

'잡았어. 이걸로 뭘 해야 할까?'
관리 운용 절차에는 멕시코 동료에게 정보를 넘기도록 되어 있고, 동시에 샌디에이고 사무소에 전달되도록 멕시코시티에 있는 마약 단속국 사무소에도 알려주게 되어 있다. 글쎄, 멕시코로 정보를 넘긴다면 곧장 티오에게 넘어갈 것이고, 팀 테일러에게 넘긴다면 보나마나 멕시코로 운송되는 '웨딩드레스' 따위는 없다는 소리나 해댈 것이다. 그리고 정보 제공자가 누구냐고 다그칠 것이다.
그 부분은 말해 줄 수가 없다.
아트는 아침 조깅을 하면서 어니와 셰그와 이야기를 주고받았다.
어니가 아트에게 말했다.
"우리가 곤란해지겠는데요."
"그렇지 않아."
벼랑 끝을 향해 한 걸음 더 내디딜 때였다.

아트는 점심식사 후 사무소에서 나가 공중전화 부스로 갔다.
'미국에서는 두리번거리며 공중전화를 쓰는 사람이 대개 범죄

자들인데, 여기서는 경찰이 이러고 있군.'

아트는 샌디에이고 경찰국 마약계에 있는 러스 댄츨러에게 전화를 걸었다. 댄츨러는 몇 달 전, 정부기관 상호 총회에서 만난 인물이다. 말쑥해 보이는 게 그야말로 선수 같아 보였다.

'그래, 지금 내게 필요한 사람은 확실한 선수지.'

돌멩이 자루를 들고 있는 선수.

"댄츨러? 마약 단속국 아트 켈러일세. 같이 맥주 몇 잔 했었지. 뭐더라, 지난 7월이었나?"

댄츨러는 아트를 기억하고 있었다.

"잘 지냈나, 아트?"

아트가 자초지종을 말했다.

"그냥 허튼 정보일지도 모르지만 그렇지 않은 거 같아서. 자네라면 한번 파보고 싶어 하지 않을까 해서."

두말하면 잔소리. 댄츨러는 당연히 한번 파고 들어가 보고 싶어 할 것이다. 그리고 미국이나 주정부 혹은 연방 정부의 검찰총장은 그 일에 대해 아무것도 할 수 없을 것이다. 연방수사요원들이 샌디에이고 경찰국에 정보를 건네주면 샌디에이고 경찰국은 가서 뭐가 됐든 찔러 보라고 요원들에게 말할 것이다.

경찰 예절을 적절히 염두에 두면서 댄츨러가 물었다.

"뭐 원하는 거라도 있나?"

"그 일에서 난 관계없는 걸로 해 줘. 그리고 진행상황이나 좀 알려줘. 내가 운을 띄웠다는 사실은 잊어버리고 자네가 얻어낸 정보만 좀 나누자는 거지."

"좋아. 하지만 근거가 있어야 해, 아트. 혹시 시민권이 철저하게 보호되는 민주주의에서 일이 어떻게 진행되는지 잊었을까 봐 하는 얘기야."

"내게 CI가 있어."

아트는 거짓말을 했다.

"좋았어."

더 이상의 말은 필요 없었다. 댄츨러는 자신이 심어둔 사람에게 정보를 줄 것이고, 그 사람은 자신의 CI에게 알려줄 것이고, 거기서 방향이 회전해 정보는 다시 댄츨러에게 돌아올 것이다. 댄츨러는 그 정보를 재판관에게 재빨리 들고 갈 것이다. 설득력 있는 주장이다.

다음날 약속된 시간에 댄츨러에게 공중전화로 연락이 왔다. 댄츨러가 환호성을 질렀다.

"코카인 300파운드! 소매가로 600만 달러야! 아트, 자네 정말 믿을 만한데?"

"내가 뭘 줬다는 생각은 잊어버리고, 그냥 나한테 신세 한 번 졌다는 것만 기억해 줘."

2주 후, 아트에게 정보를 얻은 엘 파소의 경찰 역시 코카인을 가득 실은 트레일러 트럭을 적발했다. 그리고 한 달 후, 아트는 댄츨러에게 또 다른 정보를 주었다. 샌디에이고의 레몬그로브에 있는 집에 대한 정보였다.

이어진 현장 급습에서는 좀 적은 양이긴 했지만 50파운드의 코카인을 압수했다.

게다가 현금 400만 달러와 돈 세는 기계 세 개, 그리고 은행 예금 전표들을 포함한 흥미로운 서류 더미까지 입수했다. 아주 흥미로운 예금 전표들이 연방 법정에 제시되자 재판관은 샌디에이고 카운티의 다섯 개 은행에 여러 사람 이름으로 예치된 1500만 달러를 추가적으로 동결시켰다. 어느 예금도 미겔 앙헬 바레라의 이름으로 되어 있지 않았지만, 바레라에게 귀속되는 돈이나 바레라에게 안전한 자산운용의 대가로 수수료를 지불하는 연합의 회원에게 귀속되는 돈은 한 푼도 빼놓지 않고 동결시켰다.

아트는 걸려오는 전화가 확 줄어든 것을 보고 어느 누구도 이 상황을 썩 기뻐하지는 않는다고 여겼다.

팀 테일러도 마찬가지였다.

마약 단속국 국장인 팀 테일러는 팩스로 들어온 《샌디에이고 유니언 트리뷴》의 기사를 보았다. 1면에 '레몬 그로브에서 대규모 마약단 검거'라고 대문짝만 하게 실리고 '연합'이라는 말도 언급되어 있었다. 그리고 검찰 총장실에서 온 다른 팩스는 '대체 이게 뭔 놈의 사태야?'라고 고함을 지르고 있었다. 테일러는 아트에게 전화 걸어 버럭 소리를 질렀다.

"대체 이게 뭔 놈의 사태야?"

"무슨 말씀인가요?"

"제기랄, 자네가 뭔 짓을 하고 있는지 다 알아!"

"그럼 진작 말씀을 좀 해 주지 그러셨어요."

"자네, CI가 있지! 그리고 거기서 들은 정보를 다른 정부기관에 넘겨서 처리하고 있어. 제기랄, 아트, 언론에다가는 흘리지 말았어야지!"

"저 아닙니다."

그건 정직한 대답이었다. 아트는 다른 정부기관에 흘렸을 뿐이다. 그들이 언론에 흘릴 수 있도록 말이다.

"CI는 누구야?"

"그런 거 없습니다. 저는 이 일과 아무 상관없습니다."

옳다. 몇 가지 일만 제외하고 말이다. 3주 후에 캘리포니아의 하시엔다 하이츠에서 200파운드가 거래된다는 사실을 로스앤젤레스 경찰국에 알려주기. 350파운드를 실은 트레일러 트럭이 주간(州間) 고속도로 I-10번에 모습을 나타낼 거라고 애리조나 주립 경찰에게 알려주기. 총계 1000만 달러의 현금과 목표물을 보유한 집을 캘리포니아 애너하임 경찰국에 알려주기.

그들은 모두 아트에게서는 정보를 받은 적이 없다고 발뺌했다. 하지만 아트의 복음성가를 부르짖었다. '연합, 연합, 연합', 영원토록, 세상이 끝날 때까지, 아멘.

콜롬비아의 수도 보고타 주재 수사팀장조차 제단 앞으로 왔다.

어느 날 전화를 받은 셰그가 수화기를 가슴에 대고 아트에게 말했다.

"빅맨이에요. 마약 전쟁의 제1선으로부터 온 직통전화예요."

두 달 전만 해도, 콜롬비아 주재 수사팀장인 크리스 콘티는 옛 친구인 아트 켈러를, 잘 알려진 3미터 장대로도 건드리려 하지 않았다. 하지만 이제 크리스 콘티조차 아트교를 믿는 게 분명했다.

"아트, 네가 관심 있어 할 일을 우연히 찾아냈는데 말이야."

"여기로 오겠어? 아니면 내가 거기로 가는 게 좋아?"

"서로 조금씩 양보하면 어떨까? 너 최근에 코스타리카에 머물렀지?"

크리스 콘티의 말은 팀 테일러든 누구든 자신이 아트 켈러와 함께 앉아 있다는 사실을 모르기를 바란다는 뜻이었다. 두 사람은 코스타리카의 케포스에서 만났다. 야자수 잎으로 지은 해변의 오두막집 안에 자리를 잡았다. 크리스 콘티는 선물을 가지고 왔다. 울퉁불퉁한 탁자 위에 일련의 예금 전표를 펼쳤다. 지난번 샌디에이고에 있는 아메리카 은행을 일제 검거했을 때 입수한 자기앞수표 영수증과 그 전표들을 맞추었다. 바레라 조직과 콜롬비아 코카인이 관련 있다는 문서상의 증거였다.

아트가 크리스 콘티에게 물었다.

"이런 건 어디서 났어?"

"메데인 지역에 있는 소도시 은행들을 털었지."

"그래, 고마워, 크리스."

"어디 가서 나한테 받았다는 말은 하지 말고."

"당연하지."

크리스는 흐릿한 사진 하나를 탁자 위에 올려놓았다.

정글 속에 닦아놓은 소형 비행장, 일련번호 N-3423VX인 DC-4, 그 주변에 서 있는 많은 남자들. 아트는 라몬 메테를 즉시 알아보았다. 하지만 또 한 사람은 기억이 날 듯 말 듯 했다. 중년의 나이, 짧은 군대식 머리, 작업복 차림, 낙하산 대원용의 길고 번쩍이는 검정 부츠.

'오랜만이군.'

'정말 오랜만이야.'

'베트남전. 피닉스 작전.'

그때도 살 스카키는 번쩍이는 부츠를 좋아했다.

"자네도 내 생각과 같지?"

크리스가 물었다.

"글쎄, 이 남자를 CIA 요원 같다고 생각한다면, 그 생각은 옳다. 지난번에 듣기로 스카키가 특수 부대 대령으로 있다가 그만두었다고 했다. 거기까지가 CIA 이력서였다."

"아트, 내가 들은 소문이 있는데."

"소문 좋지. 계속해 봐."

"보고타 북쪽 정글에 무전송신탑 세 개를 세웠어. 하지만 난 그 근처에 확인하러 갈 수가 없어."

"메데인 사람들은 그 정도 기술은 쉽게 실행할 실력이 되지."

그것은 SETCO 비행기들이 어떻게 레이더에 걸리지 않고 날고 있는지에 대한 수수께끼를 설명할 것이다. VOR(가변성 진동 무전) 신호를 내보내는 무전송신탑 세 개가 비행기들의 이착륙을 안내할 수 있을 것이다.

크리스 콘티가 말했다.

"메데인 카르텔은 무전송신탑을 세울 기술이 있어. 그런데 무전송신탑을 사라지게 만들 기술도 가지고 있을까?"

"무슨 뜻이지?"

"위성사진 말이야."

"근데?"

"사진에 나타나지 않아. 세 개도, 두 개도, 하나도. 안 나타나. 위성사진으로 자동차 번호판도 읽을 수 있는 시대야, 아트. VOR 송신탑은 나타나지 않는 물건인가? 비행기들은 또 어떻고, 아트? 내게 AWACS(공중 조기 경보 관제기) 정보도 있는데, 거기도 안 나타나. 콜롬비아에서 온두라스로 가는 어떤 비행기든 니카라과

산디니스타 반군지역의 상공을 지나가야 해. 그리고 그거야, 아트. 분명 공중전자 감시 장치(The Eye in the Sky)가 발효되고 있는 거야."

그건 말도 안 된다고 아트는 생각했다. 니카라과는 레이건 정부의 중앙아메리카 지역에서 중심이 되는 곳이며, 먼로주의(유럽 제국과 미주 제국이 서로 정치에 간섭하지 않는다는 주의 — 옮긴이)의 심장부에 있는 공산주의체제 국가였다. 그 정부는 니카라과 반정부 세력인 콘트라 군을 후원하고 있었다. 콘트라 군은 니카라과를 에워싸고 있었다. 온두라스에서 북부에 이르고, 코스타리카의 남쪽지역에 자리 잡고서 말이다. 하지만 미국 의회는 콘트라 군에 군사 원조를 금지하는 볼랜드 수정법안을 통과시켰다.

이제 라몬 메테 바야스테로스의 회사에 있는 전직 특수부대 요원이자 열렬한 반공주의자(그들은 무신론자들 아닌가? 젠장!) 한 명과 SETCO 비행기 한 대의 정보를 얻었다.

아트는 코스타리카로 갈 때보다 더 흥분된 상태로 코스타리카를 떠나왔다.

과달라하라로 돌아간 아트는 세그에게 임무를 줘서 미국으로 보냈다. 그 CIA 카우보이는 남서 지방에 있는 모든 마약수사반과 마약 단속국 사무소를 한데 그러모아 카우보이의 부드럽고 느린 말투로 이렇게 말했다.

"이번 멕시코 사건은 실제 사건입니다. 아주 세차게 불어 닥칠 겁니다. 여러분은 불시에 습격당한 뒤에 왜 미리 알지 못했는지 변명하느라 애쓰고 싶지는 않을 것입니다. 젠장, 여러분은 공식적으로는 회사의 방침에 복종할 수 있습니다. 하지만 비공식적으로는 우리와 공놀이를 하고 싶을지도 모릅니다. 왜냐하면 트럼펫이 울리면, 우리는 누가 양이고 누가 염소인지 기억하고 있어야 하기 때문입니다."

워싱턴에 있는 요원들이 그 일에 대해 할 수 있는 일은 아무것도 없었다. 그들이 무엇을 하겠는가? 미국 땅에서 마약 단속을 하지 말라고 미국 경찰에게 말하겠는가? 법무부는 아트를 십자가에 못 박고 싶어 했다. 그들은 아트가 그런 허튼 소문을 퍼트리고 있다는 심증은 있지만 아트를 건드리지는 못했다. 국무부에서 전화가 걸려와 '중요한 이웃 나라와 우리의 관계에 미친 돌이킬 수 없는 피해'에 대해 핏대를 올리며 소리치더라도 말이다.

검찰 총장실은 아트 켈러를 펜실베이니아 대로에 패대기친 뒤 국회의사당 앞 기둥에 못 박아 버리고 싶을 것이다. 하지만 아트가 연관되었다는 물증이 없었다. 그리고 아트를 과달라하라 밖으로 전출시킬 수도 없었다. 대중매체가 이미 '연합'에 대한 정보를 입수한 마당에 그 상황이 어떻게 보이겠는가?

그래서 보이지도 않고, 알려지지도 않고, 존재하지도 않는 CI-D0243으로부터 받은 견해를 바탕으로 아트가 왕국의 기반을 다지고 있을 때, 그들은 끓어오르는 좌절감 속에서 소극적인 태도를 보이고 있어야만 했다.

어느 날 셰그가 아트에게 물었다.

"CI-D0243라는 이름은 좀 비인격적이야. 안 그래? 내 말은, 그가 기여하는 정도를 봤을 때 좀 그렇다는 거지."

"그럼 뭐라고 부르고 싶은데?"

어니가 제안했다.

"딥 스로트(deep throat:내부 고발자) 어때요."

"괜찮군. 하지만 멕시코 인 딥 스로트일 텐데?"

"그럼 '추파르' 어때요? 그를 소식통 추파르라고 부릅시다."

추파르. 블로잡.

소식통 추파르가 아트에게 넘겨준 정보는 국경 업무를 보는 모든 법집행 정부기관으로 넘어갔다. 그들은 아트에게 정보를 받은 적이 없다고 딱 잡아뗐다. 하지만 모두 아트에게 신세를 졌다고 생각했다. 신세? 맙소사, 그들은 아트를 '사랑'했다. 마약 단속국은 지역 협조 없이는 돌아가지 않았다. 그리고 협조를 바란다면 아트 켈러와 잘 지내는 것이 현명한 처사였다.

아니, 아트 켈러는 급속히 '인토카블레'가 되고 있었다.

하지만 아트는 그런 존재가 아니었다.

티오에게 거스르는 작전을 진행하면서 안 그런 척하자니 아트는 지치는 기분이었다. 늦은 밤 가족들을 뒤로하고, 활동 내용을 계속 비밀에 부치고, 과거 비밀을 유지하고, 티오가 그 일을 추적하다가 아트에게 이르게 되는 순간, 두 사람의 과거 관계를 일깨워주러 티오가 아트를 찾아오기를 기다리며.

'티오'가 '조카'에게.

아트는 통 먹지 못했다. 잠도 잘 못 잤다.

아트와 앨시아의 잠자리도 이제는 드물어졌다. 민감해지고 말이 없고 마음을 열지 않는 아트에게 앨시아는 잔소리를 해댔다.

건드릴 수 없는 존재.

아트는 새벽 4시에 욕조 모서리에 앉아 생각했다. 새벽 3시 반에 냉장고에서 꺼내 먹은 닭요리를 방금 토해낸 뒤였다.
'아니야, 그 과거가 날 따라잡지는 못해. 나는 앞으로 나아가고 있어. 불굴의 의지로 한 걸음 한 걸음. 심연을 향해서.'

티오는 밀고자가 누구인지 알아내려고 애쓰며 며칠 밤을 뜬눈으로 지새웠다. 연합의 파트론들인 아브레고, 멘데스, 엘 베르데는 사업에 심각한 타격을 입게 되자 티오에게 대책을 마련해 보라고 엄청난 압력을 넣고 있었다.

문제가 바로 이곳 과달라하라에 있다는 사실은 불을 보듯 훤했다. 세 지역이 모두 타격을 입었기 때문이다. 아브레고, 멘데스, 엘 베르데는 분명 M-1의 조직에 밀고자가 있다고 입을 모았다.

"밀고자를 찾아서 없애 버려야 하오. 대책을 세워 주시오."

"그렇지 않으면 우리가 하겠소."

필라르 탈라베라가 티오 옆에 누워 있었다. 새근새근 숨을 쉬다가 젊은이들만의 고요하고 깊은 잠으로 이내 빠져들었다. 티오는 필라르를 가만히 내려다보았다. 윤기가 흐르는 까만 머리, 길고 새까만 속눈썹, 지금은 다물고 있지만 땀으로 촉촉해진 윗입술. 티오는 젊고 생기 넘치는 필라르의 냄새가 정말 좋았다.

티오는 침대 옆 탁자에 손을 뻗어 시가를 잡은 뒤 불을 붙였다. 시가 연기로 필라르가 깨지는 않을 것이다. 시가 냄새도 마찬가지였다. 필라르는 이미 익숙해져 있었다.

'게다가 잠자리를 가진 뒤엔 벼락이 쳐도 안 일어나지.'

참 뜻밖이었다. 이 나이에 사랑을 찾다니. 참 기묘하고도 불가

사의한 일이 아닌가. 필라르는 삶의 기쁨이며 자신의 심장에 웃음을 주는 존재였다. 티오는 1년 안에 필라르를 아내로 삼을 계획이었다.

'하루빨리 이혼 수속을 마친 뒤 빛의 속도로 결혼식을 올리겠어.'

성당? 성당쯤은 사버릴 수 있다. 추기경을 찾아가서 병원, 학교, 고아원을 지어주겠다고 제의하면, 대성당에서 결혼식을 올릴 수 있을 것이다.

아니다, 성당은 문제 될 거 없다.

문제는 밀고자였다.

소식통 추파르.

수백만 달러를 손해 보게 한 놈.

'더 불쾌한 건 내게 약점을 만들어 버린 일이야.'

시샘 많은 쾌걸 조로이자 늙은 여우인 아브레고가 'M-1이 쇠하고 있다. 해 주지도 못하는 보호의 대가로 우리에게 큰돈을 청구하고 있다. M-1의 조직에 밀고자가 있다.'라고 지껄여대는 소리가 심심찮게 들려왔다.

아브레고는 어쨌든 연합의 파트론으로 머물고 싶어 했다. 얼마나 있으면 그가 행동할 만큼 강해졌다고 생각하게 될까? 직접적으로 덤빌까, 다른 사람들을 이용할까?

'아냐, 밀고자를 찾지 못하면 그들은 함께 행동할 거야.'

그 일은 크리스마스에 시작되었다.

아이들이 시내로 커다란 크리스마스트리를 보러 가자고 아트에게 졸라대고 있었다. 아트는 아이들이 야간 행진 '포사다스'로 만족하기를 바랐었다. 포사다스는 마리아와 요셉 복장을 하고 머물 곳을 찾으며 틀라케파케 동네를 집집마다 두루 돌아다니는 행진이었다. 하지만 그 소규모 행진은 크리스마스트리와 대성당 바깥에서 공연되는 예수 탄생에 대한 익살맞은 연극에 아이들을 열중시킬 뿐이었다.

지금 익살맞은 연극이나 보고 있을 때가 아니었다. 아트는 이제 막 티오의 대화에서 거대한 정보를 들었기 때문이다. '1600파운드'나 되는 코카인을 800개의 상자에 담아 선명한 포장지에 싸고 리본으로 묶고 갖은 크리스마스 선물 장식으로 위장하여 운송한다는 계획이었다.

애리조나의 아지트에서 3000만 달러 가치가 있는 크리스마스 특수를 누리려는 계획이었다. 아트는 그 정보를 누구에게 줄지 아트는 아직 결정하지 못했다.

하지만 그동안 가족들에게 너무 소홀했다는 사실을 알기에 크리스마스를 앞둔 토요일에 앨시아와 아이들은 물론, 요리사 호세피나, 가정부 과달루페까지 데리고 나가 구 시가지에 있는 열린 장터에서 쇼핑을 즐겼다.

아트는 굉장히 멋진 시간을 보내고 있다는 생각이 들었다. 서로에게 줄 크리스마스 선물과 크리스마스트리에 장식할 작은 수공예 장식품을 샀다. 그리고 맛있는 점심을 오래도록 먹었다. 얇게 썬 신선한 돼지고기, 검은콩 수프, 꿀에 재워 달콤한 디저트.

캐시가 광택이 나는 검은색과 붉은색의 벨벳 쿠션이 있는 멋진 마차를 발견했다. 캐시는 당연히 타고 싶어 했다. '탈래요. 아빠, 제발요.' 아트는 남미 카우보이 복장 가우초를 입은 마부와 가격을 협상한 뒤, 다 함께 뒷좌석에 올라 덮개를 덮었다. 따가닥따가닥. 아트의 무릎에 앉은 마이클은 광장의 조약돌 위를 걷는 규칙적인 말발굽 소리에 잠이 들었다. 하지만 캐시는 잠들지 않고 잔뜩 흥미진진한 표정으로 붉은 깃털 장식을 마구에 단 하얗고 호화로운 말들과 빛나는 전구들이 장식된 20미터 높이의 나무를 바라보고 있었다. 아트는 아들의 숨결이 가슴팍에 와 닿자 정말 이보다 더 행복한 순간은 없으리라는 생각이 들었다.

날이 어둑어둑해지고 마차 유람이 끝나자 아트는 조용히 마이클을 깨워서 호세피나에게 안긴 뒤 다 함께 타파티아 광장을 거쳐 대성당으로 걸어갔다. 대성당 앞에 설치된 작은 무대에서 곧 연극이 시작될 예정이었다.

그때 아트의 시야에 아단이 들어왔다.

아트의 옛 친구는 구겨진 신사복을 입고 있었다. 여행 중인지 피곤해 보였나. 아단은 아트를 보더니 광장 모퉁이에 있는 공중화장실로 들어갔다.

"아빠는 화장실 좀 가야겠구나. 마이클, 너도 갈래?"

'싫다고 말하렴, 아들아, 싫다고.'

"레스토랑에서 갔어요."

"그럼 가서 연극 보렴. 곧 따라갈게."

화장실에 들어가 보니 아단이 벽에 기대 서 있었다. 아트는 누가 있는지 확인하려고 칸칸마다 문을 열어보기 시작했다. 그때 아단이 말했다.

"내가 이미 확인했어. 그리고 아무도 들어오지 않을 거야. 오랜

만이야, 아트."
"원하는 게 뭐야?"
"우린 너라는 걸 알고 있어."
"무슨 얘기야?"
"말장난할 생각하지 마, 아트. 그냥 내 질문에 대답만 해. 네가 무슨 일을 하고 있다고 생각해?"
"내 직업상의 일이지. 개인적인 부분은 없어."
"그건 아주 개인적이야. 사나이가 친구에게 맞서는 건 '지독하게 개인적인 일'이라고."
"우린 더 이상 친구가 아니야."
"삼촌이 이 일로 아주 불쾌해하고 있어."
아트가 무슨 상관이냐는 듯 어깨를 으쓱했다.
"넌 삼촌을 티오라고 불렀어. 내가 부르듯 말이야."
"그때는 그때고. 사정에 따라 바뀌는 거지."
"그건 바뀌지 않아. 그건 영원한 거야. 넌 삼촌의 보호와 충고와 도움을 받아들였어. 삼촌이 지금의 너를 만든 거야."
"서로 서로 만들어줬지."
아단은 고개를 흔들었다.
"충절을, 혹은 감사를 호소하는 얘기는 이제 그만하겠어."
아단이 양복저고리에 손을 넣자 아트가 한 걸음 다가섰다. 아단이 총을 뽑아드는 걸 저지하기 위해서였다.
"진정해."
아단은 그렇게 말하며 봉투를 꺼내 세면대 가장자리에 놓았다.
"미화 10만 달러, 현찰이야. 하지만 네가 통장으로 받는 게 더 좋으면 코스타리카의 케이먼에다 네 이름으로 계좌를 개설해서……"

"날 매수하진 못해."

"정말? 어쩌다가?"

아트는 아단을 잡아 벽으로 밀어붙였다. 그리고 더듬어 내리기 시작했다.

"아단, 너 도청장치 갖고 왔지, 엉? 날 함정에 빠뜨리려고? 카메라는 어디 있어?"

아트는 아단을 놓아주고 화장실을 수색하기 시작했다. 천장 귀퉁이, 변기, 세면대 아래. 아무것도 없었다. 아트는 찾는 일을 멈추고 기진맥진해져 벽에 기대었다.

"널 믿고, 지금 당장 10만, 밀고자 이름을 대면 추가로 10만, 아무 일도 진행하지 않는 것만으로 한 달에 2만씩 주지."

아트는 고개를 저었다.

"안 그래도 네가 안 받을 거라고 티오에게 말했어. 넌 독특한 동전을 좋아하잖아. 좋아, 널 다시 스타로 만들어 줄 만큼의 마리화나를 터뜨려주지. 그건 플랜A야."

"플랜B는 뭔데?"

아단이 다가와 아트에게 팔을 두르고 꽉 껴안았다. 그리고 귀에 대고 이렇게 속삭였다.

"아트, 넌 은혜도 모르고 융통성도 없고 금발머리나 좋아하는 성가신 녀석이야. 하지만 아직 내 친구이고 난 널 무척 좋아해. 그러니까 돈을 받아. 아니면, 돈을 받지 않되 이 일에서 물러나. 네가 여기서 휘젓고 다니는 게 뭔지 넌 몰라."

아단은 몸을 뒤로 젖혀 아트와 얼굴을 마주했다. 사실상 두 사람의 코가 맞닿아 있었다. 아단은 아트의 눈을 들여다보며 되풀이했다.

"네가 여기서 휘젓고 다니는 게 뭔지 넌 모른다고."

아단은 뒤로 물러서서 봉투를 들어 보였다.

"받겠어?"

아트는 고개를 저었다. 아단은 이해할 수 없다는 듯 어깨를 으쓱하고 봉투를 주머니에 도로 넣었다.

"플랜B가 뭔지 알고 싶지도 않잖아."

그렇게 말하고 아단은 걸어나갔다.

아트는 세면대로 걸어가서 수도꼭지를 틀고 얼굴에 찬물을 끼얹었다. 그리고 물기를 닦은 다음 가족들이 있는 곳으로 갔다.

가족들은 무대 앞에 옹기종기 모인 관중들의 가장자리에 서 있었다. 배우들이 익살을 떨자 아이들이 즐겁게 폴짝폴짝 뛰었다. 천사 가브리엘과 루시퍼가 아기 예수의 영혼을 위해 막대기로 서로의 머리를 치며 싸우는 장면이었다.

그날 밤 그들이 주차장을 나서자 길가에 주차되어 있던 포드 브롱코 한 대가 뒤따랐다. 물론, 아이들은 눈치채지 못했다. 이미 잠이 든 듯했다. 그리고 앨시아와 호세피나도 모르고 있었다. 하지만 아트는 백미러로 뒤따라오는 자동차를 주시하고 있었다. 아트는 잠시 다른 자동차들 사이로 들어가 이리저리 장난을 쳐보았지만, 그 자동차는 뒤처지지 않고 따라왔다.

'미행을 눈치 못 채도록 노력하지도 않는군. 오히려 미행한다는

메시지를 대놓고 보내고 있어.'

아트가 집으로 들어가는 진입로에 들어섰다. 그 자동차는 지나쳐 갔다. 그리고 방향을 돌려서 돌아와 반 블록쯤 떨어진 길 건너편에 멈춰 섰다.

아트는 가족들과 집 안에 들어갔다가 차에 뭘 두고 왔다는 핑계를 대고 나왔다. 그리고 브롱코로 걸어가서 차창을 두드렸다. 차창이 내려가자 아트는 고개를 들이밀고 안에 있는 남자를 좌석에 대고 꼼짝 못 하게 눌렀다. 그리고 그 남자의 왼쪽 주머니에 손을 넣어 지갑을 끄집어냈다.

할리스코 주립 경찰이었다. 아트는 그 배지를 그 경찰의 무릎에 던졌다.

"집 안에는 내 '가족'이 있어. 만약 당신이 가족을 놀라게 하면, 만약 가족을 위협하면, 만약 자동차 밖으로 나올 생각이라도 하면, 내가 돌아와서 그 허리에 찬 권총을 뽑아 엉덩이에 쑤셔 넣어 주겠어. 그게 입으로 나올 때까지. 무슨 말인지 알겠나, 형씨?"

"나는 내 일을 할 뿐이에요, 혀…… 형씨."

"그럼 더 잘해야지."

아트는 집으로 들어왔다. 티오의 메시지는 전달되었다.

'친구들을 곤란하게 만들지 마.'

아트는 거의 잠을 못 이루며 뒤척이다가 일어나서 커피를 탔다. 그리고 가족들이 깰 때까지 커피를 홀짝였다. 아트는 아이들의 아침을 준비하고 앨시아에게 다녀오겠다는 키스를 한 뒤 자동차를 몰고 사무소로 갔다.

사무소로 가는 길에 고의적 자멸 행위를 저지르기 위해 공중전화 박스에 멈춰 섰다. 그리고 애리조나 주에 있는 피어스 카운티에 전화를 걸었다.

"메리 크리스마스."

아트는 그들에게 코카인 800상자에 대한 정보를 주었다.

그리고 사무소로 들어가서 전화벨이 울리기를 기다렸다.

이튿날 아침 식료품점에서 돌아오고 있는 앨시아의 자동차를 낯선 자동차가 뒤따르기 시작했다. 미행 사실을 숨길 마음도 없는지 앨시아의 뒤를 계속 따라붙었다. 앨시아는 어쩔 줄 몰라 쩔쩔맸다. 집으로 운전해 가기도, 자동차에서 내리기도 겁이 났다. 어딘가 다른 곳으로 가기도 겁이 났다. 그래서 마약 단속국 사무소로 향했다. 앨시아는 확실히 겁에 질려 있었다. 아이들 둘은 뒷좌석의 카시트에 앉아 있었다. 그리고 사무소까지는 족히 세 블록은 가야 했다. 그때 미행하던 자동차가 강제로 앨시아의 자동차를 옆으로 밀어 세우더니 총을 든 남자 넷이 자동차에서 내렸다.

한 사람이 할리스코 경찰 배지를 슬쩍 보여주었다.

"면허증 좀 확인하겠습니다, 세뇨라(영어의 Mrs.에 해당하는 스페인어 — 옮긴이) 켈러?"

면허증을 더듬어 찾는 앨시아의 손이 떨렸다. 그러는 사이 그 남자가 창으로 기울여 뒷좌석을 들여다봤다.

"예쁜 아이들이군요."

"고마워요."

앨시아는 자신이 바보처럼 느껴졌다.

앨시아가 면허증을 건네주었다.
"여권은요?"
"집에 있어요."
"늘 지참하셔야 합니다."
"알아요. 하지만 여기 머문 지 오래 되었고……"
"'너무' 오래 머무셨나 보군요. 실례지만 같이 가주셔야겠습니다."
"하지만 애들이 있어서요."
"압니다, 세뇨라. 하지만 같이 가주셔야 합니다."
앨시아는 거의 눈물을 글썽였다.
"하지만 애들은 어쩌고요?"
경찰관은 잠깐 양해를 구하고 자신의 자동차로 갔다. 앨시아는 침착해지려고 애쓰며 앉아 있었다. 한참이 걸렸다. 앨시아는 일이 어떻게 진행되고 있는지 백미러로 보고 싶었지만, 그 충동을 무시하려고 안간힘을 썼다. 아이들을 데리고 자동차 밖으로 뛰어나가 무작정 걷고 싶은 충동과도 싸우고 있었다. 마침내 경찰관이 돌아와 창문에 몸을 기울이며 지극히 공손하게 말했다.
"멕시코에서는 가족의 의의를 높게 평가합니다. 즐거운 오후 보내세요."

아트의 전화가 울렸다.
팀 테일러였다. 테일러는 어디선가 불온한 얘기를 들었다며 아트와 그 얘기에 대해 할 말이 있다고 했다.
테일러가 퍼붓는 잔소리를 듣고 있는데 어디선가 총성이 들려오기 시작했다.

플랜B다.

처음에는 쏜살같이 달리는 자동차의 포효가 들려왔고, 이어 AK-47이 발사되는 불협화음이 밀려들었다. 모두들 몸을 낮춰 책상 뒤에 웅크린 채 총성이 멈추기를 기다렸다. 아트와 어니와 세그는 총성이 멈춘 뒤, 몇 분 정도 기다렸다가 밖으로 나왔다. 아트의 자동차 포드 토러스는 유리가 모두 부서져 내리고 타이어도 펑크가 났으며 몸체엔 커다란 총알 구멍 수십 개가 뚫려 있었다.

세그가 말했다.

"중고차 시세표는 안 구해도 될 것 같군, 아트."

잠깐 사이에 멕시코 연방 경찰이 몰려왔다. 아트는 생각했다.

'미리 주둔하고 있었던 게 아니고서야.'

그들은 아트를 경찰서로 데려갔다. 베가 대령이 깊은 우려를 표하며 아트를 보았다.

"자네가 자동차 안에 타고 있지 않아서 다행이었군. 그런 일을 저지를 사람은 없겠지만 말이야. 이 도시에 적이라도 있나, 세뇨르 켈러?"

"누가 했는지는 당신이 더 잘 알 텐데요. 당신 부하들과 바레라 아닙니까."

아트가 딱 잘라 말했다.

베가 대령은 못 믿겠다는 듯 눈을 휘둥그렇게 뜨고 아트를 보았다.

"미겔 앙헬 바레라? 그가 왜 그런 일을 하고 싶어 하겠나? 자네는 그에 대해 조사하지 않는다고 했잖나."

베가 대령은 3시간 반 동안이나 아트를 취조실에 붙잡아 놓고 심문했다. 근본적으로, 이번 공격의 동기를 가질 만한 사람을 아트가 단정한 이유에 대해 아트의 수사 진척 상황을 추궁하고 있었다.

어니는 아트가 나오지 않을까 봐 겁을 집어먹었다. 복도에 대기하고 앉아서 팀장이 문 밖으로 나올 때까지 자리를 뜨지 않았다. 어니가 그러고 있는 사이 셰그는 아트의 집으로 가서 앨시아에게 소식을 전했다.

"아트가…, 다친 데는 없지만……."

아트가 경찰서에서 나와 집으로 돌아와 보니 앨시아가 침실에서 짐을 싸고 있었다.

"오늘 밤 샌디에이고행 비행기 예약해 놨어. 잠깐 친정에 가 있을 거야."

"무슨 소리야?"

"오늘 얼마나 무서웠는지 알아?"

앨시아는 낮에 할리스고 경찰과 있었던 일을 들려주었다. 그리고 아트의 자동차가 공격받고 그 일로 아트가 경찰서에 붙잡혀 있다는 말을 듣고 기분이 어땠는지도 말했다.

"이렇게 무서웠던 적은 없었어, 아트. 난 멕시코를 떠나고 싶어."

"겁먹을 일 아냐."

앨시아는 바보 아니냐는 듯이 아트를 쳐다보았다.

"그들이 당신 자동차에 총을 난사했어."

"내가 타고 있지 않은 걸 알고 그런 거야."

"그럼 나와 애들이 집에 없다는 사실을 알면 집도 폭파하겠네?"

"가족을 다치게 하지는 않을 거야."
"뭔데 그건? 그런 규칙이라도 있단 거야?"
"그래, 어쨌든 그들이 쫓는 건 나야. 개인적으로."
"무슨 소리야? 개인적이라니?"
아트가 30초 남짓 대답이 없자 앨시아가 다그쳤다.
"아트, 무슨 뜻이냐고?"
아트는 앨시아를 앉혀 놓고 얘기를 시작했다. 티오, 아단 바레라와의 예전 관계. 바다라과토에서 했던 잠복. 포로 6명 살해. 아트가 그 모든 일을 지금껏 묻어두고 있다는 사실. 그게 티오의 연합 형성에 도움이 되었다는 점. 지금 그 연합이 크랙을 미국 거리에 쏟아붓고 있다는 상황. 이 상황에 대한 대처 여부가 아트에게 달려 있다는 것. 앨시아는 믿을 수 없다는 듯이 아트를 쳐다보았다.
"그걸 모두 당신 어깨에 짊어지고 있었단 말이야?"
아트는 고개를 끄덕였다.
"당신 엄청 강한 사람이네. 당신이 그때 무엇을 해야 했을까? 그건 당신 잘못이 아니었어. 바레라가 무엇을 하려 했는지 알 수 없었잖아."
"내 생각엔, 내 마음 한쪽에서는 알고 있었던 것 같아. 그리고 그걸 인정하고 싶지 않았겠지."
"그래서 어떻게 해서든 이 일에 대해 속죄해야 한다? 바레라를 끌어내림으로써? 비록 당신 삶을 대가로 치르더라도?"
"비슷해."
앨시아는 일어나 욕실로 갔다. 그녀가 욕실에 있는 시간이 아트에게는 영원처럼 느껴졌다. 하지만 사실 앨시아는 몇 분 만에 나왔고, 벽장으로 가서 여행 가방을 꺼내 침대에 던졌다.

"당신도 같이 가자."

"그럴 수 없어."

"그 십자군 운동이 가족보다 더 중요해?"

"가족보다 중요한 건 없어."

"입증해 봐. 같이 가."

"앨시아……"

"여기 남아서 서부 영화「하이눈」이라도 촬영하고 싶은 거야? 좋아. 만약 가족과 함께 있고 싶다면 짐을 싸기 시작해. 그냥 며칠이면 충분해. 팀 테일러가 나머지 짐은 나중에 실어 보내도록 준비해 주겠다고 했어."

"테일러에게 얘기했어?"

"전화가 왔어. 당신 전화보다 많이."

"나는 쉬소실에 있었다고!"

"그렇게 말하면 내 기분이 나아질 것 같아?"

"젠장, 앨시아! 나더러 어떡하라는 거야?"

"우리랑 같이 가!"

"그럴 수 없어!"

아트는 털썩 주저앉았다. 옆에 놓인 텅 빈 여행 가방은 아트가 가족을 사랑하지 않는다는 증거처럼 보였다. 아트는 가족들을 무척 사랑했다. 정말 가슴속 깊이 사랑했다. 그러나 앨시아의 부탁을 들어줄 수는 없었다.

'왜 들어줄 수 없을까? 앨시아가 옳을까? 난 가족보다 이 십자

군 운동을 더 사랑하는 걸까?'

"못 알아듣겠어? 이건 바레라 얘기가 아니라 당신 얘기야. 당신이 자신을 용서하지 못하고 있다는 얘기라고. 당신이 사로잡혀 있는 처벌 대상은 그들이 아니야. 당신 자신이지."

"싸구려 심리치료 고맙군."

"꺼져 버려, 아트." 앨시아는 여행 가방을 탁 닫았다. "택시 불렀어."

"공항까지만이라도 배웅하게 해줘."

"비행기 안 탈 거면 오지도 마. 애들이 힘들어하니까."

아트는 가방을 들고 아래층으로 내려갔다. 그리고 앨시아와 호세피나가 울며 포옹할 동안 가방을 든 채 기다렸다. 아트는 쪼그리고 앉아 캐시와 마이클을 안아 주었다. 마이클은 어리둥절해했다. 캐시의 눈물이 닿아 아트의 뺨이 따뜻했다. 캐시가 물었다.

"아빠는 왜 안 가요?"

"할 일이 좀 있단다. 조만간 뒤따라 갈 거야."

"하지만 같이 가고 싶어요!"

"할아버지 할머니랑 엄청 재미있을 거야."

택시가 경적을 울리자 아트는 가방들을 밖으로 옮겼다.

거리는 포사다스 행진으로 붐볐다. 요셉, 마리아, 왕, 양치기 옷을 입은 동네 꼬마들. 양치기들은 뒤따르는 음악대의 음악에 맞춰 리본과 꽃으로 장식한 지팡이를 쿵쿵 찍었다. 아트는 가방을 꼬마들 머리 위로 들어올려 택시운전사에게 넘겨주었다.

"공항으로 가주세요."

"네, 알겠습니다."

아트는 운전사가 짐을 트렁크에 싣는 동안 아이들을 뒷좌석에 앉힌 뒤 안아 주고 키스했다. 작별인사를 하면서 얼굴에 웃음기를 잃지 않았다. 앨시아는 조수석 문 밖에 어색하게 서 있었다. 아트는 앨시아를 안고 키스하려 했지만 앨시아가 고개를 돌려 볼에 키스했다.
"사랑해."
"몸 조심해, 아트."
앨시아가 차에 올랐다. 아트는 택시의 붉은 미등이 보이지 않을 때까지 바라보고 서 있었다. 불빛이 사라지자 아트는 돌아서서 포사다스 행진을 뚫고 걸어갔다. 멀리서 노랫소리가 들렸다.

들어오라, 순례자여
이 초라한 집으로
보잘것없는 대접이지만
가슴에서 우러나오는 선물이나니

아트는 길 아래쪽에 아직도 주차되어 있는 하얀 브롱코를 보고 그쪽으로 갔다. 그러다가 행진하며 의례적인 질문을 하는 꼬마 소년에게 부딪쳤다.
"오늘 밤 머물 곳이 있을까요, 세뇨르? 빈방 있어요?"
"뭐라고?"
"오늘 밤 머물 곳……."
"안 되겠구나, 오늘 밤엔."
아트는 브롱코에 다가가서 문을 두드렸다. 차창이 내려오자 아트는 손을 뻗어 타고 있는 경찰관을 창밖으로 끌어냈다. 강편치를 연속 세 번 날리자 경찰관이 바닥에 털썩 쓰러졌다. 아트는 멱살을 잡고 계속해서 주먹질을 하며 소리를 질렀다.

"내가 가족들은 놔두라고 했잖아! 가족들은 건드리지 말라고 했잖아!"

동네 사람 두 명이 아트를 말렸다.

아트는 주먹을 풀고 집을 향해 걸어갔다. 가다가 돌아보니 경찰관이 땅바닥에 누운 채 허리에서 총을 꺼내고 있었다.

"쏴! 쏴 봐, 이 새끼야."

경찰관은 조준하고 있던 총을 내렸다.

아트는 충격에 휩싸인 군중들을 뚫고 집으로 들어갔다. 그리고 독한 스카치위스키를 두 잔을 연거푸 들이켠 뒤 잠이 들었다.

어니와 테레사 부부는 싫다는 아트를 수차례 설득하여 그를 크리스마스 저녁 식사에 초대했다. 아트는 에르네스토 주니어와 유고가 선물 뜯는 모습을 보고 싶지 않아서 일부러 좀 늦게 도착했다. 하지만 아트가 손에 장난감들을 들고 도착하자 금세 신이 나서 소리를 지르며 뛰어다니는 아이들을 외면할 수는 없었다.

"티오 아트로(아트 삼촌)! 티오 아트로!"

아트는 입맛이 도는 척했다. 테레사는 일부러 전통(스페인계의 전통이 아닌 아트의 전통) 칠면조 만찬을 차렸다. 그래서 아트는 엄청난 양의 칠면조와 으깬 감자를 먹었다. 정말로 먹고 싶지 않은데도 억지로 삼켰다. 아트는 고집을 부려 기어이 식탁 치우는 일을 맡았다. 부엌에서 어니가 아트에게 말을 건넸다.

"팀장님, 엘 파소 사무소에서 저를 데려가겠대요."
"오?"
"받아들이려고요."
"그래."
어니의 눈에 눈물이 고였다.
"테레사 때문이에요. 여기가 무섭대요. 저도 그렇고, 애들도 그래요."
"해명하지 않아도 돼."
"아뇨, 해야 해요."
"어니, 자네 탓이 아니야."
티오가 멕시코 연방 경찰 개들을 풀었다. 과달라하라에 있는 마약 단속국 요원들을 괴롭히기 위해서였다. 멕시코 연방 경찰이 사무소로 찾아와 총기와 불법 전화 도청 장치 수색에, 마약 수색까지 벌였다. 또, 사소한 구실로 하루에 두세 번씩 요원의 차량을 멈춰 세웠다. 그리고 밤에는 티오의 전문 킬러들의 차량이 요원들의 집을 지나가거나 길 건너편에 주차하고 있다가 요원들이 아침에 신문을 가지러 나올 때 손을 흔들기도 했다.
그래서 아트는 도망치는 어니를 탓하지 않았다.
'내가 가족을 잃었다고 해서 어니까지 가족을 잃어야 하는 건 아니지.'
"난 자네가 옳은 선택을 했다고 생각해. 어니."
"죄송해요, 팀장님."
"죄송할 거 없어."
두 사람은 어색하게 포옹을 했다.

"한 달 정도 있다가 새 사무소로 가게 될 거예요. 그래서……"
"좋아, 자네 가기 전에 녀석들 코를 납작하게 해 주자고."
아트는 디저트를 끝내자마자 양해를 구하고 어니의 집에서 나왔다. 텅 빈 집으로 돌아갈 생각을 하니 견딜 수가 없어서 자동차를 몰고 돌아다니다가 영업 중인 주점을 발견했다. 등받이 없는 주점 의자에 앉아 두 잔을 마신 후에도 집으로 향할 만큼 무뎌지지가 않았다. 그래서 그 대신 공항으로 자동차를 몰고 갔다.
비행장 너머 산등성이에 자동차를 세워놓고 SETCO 항공기가 들어오는 것을 보았다. 아트가 중얼거렸다.
"댄서, 프랜서, 도너, 블리즌."(루돌프와 함께 썰매를 끄는 사슴들 이름 — 옮긴이)
산타의 썰매가 착한 아이들에게 줄 선물을 싣고 날아오고 있었다.
'미네소타의 겨울을 뒤덮을 만큼의 엄청난 양의 하얀 눈(눈은 마약의 은어로 사용된다 — 옮긴이)을 덮칠 수 있겠어. 게다가 그 눈은 계속 올 거야. 국채를 다 갚을 만큼의 돈도 압수할 수 있을 거야. 돈도 계속 굴러들어 올 거니까.'
멕시코 트램펄린이 아직 시행 중인 한, 상관없다. 마약은 콜롬비아에서 온두라스로, 멕시코로, 그리고 미국으로 갔다. 그리고 크랙으로 가공되어 거리에서 신나게 뛰어다녔다.
하얀 DC-4 한 대가 활주로에 내려앉았다.
이 마약은 주식 중매인들이나 인기여배우들이 흡입할 마약이 아니었다. 크랙으로 만들어 하나에 10달러씩 받고 가난한 사람들에게 팔 마약이었다. 소비자는 대부분 흑인이나 스페인계였다. 이 마약은 월스트리트나 할리우드로 팔려갈 물건이 아니라 할렘가, 왓츠, 시카고 남부, 로스앤젤레스 동부, 록스버리, 그리고 바리오 로건으로 갈 물건이었다.

아트는 산등성이에 앉아 멕시코 연방 경찰이 코카인을 트럭으로 모두 옮겨 싣는 모습을 지켜보았다.

'평소와 다름없는 SETCO 방식이군.'

원활하게, 방해하는 사람도 없이. 아트가 집으로 가려는 찰나, 새로운 일이 벌어졌다.

멕시코 연방 경찰이 비행기로도 뭔가를 옮기기 시작했다. 아트는 그들이 DC-4의 화물칸으로 줄줄이 상자를 옮기는 모습을 바라보았다.

'대체 무슨 일이지?'

아트는 망원경을 옮겨 이리저리 둘러보았다. 티오가 선적을 감독하고 있었다.

'대체 무슨 일이지? 비행기로 뭘 옮겨 싣고 있지?'

아트는 집으로 돌아오면서 곰곰이 생각해 보았다.

'좋아, 콜롬비아 밖으로 마약을 실어 나를 수 있는 비행기를 갖고 있어. 그 비행기들은 무전 신호 안내도 받지 않고 레이더에 포착되지도 않아. 비행기는 온두라스에 들러 연료를 보충하지. 예전의 40 작전 쿠바 추방자를 동료로 둔 라몬 메테의 보호 아래서 말이야.'

비행기들은 과달라하라로 날아갔다. 거기서 티오의 보호 아래 물건들을 내려놓았다. 그리고 걸프, 소노라, 바하, 세 카르텔 중 한 곳에 공급되었다. 그 카르텔들은 국경 너머 아지트로 마약을 운송했다. 그리고 1킬로그램에 1000달러씩을 받고 다시 콜롬비아로 운송했다. 그런 다음 멕시코 카르텔들이 티오에게 수수료 일부를 지불했다.

'멕시코 트램펄린이야.'

코카인은 메데인에서 온두라스로, 멕시코로, 미국으로 통, 통, 튀어갔다. 그리고 온두라스 마약 단속국 사무소는 폐쇄되었다. 멕시코는 멕시코 트램펄린에 어떤 조치도 하고 싶어 하지 않았다. 그리고 마약 단속국, 사법부, 국무부는 알고 싶어 하지도 않았다. 어떤 부도덕함도 보지 않고, 어떤 부도덕함도 듣지 않고, 맙소사, 어떤 부도덕함도 말하지 않았다.

'좋아, 그건 다 아는 뉴스야.'

'뭐가 다른 거지?'

다른 것은 양방향 수송이란 점이었다. 이제는 반대 방향으로도 뭔가를 운송했다.

'하지만 뭘?'

아트는 이런 생각에 잠겨 텅 빈 집의 문을 열고 들어갔다. 그때 뒤통수에 총부리가 닿는 느낌을 받았다.

"돌아보지 마."

"알았소."

'아주 끝내주는군. 돌아보지 않을 거야. 총이 닿은 느낌만으로도 충분히 위협적이야. 볼 필요까지는 없어.'

"네게 접근하기가 얼마나 식은 죽 먹기인지 봤지, 아트?"

미국식 발음이군. 동부 지역. 뉴욕. 아트는 위험을 무릅쓰고 아래쪽을 내려다보았다. 그 남자의 신발 끄트머리만 보일 뿐이다.
검정, 거울처럼 반짝이는 광택.
"그렇군요, 살 스카키."
이어지는 침묵으로 아트는 자신이 정답을 맞혔다는 사실을 알게 되었다.
"명을 재촉했군, 아트."
그 남자가 방아쇠를 당겼다.
찰칵하고 총알 없는 금속 소리가 들렸다.
"맙소사."
아트는 다리에 힘이 빠졌다. 무릎이 흐물흐물하게 녹아내리는 기분이었고 금방이라도 쓰러질 것 같았다. 심장이 내달리고 있었다. 몸이 뜨거워졌다. 숨이 막히는 듯했다.
"다음번엔 비어 있지 않을 거야, 아트."
"알았어요."
"이 일에서 손 떼. 넌 네가 뭘 하고 있는지도 몰라."
아단의 말과 똑같다. 같은 얘기였다.
"바레라가 보냈나요?"
"네가 내 머리에 총을 겨누고 있지 않는 한 내게 질문하지 마. 경고하는데, 공항에서 꺼져. 다음번에는, 물론 다음번이 없는 게 더 낫겠지, 아트. 그때는 '대화' 따위는 없어. 그냥 넌 잘 살아 있다가, 갑자기 그렇지 않게 되는 거야. 알겠어?"
"네."
"좋아. 난 이제 갈 거야. 돌아보지 마. 그리고 아트?"
"네?"

"케르베로스."
"뭐라고요?"
"아무것도 아니야. 돌아보지 마."
아트는 스카키가 멀어지는 소리가 들리는 동안 돌아보지 않았다. 1분은 됨 직하게 그 자리에 가만히 서 있었다. 자동차 소리가 멀어질 때까지.
그리고 주저앉아 후들후들 떨기 시작했다. 몇 분 그러고서 마음을 진정시키려 독한 스카치위스키 한 잔을 마셨다. 그리고 곰곰이 떠올려 보았다.
'공항에서 꺼져.'
비행기로 옮겨 싣는 것이 무엇인지는 몰라도 그들이 아주 민감하게 신경 쓰고 있다는 뜻이다.
그리고 케르베로스는 대체 뭔가?
아트는 창밖을 바라보았다. 또 다른 할리스코 경찰관이 밖에서 감시하고 있었다. 아트는 서재로 가서 어니의 집에 전화를 걸었다.
"차를 몰고 우리 집으로 와줘. 반대쪽 길로 들어와서 두 블록 남쪽에 주차해 놓고 자넨 택시 타고 돌아가도록 해."
아트는 뒷길로 나가기를 시도했다. 부엌문으로 나가서 뒤뜰 담장을 넘어 옆집 정원을 거쳐 뒷길로 나갔다. 어니의 자동차가 약속된 장소에 세워져 있었다. 하지만 문제가 있었다.
어니가 자동차 안에 앉아 있었다.
"택시 타고 돌아가라고 했잖아."
아트가 자동차 안으로 미끄러지듯 들어가며 말했다.

"그 부분을 못 들었나 봅니다."

"돌아가."

어니가 꼼짝 않고 앉아 있자 아트가 입을 열었다.

"어니, 자네 삶까지 엉망이 되는 건 싫어."

"저는 언제 끼워주실 건데요?"

어니가 차에서 내리며 물었다.

"지금 대체 내가 무슨 일을 하는 건지 내가 깨닫게 되면."

그날이 어쩌면 결코 오지 않을 거라고 못이라도 박는 듯한 말이었다.

아트는 운전석으로 옮겨 앉아 '라 카사 델 아모르'로 갔다.

'그들이 나를 기다리고 있다면?'

아트는 녹음기를 회수했다.

'그냥 넌 잘 살아 있다가, 갑자기 그렇지 않게 되는 거야.'

'철컥.'

아웃.

아트는 공포심을 떨쳐내고 계속 진행했다. 관목들을 헤치고 벽 쪽으로 가서 재빨리 고개를 내밀어 티오의 침실을 확인했다. 불이 켜져 있었다. 벽 옆에 쭈그리고 앉아 녹음기에 이어폰을 꽂았다. 대화내용이 실시간으로 들렸다.

'엿듣는 사람에게는 결코 좋은 내용이 들리지 않는 법이라고 했지.'

"효과는 좀 있었나?"

티오가 물었다.

"모르겠소." 스카키는 아주 유창하게 스페인어로 말하고 있지만, 목소리는 똑같았다. "그래도 좀 효과는 있었던 것 같소. 그 녀석 아주 겁먹어 보였으니까."

'맞아, 젠장. 당신 목에 총을 들이댈 기회를 줘 봐. 당신은 얼마나 태연한지 보게.'

"케르베로스에 대해 알던가?"

"그렇지 않은 것 같소. 전혀 대답을 못 하더군."

'진정해. 난 전혀 모르는 소리라고. 그게 뭔지는 몰라도.'

그리고 티오의 목소리가 들렸다.

"방심해선 안 돼. 다음 교환은……."

'교환? 무슨 교환?'

"……엘 노르테에서 할 거야."

엘 노르테.

미국이다.

'그래, 실행해, 티오.'

'국경 너머로 날려 보내.'

'왜냐하면 당신이 날려 보내자마자.'

'내가 하늘로 손을 뻗어 그 비행기를 붙잡아 버릴 테니까.'

1985년 1월
캘리포니아,
보레고 스프링스

비행기는 어떤 비행기든 VOR 신호를 향해 비행했다. VOR(가변성 진동 무전)신호는 등대의 무전 버전으로 보면 됐다. 하지만 광선을 쏘는 대신 음파를 보내며, 비행기에서 무전기의 삐삐 소리나 계기판의 파동표시로 나타났다. 모든 공항에는, 아무리 작은 공항이라도 VOR 장치가 있었다.

그러나 마약을 가득 실은 비행기는 미국 공항에 착륙하지 않을 것이다. 소규모 비행장이라도 말이다. 그 비행기는 사막의 외떨어진 장소에 사적인 용도로 닦아둔 가설 활주로에 착륙할 것이다. 그래도 VOR 신호가 중대한 이유는 조종사가 세 개의 VOR 신호 사이에 삼각형으로 위치를 만듦으로써 착륙할 활주로의 위치를 선정하게 되기 때문이고, 이번 경우는 보레고 스프링스, 아코틸로 웰스, 블라이스에서 VOR 신호를 보냈다. 실행 방식은 지상에 있는 사람들이 ADF(자동방향탐지) 무전기를 갖고 조종사에게 위치를 전해 주고, 조종사는 VOR 신호로 알게 된 세 위치를 토대로 항공 내비게이션에서 '벡터'로 불리는 나침반의 바늘과 거리를 상호 참조하게 된다.

그들은 가설 활주로 끝에서 대기 중일 것이다. 그리고 비행기가 보이면 상황에 따라 자동차 헤드라이트 불빛으로 관제탑처럼 신호를 보내게 될 것이다. 조종사는 헤드라이트를 향해 비행기를 조종해 갈 것이고, 값비싼 화물과 함께 착륙할 것이다.

안전을 이유로, 비행기가 이륙한 후에나 조종사에게 착륙 위치를 알려줄 것이다. 일단 이륙한 후이니 무슨 특별한 일이 발생할 수 있으랴.

글쎄, 많이 발생하지 않을까? 왜냐하면 ADF의 F는 '주파수'를 나타냈다. 아트는 티오의 대화에서 주파수 정보를 알아냈다. 조종사가 착륙 지점을 알게 되면 즉시 아트도 알 수 있다는 말이다. 하지만 그걸로 충분하지 않았다. 조종사가 착륙하는 장소에서 기다리고 있다가 덮치는 방법은 적용할 수 없었다. 비행기 착륙지점과 가까운 장소에서 발각되지 않고 오랫동안 기다리고 있기란 거의 불가능하기 때문이다.

일단 캘리포니아 보레고 스프링스의 마을에서 조금 나오면, 다른 건 아무것도 없이 안자-보레고 사막만 4000제곱킬로미터나 펼쳐져 있었다. 거기서는 손전등만 켜도 스포트라이트처럼 눈에 띌 것이다. 그리고 다른 소음이 없는 곳이라 지프 한 대의 소리도 장갑차 부대의 소리처럼 들릴 테니, 착륙 위치를 알아내자마자 착륙 지점에 도착할 수 있더라도 가까이 가지는 못할 것이다.

그것이 아트가 다른 방법을 선택하려는 이유였다. 아트는 비행기를 추적하여 몰래 다가가는 대신 그냥 자신만의 활주로에서 기다리고 있을 예정이었다.

그건 좀 엉뚱한 계획이었다. 아주 동떨어지고 완전히 미친 계획이기도 했다. 그래서 아무도 예측하지 못할 테지만.

우선 활주로가 필요했다.

셰그의 오랜 친구 중에 소 한 마리당 0.4제곱킬로미터 정도의 초원이 필요해서 도합 수 평방킬로미터의 땅을 소유하고 있는 농장주가 하나 있었다. 운 좋게도 그 땅에는 활주로까지 있었다. 셰그의 설명은 이랬다.

"웨인은 식료품을 사러 오코티요까지 비행기를 타고 가지."

농담이 아니었다. 그리고 웨인은 연방 정부에 대해 품고 있는 불만과 비슷한 수준으로 마약 중개상을 못마땅하게 여기는 노인이라서 기꺼이 이 잠복을 수행하게 해 주었다. 게다가 이 일을 비밀리에 수행한다는 사실조차 무척 마음에 들어 했다.

그다음으로 아트에게 필요한 것은 함께 작전을 수행할 사람이었다. 왜냐하면 워싱턴 근무자라면 배당받은 영토로부터 수백 킬로미터 떨어진 곳으로 가는 곡예 수행을 두고, 결코 과달라하라 주재 수사팀장 만큼 열광하지는 않을 것이기 때문이다. 아트에게 필요한 것은 체포와 압류를 실시하고, 그것을 언론에 알리고, 마약 단속국이나 국무부로부터 간섭 없이 그 비행기의 뒤를 밟을 수 있는 사람이었다. 그것이 댄슬러가 아트 옆에 앉아 있는 이유였다.

아트에게 또 필요한 일은 조종사의 ADF를 방해하고 새로운 주파수로 전환시켜 조종사가 웨인의 활주로로 착륙하게 만드는 일이었다.

그래서 아트에게 필요하고 또 가장 중요한 것은, 웨인이 말했을 법한 얘기처럼, 역사상 있을까 말까 한 '행운'이었다.

아단은 푸게다 사막 한복판에서 자신의 미래를 손에 쥔 채 랜드로바 지프 앞에 앉아 있다. 수백만 달러어치의 코카인을 하늘에 띄워놓고 말이다.

그런데 지금 염병할 무전기가 작동하지 않았다.

"어떻게 된 거야?"

아단은 날카롭게 다시 한 번 물었다.

"모르겠습니다."

젊은 기술자는 신호를 받아보려고 손잡이, 다이얼, 스위치를 만지작거리며 같은 소리만 내뱉고 있었다.
"천둥 번개 또는 뭔가가 비행기에…… 계속 시도해 보겠습니다."
그 청년은 겁먹은 소리를 냈다. 그도 그럴 것이, 라울이 44구경 권총을 뽑아 청년의 머리에 겨누었기 때문이다.
"더 열심히 해봐."
그러자 아단이 신경질적으로 말했다.
"그거 치워. 그런 행동은 도움이 안 돼."
라울은 겸연쩍은 듯 어깨를 으쓱하고는 총을 총집에 꽂았다.
그러나 무전기라면 모르는 게 없는 청년의 손은 지금 다이얼 위에서 떨리고 있었다. 일이 순조롭게 진행되고 있지 않다는 뜻이었다. 그는 그저 소량의 코카인을 손쉽게 얻어 보려고 사소하고 쉬운 일을 하러 왔을 뿐이었다. 그런데 지금 ADF 신호로 비행기를 불러오지 못하면 머리통이 날아갈 판이었다.
그리고 지금 그 일을 해내지 못하고 있었다.
잡히는 것은 70년대 록가수의 기타 소리처럼 찍찍거리는 소리뿐이었다. 그의 손은 다이얼 위에서 사시나무 떨듯 떨리고 있었다.
아단이 입을 열었다.
"진정해. 그냥 비행기만 잡아 봐."
"해보고 있어요."
청년이 울 것 같은 표정으로 대답했다.
아단은 라울을 보며, 네가 뭔 짓을 했는지 알겠어? 라고 말하는 듯한 표정을 지었다.
라울은 얼굴을 찡그렸다.

빅 피치가 와서 창을 두드리며 상황을 묻자 표정이 더 일그러졌다.
"대체 무슨 일이요?"
"비행기 무전을 잡으려고 시도하고 있소."
아단이 대답했다. 빅 피치는 의아했다.
"그게 얼마나 힘들기에?"
라울이 아니꼬운 듯 대답했다.
"우릴 방해할수록 더 힘들어진다고. 가서, 트럭에서 마약이나 하쇼. 다 잘돼 가고 있으니까."
'아니, 다 잘돼 가고 있는 게 아냐.'
빅 피치는 트럭으로 걸어가며 그 이유를 생각했다. 그 첫 번째 이유는 빅 피치가 여기 이스트범펵에서「아라비아의 로렌스」(사막을 배경으로 영웅 로렌스의 모험담을 그린 장대한 영화—옮긴이)를 촬영하고 있다는 점이고, 두 번째 이유는 중죄가 될 만한 물건을 가득 실은 트럭에 앉아 있다는 점이고, 세 번째는 그 트럭에다 돌이킬 수 없는 큰 투자를, 다른 사람의 돈까지 끌어다가 했다는 점이고, 네 번째는 그 다른 사람에 해당하는 조니 보이 카조, 조니의 동생 진, 살 스카키 중 어느 누구도 흔쾌히 용서란 걸 할 줄 아는 성격이 아니라는 점이고, 그래서 다섯 번째 이유가 생겨났다.
'만약 마약 거래에 대한 소문을 빅 파울리에가 듣기라도 하면 분명 우리를 모두 죽여 없애버릴 거야. '우리'에 '내'가 들어가잖아.'
그래서 여섯 번째 이유도 생겨났다. 코카인은 지금 하늘 어딘가에 떠 있는 비행기 안에 실려 있는데 이 멕시코 놈들은 그 비행기가 어디 있는지도 모르는 듯했다.

"지금 비행기도 못 찾고 있어."

빅 피치는 트럭에 오르며 리틀 피치에게 말했다.

"무슨 소리야?"

"그 말도 못 알아듣냐?"

"아, 짜증 나네."

"그래, 나도 짜증 나."

무기를 싣고 캘리포니아까지 곧장 달려왔더랬다. 트럭에는 권총 몇 자루가 아니라 M-16, AR-15, 탄약 등의 진기한 일류 무기들이 실려 있었다. LAW(휴대용 경대전차 무기)까지 두어 개 있었다. 빅 피치는 듣도 보도 못한 로켓탄 발사기를 젠장할 멕시코 인들은 어디다 쓰려고 구해달라는지 알다가도 모를 일이라고 생각했다. 하지만 그건 거래였다. 멕시코 놈들이 이번에는 무기와 교환하고 싶어 했다. 그래서 빅 피치는 카조와 스카키에게서 돈을 빌리고, 자기 몫으로 비밀리에 조달한 좀 과도한 돈까지 얹어서 급히 무기를 구해 이스트 코스트까지 꽁지 빠지게 달려왔다. 그리고 루이스버그에서 지낼 때의 전과 때문에 주립 경찰을 볼 때마다 오줌을 지릴 뻔하면서 대륙을 곧장 횡단해 왔다.

빅 피치 역시 짜증이 났다. 치미노 조직의 일이 잘 풀리지 않아서였다.

무엇보다도, 빅 파울리에는 커미션 사건에서 낭패를 봤다. 뉴욕 동부 지방 검사 줄리아니(마피아 전문 검사로 이름을 떨친 전 뉴욕 시장 — 옮긴이)가 다른 네 조직의 우두머리에게 각각 100년 정도를 선고할 우려가 있었다. 그래서 빅 파울리에는 그들에게 돈 버는 일을 일절 못하게 하고 있었다. 약탈도, 살인도, 당연히 마약도. 그리하여 그들이 완전히 굶주릴 위기에 처하게 되자 자신의 돈을 투자했어야 했다는 답을 얻게 되었다.

그들은 의지가 될 만한 합법적인 사업을 일궈야 했다.

'개뼈다귀 같은 소리! 그럼 그 모든 골대에 일일이 뛰어가서 농구공을 넣으란 거야? 왜? 신발이라도 팔아먹게?'

닥쳐.

빌어먹을 빅 파울리에, 계집애처럼 약해 빠져가지고.

빅 피치는 이제 빅 파울리에를 대모라고 부르기까지 했다.

바로 며칠 전에 빅 피치와 리틀 피치가 전화로 그 얘기를 하고 있었다.

"야, 대모가 푹 빠진 여자 알아? 들을 준비됐어? 그가 확대 시술도 했대."

"어떻게 하는 건데?"

"몰라. 뭐 펑크 난 타이어처럼 바람을 넣어서 단단하게 만들겠지."

"뭐야, 그 안에 튜브가 들었단 말이야?"

"그렇든지. 어쨌든 그의 행동은 틀렸어. 부인이 살고 있는 집에 그 여자를 데려왔거든. 그건 무례한 행동이지. 카를로가 그걸 못 보고 죽은 게 천만다행이지."

"만약 카를로(뉴욕의 전설적인 마피아, 납치된 뒤 시체로 발견됐다. ─ 옮긴이)가 살아 있다면, 뭐 볼 거 있나? 빅 파울리에는 좋은 기회를 잡을 수도 없었을 거고, 그걸 확대해서 카를로의 여동생이 버티고 있는 집에서 매춘부한테 그런 일을 하는 것 따위 관심도 없었을 거야. 그랬어봐, 빅 파울리에는 죽고도 남았지."

"그렇게 되라고 기도 좀 해. 너 지금 이상한 생각하지? 좋아. 가서 찾아봐. 따로 뭘 하고 싶으면 몰래 해. 집에서는 하지 마. 집은 아내의 장소라고. 그걸 존중해 줘야 해. 그게 우리 방식이지."

"형 말이 맞아."

"지금은 상황이 더럽게 안 좋은데, 미스터 네이 데몬테가 마침내 사라지면…… 장담하는데, 부두목은 조니 보이가 되는 게 더 나아."

"빅 파울리에는 조니를 부두목으로 삼지 않을걸. 조니를 너무 두려워해. 부두목은 베야비아가 될 거야. 두고 봐."

빅 피치가 콧방귀를 뀌었다.

"토미 베야비아? 그는 빅 파울리에의 운전사야. 택시 운전사라고. 아서라. 난 운전사 따위에게 보고 같은 거 하고 싶지 않거든? 다시 말하지만 조니가 더 나아."

"어쨌든, 이번 거래가 잘 성사되어야 해. 물건을 손에 넣고, 그걸 거리에 풀어서 한밑천 잡아야지."

"알아."

추운 밤 사막 한복판에 세워둔 트럭 뒷자리에 앉아 칼란도 똑같은 생각을 수도 없이 하고 있었다. 하지만 지금은 낡은 가죽 재킷 생각이 더 간절했다.

오밥이 칼란에게 말했다.

"누가 알았겠어? 이 빌어먹을 사막이 이렇게 추울지 말이야."

"일이 어떻게 되어가는 거지?"

칼란은 이런 상황이 싫었다. 뉴욕 밖으로 나와 있는 것도 싫고 어딘지도 모르는 곳에 있는 것도 싫고, 여기서 하고 있는 일조차 마음에 들지 않았다. 칼란은 거리에서 무슨 일이 일어나고 있는지, 크랙이 사람들에게, 도시 전체에 무슨 짓을 하는지 알고 있었다. 칼란은 기분이 좋지 않았다. 이건 돈을 버는 옳은 방법이 아니었다. 조합인지 뭔지도 그렇다. 건설, 고리대금업, 도박, 청부살인까지도 손을 대지만 크랙을 거리에 푸는 일은 정말 마음에 들지 않았다.

그 일을 맡게 되었을 때, 오밥이 칼란에게 물었다.

"우린 어쩌지? 싫다고 해야 하나?"

"그래."

"이 일을 맡는 건 실수하는 거야. 우리도 큰일 날지 모른다고."

"알아."

그런데 그들은 여기에 와 있었다. 작은 바나나 공화국을 손에 넣을 만큼의 무기를 그득 실은 트럭 뒤에 앉아 어서 빨리 비행기가 착륙해서 물건을 교환하고 부리나케 집으로 돌아갈 순간을 기다리면서 말이다.

물론 멕시코 인들이 수작을 부리지 않는다는 전제 하에 그렇다는 뜻이다. 만약의 경우를 대비해 칼란은 22구경 권총에 총알 열 개를 탄창에 넣어두고 따로 약실에도 준비해 두었다.

오밥이 칼란에게 물었다.

"무기창고가 여기 있는데, 고작 22구경으로 뭘 하려고?"

"충분해."

그 말에 오밥은 에디 푸주한 프리엘을 떠올렸다.

'충분하다마다.'

충분하다마다.

"어떻게 되어가고 있는지 확인해 봐, 오밥."

오밥이 트럭 벽을 두드렸다.

"일이 어떻게 되고 있는 거야?"

"빌어먹을 비행기를 못 찾고 있대!"

"장난치지 말고!"

"그래, 장난이야!" 빅 피치는 고함을 꽥 질렀다. "비행기가 착륙했고, 교환이 성공적으로 끝났고, 우린 로코에 앉아 해물 소스 파스타를 먹고 있어!"

"어떻게 비행기를 통째로 잃어버릴 수가 있지?"

칼란이 물었다.

바깥에 아무것도 없다니.

바로 그게 문제였다. 조종사는 사막 위 8000피트 상공에 있었다. 아래로는 어둠밖에 보이지 않았다. 조종사는 보레고 스프링스를 찾을 수 있었다. 오코티요 웰스 혹은 블라이스도 찾을 수 있었다. 하지만 누군가 경적을 울려 착륙 위치를 알려주지 않는다면 그 활주로를 찾을 가능성은 초등학생이 프로 야구 월드시리즈에서 우승할 가능성에 맞먹을 것이다.

바로 그게 문제였다. 비행기 연료는 한계가 있고, 곧 비행기를 돌려서 엘살바도르로 돌아가야 했기 때문이다. 조종사는 다시 무전을 시도했지만 역시나 삑삑거리는 금속 소음만 들려왔다. 그런데 그때 갑자기 희미하게 주파수가 터지며 소리가 들렸다.

"진입하라, 진입하라."
"대체 어디 있었나? 그런데 주파수가 왜 틀린가?"
조종사가 물었다.
그 순간 아트는 쾌재를 불렀다.
'찾았어.'

성 안토니우스는 절망의 수호성인이다. 아트는 촛불과 20달러 지폐를 들고 꼭 찾아가서 감사의 마음을 전해야겠다고 생각했다. 옆에서 셰그가 무전 마이크에 대고 말하고 있었다.
"불평이나 하겠는가, 착륙하겠는가?"
"착륙하겠다."
몇몇의 남자들이 이 얼어붙을 듯 추운 밤에 무전기 주변에 몰려 앉아 서로를 바라보며 지친 미소를 짓고 있었다. 온몸이 훈훈해지는 기분이었다. 말 그대로 코카인을 가득 실은 SETCO 비행기가 머지않아 착륙할 테니까.
일이 잘못되지만 않는다면.
너무 쉽게 된다 싶을 때 늘 이변이 일어나는 것처럼.
셰그는 상관하지 않았다.
"어쨌거나 내 출세는 물 건너갔는걸, 뭐."
셰그는 조종사에게 착륙 좌표를 주었다.
파일럿이 응답했다.
"10분."
"기록 완료. 교신 끝."
아트와 댄슬러가 중얼거렸다.

"10분이라."

"정말 긴 10분이 되겠군."

10분 안에 수많은 일이 일어날 수 있다. 10분이면 조종사가 의심을 품을 수도 있고 마음을 바꿔 비행기를 돌릴 수도 있다. 10분이면, 원래 착륙해야 할 비행장에서 댄츨러의 무전 전파방해를 뚫고 비행기와 접선하여 올바른 위치로 인도할지도 몰랐다.

'10분이면, 지진이 일어나 활주로 한가운데로 균열이 이어져서 우리 모두를 집어삼켜 버릴 수도 있어. 10분이면……'

아트는 한숨을 길게 내쉬었다.

"어이쿠, 땅 꺼지겠어."

댄츨러의 말에 셰그가 피식 웃었다.

아단 바레라는 웃지 않았다.

뱃속이 뒤틀리는 표정으로 턱을 앙다물고 있었다. 이건 잘못되어서는 안 될 거래였다. 티오의 경고도 있었다. 이 거래는 성사되어야만 했다.

'이유는 수도 없이 많아.'

아단은 이제 가정이 있는 남자였다. 아단과 루시아는 과달라하라에서 후안 신부의 주례로 결혼식을 올렸다. 그날은 정말 멋졌다. 그리고 그날 밤은 더더욱 멋졌다. 수년간의 실패 끝에 마침내 루시아와 잠자리를 갖게 되었던 것이다. 루시아는 침대에서 놀라웠다. 자발적인 상대 그 이상이었고 열광적으로 몸부림치고 뒹굴고 아단의 이름을 불렀으며, 베개에 펼쳐진 금발머리는 벌어진 다리와 무의식적인 균형을 이루었다.

그래서 결혼 생활은 훌륭했다. 하지만 결혼과 함께 책임감이 생겼다. 특히 루시아가 임신했기에 더 그러했다. 아단은 사막에 앉아서 생각했다.

'결혼이 모든 것을 바꿔놨어.'

이제는 결혼생활을 지키기 위해서 일했다. 이제 곧 '아빠'가 될 것이고 부양할 가족이 생겼다. 그들의 미래는 아단의 손에 달려 있었다. 아단은 그 사실이 비참하지 않았다. 비참하기는커녕 오히려 전율을 느꼈다. 한 남자의 책임감을 떠맡은 것이 몹시 흥미진진했고 아이를 갖는다는 생각으로 헤아릴 수 없을 만치 기뻤다. 하지만 그건 더욱 더 많은 의미를 지녔다. 이 거래는 잘못되어서는 안 되었다.

"다른 주파수를 시도해 봐."

아단은 청년 기술자에게 지시했다.

"이미 모든 시도를……."

라울이 허리춤으로 손을 뻗었다.

"다시 해보겠습니다."

청년은 지금 주파수 문제가 아니라고 확신하면서도 주파수 문제라고 말했다. 사실상, 문제는 장비, 무전기 그 자체다. 이 외딴곳에서 뭐가 신호를 방해하는지 누가 알겠는가? 사람들은 언제나 똑같다고 청년은 생각했다.

'이 사람들은 수백만 달러어치의 코카인을 어딘가로 띄워 보내지만, 그 마약을 가져다줄 무전기에 쓸 단돈 몇백 달러에는 인색해. 덕분에 난 이 싸구려 나부랭이로 일해야 하는군.'

하지만 청년은 자신을 고용한 이 사람들에게 이 분석 내용을 알리지 않았다.

그냥 계속 손잡이만 만지작거렸다.

아단은 밤하늘을 올려다보았다.

별들이 정말 밝고 가깝게 보여서 손을 뻗으면 잡힐 듯했다. 아단은 손을 뻗어 비행기도 잡을 수 있으면 좋겠다고 생각했다.

아트 역시 마찬가지였다.

하늘에 아무것도 없었기 때문이다. 별들과 은빛 달 외에는.

아트는 시계를 확인했다.

아트가 총이라도 뽑는 줄 알고 모두가 고개를 돌려서 보았다.

10분이 되었다.

'10분이 됐어. 끝도 없고, 신경을 흥분시키고, 뱃속을 뒤집어 놓고, 심장을 고동치게 하는 10분을 줬잖아. 그러니 이제 우릴 갖고 노는 건 그만둬. 고문은 이제 그만.'

아트는 다시 하늘을 올려다보았다.

모두가 그러고 있었다. 마치 무슨 의미인지 알아내려 애쓰는 선사시대 부족민처럼, 추위 속에 서서 하늘을 바라보았다.

"끝났어."

1분이 더 지났을 때, 아트가 말했다.

"조종사가 알아냈나 봐."

"제에기랄."

셰그가 속상한 듯 내뱉었다.

댄슬러와 셰그가 아트를 위로했다.

"아트, 유감스럽게 됐어."

"유감스럽군."

"괜찮아. 그래도 시도는 해봤잖아."

하지만 괜찮지가 않았다. 멕시코 트램펄린이 실제로 존재한다는 물질적 증거를 획득할 기회를 다시 얻게 되리란 보장은 없었다. 그리고 과달라하라 사무소는 폐쇄될 것이고 팀원들은 흩어질 것이다.

"5분 더 있어 보고, 그다음엔……"

"조용히."

모두가 셰그를 바라보았다. 그것은 전형적인 카우보이의 퉁명스러움이다.

"들어봐."

그리고 그들은 이제 그 말을 이해했다.

엔진 소리였다.

비행기 엔진 소리.

셰그는 트럭으로 달려가서 시동을 걸고 전조등을 깜박였다.

비행기가 회답으로 깜빡이는 불빛을 보내왔다. 2분 뒤, 아트는 암흑 속에서 나타나 천천히 착륙하는 비행기를 보았다.

조종사는 총총걸음으로 걸어오는 사람을 보자 안도의 숨을 내쉬었다.

하지만 곧 조종사의 얼굴에 댄슬러가 총을 들이댔다.

"놀랐지, 멍청아. 넌 묵비권을 행사할 권리가 있고……"

묵비권?

조종사는 할 말을 잃고 말았다.

셰그는 그 반대였다. 아트와 차에 앉아 카우보이 분디니 브라운(권투선수 무하마드 알리의 코치 — 옮긴이)을 흉내 내고 있었다.
"정말 최고야! 오랑우탄의 팔이야! 완전 킹콩이야! 하늘에 손을 뻗어서 비행기를 잡아당겼다고!"
아트가 웃었다. 그리고 다가오고 있는 댄츨러를 보았다. 그 샌디에이고 마약수사관은 머리를 흔들고 있었고, 어스레한 불빛에 서조차 창백함이 느껴지는 얼굴빛을 하고 있었다.
떨고 있었다.
"아트, 저 남자…… 조종사가…….
"뭔데?"
"우린 같은 편이라는데?"

아트는 조종사가 앉아 있는 뒷좌석의 문을 열었다.
매우 안절부절못하고 있어야 정상일 터인데 필 한센은 그렇지 않은 듯했다. 어차피 끊겨야 할 교통 위반딱지를 기다리고 있는 사람처럼 의자에 기대앉아 있었다. 아트는 한센의 능글거리는 웃음을 쳐내버리고 싶었다.
"오랜만이야, 아트 켈러."
한센은 이 모든 상황이 한바탕의 장난이라도 되는 것처럼 태평하게 말했다.
"우리가 같은 편이라니, 대체 무슨 소리지?"
한센이 침착하게 아트를 쳐다보았다.
"케르베로스."
"뭐?"

"왜 그래? 케르베로스라니까? 일로퐁고? 격납고 4?"

"대체 무슨 말을 지껄이고 있는 거야?"

한센의 얼굴에서 웃음기가 사라졌다. 이제는 겁에 질린 표정으로 바뀌었다.

아트가 물었다.

"그러니까 통행증이 있다고 생각한 거야? 코카인 200킬로그램을 미국으로 운송하면서 통행권이 있다고 생각한다? 무슨 근거로 그런 생각을 했지, 얼간이?"

"그들은 네가……"

"내가 뭐?"

"아무것도 아니야."

한센은 고개를 돌려 창밖을 보았다.

아트가 말했다.

"만약 감옥 면제 카드를 갖고 있다면 지금이 내놓을 순간이야. 이름을 말해. 내가 누구에게 전화해야 하지?"

"알잖아."

"아니, 몰라. 말해줘."

"난 이제 끝났어."

한센은 창밖을 바라보았다.

"누군가 널 속였구나, 한센. 누가 뭐라고 네게 말했는지 몰라도 우리가 같은 팀을 위해 경기하고 있다고 생각한다면 그건 오산이야. 이건 30년짜리야. 최소한 15년은 살게 될걸. 하지만 바로 잡기에 너무 늦은 건 아니야. 내게 협조해 줘서 일이 잘 풀리면 정상 참작이 될 거야."

한센이 아트를 돌아보았다. 눈에 눈물이 고여 있었다.
"온두라스에 아내와 아이들이 있어."
아트는 생각했다.
'라몬 메테로군. 한센은 그자가 가족들에게 보복할까 봐 두려워하고 있어. 빌어먹을. 비행기에 코카인을 싣고 날아오르기 전에 그 생각을 했어야지.'
"그들이 자신의 아이를 갖기 전에 어땠는지 알고 싶어? 말만 해."
아트는 전에도 이런 표정을 본 적이 있다. 죄 있는 사람이 선택사항을 저울질해 본 뒤 좋은 선택사항은 없고 덜 나쁜 선택사항만 있다는 사실을 알고 공포에 떨게 될 때의 표정이었다. 아트는 한센이 저울질을 끝내기를 기다렸다.
한센이 고개를 흔들었다.
아트는 자동차 문을 쾅 닫고 잠시 사막으로 걸어갔다. 아트는 지금 비행기를 조사할 수도 있었다. 하지만 그게 무슨 소용이 있을까? 그것은 SETCO가 마약을 운송하고 있다는 증거는 되겠지만 이미 다 알고 있는 사실이었다. 반송 화물은 무엇이며, 누구에게 되돌려주는지 알아내지도 못한다.
안 된다. 다른 큰 기회를 잡아야 할 것이다.
아트는 댄슬러 쪽으로 갔다.
"다른 방법을 써 보자고. 비행기가 통과하게 하는 거야."
"뭐?"
"그러면 세 가지를 쫓을 수 있어. 마약이 어디로 가는지, 돈이 어디로 가는지, 비행기가 어디로 돌아가는지."

댄츨러는 그 말을 곰곰이 생각해 보았다. 도대체 아트는 무슨 일을 하려는 건가? 아트 역시 자신에게 그렇게 묻고 있었다.

아트는 고개를 끄덕이고 자동차에 탔다.

"그냥 테스트였어. 넌 통과했어. 이제 출발해."

아트는 비행기가 이륙하는 것을 보았다.

그리고 어니에게 SETCO 항공기가 되돌아가게 된 사실을 알려 주려고 무전기를 들었다. 사진을 촬영하고 그대로 가게 내버려 두라고 지시할 참이었다.

그런데 응답이 없었다.

어니 이달고가 레이더에서 사라져 버렸다.

5장

나르코산토스

(마약 밀매 성자들)

미국 국민이 바라지 않는 일이 두 가지 있다.
중앙아메리카의 본토에서 벌어지는
제2의 쿠바 전쟁과 제2의 베트남전쟁이다.

— 로널드 레이건

1985년 1월
멕시코

어니가 화면에서 사라진 지 6시간 후, 아트는 베가 대령의 사무소로 쳐들어갔다.

"팀원 한 명이 실종됐소. 이 도시를 다 뒤엎고 샅샅이 뒤져보고 싶소. 가서 당장 미겔 앙헬 바레라를 체포하시오. 쓸데없는 잔소리 따위는 듣고 싶지……"

"세뇨르 켈러……"

"듣고 싶지 않소. 어니가 어디 있는지 모른다는 말 따위는 마시오. 어쨌든 어니는 결백하오. 가서 모조리 체포해 오시오. 바레라, 바레라의 조카들, 아브레고, 멘데스, 마약밀매에 관련된 모든 아첩꾼들 다 잡아오시오. 그리고 나는……"

"어니가 납치되었다는 증거는 없잖나. 어떤 여자와 눈이 맞았을지도 모르고, 어디서 술을 마시고 있는지도 모르지. 바레라가 연관되었다는 확실한 증거도 없……"

아트는 곧장 베가의 책상으로 걸어와 대령의 얼굴에 바짝 다가갔다.

"필요하다면 전쟁이라도 시작하겠소."

아트는 진심이었다. 아트는 모든 청탁과 협박을 위해 언론을 찾아갈 것이며, 특정 하원의원에게 가서 협박하고, 펜들톤 기지에서 해병대를 데려와서 정말 엄청난 전쟁을 시작할 것이다. 어니를 구출하는 데에 도움이 된다면.

만약(아, 하느님, 예수님, 성모 마리아님) 어니가 아직 살아 있다면. 잠시 뒤 아트가 덧붙였다.

"왜 아직 그러고 앉아 있소?"

그들은 거리로 나갔다.

갑자기, 마술처럼, 베가 대령은 마약 밀매자들이 어디 있는지 알게 되었다.

아트는 생각했다.

'기적이로군.'

베가 대령은 이 도시에 있는 모든 하류, 중류 마약 불법거래 상인들이 어디에 살고 돌아다니고 사업을 하는지 알고 있었다. 그들은 그들 모두를 단속했다. 베가의 멕시코 연방 경찰이 도시 구석구석을 게슈타포(옛 나치스 독일의 비밀 국가 경찰 — 옮긴이)처럼 덮쳤다. 하지만 미겔 앙헬, 아단, 라울, 멘데스, 아브레고 등은 찾지 못했다. 아트는 오래 전의 염료시험이나 술래잡기 임무와 똑같다고 생각했다. 그들은 이 사내들이 어디 있는지 다 알면서도 찾지 못하는 척하고 있을 뿐이었다.

베가 대령은 갑자기 바레라의 콘도 주소를 입수해 습격을 지휘하기까지 했다. 그러나 그들이 콘도에 도착했을 때, 티오 바레라는 사라지고 없었다. 그들은 또 그 밖의 뭔가를 찾았다. 하지만 그게 아트를 길길이 뛰게 만들었다.

어니 이달고의 사진이었다.

도시 자치 연방 경찰 과달라하라 사무소에서 찍힌 사진이었다.

아트는 그 사진을 베가 대령의 얼굴에 대고 흔들며 고함을 질렀다.

"이걸 보시오. 이 사진 당신 부하들이 준 거요? 당신 부하가 준 거냐고?"

"물론 아니지."

"제기랄."

아트는 사무실로 돌아가 멕시코시티에 있는 팀 테일러에게 전화를 걸었다.

"들었네."

"그런데 뭐 하고 있죠?"

"난 대사관에 있었어. 대사께서 친히 대통령을 만나 뵐 예정이라서. 테레사와 아이들은 대피시켰나?"

"테레사가 싫다고 했어요. 하지만……"

"무슨 소리야, 아트."

"하지만 셰그에게 공항까지 데리고 가라고 지시했어요. 지금 샌디에이고에 있을 거예요."
"셰그는?"
"거리에서 일하고 있어요."
"자네들을 빼낼 거야."
"무슨 소리예요."
잠깐 동안 침묵이 흐른 뒤 테일러가 물었다.
"자네한테 필요한 게 뭐지, 아트?"
"정직한 경찰이죠."
아트는 테일러에게 바레라의 콘도에서 찾은 사진에 대해 말했다.
"이 지긋지긋한 연방 경찰은 이제 싫어요. 결백하고 책임감 있는 사람을 보내줘요."
그날 오후 연방 안전 이사회 소속 수사관인 안토니오 라모스가 과달라하라에 도착했다.

아단은 그 남자가 지르는 비명소리를 듣고 있었다.
같은 질문을 조용한 목소리로 끈질기게 묻고 또 묻는 다른 목소리도 들려왔다.
'누가 추파르지? 누가 추파르지? 누가 추파르지?'
어니는 다시금 모른다고 말했다. 심문하는 사람은 어니의 말을 믿지 않았다. 그리고 한 번 더 얼음 깨는 송곳을 어니의 정강이에 찔러 넣고 후벼 팠다.
또다시 질문이 시작되었다.
'넌 알고 있어. 누구인지 말해. 누가 소식통 추파르지?'
어니는 이름을 말했다. 떠오르는 이름은 다 말했다. 시시껄렁한 마약 거래자들, 멕시코 연방 경찰들, 할리스코 주립 경찰. 어떤 마약 재배자든 어떤 추잡한 경찰이든 아니에게는 상관없었다. 그들의 고문을 멈추게 할 수만 있다면 어떤 이름이든.

그들은 멈추지 않았다. 그들은 아니가 말한 어떤 이름도 곧이듣지 않았다. 다른 사람들이 '박사'라고 부르는 그 의사는 그저 계속해서 송곳을 움직이고 있었다. 천천히, 지속적으로 꼼꼼하게. 아니의 비명소리에도 흔들리지 않았고, 서두르지도 않았다.

'누가 추파르지? 누가 추파르지? 누가 추파르지?'

"몰라아아으아아아……."

송곳이 새 위치에서 새 각도로 후벼 팠다.

게로 멘데스가 고개를 흔들면서 그 방에서 나왔다. 그리고 말했다.

"모르는 것 같아."

라울이 반대 의견을 냈다.

"분명히 알고 있어요. 저 자식 마초예요. 끈질긴 개자식이죠."

라울의 말을 듣고 아단은 생각했다.

'너무 끈질기지 않기를 바랄 수밖에. 그가 밀고자 이름만 넘겨주면 일이 감당할 수 없이 커지기 전에 그를 놓아줄 수 있을 텐데.'

아단은 티오에게 자신이 미국인을 더 잘 알고 있다고 말한 적이 있다. 미국인들은 다른 나라 사람에게는 폭격을 가하고 불을 지르고 유독 물질을 살포하는 사람들이지만, 미국 사람이 한 명이라도 해를 입게 되면 독선적인 만행이라고 대응할 것이다.

요원이 실종되었다는 보고를 받은 지 몇 시간 후, 한 무리의 마약 단속국 요원들이 란초 산타페에 있는 아단의 아지트를 덮쳤다.

역사상 가장 규모가 큰 마약 단속이었다.

3750만 달러어치의 코카인 2000파운드, 500만 달러어치의 신세미야(씨 없는 대마에서 채취한 마리화나. 매우 강도 높은 THC를 함유 — 옮긴이) 2톤, 추가 현금 2700만 달러, 지폐계수기, 저울, 기타 마약 거래에 필요한 잡다한 사무 장비. 코카인 무게측정과 포장을 위해 고용된 불법 멕시코 노동자 15명은 말할 것도 없다.

'하지만 훨씬 더 큰 고통을 일으켰어.'

아단은 옆방에서 흘러나오는 고통의 신음을 애써 외면하며 생각했다. 그보다 훨씬 큰 고통을 얻었다. 마약과 돈은 언제든 되돌려놓을 수 있었다. 하지만 아이는…….

의사들은 '림프관 기형'의 '낭성섬유종'이라고 불렀다. 샌디에이고 집으로 마약 단속국이 들이닥치기 전에 급히 비행기에 오르면서 받은 스트레스는 상관없다고 했다. 티후아나로 국경을 건널 때 자동차가 초고속으로 달린 일도 상관없고, 과달라하라로 비행기를 타고 간 것도 상관없다고 했다. 의사들은 임신 후기가 아니라 초기에 이상이 발생했을 수 있으며 정확한 원인은 알아낼 수 없다고 말했다. 단지 태아의 림프관이 제대로 발육하지 못했고 그 때문에 태아의 얼굴과 목이 기형으로 뒤틀린 것이며 치료방법은 없다고 했다. 그리고 수명은 '일반적으로는' 정상이지만 감염이나 발작의 위험이 있고 드물게 호흡곤란이 올 수도 있다고 했다…….

루시아는 아단의 탓으로 돌렸다.

아단을 직접 비난하지 않고 아단의 생활방식, 사업, 비밀 항로를 비난했다. 만약 훌륭한 태아 치료를 받을 수 있는 미국에서 지낼 수 있었다면, 만약 아기가 스크립스 클리닉에서 예정대로 태어났다면. 만약 그 첫 순간에 뭔가가 끔찍하게 잘못된 것을 알 수 있었다면, 만약 세계 최고의 의사와 닿을 수 있었다면……, 만약 그랬다면, 어쩌면……. 과달라하라의 의사들이 큰 차이는 없었을 거라고 루시아를 위로하기는 했지만, 그래도…….

루시아는 아기를 낳으러 미국으로 돌아가고 싶어 했다. 아단과 함께 가고 싶어 했지만 아단은 갈 수가 없었다. 아단에게 체포영장이 나와 있었고, 티오도 허락하지 않았다.

'하지만 내가 미리 알았더라면, 아기가 잘못될지도 모른다는 생각을 조금이라도 했더라면, 난 분명 출국 기회를 잡았을 거야.'

하지만 결과는 이렇게 되었다.

빌어먹을 미국놈들.

그리고 빌어먹을 아트 켈러.

그 소식을 처음 듣고 끔찍했던 몇 시간이 흐른 뒤 아단은 후안 신부에게 전화를 걸었다. 루시아가 극심한 고통을 겪고 있고 다른 사람들도 마찬가지라고 했다. 후안 신부는 즉시 병원행을 서둘렀다. 병원에 도착한 신부는 아기를 안고 만약을 대비해서 세례를 베풀었다. 그리고 루시아의 손을 잡고 얘기도 나누고 기도도 했다. 어머니의 도움이 필요한 특별하고 훌륭한 아기의 훌륭한 어머니가 될 거라고 말했다. 그리고 마침내 루시아가 진정제를 맞고 잠이 들자 후안 신부는 담배를 피우기 위해 아단과 함께 주차장으로 나갔다.

"무슨 생각을 하고 있나, 아단?"

"하느님이 내게 벌을 내렸다고요."

"하느님은 아버지의 죄악 때문에 순결한 아이를 벌주지는 않으시네."

'비록 성경은 그 말과 다르지만.'이라고 후안 신부는 생각했다.

"그럼 이 상황을 설명해 보시죠. 이게 하느님이 아이들을 사랑하는 방식인가요?"

"자넨 아이의 상태에 상관없이 딸애를 사랑하지?"

"물론이죠."

"하느님은 자네를 통해서 사랑하신다네."

"그런 대답으로는 충분하지 않아요."

"그게 내가 할 수 있는 유일한 대답이지."

아단은 충분한 대답이 아니라고 생각했다. 그리고 지금 그 생각을 떠올렸다. 어니 이달고의 납치는 우리 모두를 파괴시킬 것이다. 아직 파괴될 것이 남았다면 말이다.

어니 이달고를 잡는 일은 쉬운 부분에 해당하였다. 제길, 경찰이 그들 대신에 해 주었으니까. 세 명의 경찰이 아르마스 광장에서 어니 이달고를 잡아 라울 바레라와 게로 멘데스에게 데려왔고, 라울이 그를 마취시켜 눈을 가리고 이곳으로 끌고 왔다.

의사가 그를 깨어나게 하여 고문을 가하기 시작했다.

하지만 지금까지는 아무런 성과를 올리지 못하고 있다.

아단은 방에서 흘러나오는 의사의 부드럽고 끈질긴 목소리를 듣고 있었다.

"이름을 말해. 미겔 앙헬 바레라 밑에 침투해 있는 정부 공무원의 이름 말이야."

"그런 이름 몰라요."

"추파르가 네게 그 이름들을 알려줬나? 그가 알려줬다고 네가 말했지. 이름을 말해."

"거짓이었어요. 지어낸 얘기였어요. 나는 몰라요."

"그럼 추파르의 이름을 말해. 그래야 너 대신 그 사람에게 물어보고 고문도 하지."

"그가 누군지 몰라요."

아단은 생각했다.

'저 사람이 정말로 모를 수도 있을까?'

아단은 8년 전 콘도르 작전 때, 겁에 질려 있던 자신의 목소리가 귀에 윙윙거리며 들렸다. 마약 단속국과 멕시코 연방 경찰이 아단을 때리고 고문하고 심문했을 때, 아단은 그들이 원하는 정보를 모르고 있었다. 그들은 정말 모르는지 확인해야 한다고 아단에게 말했다. 그래서 아단이 '몰라요'를 외치고 또 외칠 때까지 계속 고문했다.

"젠장, 만약 정말 모르는 거라면?"

아단의 질문에 라울이 시큰둥하게 어깨를 으쓱했다.

"정말 모르는 거라면? 어쨌거나 미국놈들은 따끔한 맛을 좀 봐야 해."

따끔한 맛을 보여주는 일이 옆방에서 수행되고 있었다. 정강이뼈를 훑어 내리고 있는 송곳 금속성과 아니 이달고의 신음 소리, 그리고 의사의 온화하고 집요한 목소리.

"아내를 다시 만나보고 싶을 거야. 아이들도 보고 싶지? 분명 넌 그 밀고자보다 네 가족에게 빚이 있어. 생각해 봐. 우리가 왜 네게 눈가리개를 씌웠겠어? 우리가 널 죽일 생각이었다면 서슴지 않고 죽였을 거야. 하지만 우린 널 놓아주려는 거야. 가족에게 돌려보낼 거야. 테레사와 에르네스토와 유고에게로. 그들이 얼마나 걱정하고 있을지 생각해 봐. 어린 아들들이 얼마나 겁을 먹었겠어. 아빠가 돌아오기를 얼마나 기다리겠어. 그 아이들이 아버지 없이 자라길 바라지는 않을 거야, 그렇지? 누가 추파르지? 그가 네게 뭐라고 했지? 그가 누구 이름을 알려줬지?"

그리고 흐느낌 때문에 어니 이달고의 대답이 몇 번이나 끊기며 들려왔다.

"누...... 군...... 지...... 몰...... 라...... 요......"

"이런......"

또다시 시작되었다.

안토니오 라모스는 티후아나의 쓰레기 더미에서 자랐다.

말 그대로였다.

라모스는 쓰레기장 옆의 판잣집에서 살았고 음식과 옷과 주거지까지 쓰레기에서 구했다. 근처에 학교가 생기자 라모스도 학교에 갔다. 매일. 그리고 다른 아이들이 쓰레기 냄새가 난다고 놀리면 라모스는 그 아이를 흠씬 두들겨 패줬다. 라모스는 덩치가 컸다. 잘 먹지 못해서 깡마르기는 했지만, 키가 크고 주먹이 빨랐다.

얼마 후부터는 아무도 라모스를 놀리지 않았다.

라모스는 고등학교까지 쭉 그렇게 지내왔다. 티후아나 경찰이 되었을 때 라모스는 천국에 온 기분이었다. 좋은 급료, 좋은 음식, 깨끗한 옷. 라모스는 깡마르던 체형에 살집이 붙었다. 그리고 라모스의 상관은 라모스의 새로운 면을 발견했다. 라모스가 거친 것은 알고 있었지만, 영리한 줄은 모르고들 있었던 것이다.

멕시코 정보국인 연방 안전 이사회에서 그 사실을 알고 라모스를 빼왔다.

그 후부터는 영리하고 거친 근성이 필요한 중요 과업이 생기면, 대부분 라모스를 불렀다.

라모스는 미국 마약 단속반 요원 어니 이달고를 반드시 찾아오라는 전화를 받았다.

아트는 라모스를 공항에서 만났다.

라모스의 코와 손가락 마디들은 구부러지고 상해 있었다. 까맣고 숱 많은 머리카락은 이따금씩 쓸어 넘기는데도 이마로 흘러내려왔다. 입에는 라모스의 상징인 검정 시가가 물려 있었다.

라모스는 부하직원들에게 이렇게 말하곤 했다.

"경찰은 자기만의 상징이 필요해. 이왕이면 불량배들이 '검정 시가를 물고 다니는 마초를 조심해.'라고 말하는 게 좋잖아."

그들은 라모스를 그렇게 말했다.

그리고 두려워하고 조심했다. 라모스가 법을 떠난 심판이라는 자신만의 브랜드로 명성이 자자했기 때문이다. 라모스에게 체포된 녀석들은 소리 높여 경찰을 불렀다. 하지만 경찰은 오지 않았다. 경찰 역시 라모스와 대적하고 싶어 하지 않았다.

티후아나의 혁명의 거리 근처에는 '라모스 대학'이라는 별명이 붙은 골목이 하나 있었다. 시가 꽁초들이 어질러져 있고 나쁜 행위가 소멸된 곳, 라모스가 티후아나 거리 경찰이었을 때, 스스로를 나쁘다고 생각하고 있는 소년들에게 가르침을 준 곳이다.

라모스는 그 소년들에게 이렇게 말했다.

"너희는 나쁘지 않아. 나쁜 건 '나'야."

그리고 그들에게 나쁜 게 뭔지 보여주었다. 회상도구가 필요할 때는 거울만 보면 최소 몇 년은 그날이 떠오를 것이다.

한 번은 세상 물정에 어둡고 나쁜 짓을 일삼던 아이 여섯 명이 라모스를 죽이려고 시도했다. 라모스는 여섯 군데의 장례식에 모두 참석했다. 가족을 잃어 슬퍼하는 사람 중에서 복수로 자신을 쏘고 싶어 할 사람을 위한 배려였다. 라모스를 쏜 사람은 아무도 없었다. 라모스는 자신의 우지 기관단총을 '마누라'라고 불렀다. 라모스는 32세였다.

몇 시간 만에 라모스는 어니 이달고를 붙잡았던 세 명의 경찰관을 잡아왔다. 한 명은 할리스코 주립 경찰서장이었다.

라모스가 아트에게 물었다.

"빠른 방법으로 하겠소, 느린 방법으로 하겠소."

라모스는 셔츠 주머니에서 시가 두 개를 꺼내 아트에게 하나를 권했다가 그가 사양하자 겸연쩍은 듯 어깨를 으쓱했다. 라모스는 한참을 걸려서 시가에 불을 붙이고 시가 끝에 불꽃을 고르게 펴지게 했다. 그리고 길게 한 모금을 빨아들인 뒤 아트를 보며 대답을 기다린다는 신호로 까만 눈썹을 획 들어 올렸다.

아트는 생각했다.

'신학자들이 옳군. 우리는 증오하는 사람을 닮게 되어 있어.'

"빠른 방법."

"잠시 뒤에 오겠소."

"아니. 나도 같이 하지."

"남자다운 대답이군. 하지만 난 목격자가 있는 걸 싫어한다오."

라모스는 할리스코 경찰서장과 두 명의 멕시코 연방 경찰을 지하실로 끌고 갔다.

"내가 너희 놈들과 장난할 시간이 없거든. 문제가 있어. 지금 너희는 나보다 미겔 앙헬 바레라를 더 두려워해. 우린 그걸 뒤집어야 해."

"진정해, 우리는 다 같은 경찰이야."

"아니, 경찰은 '나'지." 라모스는 두툼한 검정 장갑을 끼며 말했다. "너희가 납치한 그 남자도 경찰이야. 이 개똥 같은 새끼야."

라모스는 장갑을 들어 올려 세 사람에게 보여줬다.

"난 손에 멍드는 걸 싫어하거든."

경찰서장이 사태를 진정시켜 보려고 말했다.

"우리가 어떻게 해볼 수 있을 걸세."

"아니, 못해."

라모스는 키 크고 젊은 연방 경찰 쪽을 돌아보았다.

"손 올려. 잘 방어해."

그 연방 경찰은 눈이 커지며 겁에 질린 표정을 지었다. 고개를 마구 흔들기만 할 뿐 손을 올릴 생각을 하지 않았다.

라모스가 별일이라는 듯 어깨를 으쓱했다.

"정 그러고 싶다면."

라모스는 얼굴에 오른손을 날리는 척하다가 왼손에 온 힘을 실어 갈비뼈에 멋진 훅을 세 방 날렸다. 체중이 실린 주먹은 뼈를 치고 들어가 연골까지 때렸다. 연방 경찰이 쓰러져 내렸다. 하지만 라모스가 그를 왼손으로 잡고 오른손으로 펀치를 세 번 더 날렸다. 그리고 벽에다 밀어붙여 뒤로 돌린 다음 양쪽 옆구리를 강타한 뒤 벽에 대고 목을 누르며 말했다.

"넌 네 나라를 난처하게 만들었어. 한술 더 떠서 내 나라도 난처하게 만들었어."

그리고 라모스는 한 손으로 그의 목을, 다른 손으로 허리띠를 잡고 반대편 벽으로 힘껏 집어던졌다. 그 연방 경찰의 머리가 둔탁한 소리를 내며 콘크리트 벽에 부딪혔다. 그의 목이 뒤로 꺾였다. 라모스는 똑같이 몇 번을 반복하고 마침내 그를 바닥에 밀쳐 버렸다.

라모스는 다리 세 개짜리 나무 의자에 앉아 시가에 불을 붙였다. 의식을 잃고 바닥에 엎어져 다리에 발작적인 경련을 일으키고 있는 동료를 다른 두 경찰이 내려다보았다.

벽은 온통 피범벅이었다.

"이제, 바레라보다 나를 더 두려워하겠지. 그럼 시작해 볼까? 그 미국 경찰은 어디 있지?"

그들은 알고 있는 것을 모조리 말했다.

라모스가 아트에게 보고했다.

"게로 멘데스와 라울 바레라에게 데려갔소. 그리고 알바레스 박사 얘기도 하는 걸 보니 그 친구는 아직 살아 있는 것 같소이다."

"어째서지?"

"알바레스는 연방 안전 이사회에서 심문자로 일한 적이 있지. 어니 이달고가 그들이 원하는 정보를 가지고 있소?"

"아니, 어니는 아는 바가 없어."

아트는 심장이 덜컹 내려앉았다. 그들은 추파르의 정체를 알아내기 위해 어니를 고문하고 있었다.

추파르 같은 건 없음에도 말이다.

"말해."

티오가 다그쳤다. 어니가 신음소리를 냈다.

"몰라요."

티오는 알바레스에게 고개를 끄덕였다. 의사는 오븐 장갑을 끼고 하얗게 달궈진 쇠꼬챙이를 집어 들었다. 그리고 쑤셔 넣었…….

"으악!"

어니가 비명을 질렀다. 눈이 뽑힐 듯 휘둥그레지더니 몸이 묶여 있는 탁자에 맥없이 고개를 떨어뜨렸다. 눈을 감은 채 의식을 잃었고, 조금 전까지 쿵쾅대던 심장박동이 위험할 정도로 느려졌다.

의사는 오븐 장갑을 내려놓고 리도카인이 들어 있는 주사기를 집어 들어 어니의 팔에 주입했다. 그 약은 어니의 의식을 깨어 있게 하여 고통을 느끼게 할 것이다. 그리고 심장이 멈추지 않고 계속 뛰게 해 줄 것이다. 잠시 후, 어니가 머리를 휙 들어 올리며 눈을 번쩍 떴다.

티오가 말했다.

"널 죽게 내버려 두지 않을 거야. 이제 말해. 누가 추파르지?"

어니는 생각했다.

'아트가 나를 찾고 있을 거야.'

천국과 현실을 오가며.

어니가 숨을 가쁘게 쉬었다.

"누가 추파르인지 난 몰라요."

의사가 다시 쇠꼬챙이를 집어 들었다.

잠시 후 어니가 비명을 질렀다.

"으아아아아악!"

아트는 불꽃을 바라보았다. 타들어 가고, 차츰 꺼져가다가, 천국에 이르렀다.

아트는 일렬로 늘어선 축원 촛불 앞에 무릎 꿇고 어니를 위해 기도했다. 성모 마리아께, 성 안토니우스께, 예수님께.

키 크고 뚱뚱한 남자가 대성당 중앙 통로로 걸어 내려왔다.

"후안 신부님."

후안 신부는 9년 동안 별로 변한 게 없었다. 하얗게 센 머리는 숱이 좀 줄었고 뱃살은 좀 두툼해진 듯했다. 하지만 강렬하고 노련한 눈빛은 아직 그 빛을 잃지 않고 있었다.

후안 신부가 아트에게 말했다.

"기도하고 있군. 자네가 신을 믿지 않는다고 생각했는데."

"무슨 일이든 할 겁니다."

후안 신부가 고개를 끄덕였다.

"내가 어떻게 하면 도와줄 수 있을까?"

"바레라 일가를 알고 계시죠."

"내가 세례를 했지. 그들에게 첫영성체를 주었고 견진성사를 베풀었네."

후안 신부는 생각했다.

'아단의 결혼식 주례를 맡았고 기형으로 태어난 아름다운 아기를 내 팔에 안았지.'

아트가 이어서 말했다.
"그들에게 접촉해 주세요."
"어디 있는지 나도 모른다네."
"라디오와 텔레비전을 생각해 보고 있었어요. 그들은 신부님을 존경하니까 신부님 말을 들을 거예요."
"잘 모르겠지만, 어디 시도는 해봄세."
"지금 당장요?"
"물론이지. 그리고 자네 고해도 들어줄 수 있네."
"그럴 시간이 없습니다."
그리하여 두 사람은 라디오 방송국을 찾아갔고 후안 신부는 방송으로 '미국 경찰을 납치한 사람들'에게 메시지를 전했다. 하느님 아버지와 예수님과 성모 마리아와 모든 성자의 이름으로 그 남자를 무사히 풀어주기를 그들에게 간청했다. 자신들의 영혼을 굽어살피라고 설득했다. 그러고 나서 아트조차 깜짝 놀랄 비장의 카드를 내밀었다. 그들이 그 남자를 해친다면 파문시키겠다는 위협이었다.

후안 신부는 자신의 영향력과 권위를 모두 끌어 모아 그들이 영원의 지옥으로 가게 될지도 모른다고 비난했다.

그다음엔 구원의 희망을 되풀이했다.
"그 남자를 석방하여 하느님의 품으로 돌려보내라. 그의 자유가 너의 자유일지니."
"……이 주소를 알려줬소이다."
라모스가 아트에게 말했다.
"뭐?"

후안 신부의 방송을 사무소 라디오로 듣고 있던 아트가 물었다.

"그들이 주소를 알려줬다고 했소."

라모스는 AK-47을 어깨에 메고 있었다.

"갑시다."

그 집은 별 특징 없는 교외지역에 있었다. 라모스의 연방 안전 이사회 특수부대원들을 넘치도록 태운 포드 브롱코 두 대가 부릉거리며 도착했다. 특수부대원들이 뛰어내렸다. 느닷없이 창문에서 드러난 AK의 총격이 한참 동안 퍼부었다. 특수부대원들은 땅바닥에 납작 엎드려 잠깐잠깐 총격에 대응하여 쏘았다. 총격이 멈췄다. 특수부대원들의 호위를 받으며 라모스와 다른 두 사람이 대형 망치를 들고 문으로 달려갔다. 그리고 문을 부수고 진입했다.

아트는 라모스 바로 뒤에서 따라갔다.

어니는 보이지 않았다. 아트는 그 작은 집의 모든 방을 샅샅이 뒤져보았지만 발견한 사람이라고는 이마를 정통으로 맞고 창가에 쓰러져 있는 두 아편 재배자의 시신뿐이었다. 그리고 부상자 둘 중 한 명은 앉아서 벽에 바짝 붙어 있고 한 명은 앉아서 두 손을 머리 위로 올리고 있었다.

라모스는 마누라를 뽑아들어 부상자의 이마에 댔다.

"어딨지?"

"몰라요."

그 순간 아트는 놀라서 움찔했다. 라모스가 방아쇠를 당겨 그 부상자의 뇌가 벽에 튀며 흩어졌기 때문이다.

"맙소사!"

아트가 외쳤다. 하지만 라모스에게는 들리지 않았다. 라모스는 또 한 명의 관자놀이에 마누라를 갖다 댔다.
"어딨지?"
"시날로아!"
"어디?"
"게로 멘데스의 농장."
"어떻게 찾아가지?"
그 남자가 큰소리로 외쳤다.
"몰라요! 몰라요! 몰라요! 살려주세요! 한 번만 살려주세요."
아트가 라모스의 손목을 잡았다.
"그만 둬."
라모스는 아트를 쏘기라도 할 듯 잠시 쳐다보았다. 그리고 총을 내리며 말했다.
"그들이 어니를 다시 옮기기 전에 그 농장을 찾아야 할 거요. 이 새끼는 입을 열지 않도록 지금 쏴버려야 하고."
그 남자는 울음을 터뜨리고 말았다.
"신이여 굽어살펴 주소서."
"너 따위한테 신은 없어, 이 개새끼야." 라모스가 그의 머리를 찰싹 때렸다. "널 지옥으로 보내 버리겠어."
"안 돼, 라모스."
"우리가 시날로아에 대해 알고 있다는 사실을 멕시코 연방 경찰이 알아내면, 우리가 찾아가기 전에 어니 이달고를 다시 옮길 거요."
아트는 생각했다.
'만약 우리가 어니를 찾을 수 있다면.'

시날로아는 광대한 농업지역이었다. 농장 하나를 뒤지는 일은 아이오와에서 특정 농장을 찾는 일과 같았다. 하지만 이 사람을 죽인다고 도움될 일도 없었다.

"독방에 가둬."

아트의 결정에 라모스가 외쳤다.

"거참 성가시군."

하지만 라모스는 부하 한 명에게 그 남자를 데려가 지키면서 다른 정보가 있는지 캐내라고 말했다.

"잘해. 그가 다른 사람과 한마디라도 하면 네놈들 물건을 그놈 입에다 처넣어 버릴 테니까."

그리고 라모스는 바닥에 있는 시신들을 보았다.

"그리고 이 쓰레기들도 치워 버려."

아단 바레라는 후안 신부의 라디오 메시지를 들었다.

신부의 친근한 목소리가 어니 이달고의 규칙적인 신음소리를 배경으로 부드럽게 들려왔다.

그때 파문의 위협이 청천벽력처럼 울려 퍼졌다.

"미신 나부랭이 따위."

게로 멘데스가 불쾌한 듯 내뱉었다. 아단이 말했다.

"이건 실수였어요."

큰 실수. 어마어마한 계산 착오. 미국인들은 아단이 염려했던 것보다 훨씬 극단적인 반응을 보였다. 멕시코시티를 내리누를 정도의 어마어마한 경제적, 정치적 압력이었다. 미국인들은 국경을 폐쇄하여 트럭 수천 대가 오도 가도 못하고 길에 서 있게 했다.

농산물들이 햇빛 아래서 썩어 타격이 클 정도의 경제적 손실이 생겼다. 그리고 미국인들은 IMF로 멕시코를 쥐어짜며 대출금을 회수하겠다고 위협했다. 부채 위기와 통화 위기가 시작되어 말 그대로 환율이 엉망이 될 정도였다. 그래서 멕시코시티에 있는, 즉시 지불을 해오던 친구들조차 등을 돌리고 있다. 왜 안 그러겠는가? 도시 자치 연방 경찰(MJFP), 연방 안전 이사회(DFS), 군대는 동원 가능한 모든 카르텔 회원들을 끌어모아 가옥과 대목장을 급습하는 등, 미국의 위협에 응수하고 있었다. 도시 자치 연방 경찰 대령이 피의자 한 명을 죽도록 때렸고 총으로 세 명을 쏘았다는 소문, 이 미국인 한 사람 때문에 이미 세 명의 멕시코 인이 목숨을 잃었다는 소문이 돌았다. 하지만 아무도 신경 쓰지 않는 듯했다. 죽은 사람들이 멕시코 인일 뿐이기에.

그래서 이 납치는 어마어마한 실수였고, 이 모든 손실에 비해 그들은 추파르의 정체를 알아내지도 못했다는 사실 때문에 사태가 심화되었다.

그 미국인은 분명히 모르고 있다.

알고 있다면 말했을 것이다. 뼈를 긁고 전기고문을 하고 불에 달군 쇠꼬챙이로 가한 고문들을 견딜 수 없었을 것이다. 알고 있었다면 분명 말했을 것이다. 그리고 이제 그는 고문실이 된 침실에서 신음소리를 내며 누워 있다. 그 의사조차 손을 놓으며 더 이상 알아낼 게 없다고 말했다. 그리고 양키들은 아단을 바짝 쫓아오고 있었고, 오랜 친분을 가진 신부님조차 아단을 지옥으로 보내려고 했다.

"그 남자를 석방하여 하느님의 품으로 돌려보내라. 그의 자유가 너의 자유리니."

아단은 생각했다.

'어쩌면.'

'당신이 옳을지도 몰라요, 신부님.'

어니 이달고는 지금 상반되는 양 극단의 세상을 오가고 있었다. 고통이 느껴지다가도 고통이 사라졌다. 그리고 다시 미치도록 고통스러웠다.

만약 삶이 고통을 뜻한다면, 삶은 나쁜 것이리라.

만약 죽음이 고통의 부재를 뜻한다면, 죽음은 좋은 것이리라.

어니는 죽으려고 노력했다. 그들이 식염수를 주입해 어니를 죽지 못하게 했다. 어니는 잠들려고 노력했다. 그들이 리도카인을 주사해 어니를 깨어 있게 했다. 그들은 주의 깊게 어니의 심장 상태, 맥박, 체온을 체크했다. 어니가 죽어버려 고통이 끝나지 않도록.

언제나 같은 질문.

'누가 추파르지? 그가 무슨 말을 했지? 그가 어떤 이름을 알려 줬지? 정부조직의 누구야? 누가 추파르지?'

언제나 같은 대답.

'몰라요. 아무 말도 안 했어요. 말 안 한 거 없어요. 그런 사람 없어요. 몰라요.'

더한 고통이 뒤따르고, 그러고 나면 세심한 간호가 이어지고, 그다음엔 더한 고통이 밀려왔다.

그리고 새로운 질문이 나왔다.

느닷없이 새로운 질문에 새로운 단어였다.

'케르베로스가 뭐지? 케르베로스라고 들어봤나? 추파르가 케르베로스에 대해 말했나? 뭐라고 말했나?'

'몰라요. 없어요. 안 했어요. 들은 말 없어요. 하느님께 맹세해요. 하느님께 맹세해요. 하느님께 맹세해요.'

'아트는 어때? 그가 케르베로스에 대해 말한 적이 있나? 그가 케르베로스라는 말을 한 적이 있나? 그가 다른 사람에게 케르베로스에 대해 말하는 걸 들은 적이 있나?'

'케르베로스, 케르베로스, 케르베로스……'

'넌 그 말을 알고 있어.'

'아뇨. 하느님께 맹세해요. 하느님께 맹세해요. 하느님 도와주세요. 하느님 도와주세요. 제발, 도와주세요.'

의사가 방에서 나갔다. 어니를 고통 속에 혼자 남겨두었다. 어니를 의아함 속에 남겨두었다. 하느님은 어디에? 아트는 어디에? 예수님, 성모 마리아, 성령들은 어디에? 마리아님 제게 은총을 베푸소서.

은총이 왔다. 정말 이상하게도 의사의 몸을 빌려서 왔다.

그걸 제안한 사람은 라울이었다. 라울이 의사에게 말했다.

"젠장, 저 신음소리 때문에 돌아버리겠어. 입 좀 다물게 할 수는 없나?"

"그에게 줄 수 있는 게 있어요."

"뭔지, 그에게 줘."

아단이 말했다. 신음소리 때문에 괴로운 건 아단도 마찬가지였다. 그리고 만약 그들이 원할 때 어니를 풀어줄 계획이라면, 가능하면 가장 좋은 상태로 내보내는 게 더 나을 것이다. 그게 아주 좋은 상태는 아니더라도 죽음보다 나을 것이다. 그리고 어니를 되돌려주고 그 대가로 그들이 원하는 것을 얻을 방법에 대해 아단이 생각해 둔 것이 있었다.

다시 아트에게 접촉하는 일이었다.

"헤로인도 될까요?"

의사가 물었다. 라울이 톡 쏘아댔다.

"의사는 당신이야."

아단은 생각했다.

'마약. 멕시코 아편. 모순이 재주를 부리는군.'

"그를 잘 고쳐 놔."

아단이 의사에게 지시했다.

어니는 주삿바늘이 팔뚝으로 들어오는 것을 느꼈다. 익숙한 따끔거림과 얼얼함이었다. 그런데 뭔가 다른 게 있었다. 은총이 내리는 안도감이었다.

고통의 부재.

어쩌면 부재가 아닐 것이다. 말하자면, 이탈? 마치 뭉게구름을 타고 고통 너머로 둥실둥실 떠가는 것처럼. 정신이 몸을 떠나 제3자가 되어 몸을 관찰하는 것처럼. 고통은 여전히 존재하지만 아득하게 느껴졌다.

감사합니다, 감사합니다.

멕시코 아편 성모 마리아님.

으 으 으 으 으 으음…….

아트는 라모스와 사무소에서 시날로아 지도를 탐독하면서 양 귀비밭과 게로 멘데스에 대한 정보부 보고서를 훑어보고 있었다. 어떻게 해서든 범위를 좁혀 보려고 애쓰고 있었다. 텔레비전에서는 멕시코 검찰 총장실에서 나온 공무원이 진지하게 담화문을 발표하고 있었다.

"멕시코에는 대규모 마약 갱이 존재하지 않는다……."

"우리에게 도움이 될지도 모르겠군."

아트가 말했다.

'대규모 마약 갱이 멕시코에는 존재하지 않을지도 몰라. 하지만 미국에는 확실히 존재해.'

어니의 실종 소식을 들은 순간 댄츨러는 두 지역에서 코카인 선적을 덮쳤다.

댄츨러가 샌디에이고에 있는 아단의 아지트를 쓸어버렸을 때는, 아단은 놓치고 말았지만, 성과는 어마어마했다.

댄츨러는 동부 지역에서 또다시 횡재하여 치미노 조직의 지부장 지미 '빅 피치' 피콘을 체포했다. 뉴욕에 있는 FBI는 그들이 감시중인 모든 패거리의 사진을 널리 퍼트렸다. 그 사진들을 훑어보고 있던 아트는 뭔가를 보자 간담이 서늘해졌다.

그 사진은 분명 어떤 마피아 하급 조직원의 집 밖에서 찍은 사진이었다. 사진 속에는 뚱뚱한 지미 피콘, 마찬가지로 지나치게 살찐 그의 동생, 이탈리아계 몇 명이 있었고, 또 한 사람이 서 있었다.

살 스카키.

아트는 댄츨러에게 전화를 걸었다. 댄츨러가 대답했다.

"그래, 살바토르 스카키야. 치미노 조직의 정식 조직원이지."
"피콘 패거리의?"
"외관상으로는 스카키는 특정 패거리에 소속되어 있지 않아. 포트폴리오가 없는 마피아 하급 조직원 부류거든. 칼라브레이지에게 직접 보고하지. 그리고 이런 정보도 있어, 아트. 그자는 미 육군 최고의 대령이었어."
'제기랄.' 아트는 나오는 욕을 삼켰다.
"다른 것도 있어, 아트. 피콘인가 지미 피치인가 하는 놈? FBI에서 몇 달간 그를 도청했는데 아주 지독하게 수다스러운 계집애 같아. 많은 일에 대해 쉴 새 없이 입을 놀리고 있어."
"코카인?"
"맞았어. 그리고 무기도. 그 패거리는 빼돌린 무기를 파느라 엄청 바쁘더군."
아트가 이 전화를 받고 있는데 또 다른 전화벨이 울리자, 셰그가 냉큼 달려가서 받았다.
그리고 아주 급하게 외쳤다.
"아트."
아트는 댄즐러의 전화를 끊고 그 전화를 받았다.
"얘기 좀 하지."
아단이었다.
"네가 어니를 데리고 있다는 사실을 어떻게 믿지?"
"그의 결혼반지 안쪽에 새겨져 있는 게 있군. '당신은 내 삶의 전부입니다.'"
"어니가 아직 살아 있는지 어떻게 알지?"

"널 위해 비명소리라도 지르게 만들까?"
"아냐! 장소를 말해."
"대성당. 후안 신부님이 우리 둘 모두의 안전을 보장해 주시겠지. 아트, 경찰이 한 명이라도 발견되면 이 녀석은 죽는 거야."
전화기 속에서 멀리 어니의 신음소리와 함께 무슨 소리가 들렸다. 어니의 신음소리만으로도 온몸이 얼어붙는 듯한 상황일 텐데, 아트는 그 소리에서 더 오싹함을 느꼈다.
"케르베로스에 대해 뭘 알고 있지?"

아트는 고해실에 무릎 꿇고 앉았다.
칸막이가 열렸지만 하얀 천 뒤의 얼굴을 알아볼 수 없었다. 아트는 그 하얀 천이 신성을 더럽히는 속임수의 천이라고 생각했다.
"우리는 네게 경고했고, 경고했고, 경고했어. 그리고 귓등으로 흘려 버렸어."
"어니는 살아 있어?"
"살아 있지. 그를 계속 살아 있게 하는 건 이제 네게 달렸어."
"만약 그가 죽으면, 난 너를 찾아내서 죽여 버릴 거야."
"누가 추파르지?"
아트는 이미 이 질문의 대답에 대해 곰곰이 생각해 보았다. 만약 추파르 따위는 없다고 말한다면, 그건 어니의 머리에 총알을 박아버리는 일이었다. 아트는 시간을 끌어야 했다.
"먼저 어니를 넘겨줘."
"그런 일은 일어나지 않을 거야."
아단의 말에 아트는 심장이 멎는 기분으로 이렇게 말했다.

"그럼 우리가 할 얘기는 없는 거 같군."

아트가 일어나려고 하자, 아단의 말을 꺼냈다.

"네가 내게 뭔가를 줘야지, 아트. 내가 대가로 갖고 돌아갈 만한 걸로."

아트는 다시 무릎을 꿇으며 생각했다.

'용서하세요, 신부님. 저는 죄를 지으려 하고 있습니다.'

"연합에 대한 모든 작전을 철수하겠어. 나는 이 나라를 떠날 거고, 마약 단속국을 사직할 거야."

'왜냐하면, 젠장, 안 그래? 모든 사람이 그걸 바라잖아. 내 상관도, 정부도, 아내도. 내가 이 고약하고 짜증 나는 순환 고리와 어니의 목숨을 맞바꿀 수 있다면……'

아단이 물었다.

"멕시코를 떠나겠다고?"

"그래."

"그리고 우리 가족은 내버려 두겠다?"

'너는 내 딸을 불구로 만들었으니까.'

"그래."

"네가 그 약속을 지킬 거라고 어떻게 믿지?"

"하느님께 맹세해."

"그것으론 부족해."

부족하다마다.

"내가 돈을 받겠어. 내 이름으로 계좌를 개설하면 내가 인출하겠어. 그다음에 어니를 풀어줘. 어니가 나타나면, 추파르의 정체를 알려주지."

"그리고 떠나."

"단 1초도 지체하지 않을 거야, 아단."

아단이 그 제안에 대해 생각하는 동안, 아트는 영원의 시간이 흐르는 기분으로 기다렸다. 기다리면서 아트는 조용히 기도했다. 하느님과 악마가 둘 다 이 거래를 받아들이기를.

"10만 달러. 그랜드 케이먼에 있는 퍼스트 조지타운 은행 계좌에 이름 대신 번호로 등록되는 계좌로 송금될 거야. 전화로 번호를 알려주겠어. 7만 달러를 전산으로 인출하면 우리가 즉시 확인할 수 있어. 그때 그를 풀어주지. 너희 둘 다 다음 비행기로 멕시코를 떠날 거야. 그리고 아트, 다시는 돌아오지 마."

칸막이 창문이 닫혔다.

파도가 불길하게 치솟았다. 그리고 부서져 내려 거의 몸을 강타했다.

매번 더 커져만 가는 고통의 파도.

어니는 더 많은 마약을 원했다.

어니의 귀에 문이 열리는 소리가 들렸다.

그들은 더 많은 마약을 가지고 올까?

아니면 더 많은 고통을 가지고 올까?

게로 멘데스는 어니 이달고를 내려다보았다. 얼음송곳으로 찌른 수십 군데의 상처들이 곪고 감염되었다. 얼굴은 구타로 멍들고 부어올라 있었다. 손목과 발과 생식기는 전기 고문으로 화상을 입었다. 엉덩이는……. 감염된 상처, 오줌, 똥, 코를 찌르는 땀으로 악취가 끔찍했다.

'고쳐 놔.'

아단이 명령했었다. 게로 멘데스는 의아했다.

'명령을 내리고 있는 아단 바레라는 누구인가? 내가 사람들을 죽이고 있었을 때 아단은 10대들에게 청바지를 팔고 있었다. 그런데 지금 그가 와서 M-1의 허가도 없이 이 남자를 풀어주는 흥정을 했다. 무엇과 교환하는 조건으로 풀어주는가? 미국 경찰이 말하는 또 하나의 무의미한 약속들과 교환하는가? 그들이 고문받고 불구가 된 동료를 보면 누가, 무엇을 할까? 아단은 누구를 놀리고 있는 것일까? 어니 이달고는 자동차로 옮겨지는 동안 죽지 않고 살아남으면 운이 좋을 정도의 상태다. 살아남아도 아마 다리는 잃을 것이다. 어쩌면 팔도 잃을 것이다. 아단이 이 피투성이에다 썩어가는 고약한 냄새의 살덩이로 맞바꾸게 될 게 과연 어떤 평화일까?'

게로 멘데스는 어니 이달고 옆에 쪼그리고 앉았다.

"너를 집으로 데려다줄 거야."

"집?"

"그래. 이제 집에 갈 수 있어. 한숨 자도록 해. 일어나면 집일 거야."

게로 멘데스는 어니의 정맥에 주삿바늘을 꽂고 피스톤을 눌렀다.

멕시코 아편이 타격을 주는 데는 1초밖에 걸리지 않았다.

어니의 몸통이 경련을 일으키고 다리가 들썩였다.

헤로인이 주는 쇼크는 신과 키스하는 것 같다고들 했다.

아트는 어니의 벌거숭이 시신을 바라보았다.

바디라과토의 흙길 옆 도랑에 검정 비닐에 싸여 태아처럼 누워 있는 어니. 반짝거리는 검정 비닐에 검은 피딱지가 말라붙어 있었다. 눈에 아직도 까만 눈가리개가 씌워져 있었다. 하지만 몸은 벌거벗겨져 있어서 온몸의 상처들이 훤히 보였다. 얼음송곳으로 살을 찌르고 뼈를 긁은 상처, 전기고문 화상, 항문 폭행의 흔적, 팔뚝 여기저기에 보이는 리도카인과 헤로인 주사 자국들.

아트는 자신에게 물었다.

'내가 무슨 짓을 한 거지? 왜 내 강박관념의 대가를 다른 사람이 치러야 했지?'

'미안하다, 어니. 정말, 정말 미안하다.'

'내가 갚아주겠어. 하느님 도와주셔야 합니다.'

천지사방에 경찰이 깔려 있었다. 멕시코 연방 경찰, 시날로아 주립 경찰. 주립 경찰이 먼저 도착하여 효과적으로 그 사건 현장을 밟아 뭉갰다. 타이어 자국, 발자국, 지문, 누군가를 살인자로 옭아맬 수 있는 증거들을 다 덮어서 가려버렸다. 이제 연방 경찰이 통제를 맡아 모든 과정을 다시 반복했다. 단 한 조각의 증거도 소홀히 한 건 없는지 확인하면서.

지휘관이 아트에게 다가왔다.

"걱정 마시오, 세뇨르. 이 끔찍한 일을 누가 저질렀는지 알아낼 때까지 결코 쉬지 않고 수색할 것이오."

"누가 그랬는지 알고 있습니다. 미겔 앙헬 바레라예요."

아트가 대답했다. 세그도 이성을 잃었다.

"제기랄, 빌어먹을 당신네 졸개 셋이서 어니를 납치했단 말이야!"

아트가 저지했다. 아트는 셰그를 데리고 자동차 쪽으로 갔다. 그때 지프가 부릉거리며 오더니 라모스가 뛰어내려 아트에게 다가왔다.

"그를 찾았소."

"누구?"

"미겔 앙헬 바레라. 당장 가야 하오."

"어딨는데?"

"엘살바도르."

"어떻게 된······"

"보아하니, M-1의 어린 애인이 향수병에 걸린 모양이올시다. 엄마 아빠에게 전화를 걸어왔거든."

1985년 2월
엘살바도르

엘살바도르. 매사추세츠 주의 면적쯤 되는 '구세주'라는 뜻의 작은 나라로, 중앙아메리카 파나마 지협의 태평양 연안에 위치해 있었다. 아트는 엘살바도르가 인접국 온두라스 같은 바나나 공화국이 아니라 커피 공화국이라는 사실을 알고 있었다. 엘살바도르의 노동자들은 '중앙아메리카의 독일인'이라는 별명이 붙은 대단히 부지런한 사람들로 정평이 나 있었다.

힘들게 일을 해도 그들에게 썩 도움이 되지는 않았다. 현재

350만 인구의 2퍼센트 정도 되는 소위 '40 일족'들이 항상 비옥한 땅을 모두 소유해 왔고 대부분 대규모 커피 농원의 형태였다. 커피 재배에 더 많은 땅이 쓰일수록 식량을 재배할 땅이 줄어든다는 뜻이었고, 19세기 중반까지도 힘든 일을 하는 대부분의 엘살바도르 인 소작농들은 기본적으로 굶주리고 있었다.

아트는 초록으로 물든 시골 들판을 바라보았다. 아주 평화로워 보이고 정말 예뻤다. 하늘에서 바라보니 그렇다는 말이다. 아트는 그 땅이 죽어가고 있는 땅이라는 사실을 알고 있었다.

1980년대에 심각한 대학살이 시작되면서 소작농들은 마르티 전국 해방 전선(FMLN) 또는 노동자 조합으로 떼 지어 몰려갔고, 학생들과 성직자들은 노동과 토지를 개혁하자는 운동을 이끌었다. 40 일족은 '체제(order)'를 뜻하는 스페인어 약어 오르덴(ORDEN)이라는 이름의 보수파 국민군의 조직에 응수했고, 그들이 마음에 품고 있는 체제는 구체제와 같았다.

ORDEN. 대부분의 참가자는 현역 엘살바도르 육군 장교이며 노동권을 가진 사람들이었다. 언제부턴가 소작농들, 일꾼들, 학생들, 성직자들이 사라지기 시작하더니, 길가에서 그들의 시신이 발견되었다. 또한 경고의 뜻으로 머리 부분만 학교 운동장에 남겨지기도 했다.

미국은 냉전 협의사항을 추구하며 힘차게 달라붙었다. ORDEN의 많은 장교들은 남·북·중앙아메리카의 미국 학교에서 훈련을 받은 사람들이었다. FLMN 게릴라들과 농부들, 학생들과 성직자들을 박해하기 위해 엘살바도르 군대는 미국이 제공한 벨 헬리콥터, C-47 수송 비행기, M-16 소총, M-60 기관총을 원조

받았다. 그들은 수많은 게릴라는 물론 수백 명의 학생과 선생님, 농부, 농장 일꾼, 성직자들을 죽였다.

'FLMN 또한 엄밀히 말해 천사는 아니었지.'

아트는 그들도 기금조성을 위한 납치와 살인을 감행했던 사실을 떠올렸다. 하지만 그들의 분투는 잘 조직되고 충분한 자금 지원이 되는 엘살바도르 군대와 군대의 ORDEN 도플갱어에 비하면 허약함 그 자체였다.

아트는 거대한 무덤이 되어 버린 어느 시골 지역에 비행기가 착륙하는 동안 생각했다.

'7만 5000의 죽음이야.'

그리고 난민들 100만, 집 잃은 사람들 100만이 생겼다. 550만밖에 되지 않는 인구에서 말이다.

쉐라톤 호텔 로비는 번쩍이고 깨끗했다.

좋은 옷을 입은 사람들, 부유한 사람들이 에어컨이 가동되고 있는 휴게실에서 쉬거나 시원하고 어두운 주점에 앉아 있었다. 모든 사람은 시원한 리넨 옷과 하얀 드레스와 열대지방 사람들이 입는 재킷 등으로 아주 깨끗하고 훌륭하게 차려입고 있었다.

아트는 생각했다.

'여기는 아주 좋군. 그리고 아주 미국적이야.'

가는 곳마다 미국인들이 있었다. 바에서 맥주를 마시거나, 커피점에서 콜라를 홀짝이고 있었다. 그들 대부분은 군사고문이었다. 평상복을 입고 있었지만 생김새로 보아 틀림없는 군인이었다. 짧게 깎아 올린 옆머리, 반소매 폴로셔츠, 청바지, 테니스화 또는 반들반들 윤이 나는 목 높은 군화.

산디니스타 반군이 니카라과를 점령한 이래, 바로 남쪽에 있는 엘살바도르는 미군 거주지역이 되었다. 표면상으로는, 미군이 FLMN 게릴라에 대항하는 전투에서 엘살바도르 군대에 자문을 해 주러 와 있지만, 엘살바도르가 중앙아메리카에서 넘어지는 그 다음번 도미노가 되지 않도록 대책을 강구하려는 목적도 있었다. 그래서 미군들은 엘살바도르에 자문해 주고, 니카라과 반정부 세력인 콘트라스에 자문해 주고, 그러고는 비밀공작원들을 침투시켰다.

CIA 유형의 사람들은 비번의 군인들처럼 나름대로 독특한 모습을 보였다. 첫째는 옷을 더 잘 입었다. 그들은 본부 물자보급소 선반에서 골라온 스포츠 의류 대신 양복과 셔츠에 노타이 차림이었다. 머리 모양은 유행을 따르며 최신 라틴아메리카식으로 조금 기르기도 했다. 그리고 신발은 값비싼 처칠과 밴크로프트를 신었다. 만약 테니스화를 신은 비밀공작원이 보인다면 그는 테니스를 치러 갈 사람이라고 보면 됐다.

군인과 비밀공작원 유형 다음엔 대사관 직원 유형이 있었다. 실제 외교관과 영사관 공무원들도 있었다. 그들은 일상적인 세상 논쟁거리들을 화제로 삼았다. 비자, 여권 분실, 다시 유행하는 히피족 아이들이 방랑 생활과 경우에 따라 마약까지 사용해 체포되었다는 얘기 따위였다. 그리고 문화 대사들이 있고 비서들과 타이피스트들, 옷을 더 잘 입는다는 점만 빼면 국방 자문위원들과 똑같아 보이는 대사관 군무관들, 대사관 고용인들, 그리고 진짜 비밀공작원들이 있었다. 그들은 대사관에 앉아 니카라과의 수도 마나과에서 나오는 라디오 방송을 모니터하면서 쿠바 사투리나 러시아 사투리 때문에 귀를 쫑긋 세우고 있었다. 또는 '거리'에서 일했다. 셰러턴 주점 같은, 정확히 그런 장소에서 정보 제공자를 만나 어느 대령이 상승하고 있고 어느 대령이 시들기 시작하는지, 어느 대령이 다음번에 대성공을 떼놓은 당상일지를 알아내려 애썼다. 좋은 일이건 아니건 말이다.

군인, 비밀공작원 유형, 대사관 유형, 대사관 비밀공작원 다음엔 사업가들이 있었다.

커피 수입상들, 면화 수입상들, 설탕 수입상들.

커피 수입상들은 사교성이 있어 보였다.

'그래야겠지.'

커피 수입상들의 집안은 몇 대에 걸쳐 여기서 지내왔다. 그들은 쉽사리 그 지역의 주인 행세를 했다. 그리고 여기는 그들 소유의 주점이었다. 넓은 테라스에서 점심을 먹고 있는 엘살바도르 경작자들과 공동소유였다. 최근 엘살바도르 경작지에서는 면화와 설탕이 많이 재배되는데, 면화와 설탕 수입상들은 미국 법인을 예나 다름없는 시선으로 보았다. 그리고 미국 수입상들은 아직 조화를 이루지 못하고 있었다. 넥타이를 매지 않은 미국 수입상들은 불편해 보이고 불완전해 보였다.

그래서 많은 미국인과 많은 부자 엘살바도르 인 사이에서 유일하게 볼 수 있는 다른 엘살바도르 인은 호텔 일꾼들이나 비밀경찰이었다.

'비밀경찰.'

여기 모순되는 상황이 있다. 비밀경찰이란 남들 눈에 경찰로 보이면 안 되는 신분이었다. 하지만 아트는 로비에서 크리스마스 트리에 달린 전구처럼 비밀경찰을 짚어낼 수 있었다. 간단했으니까. 그들은 상류층의 비싼 맞춤복 디자인을 조잡하게 위조한 값싼 양복을 입고 있었다. 그리고 사업가처럼 차려입고 있었지만 그을린 갈색 피부의 소작농 얼굴은 어쩔 수 없었다. 40 일족 출신의 라틴계 사람들은 비밀경찰이든 일반경찰이든 경찰 신분을 얻지는 못할 것이다. 그래서 그 사람들은 쉐라톤 호텔에서 오고 가는 사람들을 감시하는 임무를 맡았다. 여전히 도시로 나온 사촌의 결혼식에 참석하러 온 농부 같은 모습으로.

하지만 이런 사회의 비밀경찰은 남들 사이에 뒤섞이지 않고 눈에 띄어야 한다는 사실을 아트는 알고 있었다. 그들의 역할은 주의를 끄는 일, 경찰이 지켜보고 있다고 모두에게 알려주는 일이니까. 그리고 기록하는 일이었다.

라모스는 찾고 있던 경찰을 발견했다. 그들은 방 하나에 모여 협상을 시작했다. 1시간 후, 라모스와 아트는 티오가 어린 애인과 몸을 숨기고 있는 저택으로 향했다.

엘살바도르의 수도 산살바도르의 진입로는 길고 위협적이고 칙칙했다. 엘살바도르는 중앙아메리카에서 인구밀도가 가장 높으며 매일 증가하고 있었다. 아트도 어디서든 그 증거를 찾아볼 수 있었다. 길거리에 있는 소규모 판자촌은 판자, 골지 양철판, 합판들로 지은 임시 숙소가 폭넓게 차지하고 있었다. 사람들은 한 푼도 없는 사람들에게 그냥 대충 잘라낸 나뭇가지도 돈을 받고 팔았다. 그 판잣집의 소유자가 지프를 타고 달릴 때면 앞 좌석에는 대개 미국인이 앉아 있었다. 아이들이 지프에 대고 밀고 당기면서 음식이나 돈을 달라고 구걸했다.

아트는 계속 자동차를 몰아갔다.

티오가 사라지기 전에 그 저택에 도착해야 했다.

엘살바도르는 날마다 사람들이 사라졌다.

때때로 일주일에 200명의 비율로 사라지기도 했다. 보수파 암살부대에게 체포되어 그냥 사라졌다. 그리고 만약 누군가 그 일에 대해 너무 많은 질문을 한다면 그 사람도 사라져 버렸다.

'모든 제3세계 빈민가는 다 똑같아.'

똑같은 진흙탕이나 흙먼지, 기후와 계절에 의존하는 삶, 똑같은 목탄화로 냄새와 그대로 노출된 하수구의 냄새, 애끓는 마음을 자아내는 불룩한 배와 떼꾼한 눈을 한 영양실조 아이들의 모습.

과달라하라는 확실히 해당사항이 없었다. 과달라하라는 일반적으로 부유한 다수의 중산층이 부유층과 빈민층의 경사도를 완만하게 만들어줬다.

'산살바도르는 아니지.'

중세 소작농들의 초가집이 성벽을 압박하고 있는 것처럼 빈민가의 판자촌도 번쩍이는 고층건물에 압박을 가하고 있었다. 하지만 이 성벽은 자동소총과 경기관총을 휘두르는 개인 경비원이 지키고 있었다. 그리고 밤이 되면 성벽 밖으로 과감히 나온 경비원들이 말 대신 지프를 타고 마을을 가로지르면서 소작농들을 학살하고 그들의 시신을 마을 광장 한복판과 교차로에 버려두었다. 그리고 여자들을 강간하고, 살해하고, 부모 앞에서 아이들을 죽였다.

그러니 생존자들은 그 땅을 알 것이다.

죽음의 땅.

엘살바도르.

'구세주? 웃기고 있군.'

그 저택은 해변에서 100미터쯤 떨어진 야자나무 숲에 자리 잡고 있었다.

가시철사가 박힌 높다란 돌담이 본채, 차고, 고용인의 숙소를 둘러싸고 있었다. 나무로 된 두꺼운 대문과 경비실이 진입로 입구에 떡 버티고 있었다.

아트와 라모스는 대문에서 30미터쯤 떨어진 돌담 뒤에 웅크린 채 잠복하고 있었다.

보름달 달빛에 눈에 띄지 않도록 몸을 숨기고 있는 것이다.

엘살바도르 의용군 12명이 돌담 주변에 띄엄띄엄 배치되어 있었다.

엘살바도르의 협조를 얻기 위한 협상에 엄청난 시간이 걸렸다. 그러나 결국 협상이 타결되었고, 이제 안으로 들어가 바레라를 잡아서, 미국 대사관에 넘겨 국무부 제트기에 실어 뉴올리언스로 이송한 다음, 1급 살인죄와 마약 공급 음모죄를 추궁할 수 있었다.

한 부동산 매매 중개인은 침대에 누워 있다가 위협을 받고 사무소로 소환되어 가서 그 저택의 설계도를 의용군에게 넘겨주었다. 그 사람은 현장 급습이 끝날 때까지 사시나무 떨듯 떨면서 독방에 수용되어 있을 것이다. 아트와 라모스는 그 도해(圖解)를 유심히 살펴본 뒤에 작전 계획을 세웠다. 하지만 모든 계획은 빠르게 진행되어야 했다. 멕시코 정부에서 바레라를 보호하는 세력이 낌새를 채고 방해할 수도 있기 때문이었다. 그리고 작전대로 깔끔하게 해치워야 했다. 한 치의 실수나 헛소동도 용납되지 않았다. 무엇보다도 엘살바도르 인이 피해를 입어서는 안 됐다.

아트는 시계를 확인했다. 새벽 4시 57분.

작전 개시 시각까지 3분 남았다.

저택의 자카란다 나무 향기가 산들바람에 날려 오자 아트는 과달라하라를 떠올렸다. 담장 위로 나무 꼭대기가 보였다. 보랏빛 잎들이 밝은 달빛 아래 은빛으로 반짝이고 반대편에서는 파도가 부드럽게 해변을 씻어 내리는 소리가 들렸다.

'완벽한 사랑의 노래로군.'

향기로 가득한 정원.

낙원.

'글쎄, 이제 곧 이 낙원이 영원히 파멸되길 빌어볼까.'

티오가 깊이 잠들어 있기를 바라자. 젊은 애인과 사랑을 나누고 인사불성이 된 채 곤히 자고 있다가 느닷없는 침입에 깜짝 놀라 일어날 수 있도록 말이다. 아트는 모두가 인정할 저속한 모습을 티오에게 적용시켜 보았다. 대기 중인 차량까지 알몸으로 끌려가는 모습. 굴욕적이면 굴욕적일수록 더 좋을 것이다.

발걸음 소리가 들리더니 저택의 경비원 하나가 다가왔다. 담장을 따라 평소처럼 손전등을 비추며 강도가 웅크리고 있지는 않은지 살펴보면서 다가오고 있었다. 아트는 몸을 천천히 벽에다 붙였다.

손전등 불빛이 아트의 눈에 정면으로 비쳤다.

경비원이 권총집으로 손을 뻗었다. 그때 경비원의 목 주위로 둥그런 밧줄 고리가 스르르 내려왔고 라모스가 줄을 홱 당기자 경비원이 공중에 매달렸다. 경비원의 눈이 불룩 솟아오르고 혀가 입 밖으로 튀어나왔다. 경비원이 의식을 잃자 라모스는 천천히 줄을 놓았다.

"괜찮아질 거요."

라모스의 말에 아트는 생각했다.

'다행이군. 시민을 죽이면 전체 세부 계획이 엉망이 돼.'

시계를 보니 정각 5시였다. 바로 그 순간, 둔탁한 소리가 들렸다. 의용군들이 폭약을 설치하여 대문을 날려버린 것이다.

라모스가 아트를 보며 말했다.

"총."

"뭐?"

"손에 총을 쥐고 있는 게 나을 거요."

아트는 그 빌어먹을 물건을 갖고 있다는 사실조차 잊고 있었다. 아트는 총을 꺼내 들고 라모스를 따라 뚫린 대문을 지나 정원으로 뛰어갔다. 고용인 숙소 앞은 겁에 질린 고용인들이 땅바닥에 엎드려 있고 의용군들이 그들에게 M-16을 겨누고 있었다. 아트는 본채로 달려가면서 도해를 잘 떠올리려고 애써보았다. 그러나 기억 속에서 흘러다니고 있던 아드레날린이 흘러나와 아트의 피를 끓게 했다.

'용서하지 않겠어.'

아트는 그저 라모스를 따라갔다. 라모스는 잰걸음으로 빠르게 걷는 사람이지만 지금은 허리춤에 수갑을 찰랑거리면서 알맞은

속도로 아트의 앞에서 걸어가고 있었다.

아트는 담장을 힐끗 쳐다보았다. 까만 옷을 입은 의용군 저격병들이 저택 마당을 향해 총을 겨눈 채 까마귀처럼 자리 잡고 있었다. 도망쳐 나오는 사람이 있으면 언제든 벌집으로 만들 만반의 준비를 갖추고 있었다. 그리고 어느덧 아트가 본채 앞에 도착하자 라모스가 아트를 밀어 엎드리게 했다. 꽝 하고 웅장한 소리가 들리더니 현관문의 나무가 쪼개져 날아가는 소리가 이어졌다.

라모스가 반쪽이 된 현관문 고리 장신구를 밀어 문을 열었다. 그리고 안으로 들어갔다.

아트가 뒤따라 들어갔다.

기억을 떠올려 보았다. 침실, 어디가 침실이지?

필라르는 사람들이 문을 열고 들어오자 일어나 앉으며 비명을 질렀다.

가슴까지 이불을 끌어당기며 또 한 번 소리를 질렀다.

티오가 정말로 이불 아래에 숨어 있다니 믿기질 않았다. 꿈만 같았다. 티오는 이불을 머리까지 뒤집어쓰고 있었다. 마치 '내가 못 보면 다른 사람도 나를 못 보겠지.'라고 생각하는 어린아이처럼. 하지만 아트는 확실히 티오가 보였다. 아드레날린이 충만해진 아트는 이불을 획 걷어 젖히고 티오의 목덜미를 잡고 역기처럼 들어 올렸다가 고급 마룻바닥에 내동댕이쳐 버렸다.

티오는 알몸이 아니었다. 아트가 티오의 작은 등에 무릎을 박고 턱을 잡아서 들어 올릴 때 아트의 정강이에 티오가 실크로 된 검정 사각팬티를 입고 있는 것이 느껴졌다. 티오의 고개가 꺾일 정도로 턱을 당기며 오른쪽 관자놀이에 총을 들이대자 필라르가 소리를 질렀다.
"쏘지 마요! 티오한테 해를 끼치려고 알린 게 아니었어요!"
티오가 아트의 손에서 턱을 비틀어 뺀 뒤 고개를 돌려 그 소녀를 노려보았다. 그리고 순수한 증오심을 짧은 한 마디에 실었다.
"비열한 년."
필라르는 얼굴이 사색이 되면서 공포에 떨었다.
아트는 티오의 얼굴을 바닥에 처박았다. 티오의 코가 깨져서 반들반들한 마룻바닥 위로 피가 흘렀다.
라모스가 말했다.
"어서, 서둘러야 하오."
아트는 허리춤에서 수갑을 끌어당겼다.
"아, 수갑은 채우지 마시오."
라모스가 노골적으로 짜증을 내며 말했다.
아트가 눈을 끔벅거렸다.
그리고 무슨 말인지 알아들었다. 라모스는 수갑 찬 사람이 도망치려 할 때는 쏘지 않았다.
"이 안에서 할 거요, 밖에서 할 거요?"
라모스의 질문에 아트는 생각했다.
'라모스는 내가 바레라를 쏘기를 기대하는군. 하긴 내가 부득부득 우기며 이 습격 작전에 따라왔으니 그렇게 생각할 만도 하지.'
아트는 모든 사람이 그렇게 기대하고 있다는 사실을 깨닫게 되자 현기증이 났다. 마약 단속국의 모든 직원들과 셰그는, 특히 셰그는 더욱 아트가 오랜 관례대로 시행하기를 기대했다. 경찰을 죽인 살인자는 경찰서에 끌려오지 않았다. 항상 달아나려고 시도하다가 죽었다.

'이런, 정말 다들 그걸 기대하는 거야?'

티오는 분명 그랬다. 평온하고 침착하게 비아냥거리듯 말했다.

"내가 아직 살아 있다는 게 놀랍군."

'뭐, 그다지 놀라울 거 없어.'

아트는 그렇게 생각하며 권총의 공이치기를 당겼다.

"서두르시오."

라모스가 말했다.

아트는 라모스를 쳐다보았다. 라모스는 시가에 불을 붙이고 있었다. 의용군 두 사람이 아트를 바라보았다. 조바심치게 기다리며 의아해했다. 왜 저 나약한 미국인이 해야 할 일을 아직 하지 않고 있을까?

'그놈 티오를 대사관으로 돌려보낸다는 계획은 전부 엉터리였군. 외교관들을 안심시키려는 속임수였어. 내가 방아쇠를 당기면, 모든 사람이 바레라가 체포를 거부했다고 증언하겠지.'

아트는 방아쇠를 당기고 있었다.

'내가 티오를 쏴야 해. 법정에서 엄밀히 따져볼 사람은 아무도 없어.'

"서둘러."

하지만 이번에는 티오였다. 티오가 불쾌하다는 듯, 거의 따분할 정도라는 듯 그렇게 말하고 있었다.

"서둘러, 조카."

아트는 티오의 머리카락을 잡고 고개를 획 젖혔다.

아트는 도랑에 버려진 어니의 시신을 떠올렸다. 고문을 받고 거의 난도질이 되어 있던 어니.

아트는 티오의 귀에 바짝 대고 속삭였다.

"지옥에나 가시죠, 삼촌."

"거기서 널 기다리지. 원래는 '너'였었어, 아트. 하지만 옛정을 생각해서 내가 너 대신 어니 이달고를 데려오라고 했지. 난 너와 달리 관계를 소중히 여기거든. 어니 이달고는 너 대신 죽은 거야. 자, 해치워. 남자답게."

아트는 방아쇠를 꽉 쥐었다. 힘이 들었다. 아트가 기억하고 있는 것보다 훨씬 당기기가 힘들었다.

티오가 아트를 보고 싱긋 웃었다.

완전한 사악함이었다.

개의 힘.

아트는 티오를 획 잡아당겨 일으켜 세웠다.

티오는 철저히 경멸의 웃음을 띠었다.

"뭐 하는 거요?"

라모스가 물었다.

"우리가 계획했던 일."

아트는 총을 권총집에 넣고 티오의 손을 등 뒤로 돌려 수갑을 채웠다.

"가지."

"내가 하지. 당신이 도덕 결벽증이 있다면."

"그런 거 없어. 출발해."

의용군 한 명이 티오의 머리에 까만 두건을 씌우려고 했다. 아트가 중지시키며 티오의 얼굴에 대고 말했다.
"죽음의 주사가 나을지 가스실이 나을지. 생각 좀 해보시죠, 티오."
티오는 웃을 뿐이었다.
'웃음'.
"두건 씌워."
의용군은 티오의 머리에 까만 두건을 씌우고 아래쪽을 묶었다. 아트는 티오의 팔을 잡고 밖으로 끌고 갔다.
향기가 가득한 정원을 지났다.
'여기 자카란다 나무는 향기가 더 없이 달콤하군. 달콤하고 메스꺼워.'
어릴 때 교회에서 맡았던 향기처럼. 처음에는 그 향기로 기분이 좋지만 조금 지나면 속이 느글거렸던 그때 기억처럼.
지금 기분이 딱 그랬다. 수갑 채운 티오를 이끌고 저택에서 나와 거리에 세워둔 자동차로 가면서 말이다. 그 자리에 자동차가 기다리고 있지 않았기에. 그리고 20여 개의 총이 이쪽을 겨누고 있었기에.
티오가 아니라.
아트 켈러에게.
그들은 엘살바도르 정규군이었다. 그리고 그들 옆에는 번쩍이는 까만 구두를 신은 사복 차림의 양키 한 명이 서 있었다.
살 스카키였다.
"아트 켈러, 내가 말했지. 다음번엔 그냥 쏘아 버리겠다고."

아트는 고개를 돌려 담장 위의 저격병들을 쳐다보았다.

"엘살바도르 정부 내에서 약간의 의견 차이가 있었지. 우리가 그걸 풀었을 뿐이야. 미안하게 됐지만, 아가야, 네가 그를 잡아가게 놔둘 수는 없단다."

'우리'가 누구인지 아트가 궁금해하고 있을 때, 스카키가 고개를 끄덕이자 엘살바도르 군인 두 명이 티오의 머리 두건을 벗겼다.

'티오가 히죽거리고 있던 이유가 여기 있었군.'

티오는 멀지 않은 곳에 기병대가 있다는 사실을 알고 있었다.

다른 군인 몇 명이 필라르를 데리고 나왔다. 필라르는 잠옷을 걸치고 있었지만 가리고 있는 부분이 오히려 더 강조되어 보여서 군인들은 입을 딱 벌리고 멍하니 필라르를 바라보았다. 티오 앞을 지나가던 필라르가 흐느끼며 말했다.

"미안해요!"

티오는 필라르의 얼굴에 침을 뱉었다. 군인들이 필라르의 손을 뒤로 묶은 탓에 필라르는 얼굴을 닦을 수 없었다. 그래서 침이 필라르의 얼굴을 타고 흘러내렸다.

"잊지 않겠어."

티오가 말했다. 군인들이 대기 중인 자동차로 필라르를 데려갔다.

티오가 아트 쪽으로 고개를 돌렸다.

"너도 잊지 않으마."

스카키가 끼어들었다.

"좋아요, 좋아. 아무도, 누구도 잊지 않을 것이오. 돈 미겔 바레라, 옷다운 옷을 입고 나오시오. 아트 켈러, 그리고 라모스. 지역

경찰이 너희들을 감옥에 처넣고 싶어 하지만 우리가 그냥 국외로 추방하라고 말했어. 군용 비행기가 기다리고 있으니까 이 조그만 파자마 파티가 끝나면……."

"케르베로스."

아트가 말했다. 스카키가 아트를 잡고 옆으로 밀어붙였다.

"뭐라고 씨부렁거리는 거야?"

"케르베로스." 아트는 이제 모든 것을 알아낸 기분이었다. "일로퐁고 공항 말이에요, 스카키? 격납고 4?"

스카키가 아트를 노려보더니 입을 열었다.

"아트 켈러, 넌 방금 얼간이 명예의 전당 1번 입장권을 획득했다."

5분 후, 아트는 지프의 앞 좌석에 앉아 있었다.

스카키가 지프를 운전하며 말했다.

"맹세컨대, 내게 새량권이 있다면, 지금 낭장 네 뒤통수를 쏴버릴 거다."

일로퐁고의 활주로는 바쁘게 움직이고 있었다. 군용 비행기, 헬리콥터, 화물 수송기가 도처에 있고, 그에 따른 직원들도 분주히 움직이고 있었다.

스카키는 조립식 임시 막사 같은 격납고가 1에서 10까지의 번호를 달고 늘어선 곳으로 지프를 몰고 갔다. 격납고 4의 문이 열리고 지프가 안으로 들어갔다.

문이 닫혔다.

격납고 안은 활기차게 움직이고 있다. 무장한 이십여 명의 남자들이 일부는 작업복 차림으로, 일부는 위장 전투복 차림으로 SETCO 비행기에서 화물을 내리고 있었다. 이야기를 하며 둘러서 있는 남자 셋도 보였다. 아트의 경험상, 둘러서서 이야기를 나누는 사람들은 항상 책임자들이었다.

그들 중 한 사람의 얼굴이 보였다.

다비드 누네스. 라몬 메테와 SETCO 공동경영자이며 40 베테랑 작전의 쿠바 국외 추방자였다.

누네스는 대화를 멈추고 나무상자들이 쌓이고 있는 곳으로 걸어왔다. 누네스가 뭐라고 명령하자 일꾼 한 명이 나무상자 하나를 열었다. 누네스가 나무상자에서 수류탄 발사 장치를 마치 종교적 숭배물인 것처럼 들어 올렸다. 아트가 생각했다.

'냉혹한 사람들은 무기를 다루는 게 보통 사람들과 다르군.'

아트의 눈에는 그 총들이 그들과 본능적으로 연결된 듯 보였다. 마치 방아쇠에서 전파가 나와 그들의 몸으로, 심장으로 퍼지는 듯했다. 그리고 누네스는 그 무기에 푹 빠져버린 눈빛이었다. 남자로서의 자존심과 심장은 피그스 만 해변에 두고 왔지만, 그 무기가 복수에 대한 희망을 선물했다.

'오랫동안 이어져 온 쿠바·마이애미·마피아 마약 커넥션이군.'

아트가 눈치챘다. 아트는 그 고리가 다시 이어져 콜롬비아에서 중앙아메리카로, 멕시코로, 미국에 있는 마약 중개상에게로 코카인이 운송된다는 사실을 알고 있었다. 그리고 마피아가 공급한 무기는 니카라과 반정부 세력 콘트라스로 갔다.

멕시코 트램펄린.

스카키는 지프에서 뛰어내려 육군 장교로 보이는 사복 차림의 젊은 미국인에게 다가갔다.

아트는 그 남자가 어딘지 낯이 익었다.

'어디서 봤지? 누구였지?'

그때 기억이 떠올랐다.

'젠장, 잊으래야 잊을 수 없는 녀석이지. 베트남 피닉스 작전 때 함께 야간 잠복을 했던 녀석이군. 아, 이름이 뭐였더라? 당시 특수부대 대위…… 크레이그. 맞아.'

스콧 크레이그.

젠장, 홉스는 어제의 용사들을 다 끌어모았군.

스카키와 크레이그가 아트를 가리키며 이야기를 나눴다. 아트가 웃으며 손을 흔들었다. 크레이그의 무전기가 울리고 뭐라고 이야기가 오갔다. 크레이그 뒤쪽으로 천장까지 쌓인 코카인 상자가 보였다.

스카키와 크레이그가 아트 쪽으로 걸어왔다. 스카키가 입을 열었다.

"보고 싶었던 장면이지? 아트? 이제 행복한가?"

"네, 까무러칠 정도로 스릴 있네요."

"말장난은 집어치워."

스카키가 말했다. 크레이그가 불쾌한 표정을 지었다.

'그런 표정 지어봤자 보이스카우트처럼 보일 뿐이야.'

소년 같은 얼굴, 짧은 머리, 단정하고 잘 생긴 외모. 이글 스카우트(21개 이상의 공훈 배지를 받은 보이스카우트 단원 — 옮긴이)가 무기 배지를 획득하기 위해 마약을 찾아 덤비고 있는 듯하다고나 할까.

크레이그가 아트에게 말했다.

"궁금한 건 자네가 팀원으로 들어오겠느냐는 거지."

아트는 생각했다.

'흠, 모두에게 이런 제의를 하지는 않을 텐데?'

보아하니 스카키도 같은 생각을 하고 있었다.

"아트 켈러는 명성이 자자한 카우보이지. 적막한 대초원으로 진출하여……"

크레이그가 끼어들었다.

"거긴 있기가 좀 고약한 곳이지."

스카키가 덧붙였다.

"외롭고 야트막한 무덤이지."

"내가 알고 있는 모든 것에 대해 빠짐없이 적은 문서를 귀중품 보관함에 남겨놨어요. 내게 무슨 일이 생기면 그게 《워싱턴 포스트》로 날아갈 겁니다."

아트가 거짓말을 하자 스카키가 비웃었다.

"속임수 쓰지 마, 아트."

"그럼 확인해 보시든지?"

스카키가 저쪽으로 걸어가더니 무전기를 켰다. 그리고 잠시 후 되돌아와서 날카롭게 명령을 내렸다.

"저 놈, 두건 씌워."

아트는 오픈카 뒷좌석에 타고 있는 듯했다. 흔들림으로 보아 지프로 여겨졌다. 그들이 아트를 데려가고 있는 곳이 어디든 멀리 떨어진 곳이리라. 벌써 몇 시간째 이동하고 있는 기분이니 말이다. 하지만 시계도, 다른 어떤 것도 볼 수 없기 때문에 정확한 사실은 알지 못했다. 두건이 사람을 얼마나 두렵고 혼란스럽게 만드는지 이제 알 듯했다. 궁중에 붕 떠 있는 기분에 무섭기까지 한 것은 앞을 볼 수 없기 때문이 아니라 소리를 들을 수 있기 때문이었다. 들려오는 소리마다 점점 더 위협적으로 상상력을 자극했다.

지프가 멈추자 아트는 기다렸다. 곧 소총의 노리쇠를 긁는 금속성이나 권총 공이치기가 뒤로 당겨지는 찰칵 소리가 나리라. 더 끔찍한 상상을 해보자면, 날 넓은 칼이 '쉬이이익' 하고 허공을 가르는 소리가 들리고 뒤이어…….

아트는 기어가 바뀌고 지프가 갑자기 다시 앞으로 달려가는 것을 느꼈다. 그리고 또다시 흔들리기 시작했다. 걷잡을 수 없이 다리가 후들거리지만 멈출 수가 없었다. 머릿속에 자꾸만 떠오르는, 고문받은 어니의 시신 모습도 떨쳐버릴 수가 없었다. 어니에게 했던 짓을 자신에게도 하게 내버려 둬서는 안 된다는 생각이 계속 맴돌았다. 차라리 어니가 사신보다 널 고통스러웠을지도 모른다는 논리적 결론에 이르렀다.

아트는 부끄럽고 비참해졌다. 만일의 경우 그 끔찍한 현실이 눈앞에 다가오게 되면 다른 사람이 대신 그 일을 당하도록 할 방법을 찾을 것만 같았다. 할 수만 있다면 어니처럼 되지 않으려 하면서 말이다.

아트는 초등학교 때 수녀님이 가르쳐주신 참회기도를 기억해보려고 했다. 죽음을 앞두고 있을 때, 죄를 용서해 줄 신부님이 없더라도 진실하게 참회기도를 한다면 천국에 갈 수 있다고 했다. 아트는 그 사실을 똑똑히 기억하고 있었다. 하지만 그 빌어먹을 참회기도 내용이 도저히 떠오르질 않았다.

지프가 멈추었다.

엔진이 공회전하고 있었다.

여러 손이 아트의 팔을 잡아 일으키더니 함께 지프에서 내렸다. 발 아래로 나뭇잎을 밟는 느낌이 들었다. 아트가 나무 덩굴에 걸려 넘어질 뻔했지만, 양쪽에서 꽉 붙잡아 주었다. 아트는 정글로 끌려가고 있다는 사실을 알아챘다. 그들이 아트를 밀어 무릎을 꿇리려 했다. 그리고 그리 힘들이지 않고 무릎을 꿇렸다. 아트의 다리가 열에 녹은 엿가락처럼 흐물흐물해졌기 때문이다.

"두건을 벗겨."

아트는 시원시원하게 명령을 내리는 목소리가 누구인지 알아챘다. CIA 국장 존 홉스였다.

그곳은 정글 깊숙이 자리 잡은 군사 기지나 훈련 캠프 같아 보였다. 오른쪽에는 위장 전투복을 입은 군인들이 난이도 높은 장애물 달리기를 하고 있었다. 왼쪽에는 정글을 깎아 만든 작은 비행장이 보였다. 정면에는 작고 단정한 홉스의 얼굴이 서서히 초점이 잡혔다. 숱 많은 하얀 머리, 밝은 파란색의 눈동자, 거드름 부리는 듯한 웃음.

"수갑도 풀어."

아트는 손목에 다시 피가 통하는 기분이 들었다. 동시에 타는 듯 따끔따끔하고 저릿저릿했다. 홉스가 아트에게 따라오라는 신호를 보냈다. 텐트 안으로 들어가니 천으로 된 의자 두 개와 탁자와 야영 침대가 있었다.

"앉게, 아트."

"잠시 서 있고 싶습니다."

홉스가 이해할 수 없다는 듯 어깨를 으쓱했다.

"아트, 자네가 이해해야 할 것이 있어. 만약 자네가 '조직원'이 아니었다면, 이미 죽은 목숨이었을 걸세. 자, 그 귀중품 보관소 어쩌고 하는 허튼소리는 뭔가?"

이제 아트는 자신이 옳았다는 걸 알게 되었다. 막판 아베마리아 전략이 과녁을 맞힌 것이다. 만약 격납고 4 밖으로 운반되는 코카인이 단지 배신자들의 작품이었다면 그들은 아트에게 다시 두건을 씌워 도로 위에 버려두었을 것이다. 아트는 스카키에게 했던 위협의 말을 되풀이했다.

홉스가 아트를 노려보면서 물었다.

"'레드 미스트'에 대해 뭘 알고 있나?"

무슨 뜬금없는 레드 미스트? 아트는 의아했다.

"저는 단지 케르베로스에 대해 알 뿐입니다. 그 정도로도 당신들을 몰락시키기에 충분하죠."

"자네 분석에는 동감하네. 이제 그게 우리를 어떻게 한다는 건가?"

"서로의 목덜미를 덥석 무는 격이죠. 그리고 어느 누구도 놓을 수가 없어요."

"잠깐 나가서 좀 걷겠나?"

그들은 캠프를 통과하여 장애물 훈련장과 사격장을 거쳐, 까만 옷을 입은 군인들이 둘러앉아 잠복 작전에 대해 교육받고 있는 정글 속 빈터를 지나갔다.

홉스가 입을 열었다.

"훈련 캠프의 모든 비용은 미겔 앙헬 바레라가 대주고 있네."

"맙소사."

"바레라는 이해하고 있지."

"뭘요?"

홉스는 아트를 데리고 가파른 산길을 올라 언덕 꼭대기로 갔다. 그리고 아래로 뻗어 있는 거대한 정글을 가리켰다.

"저게 뭐로 보이나?"

"글쎄요. 열대림요?"

"내게는, 낙타의 코로 보이네. 자네 고대 아랍 속담 알지. '일단 낙타가 텐트 안에 코를 넣으면, 낙타는 텐트 안으로 들어올 것이다.' 저기가 니카라과야. 중앙아메리카의 지협인 텐트에 들이댄 공산주의 낙타의 코지. 우리 해군의 힘으로 고립시킬 수 있는 쿠바 같은 섬은 아니지만, 미국 본토의 일부지. 자네 지리학 좀 아나?"

"그럭저럭요."

"그렇다면 알 걸세. 지금 보이는 저 니카라과 남쪽 국경은 파나마 운하에서 500킬로미터쯤 떨어져 있지. 니카라과 북쪽 국경은 불안정한 온두라스와, 그보다는 좀 안정적인 엘살바도르와 접하고 있네. 두 나라 모두 공산주의 폭동으로 비틀거리고 있지. 과테말라도 마찬가지야. 다음번 도미노 조각이 쓰러질 곳이니까. 만약 자네 지리학이 믿을 만하다면 과테말라와 멕시코 남부의 유카탄 주, 킨타나로 주, 치아파스 주 사이에는 거의 산악정글과 열대우림밖에 없다는 사실을 알 게야. 그 지역들은 압도적으로 가난한 시골 지역이며, 공산주의 반란의 완벽한 희생양이 되는 소작농들이 대다수를 차지하고 있네. 만약 멕시코가 공산주의로 넘어간다면 어떻게 되겠나, 아트? 쿠바는 위험하기 짝이 없네. 상상해 봐. 국경 3200킬로미터가 러시아 위성국가에 인접해 있다면 어떻겠나? 바하의 할리스코 지하 격납고에 소련 미사일이 설치돼 있는 걸 상상해 보라고."

"그래서 그들이 그다음엔 텍사스라도 덮친다는 말인가요?"

"아니, 서유럽이지. 왜냐하면 미국조차 멕시코와 풀다 협곡 쪽 국경 3200킬로미터를 동시에 방어할 병력이나 자금력이 없다는 사실을 그들도 잘 알고 있거든."

"터무니없는 소리."

"그런가? 니카라과는 이미 국경 넘어 엘살바도르에 있는 FLMN으로 무기를 수출하고 있네. 그렇다고 속단할 건 없네. 그냥 니카라과를 중앙아메리카에 걸쳐진 소련 예속 정부라고 상상해 보게. 폰세가 민에서 태평양 연안이나 멕시코 만 내서양 연안에 주둔한 소련 잠수함을 떠올려보게. 그들은 만이나 카리브 해를 소련의 호수로 바꿔버릴 수도 있네. 잘 생각해 보게. 만약 우리가 쿠바에 있는 미사일 격납고를 발견하기 어려울 거라고 자네가 생각한다면, 저 너머 이사벨라 산맥의 산악지대를 탐색해 보게. 중거리 미사일은 마이애미, 뉴올리언스, 휴스턴까지, 미국의 대응 시간도 거의 주지 않고 쉽게 발사할 수 있네. 만이나 카리브 해 어딘가에 숨어 있는 잠수함에서 발사되는 미사일의 위협은 말할 것도 없지. 니카라과에 소련 예속 정부가 남아 있는 것은 허락할 수 없네. 아주 간단한 걸세. 콘트라스는 기꺼이 그 일을 하려고 할 게야. 아니면 차라리 미국 청년들이 정글에서 싸우다 죽는 걸 보고 싶나, 아트? 자네가 선택할 사항일세."

"제게 선택하게 하고 싶은 게 그건가요? 왕성한 활동력의 콘트라스? 쿠바 테러리스트? 부녀자, 아이, 성직자, 수녀들을 살해하는 엘살바도르 암살부대?"

"그들은 난폭하고 잔인하고 흉악하지. 아마 유일하게 그들보다 더 지독한 사람들은 공산주의자뿐일 걸세. 지구를 보게. 우리는 베트남에서 도망쳤네. 공산주의자는 거기서 옳은 교훈을 정확히 배웠지. 그들은 눈 깜짝할 새에 캄보디아를 점령했네. 우리는 아무것도 하지 못했지. 그들은 아프가니스탄으로 진군했는데, 우리는 육상경기에서 몇몇 운동선수들을 끌어내는 일 외에는 아무것도 못 했다네. 아프가니스탄, 파키스탄, 그리고 인도. 뻗어 가는 곳마다 해치웠지. 아트, 아시아 대륙 전체가 시뻘겋게 되었네. 모잠비크, 앙골라, 에티오피아, 이라크, 시리아가 소련 예속 정부가 된 걸세. 그리고 우리는 아무것도, 아무것도, 아무것도 하지 못했네. 그래서 그들은 이렇게 생각할 걸세. '좋아. 중앙아메리카에서도 아무것도 하지 않는지 보자고.' 이제 그들이 니카라과를 밀고 들어오면 우린 어떻게 대응해야겠나? 볼랜드 수정법안(니카라과 반군에 대한 지원을 불법으로 만든 법안 — 옮긴이)."

"그건 법이에요."

"자살행위지. 중앙아메리카의 심장부에 소련의 꼭두각시가 남아 있도록 하는 어처구니없는 짓을 보고 있을 사람은 바보나 연방의회뿐일 걸세. 어리석음이 설명을 소용없게 만드네. 우리는 뭔가를 해야 하네. 아트."

"그래서 CIA가 그 일을 떠맡……"

"CIA는 아무 일도 떠맡지 않네. 그게 내가 자네에게 하고 싶은 말일세, 아트. 케르베로스는 국가 최고 권력에서 온다네."

"로널드 레이건……"

"그는 처칠이나 다름없어. 역사적 위기의 순간에 그 위기의 진상을 파악했고 행동하기로 결심했지."

"그럼 지금 말하는 게……"

"그는 자세한 부분은 당연히 알지 못하네. 단순히 중앙아메리카의 형세를 역전시키고 산디니스타를 정복하라는 명령만 내리지. '무슨 수를 써서라도' 말이야. 자네한테 장과 절을 읽어주겠네. '국가안전보장 부서 3인자는 라틴아메리카 어느 곳이든 공산주의 테러리스트들이 일으킨 행위에 맞서 돌격할 권한을 부통령에게 위임한다.' 부통령은 대답으로 엘살바도르, 온두라스, 코스타리카에 본거지를 둔 TIWG(테러리스트 사건 작업반)를 형성했네. 그리고 NHAO(국세 온두라스 원소 기구)를 설립하게 되었지. 그건 볼랜드 수정법안과 마찬가지로 니카라과 난민들, 즉 콘트라스에게 비군사적 '인도주의' 원조를 제공할 계획일세. 케르베로스 작전은 CIA를 통해서가 아니라 부통령실에서 운영되는 작전이네. 자네가 잘못 알고 있는 점이지. 스카키가 내게 직접 보고하면, 내가 부통령실에 보고하지."

"왜 제게 이런 얘기를 하시는 거죠?"

"자네 애국주의에 호소하는 걸세."

"제가 사랑하는 국가는 자신의 요원을 고문으로 죽게 만드는 사람들과 함께 잠자리에 들지 않습니다."

"그리고 자네의 실리주의에 호소하는 거지."

홉스는 주머니에서 서류 뭉치를 꺼냈다.

"은행 기록일세. 자네 이름으로 개설된 예금이지. 케이먼, 코스타리카, 파나마…… 모두 미겔 앙헬 바레라한테서 송금이 들어왔군."

"아는 바 없습니다."

"출금 전표들도 있어. 자네 서명이 되어 있군."

"협상을 할 수밖에 없었어요."

"두 해악 중에서 덜한 쪽을 택하라. 틀림없군. 나는 그 딜레마를 완벽하게 이해하네. 이제 자네에게 우리를 이해해 달라고 부탁하겠네. 자네는 우리 비밀을 지켜주고 우리는 자네 비밀을 지켜주는 거지."

"됐습니다!"

아트는 돌아서서 걷기 시작했다.

"아트, 우리가 자네를 여기서 순순히 나가게 해줄 거라고 생각한다면……"

아트는 가운뎃손가락을 들어 보이며 계속 발걸음을 옮겼다.

"서로 협의 같은 걸 해볼 수도……"

아트는 고개를 저었다.

'도미노 이론(한 나라가 공산화되면 인접국가도 공산화된다는 이론 — 옮긴이)을 택하든 옆으로 제쳐놓든 상관 하지 않아. 홉스가 어니 일을 벌충하기 위해 내게 제시할 수 있는 것이 뭐가 있을까?'

아무것도 없었다.

이 세상 어떤 것으로도 안 된다. 모든 것을 잃은 사람에게는 아무것도 제시할 수 없다. 가족, 일, 친구, 희망, 믿음, 고국에 대한 신뢰, 그 모두를 잃은 사람에게 의미 있는 무언가를 제시하는 일은 불가능했다.

그런데 그런 것이 있었다.

그제야 아트는 이해했다. 케르베로스는 파수꾼이 아니라 안내자였다. 헐떡이고, 이를 드러내고, 혀를 늘어뜨린 채 당신을 악의 세계로 초대하려고 안달을 내고 있는 안내자.

그리고 당신은 결코 저항할 수 없다.

6장

낮디낮은 밑바닥이 뒤흔들리다

…… 육중한 족쇄와 단단한 돌덩이로
쉽게 구축된 굳건한 장벽의 빗장이 풀린다.
맹렬한 진동과 삐걱거리는 소리와
거센 천둥소리와 함께
지옥문과 경첩이 느닷없이 벌컥 열린다.
에레보스의 낮디낮은 밑바닥을 뒤흔든다.
(에레보스Erebus:이승과 저승 사이의 암흑계 — 옮긴이)
―밀턴, 『실낙원』

1985년 9월 19일
멕시코시티

침대가 흔들렸다.

그 흔들림이 꿈속으로 녹아들었다. 그때 노라는 잠이 깨면서 실제로 침대가 흔들리고 있음을 알게 되었다.

노라는 일어나 앉아 시계를 보지만 디지털 숫자에 초점을 맞추기 힘든 시간이었다. 숫자들이 거의 액체가 된 것처럼 흔들려 보이기 때문이었다. 노라는 시계가 흔들리지 않도록 손을 뻗어 잡았다. 아침 8시 18분이었다. 숫자가 흔들리는 것은 시계를 올려둔 탁자가 흔들리고 있는 탓이었다. 그리고 탁자, 전등, 의자, 침대, 모든 것이 흔들리고 있었다.

노라는 레지스 호텔 7층에 묵고 있었다. 그곳은 멕시코시티 중심부에 있는 라알라메다 공원 근처 아베니다 후아레스에 있는 오래되고 품위 있는 역사적 건물이었다. 노라는 각료의 손님으로 독립기념일 축하 행사에 참석한 장관을 돕기 위해 부름을 받아 내려와서 행사 후 사흘 동안 더 묵고 있었다. 장관은 저녁마다 아내가 있는 집으로 갔다. 그리고 오후가 되면 자신의 독립을 축하하러 호텔에 왔다.

노라는 아직 잠이 덜 깼나보다고, 아직 꿈을 꾸고 있나보다고 생각했다. 이제 벽에서 쿵쿵거리는 소리까지 나고 있었기 때문이다.

'내가 아픈가?'

노라는 의아했다. 어지럽기도 하고 속도 울렁거렸다. 그래서인지 침대에서 내려오자 걷기는커녕 서 있을 수도 없었고 발을 딛고 있는 바닥이 넘실거리는 것만 같았다.

노라는 침대 맞은편 벽에 걸린 큰 거울로 얼굴을 살펴보았다. 안색이 창백해 보이지는 않았다. 거울 가장자리로 노라의 머리가 계속 움직이더니 거울이 벽에서 떨어져 산산조각이 났다.

노라는 팔을 들어 올려 얼굴을 가렸다. 작은 거울 조각들이 손에 튕기는 기분이 들었다. 그리고 억수 같이 퍼붓는 소나기 소리가 들려왔다. 하지만 빗소리가 아니라 높은 층수에서 파편이 떨어지는 소리였다. 그리고 바닥이 놀이공원 미로 탐험에 있는 금속 판자처럼 비스듬해진 기분이었다. 하지만 지금은 재미있는 상황이 아니라 무시무시한 상황이었다.

만약 호텔 건물 밖을 볼 수 있다면 노라는 기겁했을 것이다. 그야말로 건물이 흔들리고 있으며 호텔 꼭대기가 구부러져서 이리저리 흔들리다가 옆 건물 꼭대기에 획획 부딪치고 있었으니 말이다. 그때 노라에게 그 소리가 들렸다. 아주 거세고 둔탁하게 부딪치는 소리. 그러더니 침대 뒤의 벽이 안으로 무너져 내렸다. 노라는 문을 열고 복도로 내달렸다.

바깥에는 멕시코시티가 극단적으로 흔들리고 있었다.

멕시코시티는 고대 호수 바닥의 부드러운 흙 위에 세워졌는데 그 아래에 있는 커다란 코코스 구조 암판 위에 둥지를 튼 형국이며, 그 암판은 광활한 멕시코 땅 아래에서 계속적으로 바뀌고 있었다. 도시의 부드럽고 푸석푸석한 지반은 암판 가장자리에서 겨우 320킬로미터 정도 떨어져 있을 뿐이었다. 세계 최고의 실수일 것이다. 태평양 아래로 푸에르토 바야르타의 멕시코 리조트 타운에서 파나마까지 곧장 펼쳐져 있는 중앙아메리카의 거대한 참호 곁에 도시를 세웠으니 말이다.

이 암판의 북쪽과 남쪽을 따라 몇 년간 소규모 지진이 있었다. 하지만 중앙 부분은 아니었다. 과학자들이 '지진 공백'이라 부르는 멕시코시티 근처에는 지진이 없었다. 지질학자들은 그것을 중앙이 아니라 양쪽 끝에서 폭발한 연속 폭탄에 비교했다. 그들은 조만간 중앙에 불이 붙어 폭발해야 하는 형국이라고 말했다.

진통은 지표 아래 30킬로미터쯤 되는 곳에서 시작됐다. 수백억 년 동안 코코스 암판은 동쪽으로 기울어 가라앉으려 시도해 왔고, 드디어 오늘 아침에 성공했다. 해안에서 60킬로미터, 멕시코시티 서부에서 400킬로미터 떨어진 곳에서 땅이 갈라지면서 그 지각을 거쳐 거대한 지진을 일으켰다.

도시가 진원지에 더 가까웠다면, 더 잘 버텼을지도 몰랐다. 우뚝 솟은 건물들도 실제 지진이 일어난 곳 근처에서 발생하는 급속한 흔들림과 고주파에서 살아남았을지도 몰랐다. 건물들은 들썩이고 금이 가더라도 버텨주었을 것이다.

하지만 지진이 중심부에서 바깥으로 이동하면서 에너지가 흩어져, 보통의 생각과는 달리 훨씬 위험한 상황을 초래했다. 부드러운 흙 때문이었다. 보통 지진은 천천히 길게 굽이치듯 이동하며 약해진다. 말하자면 거대한 파동이 부드러운 호수 바닥에 이르면, 즉, 도시가 세워진 그 젤리 같은 지반에 다다르면, 그 젤리가 울렁울렁 흔들리게 되어 그 위에 세워진 건물들도 흔들어 버리게 된다. 수직운동이라기 보다는 수평운동에 가깝게 건물들을 흔들면서 말이다. 바로 그것이 문제였다.

각 층의 천장이 아래층보다 옆으로 더 멀리 움직였다. 상부비중이 큰 건물들이 지금 글자 그대로 허공으로 미끄러지듯 흔들려 꼭대기를 서로 부딪치고 다시 제자리로 돌아오기를 반복하고 있었다. 정말 길게만 느껴지던 2분 동안 각 건물의 꼭대기는 옆으로, 앞으로, 뒤로 쉭쉭 흔들렸다. 그러더니 그대로 부서져 내렸다.

콘크리트 블록이 거리로 쏟아졌다. 창문이 파열하여 뾰족하고 거대한 유리조각이 미사일처럼 허공을 날아갔다. 내부 벽들과 들보가 무너져 내렸다. 옥상 수영장에 금이 가서 수 톤의 물이 아래층으로 쏟아졌다.

어떤 건물들은 4, 5층에서 그대로 꺾여 각각 2, 3, 8, 12층의 돌무더기, 콘크리트, 철근을 거리로 쏟아내고 있었다. 아울러 함께 떨어져 내리고 있는 수천 명의 사람들을 그 속에 파묻고 있었다.

이 건물 다음엔 저 건물, 그렇게 250개의 건물이 4분이라는 시간 만에 무너져 내렸다. 정부는 글자 그대로 추락하고 있었다. 해군 사무국, 통상 사무국, 보도 사무국 할 것 없이 모두 무너지고 있었다. 도시 관광숙박 센터는 사상자 명단을 끝도 없이 발표했다. 몬테카를로 호텔, 로마노 호텔, 베르사예스 호텔, 더 로마, 브리스톨, 에헤쿠티보, 팔라시오, 레포르마, 인터콘티넨털, 레지스 호텔이 모두 무너져 내렸다. 카리브 호텔의 위쪽 절반은 나무젓가락처럼 부러져서 갈라진 틈 사이로 침대 매트, 여행가방, 커튼, 투숙객들을 길바닥으로 쏟아내고 있었다. 동네 전체가 사실상 사라졌다. 멕시코계 거주지 콜로니아 로마와 콜로니아 도크토레스, 우니다드 아라곤, 틀라텔로코 공영주택단지 등, 20층 아파트 건물이 거주자들 위로 내려앉았다. 특히 비참한 것은, 지진으로 멕시코 종합 병원과 후아레스 병원이 붕괴되어 환자들이 옴짝달싹 못하고 죽어가며 의사와 간호사를 애타게 찾고 있다는 점이다.

그러나 지금 이 순간, 노라는 이런 사실들을 모르고 있었다. 노라는 복도로 달려나갔다. 카드로 정교하게 만든 집에서 카드가 무너져 내리기 시작하듯 객실 문들이 무너져 내리고 있었다. 여자 하나가 노라 앞을 달려가 엘리베이터 버튼을 눌렀다.

"안 돼요."

노라가 외치자 그 여자가 뒤돌아봤다. 겁에 질려 눈을 휘둥그렇게 뜨고 있었다.

"엘리베이터를 타지 마요. 계단으로 가요."

그 여자가 노라를 말똥말똥 쳐다보았다.

노라는 스페인어를 떠올려 보려고 하지만 실패했다.

그때 엘리베이터 문이 열리면서 물이 쏟아져 나왔다. 마치 괴

기스러운 3류 공포영화의 한 장면 같았다. 그 여자는 몸을 돌리다가 노라를 보더니 웃으며 말했다.

"아구아."

"바모스(갑시다), 바모노스(함께 갑시다), 뭐가 됐든. 가요. 이리 와요."

노라는 그 여자의 손을 잡고 아래층으로 내려가려고 당겼다. 하지만 그 여자는 움직이려 하지 않았다. 그리고 손을 빼내어 엘리베이터 내려가는 버튼을 계속해서 눌렀다.

노라는 그 여자를 내버려 두고 계단으로 이어지는 비상문을 찾았다. 발밑의 바닥이 파르르 떨리더니 울렁거렸다. 그녀는 계단으로 발을 내디뎠다. 기다란 그네 상자를 타고 있는 기분이었다. 노라는 이쪽저쪽으로 몸이 쏠려가며 계단을 내려갔다. 이제 노라 앞에도, 뒤에도 사람들이 보였다. 계단이 점차 사람들로 붐볐다. 소리가, 소름 끼치는 소리가 닫힌 공간에서 메아리쳤다. 우지끈 와장창 하는 건물 쪼개지는 소리, 여자들의 비명소리, 아이들의 찢어지는 날카로운 소리와 아우성이 사방에서 들려왔다. 노라는 몸을 지탱하려고 난간을 잡아보지만 난간도 흔들리기는 마찬가지였다.

노라는 한 층 한 층 내려가며 몇 층인지 세어보려다 포기하고 말았다. 3층인지, 4층인지, 5층인지 기억이 나질 않았다. 노라는 일곱 층을 내려가야 했다. 바보 같게도 멕시코에서는 어떻게 층수를 매기는지 모르겠다. 로비부터 1층, 2층이 되는가, 로비 위층부터 1층, 2층, 3층, 4층인가?

'그게 무슨 상관이야? 그냥 계속 움직여야 해.'

노라는 스스로를 다그쳤다. 그때 건물이 배가 흔들리는 것처럼 심하게 기울어지면서 노라를 왼쪽 벽으로 내동댕이쳐 버렸다. 그녀는 중심을 잡고 다시 일어섰다.

'그냥 계속 움직여. 그냥 계속 움직이는 거야. 건물이 머리 위로 무너져 내리기 전에 밖으로 나가야 해. 그냥 계속 계단을 내려가.'

노라는 이상하게도, 몽마르트르 언덕에서 비예트로 가는 가파른 계단이 생각났다. 많은 사람들이 케이블카를 타고 가지만 노라는 항상 계단을 택했다. 종아리에도 좋지만 노라가 그 계단을 즐기기 때문이었다. 그리고 케이블카 대신 계단을 선택한 대가로 계단 아래쪽에 있는 예쁜 카페에서 쇼콜라쇼(핫초코)를 즐길 수 있었다.

'다시 거길 가보고 싶어. 노천 테이블에 앉아 나를 보며 웃는 웨이터도 보고 지나가는 사람들도 보고, 괴상한 대성당, 사크레쾨르 대성당의 솜사탕처럼 생긴 지붕 꼭대기도 보고 싶어.'

'그걸 생각하자. 그것만 생각하자. 이 미로 속에서, 붐비고 흔들리고 출렁거리는 이 죽음의 덫에서 죽는다는 생각은 하지도 말자. 젠장, 이 안이 뜨거워지고 있어. 젠장, 비명소리는 이제 그만. 그런 건 아무 도움도 되지 않아. 닥쳐.'

이제 바람이 느껴졌다. 노라 앞에 사람들이 꽉 들어차 있었다. 정체 현상이 해소되면서 노라는 사람들과 로비까지 나갔다.

흔들리는 나무에서 떨어지는 썩은 열매처럼 샹들리에가 천장에서 낡은 타일 바닥으로 떨어져 내려 산산조각이 났다. 노라는 깨진 유리 위를 걸어 회전문으로 갔다. 미어터지는 사람들 틈에서 잠시 기다렸다가 순서가 되자 회전문에 들어섰다. 손도 안 대는데 뒤에서 미는 힘만으로 문이 회전했다. 노라는 공기를, 경이로운 공기를 들이켰다. 어스름한 햇빛이 보인다. 노라가 거의 다 나왔을 무렵……
 호텔 건물이 노라 위로 무너져 내렸다.

 지진이 덮쳤을 때, 그는 한창 미사 중이었다.
 진원지에서 20킬로미터쯤 떨어진 시우다드 구스만 대성당에는 대주교 후안 파라다 신부가 성체를 머리 위로 들고 하느님께 기도를 올리고 있었다. 과달라하라 관구의 대주교가 되면 얻게 되는 혜택과 특전의 하나였다. 그래서 후안 신부는 그 작은 마을에 가끔씩 미사를 주최하러 나왔다. 후안 신부는 대성당의 고상한 추리게라 건축양식을 아주 좋아했다. 멕시코 인들은 유럽 고딕 양식을 비기독교 아즈텍과 마야식으로 개조했다. 고딕양식인 대성당의 두 탑은 다양한 색상의 타일로 화려하게 장식된 둥근 천장을 측면에 두며 콜럼버스의 미국 대륙 발견 이전의 양식으로 마무리되었다. 아직도 후안 신부는 제단 뒤의 조각들을 대할 때마다 나무에 아름답게 장식된 조각들을 보았다. 백인 케루빔 천사들과 사람의 얼굴들뿐 아니라 토박이 과일과 꽃들과 새들도 소용돌이 모양으로 장식되어 있었다.
 색에 대한 사랑, 자연에 대한 사랑, 삶의 기쁨. 이런 것들이 예수 그리스도에 대한 감수성이 강하고, 흔들리지 않는 믿음과 토착신앙을 이음새 없이 융합하는 멕시코산 기독교에 후안 신부를 빠지게 만들었다. 멕시코 기독교는 메마르고 인색하며, 자연세계에 대한 혐오감을 가진 유럽의 지성주의 종교가 아니었다. 아니, 멕시코 인들은 선천적으로 지혜로우며 종교적으로 관대한 사람들이었다. 어떻게 그걸 말로 표현할 수 있겠는가. 그들의 관대함은 이 세상을 다 감싸 안을 정도로 컸다.

후안 신부는 신도들 쪽으로 몸을 돌리며 생각했다.

'그건 정말 좋은 점이지. 내 설교 속에 그런 내용이 들어갈 방법을 찾아야겠군.'

오늘 아침 대성당은 목요일인데도 신도들로 붐볐다. 후안 신부가 미사를 집행하러 왔기 때문이다.

'그 사실을 누릴 자아들이 충분히 있군.'

사실 후안 신부는 어마어마하게 인기 있는 대주교였다. 후안 신부는 사람들 틈으로 나아가 그들과 걱정, 생각, 웃음, 끼니를 함께 했다. 참 많이도 함께 식사를 했지, 하고 후안 신부는 생각했다. 후안 신부는 많은 곳을 방문하지만, 방문한 마을이 어디든 자신의 방문이 마을에 웃음을 주는 일이라는 사실을 알았다.

"탁자 상석에 큰 의자를 놔. 후안 신부님이 저녁 식사 하러 오실 거야."

후안 신부는 무릎 꿇은 신도들의 혀에 성체를 놓기 시작했다.

그때 대성당 바닥이 요동쳤다.

정확히 그렇게 느껴졌다. 요동. 그리고 또 한 번, 또 한 번 이어지더니 갑자기 급격한 요동이 지속적으로 일어났다.

뭔가가 후안 신부의 소매를 적셨다.

내려다보니 옆에 서 있는 시종 소년이 들고 있던 포도주가 컵 밖으로 튄 것이었다. 후안 신부가 시종 소년의 어깨에 팔을 둘렀다.

"우선 아치 밑으로 가거라. 그리고 밖으로 나가렴. 모두들 이제 나가십시오. 고요하게. 조용하게."

후안 신부는 천천히 시종 소년을 밀었다.
"가거라."
소년이 제단에서 내려갔다.
그리고 후안 신부는 기다렸다. 후안 신부는 신도들이 모두 대성당 밖으로 나갈 때까지 거기서 기다릴 것이다.
'마음을 가라앉히자. 내가 침착해지면 신도들도 침착해질 거야. 내가 허둥대면 신도들도 나가려고 서로를 밀고 당길 거야.'
그래서 후안 신부는 가만히 서서 주위를 둘러보았다.
동물 조각상들은 생명을 얻고 살아난 듯 보였다.
펄쩍펄쩍 뛰고 부르르 떨었다.
조각된 얼굴이 위아래로 흔들렸다.
'열광적인 호응이로군. 무엇에 대한 것인지 궁금한걸?'
대성당 밖에서는 두 탑이 흔들리고 있었다.
탑들은 고대의 돌로, 지역 장인의 손길 속에서 아름답게 만들어졌다. 그 속에는 무수한 사랑과 보살핌이 담겨 있었다. 하지만 그 탑들이 서 있는 곳은 할리스코 관구의 시우다드 구스만 성당이 있는 마을이었다. 이름은 타나스칸 원주민들이 지었고, '모래땅'을 뜻했다. 탑의 돌들은 질이 좋고 단단하며 평평했다. 하지만 회반죽이 모래흙으로 만들어졌기 때문에 바람, 비, 시간에는 강할 수 있지만 결코 20킬로미터 거리, 30킬로미터 깊이에서 발생한 강도 7.8의 지진을 견뎌 내긴 쉽지 않았다.
그래서 신도들이 끈기 있게 밀려 나가는 사이, 탑들이 흔들리면서 탑들을 지탱하고 있는 회반죽이 푸석푸석하게 가루가 되어 떨어져 내렸다. 그리고 회반죽이 지탱하고 있던 탑이 탑을 세운

장인의 증손자들 머리 위로 무너져 내렸다. 탑은 타일로 장식된 둥근 천장을 박살내고 스물다섯 신도들 위로 떨어졌다.
오늘 아침부터 대성상이 붐빈 탓이었다.
대주교 후안 신부에 대한 사랑 때문에.
제단에 서서 마음을 안정시키고 있던 후안 신부는 눈앞에 있던 사람들이 노란 먼지구름 속으로 사라지자 충격과 공포에 휩싸였다.
성체는 아직 손 안에 있었다.
예수의 몸.

노라는 죽음에서 떠밀려 났다.
철근 들보가 부서진 벽 조각 위에 비스듬히 떨어져서 다른 기둥이 노라에게 떨어지는 것을 막아주었고 그녀에게 작은 공간과 약간의 공기를 제공해 주면서 노라의 목숨을 구한 것이다. 노라는 레지스 호텔의 파편 밑에서 적어도 숨은 쉴 수 있었다.
그렇다고 숨을 제대로 쉴 수 있는 공기는 아니었다. 먼지가 가득했기 때문이다.
노라는 목이 메어 기침을 했다. 아무것도 보이지 않고 소리만 들렸다. 몇 분이 지난 건지 몇 시간이 지난 건지 알 수가 없었다. 지금은 자신이 죽었는지 살았는지가 더 궁금했다. 이 좁고 뜨겁고 앞이 안 보이고 먼지로 목이 막히는 공간이 혹시 지옥은 아닌지 궁금했다.
'난 죽었어. 죽어서 묻힌 거야.'
어디선가 신음하는 소리, 고통을 부르짖는 소리가 들렸다. 노라는 궁금했다. 이 상황이 영원히 지속될까? 여기가 저승일까? 매춘부는 죽으면 어디로 갈까?

그녀는 좁은 공간에서 간신히 팔베개를 하고 누웠다.

'아마 지옥은 깨지 않고 잘 수 있을 거야. 저승은 계속 잠들어 있을 수 있을 거야.'

따끔했다. 팔이 피로 물들어 있었다. 그제야 노라는 거울이 산산조각이 나서 노라에게 튕겨온 일을 기억해 냈다.

'난 죽지 않았어.'

노라는 피가 흐르는 것을 느꼈다. 죽은 사람은 피를 흘리지 않았다.

'나는 죽지 않았어.'

'나는 산 채로 묻혔어.'

노라는 갑자기 공포에 빠졌다.

호흡이 가빠지기 시작했다. 그러면 안 된다는 사실을 알지만, 조금밖에 없는 산소를 빨리 써버리게 될 뿐이라는 사실을 알지만, 노라도 어쩔 수 없었다. 산 채로 지하 관속에 묻혔다는 생각에 노라는 고등학교 때 읽었던 에드거 앨런 포의 어떤 바보 같은 이야기가 떠올랐다. 관 뚜껑의 긁힌 자국이…….

노라는 비명을 지르고 싶었다.

'흥분하는 일에 산소를 다 써버릴 수는 없어.'

더 나은 용도가 있을 것이다. 노라는 짧게 외쳤다.

"사람 살려!"

외치고, 외치고 또 외쳤다. 목청이 터지도록.

그때 사이렌 소리와 발걸음 소리가 들렸다. 바로 머리 위였다.

"사람 살려요!"

두드리는 소리가 났다.

"여긴가요?"

"여기예요!"

노라는 소리와 함께 머리 위에서 뭔가가 걷히는 느낌을 받았다. 구조 지시가 내려지고 노라를 향해 주의하라고 하는 목소리가 들렸다. 노라는 손을 최대한 위로 뻗었다. 잠시 후 놀랍도록 따뜻한 손이 노라의 손을 잡고는 그녀를 끌어당겼다. 위로, 밖으로. 그러더니 노라는 기적적으로 바깥으로 나와 서게 되었다. 완전한 바깥은 아니었지만 말이다. 위로는 천장 같은 것이 있고 벽과 기둥은 제멋대로 비스듬하게 쓰러져 있었다. 마치 폐허가 된 유적 박물관에 서 있는 기분이었다.

노라의 팔을 잡고 있는 구조 요원이 호기심 어린 눈으로 노라를 바라보았다.

그때 노라는 어떤 냄새를 맡았다. 달콤하면서 메스꺼운 냄새였다.

'젠장, 뭐지?'

전기 스파크가 가스를 만나 폭발을 일으킨 것이다.

날카롭게 깨지는 소리가 들리더니 펑 하는 낮은 소리가 들려와서 노라는 깜짝 놀라며 몸을 움츠렸다. 노라가 고개를 들자 온 사방이 불에 타오르고 있었다. 마치 이 빌어먹을 놈의 공기가 불타고 있는 듯했다.

그리고 그 불이 노라 쪽으로 옮겨오고 있었다.

사람들이 소리쳤다.

"피해! 지금 당장!"

남자 한 명이 노라의 팔을 다시 잡아당기며 달렸다. 사방이 온통 불꽃 천지였다. 불타고 있는 파편이 노라의 머리 위로 떨어지더니 지글지글하는 소리가 들리고 시큼하고 아린 냄새가 났다. 어떤 남자가 노라의 머리를 철썩 때렸다. 노라의 머리에 불이 붙은 것이다. 하지만 노라는 그걸 느낄 정신이 아니었다. 그 남자는 자신의 소매에 불이 붙었는데도 계속 노라를 밀고 있었다. 어느새 노라는 바깥으로 빠져나왔다. 노라는 주저앉고 싶은데 그 남자가 내버려 두지 않고 계속 밀고, 밀고 또 밀었다. 그들 뒤로 레지스 호텔의 머리 부분이 불타며 무너져 내리고 있었기 때문이다.

뒤따르던 남자 두 명은 성공하지 못했고, 지진으로 갇혀버린 사람들을 구조하려다 죽은 128명의 영웅들과 같은 길을 가고 말았다.

노라는 아직 이 사실을 모른 채 아베니다 베니토 후아레스를 건너 라 알라메다 공원의 비교적 안전한 광장으로 급히 발걸음을 옮겼다. 노라가 주저앉자 한 교통단속 여자 경찰이 노라의 머리에 코트를 던져 불을 꺼주었다.

노라는 주위를 둘러보았다. 레지스 호텔은 불타고 있는 파편 더미가 되었다. 옆 건물 살리나스 이 로차 백화점은 두 동강이 나 있었다. 빨강, 초록, 하양의 독립기념일 축하 장식 리본들이 건물의 잘린 뼈대 위로 허공에서 펄럭이고 있었다. 먼지 구름 사이로 보이는 주변 모든 건물들이 무너지거나 반 토막이 나 있었다. 거대한 돌덩이들, 콘크리트, 뒤틀린 철근이 거리마다 나뒹굴고 있었다.

그리고 사람들이 있었다. 공원 곳곳에서 사람들이 무릎을 꿇고 기도하고 있었다.
하늘은 연기와 먼지로 거무스름했다.
햇빛은 차단되었다.
그리고 계속해서 되풀이되는 웅얼거림이 들렸다.
'세상의 종말.'
노라는 오른쪽 머리카락이 검게 그을렸고 왼쪽 팔에서는 작은 유리조각이 박혀 피가 흐르고 있었다. 정신적 충격과 아드레날린이 차츰 소멸되면서 노라는 서서히 아픔을 느끼기 시작했다.

후안 신부는 시신들 곁에 무릎 꿇고 앉아 있었다.
그들에게 사후 병자 성사를 해 주었다.
한 줄로 늘어선 시신들이 후안 신부의 처리를 기다리고 있었다. 25구의 시신이 임시 수의에 싸여 있었다. 담요, 수건, 식탁보, 보이는 모든 것이 동원되었다. 시신들은 무너진 대성당 밖 흙바닥에 가지런히 한 줄로 눕혀 있고 극도로 흥분한 동네 사람들이 시신이 더 있는지 샅샅이 수색하고 있었다. 고대 돌덩이 아래에 갇힌, 실종된 사랑하는 사람을 찾기 위해서. 간절하게, 살아 있는 작은 신호라도 들으려는 희망을 품고서 말이다.
그래서 후안 신부의 입은 라틴어를 웅얼거리고 있지만, 마음은······.
마음속에 있던 뭔가가 부서진 땅만큼 확실하고 치명적으로 깨져 버렸다.
'이제 하느님과 나 사이에 단층선이 생겨 버렸군.'
신이 존재하는 곳, 신이 존재하지 않는 곳.

후안 신부는 사람들에게 그 사실을 말할 수 없었다. 잔인할 것이다. 그들은 사랑하는 고인의 영혼을 천국에 보내려고 후안 신부를 찾아왔다. 그들을 실망시킬 수는 없었다. 지금도 그렇고 앞으로도 그럴 것이다.

'사람들에게는 희망이 필요해. 내가 그걸 뺏을 수는 없어. 나는 당신만큼 잔인하지는 않아.'

그래서 후안 신부는 기도문을 읊조렸다. 그들에게 성유를 바르고 종교의식을 계속했다.

후안 신부에게 주교 한 명이 다가왔다.

"후안 신부님?"

"내가 바쁜 거 안 보이나?"

"멕시코시티에서 신부님을 찾고 있습니다."

"내가 필요한 곳은 여기야."

"명령입니다."

"누구의 명령이시?"

"로마 교황 사절입니다. 모든 분들이 구조기구 창립을 위해 호출되고 있습니다. 신부님이 예전에 그 일을 하셔서……"

"여기 수십 명의 사람이 죽었어……"

"멕시코시티에는 수천 명이 죽었다고 합니다."

"수천 명?"

"정확한 수치는 아무도 모릅니다. 그리고 수만 명이 집을 잃었다고 합니다."

후안 신부는 생각했다.

'그래, 살아 있는 사람을 살려야지.'

"여기 일을 마저 끝내고 가지."

후안 신부는 병자 성사를 하기 위해 돌아섰다.

그들은 노라를 내버려 둘 수 없었다.

경찰, 구조대원, 구급대원 등 많은 사람이 애써보았지만, 노라는 의료 도움을 받으러 가지 않겠다고 말했다.

"당신 팔을 보세요, 세뇨라. 얼굴도······"

"됐어요. 더 심하게 다친 사람들이 많이 있어요. 난 괜찮아요."

노라는 생각했다.

'무척 아프기는 하지만 괜찮아. 우습군. 어제였으면 그 두 가지가 함께 일어날 수 없다고 생각했겠지. 하지만 이제는 가능하다는 사실을 알아.'

노라는 팔이 아프고 머리가 아프고, 아주 심하게 햇볕에 탄 것처럼 불에 그슬린 얼굴도 아팠지만, 기분은 괜찮았다.

사실, 지금 노라는 강해진 기분이었다.

'아프다고?'

'그딴 소리 집어치워. 사람들이 죽어가고 있어.'

노라는 이제 도움받기를 바라지 않았다. 도움 주기를 원했다.

그래서 노라는 앉아서 조심스럽게 팔에 박힌 유리를 뽑아냈다. 그리고 깨진 수도관에서 흐르는 물에 팔을 씻었다. 몸에 걸치고 있는 리넨 잠옷의(속이 훤히 비치는 실크 옷 대신 리넨을 선택해서 다행이었다.) 소매를 찢어서 상처 주위를 묶었다. 그리고 반대쪽 소매도 찢어서 코와 입을 막는 손수건으로 썼다. 먼지와 연기 때문에 숨이 막혔다. 그리고 냄새······.

그것은 죽음의 냄새였다.

냄새를 맡아보지 않고는 상상조차 할 수 없는 냄새이며, 한번 맡아보면 절대 잊을 수 없는 냄새였다.

노라는 손수건으로 얼굴을 단단히 조이고 발에 신을 수 있는 것을 찾아다녔다. 백화점이 거리에다 내용물을 얼마나 쏟아 놨던지 신발 찾기가 그리 어렵지 않았다. 노라는 고무 슬리퍼를 골라 신었다. 약탈이라는 생각은 안 들었다(약탈은 없었다. 많은 도시 주민들이 압도적으로 쪼들리는 생활을 하지만 약탈은 없었다.). 그리고 호텔 파편 더미에서 생존자를 찾기 위해 모여 있는 자원봉사자들 틈에 끼어들었다. 수백 명의 구조대원들과 수천 명의 자원봉사자들이 온 도시를 뒤덮고 있는 건물 잔해를 파헤치고 있었다. 땅 속에 갇혀 있는 사람들을 구하기 위해 삽, 곡괭이, 타이어 레버, 부러진 콘크리트 철근, 그리고 맨손으로 작업하고 있었다. 사망자와 부상자들을 담요, 이불, 샤워 커튼 등으로 싸서 옮기고, 질밍직이고 아주 위급한 사람들을 돕기 위해 농분서주했다. 일부 자원봉사자들은 구급차와 소방차가 진입할 수 있도록 도로에 쏟아진 건물 파편들을 치우고 있었다. 소방 헬리콥터들이 불타고 있는 건물 위를 맴돌며 아래층으로 미처 대피하지 못한 사람들을 구출하려고 구조 요원을 실은 구조 바구니를 내리고 있었다.

그러는 동안 수천의 라디오 방송이 소식을 쏟아냈다. 사망자와 생존자의 명단이 발표될 때마다 슬픔의 비명소리나 기쁨의 환호성이 울려 퍼졌다.

다른 소리들도 있었다. 신음소리, 흐느껴 우는 소리, 기도 소리, 비명소리, 도와달라고 외치는 소리. 모두가 무너진 건물의 잔해

속 깊은 곳에서 가느다랗게 들려왔다. 수 톤의 건물 더미에 갇혀 있는 사람들의 목소리였다.

그래서 사람들은 계속 작업을 했다. 서둘러, 끈덕지게, 팀을 이루어서, 자원봉사자들과 전문 인력들이 생존자를 수색했다. 노라 옆에서 움직이고 있는 사람은 걸스카우트 대원들이었다. 아홉 살이 채 안 되어 보였다. 그들의 진지하고 단호한 표정을 보니 이미 글자 그대로 세상의 무게를 함께 짊어진 모습이었다. 걸스카우트, 보이스카우트, 축구 클럽, 브리지게임 클럽도 있고, 노라 같은 개인들도 스스로 팀을 이루어 작업하고 있었다.

이미 무너진 병원을 떠나온 의사들과 간호사들 몇몇은 희미한 생존 신호라도 놓치지 않으려고 청진기로 잔해를 더듬고 있었다. 그럴 때는 다른 사람들에게 조용히 할 것을 당부했고 사이렌 소리와 자동차 시동도 끄고 모두가 완벽하게 정지해 있었다. 그리고 의사가 웃거나 고개를 끄덕이기라도 하면 사람들이 작업에 들어갔다. 조심스럽게 천천히, 하지만 효과적으로 돌덩이와 철근과 콘크리트를 들어냈다. 때때로 누군가를 잔해 속에서 구출해 내는 행복한 결말을 가져다주기도 하지만 대부분은 더 슬퍼졌다. 그들은 잔해를 생각만큼 빨리 제거하지 못했기에, 구조가 너무 늦어져버려 싸늘한 시신을 발견하곤 했으니까.

어떤 경우이든 그들은 계속 작업에 임했다.

하루 종일 작업하고 밤까지 이어갔다.

밤이 되자 노라는 작업을 멈췄다. 공원에 세워진 구조본부에서 차와 빵 한 조각을 받아서 먹으며 쉬었다. 공원은 새로 유입된 집 잃은 사람들과 집이나 아파트에 머물러 있기를 두려워하는 사람들로 붐볐다. 그래서 마치 거대한 난민촌 같았다.

'그래. 딱 난민촌 같아.'

난민촌과 다른 부분이 있다면, 조용하다는 점이었다. 라디오도 낮게 켜놓고, 기도도 속삭이듯 하고, 아이들에게 말할 때도 조용조용 말했다. 다투는 소리도 들려오지 않고 부족한 음식이나 물을 더 받기 위해 밀고 당기는 일도 없었다. 사람들은 줄을 서서 인내심 있게 기다렸고 여분의 음식은 노인들이나 아이들에게 갖다 주었다. 서로 도와 물을 나르고 임시 천막과 은신처를 세우고 화장실 구덩이를 팠다. 집이 파손되지 않은 사람들은 담요, 솥, 음식, 옷을 가지고 왔다.

한 여자가 노라에게 청바지와 면 셔츠를 건넸다.

"이거 입어요."

"그럴 수 없어요."

"추워질 거예요."

노라는 옷을 받았다.

"고맙습니다. 그라시아스."

노라는 나무 뒤로 가서 옷을 갈아입었다. 그리 좋은 옷은 아니었지만, 감촉이 좋고 따뜻했다. 노라의 집에는 옷으로 가득한 벽장이 있었다. 대부분 한두 번밖에 입지 않은 것들이었다. 하지만 지금 당장은 양말 한 켤레를 구할 수 있다면 얼마가 되더라도 돈을 지불할 것이다. 노라는 이 도시가 고도 1600미터가 넘는다는 사실을 알고는 있었지만, 밤이 되어 추워지고 나서야 그 사실을 실감했다. 노라는 아직도 건물 잔해에 갇혀 있는 사람들은 어떨지 궁금해졌다. 그들도 따뜻하게 밤을 지낼 수 있을까?

노라는 차와 빵을 마저 먹은 뒤 손수건을 얼굴에 묶고 다시 호텔이 무너진 곳으로 갔다. 그리고 중년 여자 옆에 무릎을 꿇고 앉아 다시 파편들을 걷어내기 시작했다.

후안 신부는 지옥 길을 걷고 있었다.
깨진 가스관에서 불꽃이 미친 듯 사납게 타오르고 있었다. 무너진 건물 뼈대 내부에서도 불꽃이 일어 지옥같이 어두운 바깥을 밝히고 있었다. 매운 연기가 눈을 찔렀다. 먼지가 코와 입을 메워 기침을 일으켰다. 후안 신부는 냄새 때문에 메스꺼워졌다. 시체가 부패하는 악취와 살이 타는 끔찍한 냄새였다. 그 처참한 냄새가 무뎌질 만해지자 고장 난 배수시설 때문에 톡 쏘는 인분 냄새가 파고들었다.
걸어갈수록 처참함이 더해갔다. 서성이는 아이, 엄마 아빠를 찾으며 우는 아이들을 가는 곳마다 마주쳤다. 어떤 아이들은 속옷이나 잠옷만 입고 있었고, 어떤 아이들은 학교 체육복을 입고 있었다. 후안 신부는 그 아이들을 모두 모아서 함께 걸어갔다. 한 팔에는 꼬마 소년을 안고 다른 손으로는 작은 소녀의 손을 잡고 갔다. 그리고 그 소녀가 다른 아이의 손을 잡고, 또 그 아이가 다른 아이 손을 잡고…….
후안 신부가 라 알라메다 공원에 도착했을 때는 아이들이 스무 명이 넘었다. 후안 신부는 공원을 두리번거리며 가톨릭 구조기구가 세운 천막을 찾았다.
어느 고위 성직자를 만나자 후안 신부가 물었다.
"혹시 안토누치를 보았소?"

로마 교황 사절인 안토누치 추기경을 뜻하며 그는 멕시코에서 바티칸의 최고위 대표가 되었다.

"대성당에서 미사를 올리고 계십니다."

"여긴 미사가 필요한 게 아니라 전기와 물이 필요하오. 음식과 혈액과 혈장이 필요하단 말이오."

"사회 속에서 종교의 필요는……"

"알았소. 알았소. 알았어."

후안 신부는 걸어가 버렸다. 생각할 필요가 있고 머리를 식힐 필요도 있었다. 아주 많은 기구들이 조직되었다. 아주 많은 도움이 필요한 수많은 사람들이 있었다. 압도적으로. 후안 신부는 주머니에서 담배를 꺼내어 불을 붙였다.

어둠 속 어디선가 여자의 목소리가 달려들었다.

"당장 꺼요. 미쳤어요?"

후안 신부는 성냥을 훅 불어서 껐다. 그리고 어둠을 향해 손전등을 움직였다. 한 여자의 얼굴이 보였다. 엄청나게 예쁜 얼굴이었다. 먼지와 땀으로 얼룩덜룩한 데도 말이다.

"가스관이 깨졌어요. 우리 모두를 날려버리고 싶어요?"

"온 사방이 불이잖소."

"그럼 굳이 하나 더 켤 필요가 없겠군요. 그렇죠?"

"아니, 그렇지 않을 것 같은데. 당신은 미국인이군."

"네."

"빨리도 왔군."

노라가 대답했다.

"지진이 일어났을 때 여기 있었어요."

"아."

후안 신부는 노라를 훑어보았다. 오랫동안 잊고 있던 가냘픈 망령이 흥분하는 것을 느꼈다. 이 여자는 조그맣지만, 어딘가 전사다운 면모가 보였다. 싸울 기세였다. 싸우고 싶지만, 대상과 방법을 모르고 있었다.

'나처럼.'

후안 신부는 손을 내밀었다.

"후안 파라다요."

"노라예요."

그냥 노라라 이거지. 성씨 없이.

"멕시코시티에 살고 있소, 노라?"

"아뇨, 사업차 왔어요."

"어떤 사업을?"

노라는 후안 신부의 눈을 똑바로 쳐다보았다.

"콜걸이에요."

"미안하지만 내가······"

"매춘부 말이에요."

"아."

"당신은 무슨 일을 하죠?"

노라의 질문에 후안 신부가 웃었다.

"신부라오."

"신부님 옷차림이 아닌데요."

"당신도 매춘부 옷차림이 아니오. 사실 난 신부보다 더 끔찍하지. 주교니까. 대주교."

"대주교가 주교보다 나은 건가요?"

"사람들은 등급으로만 판단할지 몰라도, 난 그냥 신부였을 때가 더 행복했다오."

"그럼 그냥 신부님 하면 되잖아요?"

후안 신부가 다시 웃었다. 그리고 고개를 끄덕였다.

"당신이 아주 성공한 콜걸이라는 쪽에 내기를 걸겠소."

"맞아요. 저도 당신이 아주 성공한 대주교라는 쪽에 내기를 걸죠."

"사실은 그만둘 생각이오."

"왜요?"

"내 믿음에 더 이상 확신이 없어서지."

노라는 이해가 안 된다는 듯 어깨를 으쓱했다.

"그럼 그런 척해요."

"그런 척?"

"쉬워요. 전 늘 그러는 걸요."

"오. 오오오, 무슨 말인지 알겠군." 후안 신부는 얼굴을 붉혔다. "하지만 내가 왜 뭔가를 그런 척해야 하지?"

"힘 때문이죠." 노라는 무슨 소린지 모르겠다는 표정의 후안 신부를 보며 말을 이었다. "대주교는 분명 꽤 많은 권력이 있을 거예요. 맞나요?"

"어떤 점에서는 그렇지."

노라는 고개를 끄덕였다.

"전 권력 있는 많은 남자들과 자요. 그들은 뭔가를 해내고 싶을 때 권력을 쓰더군요."

"그래서?"

노라는 턱으로 공원을 가리켰다.

"당신의 힘이 필요한 사람들이 수없이 많아요."

"아."

후안 신부는 생각했다.

'이건 매춘부가 아니라 아기의 입에서 나오는 말인걸.'

"좋은 얘기 주고받아서 즐거웠소. 다음에도 연락할 수 있으면 좋겠군."

"매춘부와 대주교가요?"

"분명 당신은 성서를 읽은 적이 없군. 신약성서? 막달라 마리아 성서? 들어본 적이 있소?"

"아뇨."

"어떤 경우든, 우리가 친구가 되는 건 괜찮을 게요."

후안 신부는 재빨리 덧붙였다.

"물론, '그런' 종류의 친구를 말하는 건 아니고. 난 서약을 했으니까……. 그저 단순한 의미로……, 우리가 친구가 된다면 좋겠다는 뜻이지."

"저도 괜찮을 거 같아요."

후안 신부는 주머니에서 명함을 꺼냈다.

"일이 좀 잠잠해지거든 여기로 전화하겠소?"

"그러죠."

"됐군. 그럼 이만 가봐야겠소. 해야 할 일로."

"저도요."

후안 신부는 가톨릭 구조기구 천막으로 돌아갔다. 그리고 한 신부에게 지시했다.

"아이들 명단부터 만들기 시작하게. 그리고 사망자, 실종자, 생존자 명단과 비교해 보라고. 어딘가에서 분명 아이들을 찾는 부모들의 명단을 작성하고 있을 게야. 이름을 서로 대조해 보게."

"당신은 누구시죠?"

"과달라하라의 대주교라네. 자, 시작하게. 그리고 사람을 시켜서 이 아이들에게 음식과 담요를 갖다 주게."

"네, 대주교님."

"그리고 자동차가 필요하네."

"네?"

"자동차. 교황 사절에게 갈 자동차가 필요하네."

교황 사절, 안토누치의 숙소는 도시 남쪽, 가장 피해가 심한 지역에서 멀리 떨어진 곳에 있었다. 전기가 공급되고 전등이 켜져 있을 것이다. 무엇보다도 전화가 끊어지지 않았을 것이다.

"많은 도로가 봉쇄되었습니다, 대수교님."

"안 그런 곳도 많아. 왜 아직도 그러고 서 있지?"

2시간 후. 로마 교황 사절 지롤라모 안토누치 추기경은 추기경 지팡이를 찾으러 숙소로 돌아왔다가 뜻밖의 장면을 보았다. 대주교 후안 신부가 추기경의 사무실에서 책상에 다리를 떡 하니 올려놓고 담배를 입에 물고 앉아 전화로 날카롭게 지시를 내리고 있는 게 아닌가?

후안 신부는 추기경이 들어오자 그를 쳐다보았다.

"커피를 좀 더 마실 수 있을까요? 밤이 길어질 것 같습니다."

그리고 다음날 낮까지 이어졌다.

죄의식을 동반한 즐거움.

뜨겁고 진한 커피. 신선하고 따뜻한 빵.

그리고 고맙게도 안토누치 추기경은 이탈리아 사람이며 담배를 피웠다. 후안 신부는 죄의식을 동반한 즐거움 중에서 최고의 즐거움은 담배라고 생각했다. 신부에게 흡연을 허용해 주는 사람들 사이에서나 가능한 일이지만 말이다.

후안 신부는 연기를 내뱉고 연기가 천장으로 올라가는 모습을 보며, 안토누치 추기경이 컵을 내려놓으면서 내무부 장관에게 하는 말을 들었다.

"교황님께 친히 말씀드렸소. 교황님께서는 소중한 멕시코 국민들의 정부가 안심할 수 있도록 바티칸이 원조할 수 있는 것이라면 무엇이든 제공할 준비가 되어 있다고 전하라 하셨소. 비록 우리가 아직 멕시코 정부와 공식적인 외교관계를 맺고 있지는 않지만 말이오."

후안 신부는 생각했다.

'안토누치는 새처럼 보이는군.'

조그맣고 단정한 부리의 작은 새.

안토누치 추기경은 8년 전 로마에서 파견되었다. 1856년 레르도 법이 교회 소유의 거대한 대농장과 다른 땅들을 강탈하여 팔아넘긴 이래로 100년이 넘도록 멕시코 정부는 성직자를 공식적으로 반대하는 노선을 채택하고 있었다. 안토누치 추기경은 그런 멕시코를 다시 가톨릭 회원국가로 입회시킬 임무를 띠고 왔다. 1857년 대변혁을 가져온 헌법이 멕시코에서 교회의 힘을 빼앗았고, 바티칸은 헌법에 서약한 멕시코 인들을 파문시킴으로써 보복했다.

그래서 1세기 동안 바티칸과 멕시코 정부는 거북한 휴전 상태로 지내왔다. 공식 관계는 결코 다시 시작되지 않았지만, PRI(제도혁명당. 1929년 창당한 중도 좌파 정당 — 옮긴이)의 가장 과격한 사회주의자들조차도 헌신적인 소작농들의 땅 안에 세운 교회를 완전히 파괴하려 하지는 않았다. 그래서 비록 성직자 복장 금지령 같은 편협한 괴롭힘도 있어 오긴 했지만, 대개는 멕시코 정부와 바티칸 사이에는 인색하게나마 화해의 기운이 돌고 있었다.

그러나 바티칸의 목표는 멕시코에서 공식적인 지위를 되찾는 일이었기에, 안토누치 추기경은 교회의 주요 보수파 출신의 정치가로서 후안 신부와 다른 주교들에게 설교했다.

"우리는 신을 인정하지 않는 공산주의에 멕시코의 독실한 신도들을 잃어서는 안 됩니다."

후안 신부는 생각했다.

'그러니 안토누치가 시신을 기회로 보는 것도 당연하군. 수천수만의 독실한 신도들의 죽음을, 신의 품으로 멕시코 정부를 데려오기 위한 신의 행동으로 보니까.'

멕시코 정부는 불가피한 상황 때문에 이제 며칠 안에 마지못해 패배를 인정할 수밖에 없을 것이고, 미국의 원조를 받아들이는 일 때문에 권위가 꺾이더라도 그 원조를 거절하지는 않을 것이다. 그리고 마침내 교회에 도움을 요청하기 위해 머리를 조아리게 될 것이다. 교회는 준비가 다 되어 있었다.

교회는 그들에게 돈을 줄 것이다.

교회는 부유했다. 가난하고 독실한 신자들에게서 수 세기 동안 모은 돈이었다. 헌금 접시의 동전은 세금 한 푼 내지 않고 많은 벌이에 투자되었다.

'그래서 지금, 처음에 받았던 그 돈을 되돌려주겠다는 핑계로, 꿇어 엎드린 국가로부터 일정한 대가를 뽑아내겠다는 말이군.'

'예수님이 눈물을 흘리시겠어.'

'신전에서 돈 거래를?'

'분명 우린 신전에서 돈 거래를 하고 있잖아.'

안토누치 추기경이 장관에게 말했다.

"귀 정부는 돈이 필요하오. 그것도 아주 급하게. 빌리러 다니려면 꽤나 고생할 것이오. 이미 멕시코 정부는 신용 등급이 위험해졌으니 말이오."

"국채를 발행할 겁니다."

"누가 그걸 산단 말이오?"

안토누치 추기경은 입가에 만족스러운 비웃음을 슬쩍 비쳤다.

"그런 돈에 투자하게 하려면 감당 못 할 이자를 제시해야 할 거요. 원금상환은커녕 국채이자도 못 갚지. 이미 진 빚도 있고. 알아야 할 게 있소. 우리는 이미 멕시코 증서를 한 무더기 갖고 있소."

"보험이 있습니다."

"부분 보험에 들어 있지. 멕시코 내무부는 보험에 대한 호텔들의 악습을 못 본 체했소. 관광 사업을 장려하기 위해서였지. 상가, 아파트 역시 마찬가지고. 무너진 정부 건물들조차 온통 부분 보험이지. 또는 뒷받침되는 기금이 없는 자가보험이고. 유감스럽지만 다소 치욕스러운 일이오. 그래서 멕시코 정부는 바티칸을 공식적으로 경멸하고 있지만, 금융 기관들은 다소 나은 의견을 갖고 있소. 전문용어로 '트리플 A'라고 일컫는 걸로 알고 있소."

후안 신부는 생각했다.

'마키아벨리는 이탈리아 사람인지도 몰라.'

만약 그 강요가 이토록 섬뜩하고 냉소적이지 않았다면, 탄복하지 않고는 못 배길 주장이었을 것이다.

그러나 할 일이 너무 많고 시간도 촉박한 터라 후안 신부가 장관에게 말했다.

"거두절미하고 본론으로 들어가는 게 어떨지요? 우리가 할 수 있는 어떤 도움이라도 기쁜 마음으로 드리겠소. 지금 쪽이든, 의료 쪽이든 격식에 얽매이지 않겠소. 대신 멕시코 정부는 성직자들이 십자가를 걸고 다니는 걸 허락해 주고 성스러운 로마 가톨릭교회에서 오는 모든 구호물자에 뚜렷하게 표시를 붙여주시오. 차기 정부는 출범 후 30일 안에 멕시코 정부와 교회 간의 공식 관계 수립에 대한 성실한 협상을 착수해 주시오."

그러자 안토누치 추기경이 끼어들었다.

"1988년이 되어야 바뀌오. 거의 3년이나 남았소."

"네. 저도 계산해 보았습니다."

후안 신부는 그렇게 대답하고 다시 장관에게 고개를 돌렸다.

"거래가 성사되었소?"

그렇다. 거래가 성사되었다.

장관이 떠나자 안토누치 추기경이 후안 신부를 나무랐다.

"대체 자신을 뭐라고 생각하오? 다시는 나 대신 협상에 나서지 마시오. 내가 장관을 몰아세우고 있었단 말이오."

"그게 지금 우리가 할 일입니까? 도움이 필요한 사람들을 계속 몰아세우는 일이요?"

"당신은 그럴 권한이 없……"

"제가 지금 야단맞고 있는 겁니까? 만약 그렇다면, 빨리 끝내주시죠. 할 일이 있단 말입니다."

"내가 당신의 직속상관이라는 사실을 잊은 모양이군."

"추기경님은 애당초 그 사실을 인정하지 않았지요. 추기경님은 제 상관이 아닙니다. 흥정을 위해 로마가 보낸 정치가일 뿐이죠."

"지진은 하느님의 결정……"

"이런 말을 듣다니 믿을 수가 없군요."

"……이었소. 수백만 멕시코의 영혼을 구할 기회를 주신 것이오."

"'영혼' 따위는 구하지 마요! '목숨'을 구하라고요!"

"그건 완전히 이단이오!"

"좋습니다!"

후안 신부는 생각했다.

'그들은 단순한 지진 희생자들이 아니야.'

가난하게 사는 수백만 명의 사람들이었다. 글자 그대로, 셀 수도 없는 수백만 명의 사람이었다. 멕시코시티 빈민가에서 사는 사람들, 티후아나의 쓰레기 더미 위에서 사는 사람들, 치아파스에서 노예보다 못한 생활을 하는 소작농들이었다.

"'해방 신학'은 내게 안 통하오."

"상관없습니다. 저는 추기경님께는 대답하지 않습니다. 하느님께 대답합니다."

"난 당장 전화를 걸어 당신을 티에라델푸에고 군도로 전출 보낼 수도 있소."

후안 신부는 전화를 들어 추기경에게 건네주었다.

"하시죠. 세상 끝에 있는 교구 신부로 지내는 것도 즐겁겠군요. 왜 안 거십니까? 제가 걸어드릴까요? 추기경님의 엄포를 부르짖어 드리죠. 로마에 전화하고, 그다음엔 각 언론사에 전화를 걸어 저의 정확한 전출 사유를 알려주겠습니다."

안토누치 추기경의 얼굴이 붉으락푸르락 달아올랐다.

'새가 화가 났군. 내가 새의 매끄러운 깃털을 구겨버렸어.'

하지만 안토누치 추기경은 다시 평정을 찾더니 차분한 표정에 자기만족의 미소까지 지었다. 후안 신부는 전화 수화기를 내려놓았다.

"잘 선택하셨습니다." 후안 신부는 어디서 솟아났는지 모를 자신감으로 말했다. "제가 이 구조 운동을 지휘하겠습니다. 교회 돈을 합법화하여 멕시코 정부가 쪼들리지 않도록 하겠습니다. 그리고 멕시코에 교회를 되돌려 놓겠습니다."

"난 보상을 기대하오."

"바티칸이 저를 추기경으로 임명하겠군요."

왜냐하면 착한 일을 할 힘은, 오직 힘과 함께 오니까.

"이미 스스로 정치가의 뭔가가 되었잖소."

'맞습니다.' 후안 신부는 생각했다.

'좋아.'

'좋다고.'

그러려면 그러든지.

"이제 서로 공감대가 형성되었군요, 추기경님."

후안 신부는 갑자기 추기경이 새보다 고양이를 더 닮았다고 생각했다. 그 카나리아를 꿀꺽 삼켜버린 고양이.
'난 야망을 위해서 영혼을 팔았어.'
후안 신부는 신과 맺은 계약을 이제 이해할 수 있었다.
'좋아. 그가 그렇게 생각하도록 놔두자.'
'그런 척해요.' 사랑스러운 미국인 매춘부가 말했었다.
그녀가 옳았다. 쉬운 일이었다.

1985년
티후아나

아단 바레라는 PRI와 방금 맺은 거래를 곰곰이 생각했다.
'정말 꽤나 단순한 거래였어.'
돈이 가득 든 서류가방을 들고 아침을 먹으러 들어간 뒤 탁자 아래에 가방을 놔두고 오면 됐다. 말 한마디 없이 인수인계가 성사되었다. 미국의 반대 압력에도 불구하고 티오는 온두라스 추방 상태에서 집으로 돌아오도록 허용될 것이다.
그리고 은퇴할 것이다.
티오는 과달라하라에서 조용히 살면서 평화 속에 합법적인 사업을 운영할 것이다. 여기까지는 협정의 긍정적인 면이었다.
부정적인 면은 티오를 대신하여 엘 파트론이 되려는 아단의 오랜 야망을 가르시아 아브레고가 알 거라는 점이었다. 그리고 어쩌면 이것이 그렇게 나쁜 일은 아닐 것이다. 티오는 건강이 불확실하고, 현실을 직시해 볼 때 필라르 탈라베라가 배신한 뒤로 사람이 변해버렸다. 아, 티오는 정말로 어린 애인을 사랑했고 그녀와 결혼하고 싶어 했다. 하지만 이제 티오는 예전의 티오가 아니었다.

그래서 아브레고는 걸프 지역에 있는 본거지로부터 연합의 통솔권을 독차지하려고 할 것이다. 엘 베르데는 소노라를 계속 운영할 것이고 게로 멘데스는 바하 시장을 여전히 쥐고 있을 것이다.

그리고 멕시코 연방 정부는 다른 방법을 찾을 것이다.

고맙게도 지진이 발생했다.

멕시코 정부는 재건할 현금이 필요했으며, 현재 돈의 출처는 두 곳뿐이었다. 바티칸과 마약.

'교회는 이미 끼어들었지. 우리도 곧 끼어들 거야.'

하지만 보상이 있을 것이다. 그리고 멕시코 정부는 그것을 영광으로 여길 것이다.

아울러, 연합은 집권당인 PRI가 다가오는 선거에서 확실히 이기도록 비용을 부담할 것이다. 혁명 이후 그래왔던 것처럼. 지금도 아단은 2500만 달러 기금 조성 만찬을 조직하는 아브레고를 돕고 있었다. 멕시코에 있는 모든 주요 마약 판매상과 사업가들이 여기에 기부할 것으로 기대되고 있었다.

그렇다. 그들이 사업을 계속하고 싶다면 말이다.

그리고 우리는 정말로 사업을 할 필요가 있다고 아단은 생각했다. 어니 이달고 사건의 실패는 두드러진 혼란을 가져왔다. 아트를 국외로 추방시키고 사건을 안정시키기까지 했지만, 만회해야 할 돈이 많이 필요했다. 이제 멕시코시티와 다시 유대를 강화하면 예전의 사업으로 돌아갈 수 있으리라.

그 말은 게로 멘데스로부터 바하 시장을 가로채 와야 한다는 뜻이기도 했다.

티오는 티후아나에 조카를 투입시킬 계획을 세웠다.

뻐꾸기처럼 말이다(뻐꾸기는 다른 새의 둥지에 알을 낳고, 새끼가 태어나면 원래 있던 다른 알들을 둥지 밖으로 밀어내고, 밀어낸 알의 어미가 날라주는 먹이를 혼자 받아먹으면서 자란다 — 옮긴이).

장기적으로 힘과 세력 안에서 서서히 부를 키워가다가 게로를 둥지 밖으로 던져버릴 계획이었다. 어쨌든 티오는 부재지주(不在地主)이며 쿨리아칸 외곽에 있는 자신의 대농장에서 지내며 바하 시장을 운영하고 있었다. 게로는 라 플라사에서 매일매일의 운영을 대리인들에게 의존했다. 대리인들은 후안 에스파라고사와 티토 미칼처럼 그에게 충성스러운 마약 밀매자들이었다.

그리고 아단 바레라와 라울 바레라가 있었다.

아단과 라울에게 티후아나 주류 조직의 자제들과 친분을 맺고 그들의 비위를 맞추게 한 것도 티오의 아이디어였다.

"그 조직의 일부가 되도록 해. 그래서 그들이 너를 떼어내려면 전체를 잡아 뜯어내야 하도록 말이야. 그래야 널 떼어낼 일이 없을 게다."

'천천히 하라. 조심스럽게 하라. 게로가 눈치채지 못하게 하라. 하지만 하라.'

"아이들과 먼저 시작해. 어른들이 자식을 보호하려고 무슨 일이든 할 거야."

그래서 아단과 라울은 매력 공세에 착수했다. 상류 멕시코 인

거주지 콜로니아 이포드로모에 비싼 주택을 구입한 뒤, 어느 날 아침부터 그 지역에 존재했다. 사실상 어디든지 나타났다. 어제까지도 없던 라울 바레라가 언제부턴가 어디든 나타났다. 클럽에 가면, 라울이 계산서를 집어 들고 있었다. 해변에 가면, 라울이 가라테 동작을 연습하고 있었다. 경마장에 가면, 라울이 승산 없는 말에 거금을 걸고 있었다. 디스코클럽에 가면, 라울이 고급 샴페인 동 페리뇽을 넘쳐흐르도록 쏟아붓고 있었다. 라울은 주변에서 따르는 사람들과 어울리기 시작했다. 티후아나 사교계의 자제들, 은행가, 변호사, 의사, 정부고관의 19, 20세 정도 되는 아들들. 그들은 거대한 노령의 참나무 옆 담장에 자동차를 나란히 주차해 놓고 라울과 함께 허풍을 떨어대기를 좋아했다.

얼마 지나지 않아, 그 나무는 특별한 의미의 '엘 아르볼(El Arbol, 그 나무)'이라는 이름이 붙고 그들의 아지트가 되었다.

파비안 마르티네스도 그 청년들 중 하나였다.

파비안은 영화배우처럼 잘 생긴 외모를 타고났다.

그는 이름이 같은 어느 해변영화의 늙은 가수의 이미지와는 달리, 스페인계인 토니 커티스의 젊은 시절을 닮았다. 파비안은 잘생긴 아이며 자신도 그 사실을 알고 있었다. 여섯 살 때부터 모두가 그렇게 말해 왔고, 거울로 충분히 확인되었다. 큰 키, 구릿빛 피부, 시원스럽고 감각적인 입. 매끄럽게 뒤로 빗어 넘긴 까맣고 숱 많은 머리. 수년간의 비싼 교정치료로 탄생한 희고 빛나는 치아와 매혹적인 미소.

파비안은 이 모든 걸 알고 있었다. 꾸준히, 그리고 수없이 그렇게 연습해 왔기 때문이었다.

어느 날 파비안은 친구들과 어울리고 있다가 누군가가 한 말을 듣고 놀랐다.

"가서 누군가 죽이자."

파비안은 친구 알레한드로를 바라보았다.

이건 너무도 냉정한 모습이었다.

영화 「스카페이스」에서 나오는 딱 그 표정이었다.

라울 바레라가 알파치노를 닮은 구석은 없지만 말이다. 라울은 키가 크고 체격이 좋았다. 듬직한 어깨와 목은 항상 연습하는 가라데 동작으로 옹골지게 다져졌다. 오늘은 가죽 재킷 차림에 샌디에이고 파드리스팀 야구 모자를 쓰고 있었다. 장신구로는(그 점은 알 파치노와 비슷해 보였다. 사실 라울은 알파치노에 흠뻑 빠져 있었다.) 목에는 두꺼운 금목걸이를 걸고 있고, 팔에는 금팔찌, 금반지, 그리고 필수적이라 할 만한 금 롤렉스 시계를 끼고 있었다.

파비안은 생각했다.

'사실 라울의 형이 알파치노를 더 닮았지만, 라울도 「스카페이스」 느낌이 좀 나긴 해.'

파비안이 아단 바레라를 만난 건 겨우 몇 번뿐이었다. 라몬과 나이트클럽에 갔을 때, 복싱 경기를 보러 갔다가, 그 외에 혁명의 거리에 있는 햄버거 가게 '엘빅'에서 몇 번 봤다. 아단은 마약 밀매자라기보다는 오히려 회계원으로 보였다. 밍크코트나 보석도 없는 차림으로 아주 조용하고 상냥하게 말했다. 만약 누군가가 아단을 지목하지 않는다면 그가 거기 있는 줄도 모를 것이다.

그 말을 한 건 라울이었다.

라울은 밝은 빨간색 '포르쉐 타가에 기대서서 아무렇지도 않게 누군가를 죽이러 가자는 말을 꺼내고 있었다.

그 누군가가 누구이든 상관없다는 표정으로.

라울이 물었다.

"누구 못마땅하게 구는 녀석 있어? 거리에서 내쫓아 버리고 싶은 녀석이 누구야?"

파비안과 알레한드로가 또다시 서로를 흘끔거렸다.

파비안과 알레한드로는 오랜 친구였다. 같은 샌디에이고 스크립스 병원에서 몇 주 차이로 태어났으니 거의 태어나면서부터 친구라고 할 수 있었다. 원정 출산으로 아이들에게 두 나라 시민권을 다 얻게 해 주는 일이 60년대 후반 시절 티후아나의 상류층 사이에서는 흔한 관습이었다. 그래서 파비안과 알레한드로와 대부분의 다른 친구들도 미국에서 태어났고, 티후아나 상류층 거주 지역에서 유치원과 초등학교를 함께 다녔다. 5, 6학년으로 넘어갈 때쯤 어머니들은 아이들을 데리고 샌디에이고로 이사 갔다. 아이들이 중학교와 고등학교를 미국에서 다니며 영어를 배우고 두 나라 문화를 완전히 익히게 하여 아이들이 커서 성공하는 데에 큰 영향력을 주는 다국적 연고를 형성하게 해 줄 목적이었다. 티후아나와 샌디에이고가 다른 나라에 있을지는 몰라도 동일한 사업집단이라는 사실을 그 부모들은 알고 있었던 것이다.

파비안, 알레한드로, 그 외 친구들은 모두 샌디에이고에 있는 가톨릭 어거스틴 남자 고등학교에 다녔고 여동생들은 모두 평화의 성모 마리아 학교에 다녔다. (부모들이 샌디에이고 공립학교를 슬쩍 둘러보곤 자기 딸들에겐 '그런' 문화를 익히게 하고 싶지가 않았던 탓이다.) 그들은 주중에는 성직자들과 보내고 주말이 되면 티후아나로 돌아와 로사리토나 엔세나다의 해변 리조트에 놀러 가거나 컨트리클럽에서 파티를 열었다. 또는 가끔씩 샌디에이고에 머물면서 미국 10대들이 주말에 하는 일을 하기도 했다. 옷을 사러 돌아다니고, 영화를 보러 가고, 태평양 해안이나 라호야 해변으로 놀러 가고, 주말에 부모님이 출타 중인 친구의 집에서 파티를 하고(부잣집 아이들이 누리는 특권 중 하나였다. 부모들은 여행할 돈이 있다 보니 자주 집을 비웠다.), 술을 마시고, 마약을 했다.

그 소년들은 주머니에 돈이 있었고 옷도 잘 입었다. 중학생 때도, 고등학생 때도 항상 그랬다. 파비안과 알레한드로와 친구들은 최신 유행 옷을 입었고 최고의 가게에서 쇼핑을 했다. 지금도, 바하에 있는 대학에 돌아온 두 사람은 두둑한 용돈을 주머니에 넣어 다녔다. 디스코클럽이나 이곳 '엘 아르볼'에서 어울리지 않는 시간에는 많은 시간을 쇼핑으로 보냈다. 공부하는 시간보다 쇼핑하는 시간이 훨씬 더 많았다. 정말로.

그들 중 누구도 바보가 아니었다.

그들은 어리석지 않았다.

특히 파비안은 똑똑한 아이였다. 하루의 절반을 보내고 있는 경영학 과정에서 눈을 감고도 1등을 할 수 있었다. 친구들이 계산기를 두드리는 동안 암산으로 답을 낼 수도 있었다. 파비안은 훌륭한 학생이 될 수도 있었다.

하지만 그럴 필요가 없었다. 그것은 계획의 일부가 아니었다.

계획은 대충 이랬다. 미국에서 고등학교를 졸업한 뒤, 이곳으로 돌아와 대학에서 신사답게 C학점을 받고, 아빠의 사업에 투입되어 국경 양쪽에 형성해 둔 모든 연고들을 이용하여 돈을 벌어들인다.

그렇게 인생계획이 짜여 있었다.

하지만 그 계획에는 바레라 형제가 마을로 이사 오는 일이 계산되어 있지 않았다. 그 계획표 어디에도 아단과 라울이 콜로니아 이포드로모로 이사 와서 언덕 위의 하얀 저택에 세 들게 된다는 내용이 없었다.

파비안은 라울을 디스코클럽에서 처음 만났다. 친구들 무리와 테이블에 앉아 있는데 이 굉장한 남자가 걸어 들어왔다. 발목까지 내려오는 밍크코트, 밝은 초록색 카우보이 부츠, 검정 카우보이모자. 그때 파비안이 알레한드로에게 고개를 돌리며 말을 건넸다.

"저기 좀 봐."

그들은 라울을 웃음거리로 생각했다. 그런데 그 웃음거리가 그들을 쳐다보더니 웨이터를 불러 샴페인 서른 병을 주문했다.

샴페인 서른 병.

그것도 싸구려 샴페인이 아니었다. 동 페리뇽이었다.

게다가 현금으로 계산했다.

그리고 그가 물었다.

"누구 나와 파티할 사람?"

모두 호응했다. 그 말이 떨어지자마자.

그 파티는 라울 바레라가 쐈다.

그런 파티가 주기적으로 열렸다.

그 후, 어제까지 없던 그가 거기서 아이들을 맞아들이고 있었다.

이런 식이었다. 그들이 엘 아르볼 주위에 앉아 담배를 피우며 가라데 동작을 연습하고 있는데, 라울이 펠리사르도에 대해 이야기하기 시작했다.

"복싱선수?"

파비안이 물었다. 펠리사르도는 멕시코 최고의 영웅 세사르 펠리사르도뿐이었다.

"아니, 농장 일꾼." 라울은 뒤돌아 차기 동작을 끝내곤 파비안을 보았다. "맞아, 복싱선수지. 그가 다음 주에 여기 시내에서 페레스와 붙을 거야."

"입장권 못 구할걸."

"너라면 입장권을 못 구하겠지."

"넌 구할 수 있고?"

"우리 동네 출신이잖아. 쿨리아칸. 내가 매니저 노릇도 했었어. 오랜 친구지. 가고 싶으면 내가 구해 올게."

물론, 그들은 가고 싶었다. 그리고 라울은 당연하게 표를 구했다. 링 가까이에 있는 좌석이었다. 경기는 오래가지 않았다. 펠리사르도가 3라운드에서 페레스를 녹아웃 시켰다. 하지만 짜릿한 흥분을 주는 경험이었다. 그보다 더 흥분된 일은 라울이 그들을 선수대기실로 데려가서 실제로 펠리사르도를 만나게 해 준 일이었다. 그들은 오랜 친구처럼 둘러서서 이야기를 나누었다.

파비안은 여기서 뭔가 다른 낌새를 챘다. 펠리사르도는 그들을 친구처럼 대하고 라울에게도 친구처럼 이야기했다. 하지만 아단을 대할 때는 달랐다. 펠리사르도가 아단에게 말할 때는 분위기가 달라졌다. 아단은 오래 머물지 않고, 들어와서 조용히 축하를 한 뒤 나갔다.

하지만 아단이 대기실에 있는 몇 분 동안은 모든 것이 멈췄다.

그렇다. 파비안은 바레라 형제가 어느 장소에나 데려다줄 수 있다는 생각이 들었다. 축구 경기의 특별석뿐만 아니라(라울이 데려가 줬다.) 파드레스 경기의 칸막이 좌석(라울이 데려가 줬다.)도 구해 주고 한 달 후엔 라스베이거스까지 데려가 줬다. 비행기를 타고 라스베이거스로 날아가 미라지 호텔에 투숙하면서 가져간 돈을 다 잃고, 펠리사르도가 6라운드 동안 로돌포 아길라르를 흠씬 두드려 패서 자신의 라이트웨이트 타이틀을 지키는 것을 구경하고, 라울의 스위트룸에서 고가의 콜걸 집단과 파티를 즐기고, 이튿날 오후에 숙취로 완전히 녹초가 되어, 하지만 행복한 기분으로 집으로 날아왔다.

파비안은 이런 생각이 들었다.

'아냐. 바레라 형제는 우리를 여러 장소에 데려다주기만 하는 게 아니라 빠르고 쉽게 데려가 줄 수 있어. 우리라면 몇 년 동안 아빠 회사에서 하루에 얼네 시간을 일해도 쉽게 가지 못할 장소들이지.'

바레라 형제가 뿌리고 다니는 돈의 출처가 마약이라는 소문이 돌았다(그럴듯하지만, 설마.). 그런데 라울에 대한 소문은 유별났다. 그들이 들은 바로는 이랬다.

라울이 집 밖에 차를 세워두고 차 안에 앉아 우퍼의 저음을 소닉붐(비행기가 음속을 넘을 때 나는 폭발음 ─ 옮긴이) 단계로 맞추고 스피커가 터질 정도로 음악을 듣고 있는데, 동네 사람 하나가 나와서 자동차 문을 두드렸다.

라울이 차창을 내렸다.

"네?"

음악 소리 때문에 그 사람이 고함을 질렀다.

"소리 좀 낮춰 주겠어요? 집 안에서도 들려요! 창문이 덜컹거린다고요!"

라울은 그를 놀리려고 맘을 먹었다.

"뭐라고요? 안 들려요!"

그 남자는 장난칠 기분이 아니었다. 그는 마초였고, 그래서 큰 소리로 외쳤다.

"음악 말이야! 소리를 줄이라고! 너무 시끄럽다고!"

라울은 재킷에서 총을 꺼내 그 남자의 가슴에 대고 방아쇠를 당겼다.

"이젠 괜찮지, 응? 이 멍청아."

그 남자의 시신은 발견되지 않았다. 그 후로는 아무도 라울의 음악에 대해 불평하지 않았다.

파비안과 알레한드로는 그 이야기를 주고받으면서 말도 안 되는 얘기라고 결론지었다. 그건 사실일 수가 없었다. 현실이라고 하기엔 너무나도 영화 「스카페이스」와 비슷했다. 그런데 지금 라울이 담배 한 대를 다 피워가면서 제의하고 있었다.

"가서 누군가를 죽이자고."

마치 배스킨라빈스에 아이스크림을 사러 가자고 하는 것처럼.

"어서. 누군가 보복하고 싶은 사람이 있을 거 아냐."

파비안은 알레한드로에게 웃어 보이며 말했다.

"좋아……."

파비안은 아버지에게 받은 미아타가 있었고 알레한드로는 렉

서스가 있었다. 두 사람은 얼마 전 밤에 자동차를 몰고 나갔더랬다. 파비안이 운전 경력이 오래된 사람처럼 2차선 도로에 올라서 알레한드로를 추월하려는데 반대편에서 다른 차가 오고 있었다. 파비안이 다시 제 차선으로 돌아가다가 비스듬하게 앞부분을 부딪치게 되었다. 상대편 자동차 운전자가 파비안의 아버지 회사에서 일하는 직원인 바람에 자동차를 알아보았다. 그는 파비안의 아버지에게 전화를 걸었고, 열 받은 파비안의 아버지는 미아타를 6개월 동안 압수했다. 그래서 지금 파비안은 차가 없었다.

파비안은 이 비통한 이야기를 라울에게 해 줬다.

'누굴 죽인다는 건 그냥 농담이지, 안 그런가? 바보 같고, 웃기고, 말도 안 되는 말이니까.'

일주일 후, 그 남자가 사라졌다.

파비안의 아버지가 드물게 집에서 저녁 식사를 하던 날, 파비안의 아버지는 회사 직원 한 명이 실종되었다는 이야기를 시작하면서 고개를 숙였다. 파비안은 핑계를 대고 식탁에서 일어나 욕실로 가서 찬물을 얼굴에 마구 끼얹었다.

파비안은 늦은 시간에 클럽에서 알레한드로를 만나 쿵쿵거리는 큰 음악 소리를 틈타 그 얘기를 주고받았다.

"젠장. 알레한드로, 정말 라울이 그랬을까?"

"모르겠어."

알레한드로는 파비안을 쳐다보더니 웃었다.

"아니야……."

하지만 그 직원은 돌아오지 않았다. 라울은 그 일에 대해 입도 벙긋하지 않았지만, 그 직원은 결코 돌아오지 않았다. 파비안은 정신이 나가버릴 것 같았다. 그건 그냥 농담이었다. 그냥 라울의 허튼소리에 장단 맞춰주려고 한 번 해본 소리였다. 그런데 그 한 마디 때문에 사람이 죽다니?

파비안은 학교 상담교사의 질문처럼 '그 일로 어떤 기분이 드니?' 하고 자문해 보았다.

파비안은 자신의 대답에 경악했다.

충격적이고, 죄책감이 들고, 그리고······

좋았다.

강력했다.

손가락으로 목표물을 가리키기만 하면······

'잘 가, 망할 놈아.'

섹스와 비슷했다. 오히려 더 신이 났다.

2주 후, 파비안은 긴장하면서 라울에게 사업에 대해 말했다. 두 사람은 빨강 포르쉐를 타고 드라이브를 떠났다.

"라울, 어떻게 하면 들어갈까?"

"어딜?"

"비밀 항로. 난 돈이 많이 없거든. 내 말은, 내 돈이 없다는 말이야."

"넌 돈 없어도 돼."

"없어도 된다고?"

"영주권 있지?"

"응."

"그게 출발 장치야."

쉽기도 하다. 2주 후 라울은 파비안에게 포드 익스플로러를 주며 오타이메사에서 국경을 건너 운전하라고 말했다. 몇 시에 어느 차선으로 가야 하는지도 알려주었다. 파비안은 지독하게 두려웠지만 이상하게도, 기분 좋은 두려움이었다. 아드레날린 주사처럼 흥분시켰다. 파비안은 마치 국경이 존재하지 않는 것처럼 국경을 건넜다. 검사하는 사람이 손을 흔들어 휙 통과시켜 주었다. 파비안은 라울이 알려준 주소로 갔다. 거기서 기다리고 있던 두 사람과 차를 바꿔 타고 티후아나로 돌아왔다.

라울은 파비안에게 미국 달러로 1만 달러를 내놓았다.

그것도 현금으로.

파비안은 알레한드로도 끌어들였다.

그들은 친구였다. 세상 물정 모르는 범생이 친구.

알레한드로는 호위자로 두어 번 운행한 뒤 혼자서 사업에 나섰다. 다 좋았다. 그들은 돈을 벌고 있었다. 하지만……

어느 날 오후 알레한드로가 파비안에게 말했다.

"우리는 큰돈을 버는 게 아니야, 파비안."

"난 큰 거 같은데."

"큰돈은 마약 운송 사업에 있어."

알레한드로는 라울에게 가서 단계를 올릴 준비가 되었다고 말했다.

"좋았어, 형제. 우리 모두 경제적으로 상승해 보자고."

라울은 파비안에게 일이 어떻게 돌아가는지 알려줬다. 더불어 콜롬비아 사람들과 사업을 시작하게 했다. 그들은 아주 표준적인 계약을 맺었다. 파비안은 로사리토에서 낚싯배로부터 받은 마약 50킬로그램을 싣고 국경을 건넜다. 1킬로그램에 1000달러. 10퍼센트는 라울에게 상납금으로 줬다.
펑.
4만 5000달러. 쉽다.
파비안은 두 번의 계약을 더 성공하고 그 돈으로 벤츠를 샀다.
마치 아버지에게 이렇게 말하는 듯이. '미아타는 아버지가 계속 갖고 계세요. 그 일본산 잔디 깎는 기계 따위는 계속 그렇게 세워두세요. 그리고 말씀드리는 김에, 제 성적이 급변한 사실에 대해 폭발하지 않으셔도 돼요. 저는 이미 마케팅 101 과목을 능가했으니까요. 이미 저는 1차 상품 중개인이 되었어요. 아버지 회사로 저를 데려갈 수 있을지 걱정하지 마세요. 제가 죽도록 원하지 않는 것이 직장이거든요.'
감봉을 염려하며 노심초사하는 보통의 직장 말이다.
예전의 파비안이 소녀들의 관심이나 끌고 있었다면 지금의 파비안은 확 달라졌다.
파비안은 '돈'을 갖고 있었다.
스물한 살의 나이에 풍족해졌다.
다른 사람들도 알고 있었다. 의사, 변호사, 주식 중매인의 아들인 친구들은 파비안을 보고 자신들도 그렇게 되고 싶어 했다. 곧, 엘 아르볼 아래에서 가라데 동작을 연습하고 담배를 피우며 라울과 어울리던 아이들 대부분이 그 사업에 발을 담갔다. 그들은 미국으로 물건을 운반하거나 개별 계약을 수행하고 라울에게 상납금을 주고 있었다.
그들은 차세대 티후아나 권력층의 실권자들이 되었다. 발만 담근 게 아니라 목 부분까지 온몸을 다 담그고 있었다.

머지않아, 그 조직에 별명이 생겼다.

'주니어.'

파비안은 그 주니어의 일원이 되었다.

어느 날 밤 파비안은 로사리토에서 긴장을 풀고 어슬렁거리고 있다가 에릭 카사발레스라는 복싱선수와 호세 미란다라는 후원자를 우연히 만났다. 에릭은 아주 훌륭한 선수지만 그날 밤은 술에 취해서 자신을 밀치고 거리를 지나가는 이 돈 많고 연약한 녀석을 완전히 오해했다. 음료수가 쏟아져서 셔츠에 얼룩이 생기자 몇 마디 말이 오갔다. 카사발레스가 웃으며 허리춤에서 총을 획 뽑아들어 흔들어 보이자 파비안은 돌아서서 갔다.

카사발레스는 총을 보고 겁에 질린 부자 청년의 얼굴을 비웃으며 자신의 자동차로 비틀비틀 걸어갔다. 그리고 파비안이 벤츠로 가는 동안 계속 웃고 있었다. 파비안은 벤츠에서 권총을 꺼낸 뒤, 자동차를 타려고 하는 카사발레스와 호세 미란다를 쏘아서 죽였다.

파비안은 총을 바다에 던져버리곤 벤츠를 타고 티후아나로 돌아갔다.

기분이 아주 좋았다.

자신에게 아주 만족스러웠다.

그것은 여러 이야기의 한 버전일 뿐이다. 햄버거 집에서 유명한 다른 버전은 파비안과 그 복싱선수의 대면이 결코 우연한 일이 아니라고 했다. 케사르 펠리사르도가 상승하기 위해 필요했던 경기를 카사발레스의 후원자가 방해했다는 것이다. 아단 바레라가 개인적으로 접근해 적당한 제의를 했는데도 말이다. 실제 동기는 아무도 몰랐다. 하지만 카사발레스와 미란다는 죽었고 펠리사르도는 그해 연말에 라이트웨이트급 챔피언에 도전해서 챔피언 타이틀을 획득했다.

파비안은 어떤 이유로든 누구를 죽였다는 사실을 인정하지 않았다. 하지만 부인하면 부인할수록 그 이야기에 신빙성을 부여했다.

라울이 파비안에게 별명까지 지어줬다.

엘 티부론(El Tiburon).

식인 상어.

상어처럼 물을 잘 헤치고 다닌다는 뜻으로.

아단은 아이들을 조종하지 않고 어른들을 조종했다.

루시아는 혈통도 좋고 보수적인 성향도 지니고 있어서 매우 큰 도움이 됐다. 루시아는 아단을 훌륭한 맞춤 양복점에 데려가서 전통적인 고가의 사업정장과 스타일이 절제된 옷들을 사줬다. (아단은 라울도 마찬가지로 변화시키려고 애썼다. 실패하긴 했지만. 아무튼 라울은 발목까지 오는 밍크코트 같은 옷들로 시날로아 마약 거래 카우보이 풍의 옷장을 채워 넣으면서 좀 더 화려해졌다.) 루시아는 아단을 개인 스포츠클럽에 데려가고, 리오 거리에 있는 프랑스 레스토랑에 데려가고, 이포드로모, 차불테펙, 리오에 있는 개인 집에서 열리는 개인 파티에 데려갔다.

그리고 당연히 교회에도 다녔다. 그들은 매주 일요일 아침 미사에 출석했다. 그리고 헌금 접시에 고액 수표를 내고 건물 신축, 고아원, 퇴직 신부들을 위한 기금에 큰 기부금을 냈다. 리베라 신부를 저녁 식사에 초대하고, 뒤뜰에서 바비큐 파티를 열고, 이제 막 첫째를 낳은 무수한 부부들의 대부가 되어줬다. 그들은 신분 상승 중인 티후아나의 여느 젊은 부부나 다름없었다. 아단은 조용하고 진지한 사업가가 되어 레스토랑 하나를 시작으로 둘, 셋, 그리고 다섯으로 확장했고 루시아는 한 젊은 사업가의 아내였다.

루시아는 헬스클럽에 다니고, 다른 젊은 부인들과 점심을 먹으러 가고, 샌디에이고의 패션밸리와 호튼 플라자에 쇼핑하러 갔다. 루시아는 그런 활동이 사업하는 남편을 위한 자신의 의무라고 생각하면서도 그 의무에 한계를 정해놓았다. 다른 아내들은 가엾은 루시아가 몸이 불편한 아이와 시간을 보내야 하는 일, 아이 때문에 외출을 자제하는 일, 교회 봉사에 빠져 있는 일 등을 이해했다.

루시아는 이제 여섯 아기의 대모였다. 그 사실이 루시아를 아프게 했다. 루시아는 자신이 얼굴에 고통받는 웃음을 짓고 살아야 할 운명이라고 느꼈다. 세례반 옆에 서서 다른 사람의 건강한 아기를 안고서 말이다.

아단은 집에 없을 때면 사무실이나 레스토랑 한 귀퉁이에서 커피를 홀짝이며 노란 종이 뭉치의 숫자들을 계산하고 있었다. 아단이 발을 담그고 있는 사업이 무엇인지 정말 모르는 사람이라면 결코 추측하지 못할 터였다. 아단은 계산을 주로 하는 젊은 회계원처럼 보였다. 그 노란 종이 위에 휘갈긴 실제 숫자들을 보지 않는다면, 결코 그 계산이 코카인 킬로그램 수에 콜롬비아 운송비를 곱하고 교통비용, 상납금, 고용인 인건비와 총경비, 게로의 몫 10센트, 티오의 몫 10퍼센트를 빼는 계산이라는 사실을 알 수 없으리라. 더 지루한 계산도 있었다. 쇠고기 안심 가격, 면 냅킨 가격, 청소비용. 지금 운영하고 있는 다섯 개의 레스토랑이 모두 비슷했다. 하지만 아단은 좀 더 복잡한 계산을 하면서 시간을 보냈다. 게로의 신세밀라를 포함한 콜롬비아산 코카인 수 톤, 시장에서 지배권을 쥐고 있는 소량의 헤로인의 운송비.

극히 드물게 실제로 마약, 공급자들, 고객들을 만날 때도 있었지만, 아단은 그냥 돈만 다뤘다. 청구하고 계산하고 합법화시켰다. 하지만 돈을 징수하러 다니지는 않았다. 그건 라울의 일이었다.

라울은 자신의 사업을 꾸리고 있었다.

돈 운반책 두 사람이 바레라의 돈 20만 달러를 빼돌린 사건을 접하자, 우선 그들이 국경을 건너가게 놔두고, 티후아나 대신 몬테레이로 향하도록 계속 몰아갔다. 아니나 다를까, 이 바보들은 멕시코 고속도로가 멀다는 이유로 도시 자치 연방 경찰 인근의 치와와 주로 진입했다. 도시 자치 연방 경찰은 라울이 도착할 때까지 그들을 붙잡고 있어줬다.

라울은 그것으로 만족하지 않았다.

라울은 한 놈의 손을 종이 재단기 아래에 걸쳐놓고 물었다.

"네 엄마가 이 손이 네 손이라고 가르쳐 줬냐?"

"네!"

그는 절규했다. 눈이 머리에서 튀어나올 것 같았다.

"엄마 말을 들었어야지."

라울은 이렇게 말하고 온 힘을 실어 칼날 윗부분을 눌렀다. 칼날이 우두둑거리며 그 남자의 팔을 잘라버렸다. 경찰이 그 남자를 병원으로 데려갔다. 손 없는 남자가 살아서 사람들의 감정에 호소하는 글이 적힌 판자를 걸치고 돌아다니는 게 싫다고 라울이 확실히 밝혔기 때문이다.

또 한 명은 무사히 몬테레이에 도착했지만 라울이 잡아서 자동차 트렁크에 가둔 뒤, 어느 빈 주차장에서 휘발유를 뿌리고 불을 붙였다. 그리고 라울은 돈을 챙겨서 티후아나로 온 다음 아단과 점심을 먹고 축구 경기를 보러 갔다.

그 후로 오랫동안 아무도 바레라의 돈을 빼돌릴 생각을 못 했다.

아단은 이런 너절한 일에 전혀 휘말리지 않았다. 아단은 사업가였다. 아단의 일은 수출과 수입이었다. 마약을 수출하고 현금을 수입했다. 그다음엔 현금을 처리해야 하는데, 그게 문제였다. 물론 사업가라면 누구든 그런 고민을 하고 싶겠지만(이 돈으로 뭘 할까?), 그래도 문제는 문제였다. 아단은 레스토랑에서 일정액을 합법화시킬 수 있었다. 하지만 레스토랑 다섯 개로 수백만 달러를 처리할 수는 없었다. 그래서 아단은 합법화할 방법을 계속적으로 찾았다.

아단에게는 그 모든 게 숫자일 뿐이었다.

몇 년 동안 마약은 직접 본 적이 없었다.

피도 본 적이 없었다.

아단 바레라는 결코, 누구도 죽인 일이 없었다.

화가 나서 주먹을 날릴 만한 일도 없었다. 아니, 힘을 쓰는 일이나 처치해야 할 일은 모두 라울이 맡았다. 라울은 상관없어 하는 듯했다. 둘은 완전히 정반대였다. 이러한 업무 분담 덕분에 실제로 아단은 들키지 않고 집으로 돈을 끌어들일 수 있었다.

아단이 맡은 일은 돈을 끌어와서 합법화시키는 일이었다.

7장

크리스마스 시즌

> 넬슨에서 결핵에 걸린 노인들은
> 숨을 헐떡이고 기침을 내뱉는다
> 그리고 어떤 이는 남쪽으로 출발한다
> 모든 것이 완전히 가라앉을 때까지……
>
> ─톰 웨이츠의 노래 「Small Change」 중에서

1985년 12월
뉴욕시

칼란은 판자를 깎고 있었다.

길고 부드러운 동작 한 번으로 나무의 한쪽 끝에서 다른 쪽 끝으로 깎아내렸다. 그리고 한 걸음 물러서서 자신의 작품을 살펴보았다.

괜찮아 보였다.

고운 사포를 들어 동강 난 나무토막에 두른 뒤 가장자리를 문지르기 시작했다.

일은 잘 처리되었다.

칼란은 곰곰이 생각해 보았다.

'아주 잘 된 거야. 아주 엉망이 되어 버렸으니까.'

빅 피치의 코카인 성적은 0이었다.

사실은 마이너스 0이었다.

칼란은 거기서 1센트도 받지 못했다. 코카인은 티끌만큼도 거리에 쏟아져 나오지 못한 채 FBI의 창고로 들어갔다. FBI 요원들이 줄곧 뒤쫓아 온 것이 틀림없었다. 빅 피치가 코카인을 뉴욕 동부의 관할지역으로 가져가자마자 줄리아니의 훈련된 FBI 요원들이 똥파리처럼 달라붙었기 때문이다.

그리고 빅 피치는 판매 목적의 마약 소지죄로 체포되었다.

형량이 무거운 죄였다.

빅 피치는 자신의 중년을 감옥에서 보낼 위기에 맞닥뜨려 있었다. 빅 피치가 긴 형량을 받게 되면 보석금을 제안해야 했다. 변호사 비용은 말할 것도 없었다. 그리고 이 모든 일이 일어나는 동안에는 빅 피치가 '자자, 세금 시즌이오.' 해가며 돈을 벌어들일 수가 없었다. 결국 칼란과 오밥은 코카인 투자액을 잃었을 뿐만 아니라 빅 피치의 변호 비용까지 내야 할 판이었으며, 그 금액은 그들의 상납금, 강탈금, 고리대금업 금액에서 상당한 액수를 빼내야 할 정도였다.

하지만 좋은 소식은 칼란과 오밥은 코카인으로 기소되지 않았다는 점이었다. 빅 피치나 리틀 피치가 아무리 입을 가만두지 못하는 사람들이라 해도, 그리고 FBI가 빅 피치의 말을 도청했거나 거대한 대도시 뉴욕에 있는 모든 이탈리아계 사람들에 대해 파악했다고 해도, 오밥이나 칼란을 체포할 구실은 없었다.

칼란은 생각했다.

'굉장한 은총이군.'

그 정도 코카인 양이라면 30년형은 선고받을 것이다. 종신형에 가까웠다.

다행이었다.

덕분에 공기가 아주 달콤하게 느껴졌다. 그저 이 공기 속에서 숨 쉴 수 있다는 것만으로, 계속 이 냄새를 맡을 수 있다는 사실만으로도 말이다.

하지만 빅 피치와 리틀 피치는 곤경에 빠졌고, FBI에 붙잡힌 카조, 카조의 동생, 다른 몇 사람은 빅 피치가 그 일을 뒤집어서 해결해 주기를 기다리고 있었다.

'그래, 행운이 있기를.'

빅 피치는 보수적이었다.

보수적인 사람은 일을 뒤집는 법이 없었다.

사실 감옥 생활은 빅 피치의 문제 중에서 하찮은 부분일 뿐이었다. FBI의 기소로 빅 파울리에 칼라브레이지가 입건되었기 때문이다.

마약 때문이 아니라 다른 푸에르토리코 인의 진술로 밝혀진 화물 적재 때문에. 빅 파울리에는 그 일로 정말 진땀을 흘리고 있었다. 줄리아니가 네 명의 보스에게 각각 100년형을 구형해서 감옥으로 보낸 지가 불과 몇 달밖에 되지 않았고, 이어진 재판이 빅 파울리에 소송사건이었기 때문이다.

줄리아니는 교활한 이탈리아 노인네로, 건배할 때 '100년 동안 살기를 바라며'라고 외치는 것으로 유명했다. 물론 줄리아니가 의미하는 것은 '지하 감옥에서 100년 동안 살기를 바라며'였다. 그리고 줄리아니는 사이클 히트(한 타자가 한 시합에서 1루타·2루타·3루타·홈런을 모두 치는 일 — 옮긴이)를 치고 싶어 했다. 유서 깊은 다섯 조직의 두목 모두를 때려눕히고 싶어 한다는 뜻이다. 따라서 빅 파울리에는 몰락할 운명이었다. 하지만 당연히 빅 파울리에는 감옥에서 죽고 싶지 않았기에 신경을 바짝 곤두세우고 있었다.

빅 파울리에는 빅 피치 때문에 소화 불량이 걸릴 지경이었다.

'거래하면, 죽는다.'

빅 피치는 자신의 결백을 주장하고, 이건 FBI가 꾸며낸 일이며, 자신은 마약 거래로 보스에게 도전하는 일은 꿈에도 생각해본 적이 없다고 외쳤다. 하지만 빅 피치가 빅 파울리에를 험담하고 마약 이야기를 떠드는 소리가 녹음된 테이프가 있다는 소문이 계속 들려왔다. 물론 빅 피치는 '테이프? 무슨 테이프?' 하며 시치미를 뗐다. FBI는 빅 파울리에에게 테이프를 넘겨주지 않을 것이다. 그 테이프를 빅 파울리에 사건의 증거로 쓸 생각이 없기 때문이다. 하지만 빅 피치의 사건에는 그 테이프가 증거로 쓰이게 될 것이다. 그래서 빅 파울리에는 빅 피치 수중에 그 테이프가 있을 거라 믿고 토트힐에 있는 집으로 가져오라고 명령했다.

빅 피치는 필사적으로 거부했다. 차라리 엉덩이에 수류탄을 쑤셔 넣고 핀을 뽑는 게 낫다고 하면서. 그 테이프들에는 빅 피치가 '이봐, 대모(빅 파울리에)가 푹 빠진 여자 알아? 들을 준비됐어? 그가 확대시술도 했대……' 따위의 말이 담겨 있을 테니 말이다.

그리고 그 대모에 대해 추려낸 다른 재미있는 얘기들과 그가 얼마나 저속하고 비열하고 약해빠진 놈인지에 대한 얘기들도 있었다. 전체 치미노 조직의 서열에 관한 얘기는 말할 것도 없었다. 그래서 빅 피치는 빅 파울리에가 그 테이프에 담긴 헛소리를 듣지 않기를 바랐다.

무엇보다 긴장되는 점은 그 해악이 결국 치미노 조직의 보수주의 부두목이자 공공연한 반란으로부터 카조 파를 지키는 유일한 존재인 네이 데몬테에게 이르리라는 사실이었다. 그러면 지배력이 사라질 뿐만 아니라 부두목 자리가 공석이 될 것이기에 카조 파 조직원들은 기대감을 갖고 있었다.

토미 베야비아가 아니라 조니 보이 카조를 새 부두목으로 임명하는 게 낫다는 기대감이었다.

"염병할 운전사 따위에게는 보고하지 않을 거야."

빅 피치는 자신의 처지가 얼음 위에서 미끄러지고 있는 상태라는 걸 전혀 모르는 사람처럼 불평했다. 교도소장이나 성 베드로가 아닌 다른 사람에게도 보고할 기회가 있다고 생각하는 모양이었다.

칼란은 이 소문 모두를 오밥에게 들었다. 오밥은 칼란이 조직을 나가려고 하는 사실을 믿으려 하지 않았다.

"넌 못 나가, 칼란."

"왜?"

"뭐야, 그냥 걸어나가면 될 거 같아? 출구가 있다고 생각해?"

"내 생각이 바로 그건데? 뭐야, 넌 그 안에 있으려고?"

"아니."

오밥이 재빨리 대답했다.

"하지만 칼란, 밖에는 사람들이 있어. 적의를 품고 있는 사람들

말이야. 그 밖에서 혼자 있고 싶진 않을걸?"

"내가 원하는 게 그건데?"

글쎄, 정확히 그렇다고는 할 수 없다.

사실, 칼란은 사랑에 빠졌다.

칼란은 판자 다듬기를 끝내고 집으로 걸어갔다. 시오반을 생각하면서.

칼란은 글로카모라 주점에서 그녀를 26번 더하기 3번 만났다. 칼란은 바에 앉아 맥주를 마시며 조 버크의 아이리시 플루트 연주를 듣고 있었다. 그러다가 앞쪽 탁자에 친구들과 모여 앉아 있는 그녀를 보게 됐다. 그녀의 길고 까만 머리칼이 가장 먼저 눈에 들어왔다. 그녀가 고개를 돌리자 얼굴과 회색빛 눈이 보였다. 칼란은 무너져 버렸다.

칼란은 그 탁자로 걸어가서 앉았다.

이름이 시오만이라고 했나. 시오반은 북아일랜드 수도 벨파스트에서 건너와서 카슈미르 거리에서 자랐다고 했다.

"우리 아버지는 클로너드 출신이고, 난 케빈 칼란이라고 해."

"너희 아버지 얘기 들은 적 있어."

시오반은 그렇게 말하더니 얼굴을 돌렸다.

"뭘?"

"난 그 모든 것들로부터 도망치려고 여기 왔어."

"그런데 왜 여기 있어?"

젠장, 그곳에서 들려오는 모든 노래가 그런 얘기였다. 문제점, 과거, 현재, 미래. 지금도 조 버크가 플루트를 내려놓고 밴조를 집어 들어 「꼭두각시 인생(The Men Behind the Wire)」을 부르고 있지 않은가.

> 장갑차와 탱크와 총으로 무장하여
> 그들은 우리 아들들을 데려가려 왔네
> 모든 남자들은 지지해야 한다네
> 꼭두각시 같은 인생

"모르겠어. 아일랜드 인이 오는 곳 맞잖아?"
"다른 곳도 있어. 저녁 먹었어?"
"난 친구들과 왔는데?"
"친구들도 같이 가면 되잖아?"
"하지만 난 안 가."
꿈이 무너져 내렸다.
"다음번에 가지 뭐."
"그다음번이란 건 예의상 해 주는 소리야? 아니면 다음번에 우리가 데이트하는 거야?"
"나 목요일 밤에 시간 있어."
칼란은 레스토랑 거리의 비싼 집으로 시오반을 데려갔다. 헬스 키친에서 좀 떨어져 있지만 칼란과 오밥의 영향력이 미치는 괜찮은 곳이었다. 그곳은 칼란과 오밥의 허락 없이는 냅킨 한 장도 반입되지 않았다. 소방 안전 진단요원들은 뒷문이 계속 잠겨 있다는 사실을 눈치채지 못했고 경찰들은 어슬렁거리며 지나치기 좋은 장소로 여겼다. 가끔씩 화물 내역에 대한 승강이 없이 트럭에서 위스키 몇 상자가 그대로 가게로 들어갔다. 그래서 칼란은 1등석 테이블에서 친절한 접대를 받았다.
"맙소사."
시오반은 메뉴를 훑어보더니 물었다.
"이런 거 먹을 형편이 되는 거야?"
"응."
"너 직업이 뭔데?"
그건 곤란한 질문이었다.
"이것저것."
'이것'은 공갈 협박 등의 부정한 돈벌이 일들, 고리대금업, 계약 살인. '저것'은 마약.
"돈 잘 버는 일인가 보네."
칼란은 아마 시오반이 일어나서 곧장 나가버릴 거라고 예상했다. 하지만 시오반은 나가지 않고 생선 요리를 주문했다. 칼란은 포도주에 대해 잘 모르지만 몇 시간 전에 레스토랑에 들러 여자들이 주문하는 포도주를 알아보고 포도주 담당 웨이터에게 똑바로 가져오도록 지시해 두었다.
지시대로 포도주가 들어왔다.
레스토랑에서 특별히 증정하는 포도주라고 했다.
시오반이 우스운 표정을 짓자 칼란이 말했다.
"이 레스토랑을 위해 내가 하는 일이 있거든."
"이것저것?"
"응."
칼란은 잠시 후 화장실에 간다며 나와서 지배인을 찾았다.

"계산서를 갖다 줘."

"칼란, 네게 계산서를 끊어 주면 주인이 나를 죽이려고 할 거야."

그건 합당한 대접이 아니었다. 매번 칼란과 오밥이 올 때면 지배인은 계산서를 끊지 않고 공짜로 식사를 대접했고, 칼란과 오밥은 현금으로 팁을 두둑이 쥐어주고 갔다. 칼란과 오밥에게 음식값을 받을 수는 없었다. 하지만 지배인은 계산서를 갖다주기로 했다. 자주 있는 일도 아니었고, 칼란이 레스토랑 거리에서 이 레스토랑에만 올 것도 아니었기 때문이다.

칼란은 긴장했다. 칼란은 데이트를 많이 하지 않으며, 혹시 하더라도 종종 글록이나 리피로 갔다. 식사하게 되어도 햄버거나 양고기 스튜 정도였으며, 보통 코가 비뚤어지게 취해서 비틀거리며 돌아와 밤을 보냈고, 아침이 되면 거의 기억해내지 못하기 일쑤였다. 이런 장소는 사업상의 일로만 왔다. 오밥의 표현대로 공식방문을 위해서 말이다.

시오반이 입가에 묻은 초콜릿 무스를 닦으며 말했다.

"태어나서 이렇게 멋진 식사는 처음이었어."

계산서가 왔다. 엄청난 액수였다.

칼란은 계산서를 보며 평균적인 남자들은 어떻게 먹고사는지 모르겠다는 생각이 들었다. 그리고 주머니에서 수표 다발을 꺼내 쟁반에 놓았다. 시오반의 얼굴에 또 한 번의 호기심 어린 표정이 스쳤다.

시오반이 자신의 아파트로 칼란을 데려가 곧장 침실로 이끌자 칼란은 더더욱 놀랐다. 시오반은 스웨터를 벗어 올리고 머리카락을 흔든 뒤 손을 뒤로 뻗어 브래지어를 끌렀다. 그리고 신발을 벗어 던지고 서둘러 바지를 벗은 뒤 이불 속으로 들어갔다.

"양말은 안 벗어?"

"아직 발이 시려. 들어올래?"

칼란은 옷을 벗고 팬티 바람으로 침대에 들어갔다. 그녀는 칼란을 잘 인도했다. 시오반은 빨리 흥분했고, 칼란은 사정을 앞두고 그녀에게서 빠져나오려 했지만 시오반의 다리가 허리를 감고 그를 놓아주지 않았다.

"괜찮아. 난 피임약 먹고 있어. 안에서 해."

그리고 엉덩이를 움직여 자리를 잡아줬다.

아침이 되자 시오반은 고해하러 가기 위해 일어났다. 그렇지 않으면 일요일에 영성체를 받을 수 없기 때문이라고 했다.

"우리 일을 고해할 거야?"

"물론이지."

"다시는 그러지 않겠나고 약속도 하고?"

칼란은 예스라는 대답이 나올까 봐 조금 두려웠다.

"난 신부님한테는 거짓말하지 않을 거야."

그녀는 문 밖으로 나갔고, 칼란은 다시 잠이 들었다. 칼란의 잠은 시오반이 돌아와 다시 침대 안으로 들어오고 나서야 깼다. 하지만 칼란이 다가가자 시오반이 거절했다. 내일 미사가 끝날 때까지 기다리라고 했다. 영성체를 받으려면 시오반의 영혼이 깨끗해져야 하기 때문이라고 했다.

'가톨릭 소녀로군.'

칼란은 시오반을 자정 미사에 데려다줬다.

곧 두 사람은 대부분의 시간을 함께 보내게 됐다.

오밥의 말에 의하면 너무 많은 시간을 함께 보냈다.

얼마 뒤 두 사람은 같은 집으로 이사했다. 시오반이 재임대하고 있던 집의 여배우가 순회공연을 마치고 돌아온 덕에, 옮겨가야 할 곳을 구해야 했기 때문이다. 뉴욕에서 여자 종업원이 집을 구하기란 쉽지 않았다. 그래서 칼란이 같이 살자고 제안했다.

"모르겠어. 너무 다가서는 거 아닐까?"

"우리는 거의 매일 밤 함께 자잖아."

"'거의'라는 말이 중요한 거야."

"그러다가 브루클린으로 가게 될걸?"

"브루클린도 좋아."

"좋지. 하지만 지하철을 오래 타야 하잖아."

"너 정말 나랑 같이 살고 싶구나?"

"나 정말 너와 같이 살고 싶어."

문제는 칼란의 집이 좁아도 너무 좁다는 점이었다. 46-11번가의 계단식 집 3층. 방 하나에 욕실 하나. 침대 하나, 의자 하나, TV 하나, 써본 적이 없는 오븐 하나, 전자레인지 하나.

"너 많이 벌잖아? 그런데 이렇게 살아?"

빅 피치도 그렇게 물은 적이 있었다.

"필요한 건 다 있어."

그런데 지금은 그렇지 못했다. 그래서 칼란은 다른 집을 찾기 시작했다.

웨스트사이드의 위쪽을 염두에 두었다.

오밥이 좋아하지 않았다.

"모양새가 좀 그래. 동네를 떠나는 거잖아."

"이 동네 좌측으로는 좋은 곳이 없어. 방이 다 나갔어."

그 말은 사실이 아닌 것으로 밝혀졌다. 오밥이 건물 몇 군데 관리자들에게 운을 띄우자 전세 몇 군데에서 연락이 왔고, 네댓 군데의 아파트가 후보로 지정되었다. 칼란은 허드슨 강이 바라다 보이고 작은 발코니가 딸린 15-20번가를 선택했다.

칼란과 시오반의 소꿉장난이 시작되었다.

시오반은 필요한 물건들을 사기 시작했다. 담요, 이불, 베개, 수건, 욕실에서 쓰는 여성용품 전부. 그리고 냄비, 프라이 팬, 접시, 행주……. 처음에는 괴상하게 생각했지만, 칼란도 점차 마음에 들었다.

"집에서 식사하는 횟수를 늘리면 돈을 많이 절약할 수 있어."

"집에서 식사를? 집에서는 안 먹는데?"

"내 말이 그 말이야. 집에서 먹으면 돈이 절약 돼. 우린 저축할 수 있는 돈을 쓰고 있다고."

"저축을 왜 하는데?"

칼란은 이해가 되지 않았다.

빅 피치가 칼란을 바로 잡아줬다.

"남자는 현재에 살아. 지금 먹고, 지금 마시고, 지금 눕지. 남자는 다음 끼니도, 다음 술도, 다음 잠자리도 생각하지 않아. 그냥 '지금' 행복한 거지. 여자는 내일을 살아. 이 우둔한 아일랜드 놈아, 좀 알아둬. 여자는 늘 둥지를 짓고 있어. 하는 일마다 실제로 둥지를 짓기 위한 나뭇가지와 잎과 흙을 모으는 일을 하고 있다고. 그리고 그 둥지는 너를 위한 것이 아니야. 여자 자신을 위한 것도 아니야. 둥지는 아기를 위한 것이지."

그래서 시오반은 요리를 더 많이 하기 시작했다. 칼란은 썩 내키지 않았다. 칼란은 시끄럽고 붐비는 분위기를 그리워했다. 하지만 곧 집에서 먹는 걸 좋아하게 됐다. 조용한 것을 좋아하고, 시오반이 먹는 모습이나 신문 보는 모습을 좋아하고, 설거지를 좋아하게 됐다.

"설거지를 한다고?" 오밥이 물었다. "식기세척기를 들여놔."

"비싸잖아."

"안 비싸. 핸드리건 씨 가게에 가서 고르면, 식기세척기는 트럭에서 사라지고 그 양반은 보험금을 타게 되지."

"난 그냥 설거지를 할 거야."

그러나 일주일 후, 칼란와 오밥이 사업차 외출하고 시오반은 집에 있던 어느 날, 누군가 초인종을 눌렀다. 그리고 두 남자가 식기세척기를 들고 들어왔다.

"이게 뭐죠?"

"식기 세척기입니다."

"주문 안 했는데요."

"저기, 우리는 이 물건을 다시 갖고 내려갈 수는 없어요. 오밥이 시켰는데 안 할 수는 없거든요. 그냥 상냥한 소녀가 되어 이 식시세척기를 받아주면 안 될까요?"

시오반은 식기세척기를 받았다. 하지만 칼란이 집에 오자 논쟁의 주제가 됐다.

"이게 뭐야?"

"식기세척기잖아."

"뭔지는 나도 알아. 이게 무슨 일이냐고?"
'무슨 일이냐면, 내가 오밥에게 한 주먹 날릴 일이지.'
"집들이 선물이겠지?"
"꽤나 후한 집들이 선물이네?"
"오밥은 후한 녀석이지."
"이거 훔친 거지?"
"'훔친'이 뭘 의미하냐에 달렸지."
"되돌려 줘."
"복잡할 거야."
"뭐가 복잡해?"

칼란은 시오반에게 설명하고 싶지 않았다. 아마도 핸드리건이 이미 보험료를 청구했을 것이고, 서너 가지 다른 물건도 그렇게 빼돌려서 '벼룩시장'에서 반값에 팔았을 거라는 사실을 말이다.

"복잡하다고만 알고 있어."
"난 바보가 아냐."

시오반에게 뭔가를 알려준 사람은 없었다. 하지만 시오반은 이미 알고 있었다. 그 동네에 사는 것만으로 충분히 알 수 있었다. 가게나, 세탁소에 갈 때, 유선 설치하는 사람이나 배관공과 일을 처리할 때 뭔가 다른 대접을 받고 있다는 기분이 들었다. 사소한 일들이었다. 장바구니에 배 두어 개를 더 넣어준다든가, 세탁 기간이 이틀이 아니라 하루라든가, 택시 운전사나 가판대 상인이 특별한 사유 없이 친절을 베푼다든가, 건설 공사 인부들이 경적을 울리거나 호각을 불지 않는 일 등 그런 일은 수도 없이 많았다.

그날 밤 침대에서 시오반이 입을 열었다.

"난 갱스터에 신물이 나서 벨파스트를 떠나왔어."

칼란은 시오반의 말이 무슨 뜻인지 알았다. 폭력단원보다 조금 더 많은 사람들이 프로보스(네덜란드, 독일 등 유럽국가의 과격 청년파 — 옮긴이)가 되어 벨파스트에서 대부분의 일들을 관리했다. 칼란과 오밥이 키친에서 관리하는 대부분의 일들 같은 것 말이다. 칼란은 시오반이 무슨 말을 하는지 알고 있었다. 칼란은 시오반에게 떠나지 말아 달라고 애걸하고 싶었지만 실제로는 이렇게 말했다.

"나오려고 노력 중이야."

"그냥 나와."

"그렇게 간단하지가 않아, 시오반."

"복잡하지."

"그래, 그거야."

조직을 떠나려면 죽음을 남길 뿐이라는 오랜 신화는 그냥 신화일 뿐이었다. 나올 수는 있었다. 하지만 복잡했다. 그냥 일어나서 나올 수 있는 일이 아니었고 천천히 진행해야 했다. 그렇지 않으면 위험한 의심을 받았다.

'내가 뭘 할 것인가?'

돈을 벌기 위해서.

칼란은 모아놓은 돈이 별로 없었다. 그건 사업가의 한탄과 비슷했다. 많은 돈이 들어오지만 나가는 돈도 많았다. 사람들은 이해하지 못했다. 빅 파울리에의 몫과 빅 피치의 몫이 뚜껑을 열자마자 뭉텅 나갔다. 그리고 뒷돈들이 나갔다. 조합 관리들과 경찰들에게. 그리고 한 팀으로 일하는 애들도 돌봐야 했다. 그리고 나서야 칼란과 오밥의 몫이 돌아왔다. 얼마가 되었든, 여전히 큰돈이긴 하지만 보통 사람들이 생각하는 만큼 많지는 않았다. 이제 그들은 빅 피치의 변호 비용까지 따로 책정해야 했다. 흠, 은퇴할 만한 돈은 안 됐다. 합법적인 사업을 시작하기도 충분하지 않았다.

아무튼, 칼란은 궁금했다.

'뭐가 있을까? 내게 적격인 일은 대체 뭘까? 내가 아는 거라고는 강탈과 폭력과, 그래, 사람을 죽이는 일뿐이야.'

"내가 뭘 하길 바라니, 시오반?"

"무슨 일이든."

"무슨 일? 웨이터? 내 팔에 수건 걸려 있는 꼴은 못 봐."

어둠 속에서 오래도록 침묵이 흘렀다. 시오반이 입을 열었다.

"그럼 나도 내가 너와 있는 꼴을 못 보겠지."

이튿날 아침, 칼란이 일어나보니 시오반이 식탁에서 차를 마시며 담배를 피우고 있었다. (칼란은 생각했다. 소녀를 아일랜드에서 떠나오게 할 수는 있다고. 하지만……) 칼란은 맞은편에 앉았다.

"그냥 그렇게 나올 수는 없어. 그렇게 처리할 일이 아니야. 시간이 조금 더 필요해."

시오반은 곧바로 차분히 대처했다. 칼란이 사랑하는 시오반의 모습 중 하나였다. 시오반은 현실적인 사람이었다.

"시간이 얼마나 필요한데?"

"1년쯤? 모르겠어."

"너무 길어."

"하지만 그 정도로 걸릴 거야."

시오반은 고개를 여러 번 끄덕이고 말했다.

"출구를 향해 전진한다면."

"좋아."

"내 말은 출구를 향해 꾸준히 전진하라는 뜻이야."

"그래. 알아들었어."

그리고 두어 달이 지난 지금, 칼란은 오밥에게 그 사실을 설명하려 애쓰고 있었다.

"오밥, 온통 엉망진창이야. 어쩌다 이 모든 게 시작되었는지도 모르겠어. 그냥 어느 날 오후에 주점에 앉아 있었는데 에디 프리엘이 걸어 들어와서 상황을 걷잡을 수 없게 만들었어. 네 탓이라는 말은 아니야. 다른 사람 탓도 아니야. 내가 아는 건 이걸 끝내야 한다는 사실뿐이야. 나 그만두련다."

마치 완전히 마침표라도 찍겠다는 듯 칼란은 갈색 종이봉투에 총들을 다 집어넣어 강에다 던져버렸다. 그리고 집으로 돌아가 시오반에게 말했다.

"목수 일을 할까 해. 상점이나 아파트 뭐 그런 쪽으로. 아마, 결국엔 진열장이나 책상 같은 물건을 만들 수 있을 거야. 패트릭 맥기건한테 가서 상의해 볼까 해. 무임 견습생으로 고용해 줄 수 있는지, 실제로 일을 맡게 될 때까지 얼마나 걸리는지, 그때까지 지낼 돈은 충분한지, 전부 알아볼 거야."

"인생 설계처럼 들려."

"우린 가난해질 거야."

"난 가난하게 지내왔어. 아주 익숙해."

그래서 다음 날 아침 칼란은 11-48번가에 있는 맥기건의 다락방에 찾아갔다.

두 사람은 함께 '그리스도의 심장'에 가서 몇 분 동안 고등학교 얘기를 나눈 뒤, 하키 얘기를 몇 분 더 나눴다. 그러다가 일자리를 줄 수 있느냐고 칼란이 물었다.

"지금 날 놀리는 거지?"

"아뇨, 진담이에요."

맥기건은 기꺼이 받아줬다. 칼란은 장사를 배우는 어머니들처럼 일했다.

칼란은 매일 아침 7시면 손에는 도시락(lunch bucket)을 들고 머릿속에는 노동자(lunch-bucket) 의식을 담고 칼 같이 나타났다. 칼란이 꾸준한 일꾼이 되어가는 모습은 특별한 기대를 하지 않았던 맥기건에게 아주 뜻밖의 일이었다. 지금까지는 칼란을 주정뱅이나 마약 중독자 정도로만 여겼었다. 매일 아침 제시간에 문을 열고 들어오는 성실한 시민이 될 줄은 꿈에도 몰랐다.

아니다. 문만 제시간에 열고 들어오는 게 아니라 칼란은 일하러 왔고, 배우러 왔다.

칼란은 자신이 손을 써서 하는 일을 좋아한다는 사실을 알게 됐다.

처음에는 온통 서툴렀다. 칼란은 바보 멍청이가 된 기분이었다. 하지만 곧 숙달되기 시작했다. 게다가 칼란이 진지하다는 사실을 알게 된 맥기건이 참고 기다려 줬다. 맥기건은 칼란을 가르치는 시간을 따로 내어 조금씩 실력을 향상시켜 주었고, 나사로 고정하는 작은 일거리들부터 주면서 나사 없이 그 작업들을 할 수 있게 될 때까지 연습시켰다.

칼란은 밤중에 녹초가 된 몸을 이끌고 집으로 갔다.

하루가 끝나면 칼란은 여기저기 쑤시고 육체적으로는 지쳐 있지만, 정신적으로는 기분이 좋았다. 느긋한 마음으로 지내니 아무런 걱정이 없었다. 밤에 악몽을 꿀 일을 낮 동안 하나도 하지 않았다.

칼란은 오밥과 어슬렁거리던 주점들 근처에는 더 이상 가지 않았다. 리피나 랜드마크 같은 곳도 마찬가지였다. 대부분은 집으로 곧장 가서 시오반과 저녁을 먹고 TV를 보고 잠자리에 들었다.

어느 날 오밥이 칼란의 작업장에 나타났다.

오밥은 잠시 바보 같은 모습으로 출입구에 서 있었다. 하지만 칼란은 눈길조차 주지 않고 사포질에 집중했다. 오밥이 돌아서서 떠났다. 맥기건은 무슨 말이라도 해야겠다고 생각했지만, 딱히 할 말이 없었다. 칼란이 알아서 처리했다는 생각이 들 뿐이었다. 그리고 이제는 웨스트사이드 사내놈들이 얼씬거릴 일에 대해 걱정하지 않아도 될 거 같다고 생각했다.

하지만 칼란은 일을 마치고 오밥을 찾아갔다. 11-43번가에서 오밥을 찾아내어 함께 강가로 갔다.

"우라질, 그게 뭐야?"

"나야. 내 일은 내가 알아서 한다고 말하는 모습이지."

"뭐야, 내가 인사도 하러 못 가나?"

"내가 일할 때는 안 돼."

"그럼, 우리는 더 이상 치…… 친구도 아니냐?"

"우린 친구야."

"모르겠어. 넌 코빼기도 보이지 않고, 아무도 널 본 사람이 없다고 하고. 야, 가끔은 맥주 한잔하러 올 수도 있잖아?"

"주점에는 더 이상 안 가."

오밥이 웃었다.

"그래서 정식 보이스카우트라도 되려고?"

"웃고 싶으면 웃어."

"그래, 웃을 거야."

두 사람은 강 건너편을 바라보며 서 있었다. 쌀쌀한 저녁이었다. 강물이 거무스름한 게, 냉혹해 보였다.

"그래, 칼란. 이제 내게 어떤 호의도 기대하지 마. 어쨌든 네가 도시락 싸 들고 다니는 그런 노동자 일을 택한 이후로 넌 아무런 재미가 없어. 사람들이 너에 대해 묻고 있는 얘기도 그거야."

"나에 대해 누가 묻는데?"

"사람들."

"빅 피치?"

"칼란, 지금 엄청난 열기와 엄청난 압박이 짓누르고 있어. 다른 사람들은 네가 배심원들에게 사실대로 말할까 봐 신경을 곤두세우고 있단 말이야."

"난 아무에게도 말하지 않아."

"그래, 어디 네가 그러는지 두고 보자."

칼란은 오밥의 멱살을 잡았다.

"나랑 험악한 사이가 되자는 거야, 오밥?"

"아니."

어딘지 칭얼거리는 느낌이 들었다.

"지금 나랑 험악한 사이가 되자는 거잖아."

"그냥 내 말은…… 알잖아."

칼란은 오밥을 놓아줬다.
"그래, 알아."
칼란은 알고 있었다.
들어가기보다 나오기가 더 어렵다는 것을. 하지만 칼란은 나오려 했다. 빠져나오려 했고, 조금씩 멀어지고 있었다. 매일 새로운 삶에 다가가고 있었다. 그리고 칼란은 이 새로운 삶이 좋았다. 아침에 일어나서 일하러 가는 것이 좋았고, 열심히 일한 다음 시오반이 있는 집으로 돌아가는 것이 좋았다. 저녁을 먹고 일찍 잠자리에 드는 것이 좋았고, 아침이면 일어나 같은 일을 반복하는 것이, 칼란은 좋았다.
칼란과 시오반은 멋지게 해나가고 있었다. 결혼 이야기까지 오갔다.
그때 네이 데몬테가 죽었다.

칼란이 시오반에게 말했다.
"장례식에 가야 해."
"왜?"
"존중을 표하러."
"갱스터한테?"
시오반은 화를 냈다. 시오반은 화가 나고 무서웠다. 칼란이 원래 자리로 미끄러져 들어갈 것만 같았다. 지금 칼란은 삶 속의 오랜 악마들과 싸우고 있는데 이번 일로 다시 그곳으로 되돌아갈 것만 같았다.
"그냥 가는 거야. 가서 인사만 하고 올 거야."

"나한테도 그런 존중을 좀 표해 보면 어때? 우리 관계에도 좀 표하고."

"존중하고 있어."

시오반은 어이가 없다는 듯이 두 손을 들었다가 털썩 놓았다.

칼란은 설명하고 싶었지만 시오반을 겁먹게 하고 싶지는 않았다. 칼란이 참석하지 않으면 오해를 받을 수 있으며, 이미 칼란을 의심하는 사람들은 더욱 더 의심하게 되어 이성을 잃고 일을 저지를지도 모른다고 말할 수는 없으니 말이다.

"내가 가고 싶어서 가는 것 같아?"

"가야 하는 거겠지. 그게 당신 일이니까."

"당신은 이해 못 해."

"맞아. 난 이해 못 해."

시오반은 침실 문을 쾅 닫고 들어가서 문을 찰칵 잠갔다. 칼란은 문을 박차고 들어가려고 하다가 지금 해야 할 일을 생각해 냈다. 그래서 그냥 벽을 수먹으로 한 방 치고 밖으로 나갔다.

공원묘지에서 주차할 곳을 찾기란 쉽지 않았다. 이미 도시의 모든 마피아 조직원들과 지역군 소대, 주립 경찰, 연방 경찰이 다 차지하고 있었다. 칼란이 걸어가는 동안 그들 중 누군가가 칼란의 사진을 찍었지만 칼란은 개의치 않았다.

지금 칼란은 그냥 모두를 때려눕히고만 싶었다.

손이 아팠다.

"낙원에 문제라도 생겼냐?"

칼란의 손을 보더니 오밥이 물었다.

"꺼져버려."

"바로 그거야. 네가 지금 장례식 봉사 배지를 구하러 가는 보이 스카우트는 아니니까 말이야."

오밥은 곧 입을 닫았다. 장난할 기분이 아니라는 칼란의 표정이 어둠 속에서도 확실히 보였기 때문이다.

줄리아니가 아직 감옥에 처넣지 못한 모든 마피아 조직원들이 여기 있는 듯했다. 면도날로 머리를 밀고 양복을 빼입은 카조 형제들이 있고, 빅 피치, 새미 그릴로와 프랭키 로렌조, 리틀 닉 코로티와 레너드 디마르사와 살 스카키가 있었다. 치미노 조직 전체에, 바니 베요모와 돔 치릴로 같은 제노바 출신 거물들이 있었다. 그리고 토니 덕스와 리틀 알다르코 같은 루체스 사람들이 있었다. 그리고 페르시코가 100년을 구형받고 수감 중이기 때문에 콜롬보 조직에서는 몇 명만 참석했고, 소니 블랙과 레프티 루게로 같은 늙은 보나노 영감들도 몇 명 있었다.

여기 모인 사람 모두가 네이 데몬테에게 경의를 표하고 있었다. 모두가 이제 데몬테가 죽었으니 앞으로 일이 어떻게 흘러갈지 알아내려고 코를 킁킁거리고 있었다. 그것은 칼라브레이지가 누구를 새로운 부두목으로 지명하는지에 달려 있다는 사실을 모두가 알고 있었다. 칼라브레이지가 사라지면 그 부두목이 새로운 보스가 될 가능성이 높기 때문이다. 만약 칼라브레이지가 카조를 지명하면 조직에 평화가 찾아올 것이다. 하지만 다른 사람을 지명하면…… 조심해야 했다. 그래서 모든 이탈리아계 사람들이 동정을 살피려고 여기에 와 있었다.

모두 와 있었다.

뜻밖에도 한 사람은 예외였다.

빅 파울리에 칼라브레이지.

빅 피치는 도저히 믿어지지가 않았다. 모두가 칼라브레이지의 검정 리무진이 들어오기를 기다리고 있었다. 그래야 장례식을 시작하기 때문이다. 하지만 리무진은 도착하지 않았다. 미망인은 어안이 벙벙해져서 어찌해야 할지를 몰랐다. 결국 조니 보이 카조가 단상으로 올라가서 말했다.

"시작합시다."

장례식이 끝나자 빅 피치가 말했다.

"보스가 부두목의 장례식에 오지 않는다? 그건 잘못된 거야. 틀렸어."

빅 피치는 칼란을 돌아보았다.

"널 여기서 보니 반갑군. 대체 어디 있었어?"

"여기저기."

"내 주변에는 얼씬도 하지 않던데?"

칼란은 기분이 내키시 않았다.

"당신들 기니인이 날 소유한 건 아니지."

"주둥아리 조심해."

"진정해, 빅 피치. 칼란은 좋은 친구야."

오밥이 끼어들었다.

"그래서 듣자하니 네가, 뭐라더라, 목수가 되려 한다면서?"

"그래."

"나도 목수 한 사람 알아. 십자가에 못 박혀 죽었지."

"나한테 볼일 있어 올 때는 관에 들어간 채 오시지. 그게 당신이 떠날 방법이니까."

카조가 그들 사이로 접근했다.

"뭔 짓들이야. FBI에게 더 많은 테이프를 넘기고 싶어? 이번 작품은 '빅 피치의 라이브 앨범'인가? 지금은 다들 뭉쳐야 해. 악수해."

빅 피치가 칼란에게 손을 내밀었다.

칼란이 그 손을 잡자 빅 피치가 반대편 손으로 칼란의 목덜미를 잡아당겼다.

"쳇, 꼬마야, 미안하게 됐다. 너무 긴장되고 슬퍼서 그랬어."

"알아. 나도 그랬어."

빅 피치는 칼란의 귀에 속삭였다.

"사랑한다, 이 바보 천치 아일랜드 놈아. 나가고 싶다니 잘됐군. 나가. 가서 진열장이든 책상이든 뭐든 만들면서 행복하게 지내, 알았어? 삶은 짧아. 행복할 수 있을 때 행복해야 해."

"고맙군."

빅 피치는 칼란을 놓아주며 크게 외쳤다.

"이 마약 나부랭이는 밟아버리겠어. 파티를 여는 거야, 어때?"

"좋아."

칼란은 나머지 사람들과 함께 라베니테에 초대받았다. 하지만 칼란은 가지 않았다.

칼란은 집으로 갔다.

주차할 곳을 찾아 차를 세우고 계단을 걸어 올라가 잠시 문 밖에 서서 용기를 낸 뒤 열쇠로 문을 열고 들어갔다.

시오반이 있었다.

창가 의자에 앉아 책을 읽고 있었다.

그녀는 칼란을 보자 울기 시작했다.

"당신이 돌아오지 않을 거라고 생각했어."

"당신이 여기 없을지도 모른다고 생각했어."

칼란은 몸을 굽혀 시오반을 안아줬다.

시오반은 칼란을 아주 꽉 껴안았다. 시오반이 놓아주자 칼란이 말했다.

"크리스마스트리를 사러 갈까?"

두 사람은 예쁜 트리를 골랐다. 잎이 빽빽하지 않고 작은 나무였다. 완벽하지는 않지만 두 사람에게 꼭 맞았다. 두 사람은 감상적인 크리스마스 음악을 켜놓고 밤새 트리를 장식하느라 바빴다. 빅 파울리에 칼라브레이지가 새로운 부두목으로 토미 베야비아를 지명한 사실도 모른 채.

이튿날 밤 그들은 그를 찾아왔다.

칼란은 일을 마치고 바지와 신발에 톱밥이 묻은 상태로 집으로 가고 있었다. 날씨가 추워서 코트 깃을 세워 목을 덮고 모자를 꾹 눌러 귀까지 덮었다.

그래서 자동차가 바로 옆으로 올 때까지 아무런 소리도 듣지 못했다.

자동차 창문이 열렸다.

"타."

총도 없고 뭔가 불쑥 내밀고 있는 것도 없었다. 그런 건 필요 없었다. 칼란은 자신이 조만간 그 차에 타리라는 사실을 알고 있었다. 이번이 아니라면 다음번에라도. 그래서 지금 차에 올랐다.

앞자리로 미끄러져 들어가 두 팔을 들었다. 살 스카키가 칼란의 코트 단추를 열어 옆구리, 등, 다리를 훑어 내렸다.
"그 말이 사실이군. 넌 무장해제한 일반 시민이야."
"네."
"시민. 이게 대체 뭐지? 톱밥?"
"네. 톱밥이에요."
"젠장, 내 코트에 묻었어."
칼란은 생각했다.
'좋은 코트군. 500달러짜리는 되겠어.'
스카키는 웨스트사이드 고속도로에 차를 올려 주택가 방향으로 갔다. 그러다가 다리 밑에서 차를 멈췄다.
'누군가를 총살시키기에 적절한 장소군.'
편리하게도 옆에 강물까지 있었다.
칼란은 심장이 쿵쾅거렸다.
스카키도 마찬가지였다.
"꼬마야, 겁낼 거 없어."
"저한테 뭘 바라죠?"
"마지막 한 건."
"더 이상은 그런 일 안 해요."
칼란은 강 건너 저지의 불빛들을 바라보았다. 그 불빛들도 이쪽을 바라보고 있는 것처럼.
'시오반과 저지로 이사 가야 할까 봐. 이런 상황에서 조금 멀어지도록 말이야. 그러면 저 강변을 걸으며 뉴욕의 불빛을 바라볼 수 있겠지.'

"넌 선택권이 없어. 우리 편이 되는 것도 우리의 적이 되는 것도 네가 선택하는 게 아니야. 그리고 우리의 적이 되게 놔두기에 넌 너무 위험한 인물이야. 넌 복수를 맛본 날부터 모습을 드러냈어. 그렇지? 에디 프리엘을 기억해?"

'에디 프리엘. 기억하지.'

'나는 겁먹고 있었고 오밥도 공포에 떨고 있었지. 그리고 뭔가 다른 힘이 작동하고 있는 것처럼 총을 꺼내 들었지. 그래. 총알이 에디 프리엘의 얼굴을 쳐 날릴 때 그의 눈동자에 비친 내 모습이 기억나.'

'나는 열일곱 살이었어.'

'그날 오후로 돌아가서 그 주점이 아닌 다른 곳에 내가 있게 할 수 있다면 난 무슨 대가라도 치르겠어.'

"꼬마야, 보내 버릴 사람이 있어. 하지만 조직 속에 있는 누군가가 그 일을 하는 건…… 현명하지가…… 못해. 무슨 말인지 알 거야."

무슨 말인지 알았다. 빅 파울리에 칼라브레이지는 조직에서 카조 파를 제거하고 싶어 했다. 조니 보이, 지미 피치, 리틀 피치를. 그러면서도 자신이 그걸 원했다는 사실은 부인하고 싶어 했다. 그걸 야만적인 아일랜드 인의 기질 탓으로 돌리고 싶어 했다. 아일랜드 인의 피 속에는 살인의 욕망이 잠재되어 있다고 주장하면서.

'그럼 내게 선택권이 있군.'

죽이거나, 죽거나.

"싫어요."

"뭐가 싫어."

"더 이상은 살인 안 해요."

"이봐……"

"안 할 거예요. 죽이려거든 죽여요. 날 죽여요."

칼란은 갑자기 자유로운 기분이 들었다. 마치 영혼이 벌써 이 더럽고 케케묵은 마을 위로 날아올라 공중에 떠 있는 것 같았다. 별들의 주위를 천천히 돌면서.

"너 여자 있지?"

쿵.

다시 지구다.

"이름이 좀 웃기더군. 발음대로 적으면 틀린 이름이야. 참 아일랜드스러워, 그렇지? 아냐, 내 기억으로 그건 옛날 여자들이 입던 드레스 이름 같아. 시폰이던가? 그게 뭐지?"

다시 이 더러운 세상이다.

"넌, 너한테 무슨 일이 일어나면 그녀가 줄리아니에게 달려가도록 그들이 내버려 둘 거 같아? 잠자리에서 너희 둘이 계속 주고받았을 말대로?"

"그녀는 아무것도 몰라요."

"그래. 하지만 그들은 그 기회를 이용할 거야, 그렇지?"

'내가 할 수 있는 일은 아무것도 없다. 지금 스카키에게 덤벼들어 그의 입에 총을 쏘더라도(그 정도는 할 수 있다.), 스카키는 마피아 정식 조직원이니 그들이 나를 죽이고 시오반 역시 죽일 것이다.'

"누구죠?"

죽이고 싶은 사람이?

전화벨이 울렸다.

노라는 잠이 깼다. 어젯밤 데이트하느라 늦게 들어와서 무척 졸렸다.

"파티 일 있는데, 하겠어?"

헤일리 목소리였다.

"별로요."

헤일리가 이걸 물어온 사실이 놀라웠다. 노라는 파티 일을 해본 지 오래였다.

"이 파티는 좀 달라. 여러 명 불렀지만 모두 1대 1이래. 특별히 널 요청해 왔어."

"회사 크리스마스 파티 같은 거예요?"

"말하자면."

노라는 알람 라디오의 디지털 시계를 들여다봤다. 오전 10시 35분. 일어나서 커피와 포도 주스를 마시고 운동하러 가야 했다.

"가자. 재미있을 거야. 나도 간다고."

"어딘데요?"

"그것도 웃겨."

파티가 열리는 곳은 뉴욕이었다.

"멋진 트리가 있어서 좋네요."

노라가 헤일리에게 말했다.

두 사람은 록펠러 플라자의 스케이트장 옆에 서서 어마어마한 크리스마스트리를 올려다보고 있었다. 플라자는 여행객들로 가득했다. 확성기에서 크리스마스 캐럴이 크게 울리고 구세군 자선냄비 산타는 종을 울리고 있었다. 손수레 행상인들이 따끈한 군밤을 소리쳐 팔고 있었다.

"봐? 내가 재미있을 거라고 했지?"

그랬다. 재미있었다. 노라도 인정했다.

헤일리와 고급매춘부 다섯 명은 야간 항공편 일등석을 타고 라과르디아로 날아와 마중 나온 리무진 두 대에 나눠 타고 플라자 호텔로 갔다. 물론, 노라는 예전에 와본 적이 있었다. 하지만 크리스마스 시즌에는 처음이어서 그런지 풍경이 달라 보였다. 온갖 장식들로 아름답고 고풍스러웠고, 노라의 방에서 보이는 센트럴파크는 공원의 마차까지도 호랑가시나무 화환과 포인세티아 꽃줄로 장식되어 있었다.

노라는 낮잠을 자고 일어나 샤워를 했다. 그리고 헤일리와 함께 쇼핑 원정에 나섰다. 티파니, 버도프, 삭스. 헤일리는 물건을 사고 노라는 대부분 구경만 했다.

"돈 좀 써. 너 꽤나 돈 쓰는 데 인색한데?"

"인색하지 않아요. 신중한 거예요."

왜냐하면 1000달러라는 돈이 노라에게는 그냥 1000달러가 아니었기 때문이다. 그 1000달러씩을 20년 동안 투자하면 프랑스 몽파르나스에 있는 아파트를 구해 거기서 그 이자로 편안하게 살 수 있는 돈이었다. 그래서 노라는 그렇게 돈을 운용하고 싶어서 돈을 헤프게 쓰지 않았다. 하지만 캐시미어 스카프 두 장을 샀다. 하나는 자신을 위해, 하나는 헤일리를 위해. 날씨가 너무 춥기도 했고 헤일리에게 선물을 사주고 싶기도 했다.

"이거요. 두르세요."

거리로 나오자 노라가 가방에서 연회색 스카프를 꺼냈다.
"내 거야?"
"감기 걸리면 안 되잖아요."
"어머, 고마워라."
노라도 자기 스카프를 목에 두르고 인조 모피 모자와 코트를 바로잡았다.
뉴욕 시의 전형적인 맑고 차가운 날씨였다. 건물들 사이로 찬바람이 매섭게 불어올 때면 얼굴이 얼얼해지고 눈에 눈물이 고였다.
그래서 노라는 헤일리의 눈에 고인 눈물이 추위 탓이라고 생각했다.
"그 트리 본 적 있어?"
"무슨 트리요?"
"록펠러 센터에 있는 크리스마스트리."
"못 본 거 같아요."
"가 보자."
그래서 지금 두 사람은 거대한 트리를 바라보며 얼이 빠져 있었다. 노라는 재미있다는 사실을 인정할 수밖에 없었다.

마지막 크리스마스.
그것이 빅 피치가 살 스카키에게 하고 있는 말의 요점이었다.
"내가 감옥 밖에서 보낼 빌어먹을 마지막 크리스마스야."
빅 피치는 이번만은 FBI의 도청을 따돌리기 위해 이 전화부스에서 저 전화부스로 옮겨 다니며 전화하고 있었다.
"빌어먹게 긴 판결이 날 거야. 날 현행범으로 잡았다고, 스카키.

30년은 썩을 거야. 내가 다시 여자와 잘 수 있을 때까지는 신경 쓸 일이 없을 거야."

"하지만……"

"하지만은 없어. 내 파티야. 그리고 난 엄청 커다란 스테이크가 먹고 싶고, 예쁜 여자를 팔에 감고 코파에 가서 빅 데이몬의 노래를 듣고 싶어. 그리고 세계 최고의 엉덩이를 가진 여자와 밤새도록 즐기고 싶어."

"그게 어떻게 보일지 생각해 봐."

"내 거?"

"다섯 명의 매춘부를 불러와 앉힌다는 사실 말이야."

스카키는 짜증이 났다. 빅 피치가 제대로 하기나 할지 의아했다. 빅 피치는 통제 불능인 인물이었다. 뭔가를 제대로 착수하려면 잘 단련해야 하는데, 호색한인 이 뚱뚱한 녀석은 캘리포니아에서 온 다섯 직업여성에게 파리처럼 달라붙을 게 뻔했다. 그건 지나쳤다. 다섯 사람이나 그 방에 있을 필요가 없었다. 그녀들은 순전히 구경만 하게 될 테니.

"조니가 이걸 어떻게 생각할까?"

"조니는 이게 내 파티라고 생각해."

아무렴, 그렇고말고, 하고 빅 피치는 생각했다. 조니는 보수적이고 품위가 있었다. 지금 보스로 모시고 있는 늙은 혹과는 다른 사람이었다. 조니는 아마 자신이 순리를 따르고 남자답게 감옥에 들어가려는 것을, 협상을 하거나 어떤 이름도 불지 않은 사실을, 특히 조니의 이름을 불지 않은 사실을 기뻐할 터였다.

조니는 무슨 생각을 할까? 조니는 돈을 치를 것이다.

'네가 원하는 건 뭐든지 해, 빅 피치. 뭐든지. 너를 위한 밤이야. 비용은 나한테 맡겨.'

빅 피치가 원하는 것은 스파크 스테이크 하우스와 코파와 매춘부 노라였다. 노라는 빅 피치가 겪어본 여자 중에 가장 예쁘고 달콤했다. 잘 익은 복숭아 같은 엉덩이. 노라를 엎드리게 하고 뒤에서 껴안았을 때 그 복숭아가 파르르 떨리던 모습을 머릿속에서 결코 지워버릴 수 없었다.

"좋아. 코파에서 여자 만나는 건 어땠어? 스파크 후에는?"
"헛수고했어."
"빅 피치……"
"뭐?"
"오늘 밤 일은 진지한 일이야."
"알아."
"내 말은, 그 어떤 일보다 진지하다는 뜻이야."
"그래서 내가 좀 진지한 파티를 하려는 거잖아."
"이봐. 난 이 일의 보안책임을 지고 있……"
"그럼 내가 안전한지 확인해 줘. 그것만 하면 돼, 스카키. 그리고는 잊어버려. 알았지?"
"그건 싫은데."
"싫어할 거 없어. 엿이나 먹어. 메리 크리스마스."

스카키는 수화기를 내려놓으며 생각했다.

그래. 메리 크리스마스, 빅 피치.

널 위해 준비된 모든 선물을 내가 갖지.

트리 아래에 선물 꾸러미 몇 개가 있었다.

트리가 작아서 그나마 다행이었다. 돈이 빠듯해서 선물을 많이 마련할 수 없기 때문이었다. 하지만 칼란은 시오반의 선물로 시계와 은팔찌와 시오반이 좋아하는 바닐라 사탕을 샀다. 칼란을 위한 선물도 몇 개 있었다. 옷처럼 보였다. 칼란에게 필요한 작업 셔츠와 청바지 같았다.

예쁘고 조촐한 크리스마스.

자정 미사에 갈 예정이었다.

아침에 선물을 열어보고, 칠면조 요리를 시도해 보고, 오후 모임에 참여할 것이다.

예쁘고 조용하고 조촐한 크리스마스.

하지만 그런 일은 일어나지 않을 거라고 칼란은 생각했다.

지금은 아니다.

언제든 끝날 일이었다. 하지만 생각보다 일찍 끝나게 되었다. 시오반이 또 다른 꾸러미를, 칼란이 침대 밑에 밀어 넣어둔 꾸러미를 찾아냈기 때문이다. 그날 저녁 칼란은 일찍 일을 마치고 집으로 왔다. 의자에 앉아 있는 시오반의 발치에 기다란 박스가 놓여 있었다.

시오반은 크리스마스트리의 전구를 켜두었다. 전구들이 시오반 뒤에서 빨갛게 파랗게 하얗게 깜박였다.

"이게 뭐지?"

"어떻게 알았어?"

"침대 밑을 청소하다가 봤어. 이게 뭐냐고?"

스웨덴 모델 45 갈 구스타프 9밀리 기관단총. 접이식 금속 개머리판과 연속 36발 탄창을 갖추고 있었다. 일을 해내기에 넘칠 정도의 무기였다. 등록되지 않았으며 이력도 없고 추적당할 일도 없는 총이었다. 접힌 개머리판만 60센티미터이며 무게는 3.3킬로그램쯤 되었다. 칼란은 그 상자를 크리스마스 선물처럼 시내로 들고 갈 수 있었다. 상자는 버리고 두꺼운 코트 아래에 총을 가져갈 수도 있었다.

스카키가 집까지 실어다 주었다.

칼란이 시오반에게 모든 사실을 말할 필요는 없었다. 하지만 어리석고 뻔한 말을 해버렸다.

"당신이 보면 안 되는 건데."

시오반이 웃었다.

"난 내 선물인 줄 알았어. 열어보면서도 죄책감을 느끼고 있었다고."

"시오반……"

"다시 그 바닥으로 돌아간 거지?" 시오반의 회색빛 눈이 돌처럼 단단해 보였다. "그 일을 또 하려는 거잖아."

"어쩔 수 없어."

"왜?"

칼란은 말해버리고 싶지만 시오반이 남은 생애 동안 그 무게를 짊어지고 다니게 할 수는 없었다.

"말해도 이해 못 할 거야."

"오, 난 이해할 수 있어. 난 벨파스트의 캐시미어 거리 출신이야, 잊었어? 오빠들과 삼촌들이 작은 크리스마스 선물 상자를 들고 집을 나서는 걸 보면서 자랐어. 사람들을 죽이러 나가는 거 말이야. 전에도 침대 밑에서 기관총을 본 적이 있어. 그래서 떠나온 거야. 난 살인과 살인자에 신물이 났어."

"나처럼 말이지."

"당신이 달라졌다고 생각했어."

"달라진 거 맞아." 시오반이 상자를 가리켰다. "어쩔 수 없는 상황이야."

"왜? 살인을 해야 할 정도로 중요한 게 뭔데?"

너.

너야.

하지만 칼란은 입을 꾹 다문 채 서 있었다. 칼란에게 불리하게 작용할 침묵이었다.

"이번에는 당신이 돌아왔을 때 내가 없을 거야."

"난 돌아오지 않을 거야. 한동안 멀리 가 있어야 해."

"세상에, 나한테 말은 해 줄 계획이었어? 아니면 그냥 떠날 거였어?"

"같이 가자고 부탁할 계획이었어."

사실이었다. 칼란은 여권 두 개와 비행기 탑승권 두 장을 준비해 두었다. 책상 맨 아래 서랍에서 여권과 탑승권을 꺼내 상자 위에 올려놓았다. 시오반은 집어 들지 않았다. 눈길조차 주지 않았다.

"그렇게 아무 예고도 없이?"

칼란의 마음속 목소리가 자신을 다그쳤다.

'말해. 시오반을 위해서 이러는 거라고, 두 사람을 위해서 이러는 거라고 말해. 같이 가자고 매달려.'

칼란은 입을 떼려다가 그만두고 말았다. 시오반은 그 계획의 일부가 된 자신을 결코 용서하지 않을 것이다. 칼란을 용서하지 않을 것이다.

"사랑해. 정말 사랑해, 시오반."

시오반이 의자에서 일어나 칼란 가까이 다가와서 말했다.

"난 사랑하지 않아. 조금 전까지는 사랑했었지만, 지금은 아니야. 네 삶이, 킬러로서의 네 삶이 난 싫어."

칼란은 고개를 끄덕였다.

"그래, 맞아."

칼란은 비행기 표와 여권을 집어 주머니에 넣고 상자를 닫아 어깨에 걸쳤다.

"여기서 지내고 싶으면 지내도 돼. 월세 냈어."

"여기서 살 수 없어."

'여긴 참 좋은 곳이었어.' 조그만 아파트를 둘러보며 칼란은 생각했다. 살아오면서 가장 행복하고 좋았던 곳. 이 아파트에서, 시오반과 보낸 시간들. 칼란은 시오반에게 할 말을 생각해 내려 애써봤지만 아무 말도 떠오르지 않았다.

"가. 가서 죽여. 그게 당신 삶이잖아?"

"그래."

칼란은 거리로 나왔다. 비가 억수같이 쏟아졌다. 살을 에는 차가운 빗줄기다. 칼란은 옷깃을 올리고 아파트를 돌아보았다.

시오반은 여전히 창가에 앉아 있었다.

몸을 숙이고 두 손에 얼굴을 파묻고 있었다.

시오반 뒤로 크리스마스트리 불빛이 빨갛게 파랗게 하얗게 깜박였다.

노라의 드레스가 불빛에 반짝였다.
윗부분에 빨강과 초록빛 금속 장식들이 달려 있는 옷이었다.
'아주 크리스마스다운 옷이야. 아주 섹시해.'
헤일리가 그런 말을 했었다.
어깨를 훤하게 드러낸 옷이었다.
사실, 빅 피치는 노라의 드레스를 흘끔거리지 않을 수 없었다. 그렇게만 하지 않았어도 노라는 빅 피치가 신사답다고 생각했을 것이다. 빅 피치는 푸르스름한 회색빛 아르마니 정장을 입고 놀랍도록 단정하게 차리고 나왔다. 검정 셔츠와 넥타이마저도 끔찍해 보이지 않았다. 이탈리아 스타일이 약간 가미되었지만 아주 불쾌할 정도는 아니었다.

레스토랑 역시 마찬가지였다. 노라는 좀 저속한 시칠리아풍의 공포 쇼를 기대했는데 스파크 호텔의 스테이크 하우스라니. 무미건조한 이름이긴 해도 절제된 고상함이 묻어나오는 곳이었다. 하지만 노라의 취향은 아니었다. 참나무 합판의 벽, 사냥 그림들, 기본적으로 영국식은 노라에게 맞지 않았다. 하지만 모두 하나같이 고상했고 노라가 기대했던 마피아 소굴과는 달랐다.

노라 일행이 여러 대의 리무진을 타고 도착하자 자동차에서 차양이 있는 곳까지 1미터쯤 되는 거리를 남자들이 우산을 씌워 주었다. 그들이 완전히 입장하고 난 후 마피아 조직원들이 데이트 상대를 팔에 끼고 들어왔다. 커다란 방의 테이블에 앉아서 식사하던 손님들은 먹는 일을 멈추고 노골적으로 빤히 쳐다보았다.

'왜 안 그렇겠어?' 하고 노라는 생각했다.

그들은 환상적이었다.

헤일리가 최고였다. 헤일리는 남자들의 선택을 도와주었다. 머리 색깔로, 얼굴로, 체형으로 선택되었다.

멋지고 사랑스럽고 세련되고 매춘부 티가 나지 않아야 하며, 우아한 옷차림, 나무랄 데 없는 머릿결, 아름다운 기품을 지녀야 했다. 그들이 입장할 때 남자들은 만족감을 느끼며 사실상 얼굴이 붉어졌다. 여자들은 그렇지 않았다. 여자들은 타고난 권리인 듯 그 아첨을 받아들이며 눈에 보이게 무시했다.

적절히 알랑거리는 수석 웨이터가 내실로 안내했다.

그들이 들어가는 모습을 모두가 바라보았다.

아, 모두는 아니다.

칼란은 아니었다.

칼란은 여자들이 입장하는 장면을 놓쳤다. 가까이 접근하라는 명령을 기다리며 3번가 모퉁이에 서 있었기 때문이나. 거북이 걸음의 퇴근길 체증을 뚫고 리무진이 들어오더니 46번가 쪽으로 돌아 스파크 호텔로 곧장 갔다. 칼란은 조니 보이와 빅 피치 형제와 오밥이 모임에 도착했다고 여겼다.

시계를 확인했다.

5시 반. 딱 제시간이다.

스카키는 거기서 그들을 맞이하고 있었다. 마피아 조직원들과 그 여자들을 차례로 모두 맞이했다. 스카키는 모임을 준비한 주최자다. 노라의 손등에 키스까지(슬쩍 드레스를 훔쳐보며) 했다.

"반갑습니다."

이런, 스카키는 그제야 빅 피치가 노라를 최후의 여자로 삼으려는 이유를 알게 됐다. 노라는 굉장한 미녀였다. 다른 여자들도 다 미녀였지만 노라는…….

조니 보이가 스카키의 팔을 잡았다.

"스카키, 파티 열어줘서 고맙다는 말을 하고 싶었네. 신경 쓸 일 많았다는 거 알아. 오늘 밤 우리가 바라는 결과를 얻으면 조직에 평화가 찾아올 수 있을 걸세."

"내가 원하는 바야, 조니."

"한 자리 마련함세."

"난 기대 안 해. 그냥 조직을 사랑할 뿐이야, 조니. 우리가 하는 이런 일들을 사랑하지. 조직이 강해지고 통합되는 걸 보고 싶네."

"우리가 원하는 것도 그걸세."

"나는 나가봐야겠어. 확인할 일들이 있어서."

"그래. 왕에게 전화해서 입장해도 된다고 말하게. 시골뜨기들이 모두 왔으니까."

"보게, 그게 바로 그런 태도……"

조니 보이가 웃었다.

"메리 크리스마스, 스카키."

두 사람은 껴안고 볼에 키스했다.

"메리 크리스마스, 조니."

스카키는 코트를 걸치고 걷기 시작했다.

"아, 조니?"

"응?"

"새해 복 지긋지긋하게 많이 받아."

스카키는 건물 밖 차양 아래에 섰다. 가련하기 짝이 없는 밤이었다. 굵은 장대비가 내리고 있다. 진눈깨비로 변할 듯했다. 브루클린으로 가는 도로는 완전히 엉망진창일 것이다.

스카키는 코트 주머니에서 소형 무전기를 꺼냈다.

"거기 있나?"

"네."

칼란이 대답했다.

"보스한테 입장하라고 전화할 거야. 작전개시야."

"이상 없나요?"

"우리가 얘기 나눈 대로야. 10분 남았어."

칼란은 쓰레기통 쪽으로 걸어갔다. 상자를 쓰레기통에 던져 넣고 총을 코트 속에 숨겼다. 그리고 46번가 도로로 걷기 시작했다. 빗속을.

샴페인이 술잔에서 넘쳐흘렀다.

웃음과 낄낄거림을 향해서.

"자자, 샴페인을 들고 건배합시다."

빅 피치가 큰소리로 외치며 모든 잔을 채웠다.

노라도 잔을 들었다. 실제로 마시지는 않겠지만, 건배를 한 뒤에는 한 모금 입에 댈 것이다.

빅 피치가 외쳤다.

"건배. 자, 우리 삶 속에 나쁜 일도 있었지만 좋은 일도 있었지. 그러니 이 휴일에 아무도 슬퍼하지 말자고. 삶은 아름다워. 축하

할 일이 넘쳐흐른단 말이야."
 '희망의 시즌이야.' 하고 노라는 생각했다.
 그때 대혼란이 일어났다.

 칼란은 코트 속에서 총을 꺼내 들었다.
 휘몰아치는 빗속에서 노리쇠를 당기고 조준했다.
 토미 베야비아가 먼저 칼란을 보았다. 그는 이제 막 빅 파울리에 칼라브레이지를 위해 자동차 문을 연 참이었다. 주위를 둘러보다가 칼란을 보았다. 처음엔 언뜻 뭔가를 본 듯한 표정이더니, 곧 그 탐욕스러운 눈이 휘둥그레지면서 '여기서 뭐 하고 있소?' 하고 물었다. 하지만 이내 그 대답을 눈치채고 총을 꺼내려고 코트에 손을 집어넣었다.
 너무도 늦었다.
 9밀리 대구경 자동권총이 연달아 불을 뿜으며 베야비아의 가슴을 가로지르는 자국을 남기고 나서야 그의 총이 불을 뿜었다. 베야비아는 검정 링컨 콘티넨털의 열린 문에 부딪히며 인도로 쓰러졌다.
 칼란의 총이 칼라브레이지를 향했다.
 두 사람의 눈이 0.5초쯤 마주쳤다 싶은 순간 칼란이 다시 방아쇠를 당겼다. 그 노인네는 비틀거리며 빗줄기에 녹아내리듯 웅덩이로 쓰러졌다.
 칼란은 가까이 다가가서 늘어진 시신 둘을 내려다보았다. 베야비아의 머리를 향해 두 발을 더 쏘았다. 젖은 콘크리트 위로 머리가 들썩였다. 그리고 칼라브레이지의 관자놀이에 대고도 방아쇠를 당겼다.

칼란은 총을 떨어뜨렸다. 그리고 돌아서서 2번가를 향해 걸었다. 흘러내린 피가 빗물과 함께 칼란을 따라왔다.

노라는 비명소리를 들었다.

문이 벌컥 열렸다.

밖에서 누군가가 총에 맞았다고 수석 웨이터가 소리 지르며 들어왔다. 노라가 일어섰다. 모두가 일어섰다. 하지만 영문을 몰랐다. 밖으로 달려나가야 할지 그 자리에 머물러 있어야 할지 알 수가 없었다.

그때 살 스카키가 들어와서 사람들에게 알렸다.

"모두 꼼짝 마시오. 누군가가 보스를 죽였소."

노라는 어리둥절했다.

'무슨 보스? 누구?'

날카로운 사이렌 소리가 다른 모든 소리를 잠재웠다. 노라는 놀라서 펄쩍 뛰었다.

심장이 목구멍까지 올라온 기분이었다. 모두들 깜짝 놀라고 있을 때 조니 보이는 앉은 채로 술잔에 샴페인을 따르고 있었다.

자동차 한 대가 모퉁이에서 기다리고 있었다.

뒷좌석 문이 열리고 칼란이 차에 올랐다. 차는 45번가가 있는 동쪽으로 방향을 돌려 FDR로 가서 주택가로 향했다. 자동차에 깨끗한 옷이 준비되어 있었다. 칼란은 입고 있던 옷을 벗고 새 옷을 입었다. 그러는 동안 운전기사는 아무 말이 없었다. 그냥 무지

막지한 교통 체증을 뚫고 능률적으로 자신의 일을 했다.
칼란은 생각했다.
'지금까지는 계획한 대로 되었어.'
베야비아와 칼라브레이지는 범죄 현장을 확인할 기대를 품고 도착했지만 동료들의 음모로 잔인하게 살해되었다. 대상은 그들 자신이었다. 눈물을 흘리고, 이를 갈고, '우리는 여기에 조직의 평화를 위해서 왔다'고 외치는 무대 위에서 말이다.
다만 살 스카키와 나머지 조직원들이 딴마음을 품었을 뿐이었다.
거래하면, 죽는다. 하지만 거래하지 않아도 어쨌든 죽는다. 왜냐하면 거기가 돈과 힘이 있는 곳이기 때문이다. 그리고 그 돈과 힘을 다른 조직들이 모두 갖게 내버려 두는 건 자멸을 향해 서서히 나아가는 꼴이었다. 그것이 스카키의 이론이었으며, 그 이론은 옳았다.
그래서 칼라브레이지는 사라져야 했다.
그리고 조니 보이가 왕이 되어야 했다.
"세대교체지."
스카키가 강변 공원을 오랫동안 걸으면서 설명했던 말이다.
"낡은 것을 버리고 새로운 것을 받아들이는 거지."
물론, 그 모든 것을 흔들어 비우려면 시간이 좀 걸릴 것이다.
조니 보이는 이 암살에 아무런 연관도 없다고 잡아떼야 했다. 다른 네 조직의 우두머리들은 그가 사전 허가도 없이 이 일을 모의한 사실을 결코 받아들일 리 없기 때문이다. 그런 허가는 내려질 수도 없다. (스카키는 조니 보이에게 훈계했다. "왕은 결코 다른 왕을 배신했다고 시인하지 않지.") 그래서 조니 보이는 보스를 죽인 개 같은 마약 거래자를 철저히 조사하겠다고 맹세할 것이다. 그러면서 보스를 따라 저세상으로 갈 고집 센 몇몇 칼라브레이지 추종자들을 결국엔 모두 흔들어 비울 게 분명했다.

조니 보이는 마지못해 새 보스의 자리에 오르는 척할 것이다.

다른 보스들은 조니를 보스로 받아들일 것이다.

그리고 마약은 다시 흐를 터이다.

방해받지 않고 콜롬비아에서 온두라스로, 멕시코로.

뉴욕으로.

뉴욕은 결국 화이트 크리스마스가 될 것이다.

'하지만 나는 여기 남아서 그걸 보고 있지는 않을 거야.'

칼란은 바닥에 있는 천으로 된 가방을 열어보았다.

합의한 대로 현금 10만 달러와 여권과 항공권이 들어 있었다. 살 스카키가 모든 것을 준비했다. 남미로 떠나서 새로운 삶을 맞이해야 했다.

자동차가 트라이보로 다리를 지나갔다.

칼란은 창밖을 내다보았다. 비가 오는데도 맨해튼의 야경이 보였다.

'저기 어딘가에 내 삶이 있었지.'

헬스 키친, 그리스도의 심장, 리피 주점, 랜드마크, 글로카 모라, 허드슨 강. 마이클 머피와 케니 메이어와 에디 프리엘. 그리고 지미 보일란, 래리 모레티, 빅 매트 시한.

그리고 오늘 토미 베야비아와 빅 파울리에 칼라브레이지.

그리고 살아 있는 유령들…….

빅 피치.

그리고 오밥.

시오반.

칼란은 맨해튼을 돌아보았다. 그들의 아파트가 보였다. 시오반이 토요일 아침을 먹으러 식탁으로 간다. 머리가 헝클어져 있고 화장기 없는 얼굴이지만 무척 아름답다. 식탁에 마주 앉아 커피를 마시고 신문을 띄엄띄엄 보고, 회색빛 허드슨 강과 강 건너 저지를 바라본다.

칼란은 신화를 들으며 자랐다.

쿠컬린, 에드워드 피츠제럴드, 울프 톤, 로디 맥콜리, 패드릭 피어스, 제임스 코널리, 숀 사우스, 숀 배리, 존 케네디, 바비 케네디, 블러디 선데이.

그 신화들은 모두 피투성이로 잔혹하게 끝났다.

〈2권에서 계속〉

지은이 | 김경숙

책과 언어를 좋아해서 번역에 발을 들여놓았으며 현재 번역가들의 모임 바른번역에서 출판 번역을 하고 있다. 저자와 독자를 제대로 이어주는 번역가가 되고자 늘 고민하고 따져보며 끊임없이 노력하고 있다. 소설 『개의 힘』, 『사라진 도시 사라진 아이들』, 『제발 내 말 좀 들어 주세요』, 『가지마, 내곁에 있어줘』, 자기계발서 『사소한 말부터 바꿔라』, 『비전몽거스 VisionMongers(출간 예정)』, 동화 『책 읽는 허수아비』, 『수줍음과 용기』, 『좋은 비밀, 나쁜 비밀』 등을 옮겼다.

개의 힘 1

신판 1판 1쇄 펴냄 2022년 4월 13일
신판 1판 2쇄 펴냄 2025년 2월 13일

지은이 | 돈 윈슬로
옮긴이 | 김경숙
발행인 | 박근섭
편집인 | 김준혁
펴낸곳 | 황금가지

출판등록 | 2009. 10. 8 (제2009-000273호)
주소 | 06027 서울 강남구 도산대로 1길 62 강남출판문화센터 5층
전화 | 영업부 515-2000 편집부 3446-8774 팩시밀리 515-2007
홈페이지 | www.goldenbough.co.kr

한국어판 ⓒ ㈜민음인, 2022. Printed in Seoul, Korea

ISBN 978-89-6017-411-5 04840(1권)
    978-89-6017-410-8 04840(set)

㈜민음인은 민음사 출판 그룹의 자회사입니다.
황금가지는 ㈜민음인의 픽션 전문 출간 브랜드입니다.